DROEMER

C. J. COOKE

BROKEN MEMORY

PSYCHOTHRILLER

WOHER KENNST DU MEINEN NAMEN?

Aus dem Englischen
von Susanne Wallbaum

DROEMER

Die englische Originalausgabe erschien 2017 unter dem Titel
»I Know My Name« bei HarperCollins Publishers UK.

Besuchen Sie uns im Internet:
www.droemer.de

FSC
www.fsc.org
MIX
Papier aus verantwortungsvollen Quellen
FSC® C083411

Deutsche Erstausgabe Mai 2018

Ein Imprint der Verlagsgruppe
Droemer Knaur GmbH & Co. KG, München

Redaktion: Birgit Förster
Covergestaltung: Sabine Kwauka
Coverabbildung: Gettyimages / Beata Szczerba / EyeEm
Satz: Adobe InDesign im Verlag
Druck und Bindung: CPI books GmbH, Leck
ISBN 978-3-426-28184-0

2 4 5 3 1

Für Summer, die kleine Pferdenärrin

DIE FRAU AM STRAND

17. MÄRZ 2015

Insel Komméno, 8,4 Seemeilen nordwestlich von Kreta

Eloïse: Das Hin und Her von Füßen um meinen Kopf herum lässt mich zu mir kommen. Stimmen, die ängstlich durcheinanderreden.

Ist sie tot? Was machen wir? Joe! Du kannst doch Mund-zu-Mund-Beatmung, oder?

Etwas Schweres presst sich auf meine Lippen. Beißender Nikotingeruch steigt mir in die Nase. Heißer Atem brennt auf meinen Wangen. Ein Stoß gegen meinen Brustkorb. Noch einer. Ich fahre hoch und übergebe mich, spucke – literweise, so kommt es mir vor – widerliches salziges Nass. Jemand streicht mir über den Rücken und sagt: *Gut so, Liebes, gut machst du das.*

Ich drehe mich auf die Seite und senke unter Husten und Würgen den Kopf, bis meine Stirn den Boden berührt. Meine Haare sind nass, das, was ich am Leib habe, trieft, und ich zittere vor Kälte. Jemand hilft mir auf und legt meinen schlaffen rechten Arm über ein Paar kräftige Schultern. Jetzt, da ich aufrecht bin, sehe ich einen gelben Klecks auf dem Boden: eine Schwimmweste. Meine? Der Mann, der mich stützt, lässt mich behutsam auf einen Stuhl gleiten. Ich höre ihnen zu, während sie mich genauer anschauen und beratschlagen, was zu tun sei.

Ist das Blut da in den Haaren?

Guck mal nach, Joe. Blutet es noch?

Sieht tief aus, aber ich glaube, es hat aufgehört. Oben habe ich ein paar sterile Tupfer.

In meinem Kopf setzt ein Pochen ein, ein dumpfer Schmerz auf der rechten Seite. Auf dem Tisch vor mir materialisiert sich eine Tasse. Kaffeeduft steigt auf und klärt meine Sicht, bis schließlich die Leute im Raum Konturen annehmen. Dicht neben mir ein Mann. Er keucht vor Anstrengung. Noch ein Mann.

Mit einem großen schwarzen Brillengestell. Zwei weitere Personen, Frauen. Eine beugt sich über mich und fragt: *Geht's?* Ich nicke benommen. Schaue sie genauer an. Freundliche Augen. *Okay, Joe,* sagt sie, *wie es aussieht, hast du ihr das Leben gerettet.*

Ich kenne diese Leute nicht. Ich weiß nicht, wo ich bin. Hell getünchte Wände und ein hübscher Steinfußboden. Eine Küche vermutlich. An Haken unter der Decke hängen Kupferkessel und -pfannen, rechts von mir steht ein altmodischer schwarzer Herd. Ich fühle mich ausgelaugt, ohne einen Funken Energie, aber die Frau, die mir den Kaffee hingestellt hat, hält mich davon ab, wegzudämmern. *Wir müssen dich untersuchen, Süße.* Ihr Ton hat einen leisen, melodischen amerikanischen Einschlag. Das fällt mir erst jetzt auf. Sie sagt: *Du warst eine Weile bewusstlos.*

Der jüngere Mann, der mit der Brille, erklärt, er werde sich jetzt meinen Kopf ansehen. Er tritt hinter mich, und ohne Vorwarnung spüre ich etwas Kaltes auf der Kopfhaut. Es ist ein stechender Schmerz. Ich keuche auf. Jemand hält meine Hand und sagt, die Wunde werde gereinigt. Dann nimmt der Mann sich eine Stelle oberhalb meiner Braue vor, reinigt sie ebenfalls, obwohl es, wie er sagt, nur ein Kratzer ist.

Der andere, der mich zu dem Stuhl gebracht hat, sitzt mir gegenüber. Kahl, untersetzt. Mitte, Ende vierzig. Verwaschene Aussprache. Er nimmt eine Zigarette aus der Packung und steckt sie sich an.

Kommst du von der Hauptinsel?

Hauptinsel?, wiederhole ich. Es ist eher ein Krächzen.

Von dort bis hierher ganz allein?, sagt der jüngere Mann. *Das hätte sie bei diesem Sturm niemals geschafft.*

Genau, das meine ich auch, erwidert der Glatzkopf. *Sie kann von Glück sagen, dass ihr Boot nicht weiter draußen gekentert ist.*

Die Frau, die mir den Kaffee gebracht hat, holt sich einen Stuhl und setzt sich rechts neben mich.

Ich bin Sariah, sagt sie. *Schön, dich kennenzulernen.* Dann wendet sie sich an die anderen. *Nun ist sie ja wach. Wir sollten uns wirklich langsam mal vorstellen.*

Der mit der Brille hebt kurz die Hand.

Joe.

George, sagt der Glatzkopf. *Ich hab dich gefunden.*

Schweigen. Erwartungsvoll schaut Joe zu der Frau, die rechts von ihm sitzt. Sie wirkt nervös. *Hazel,* sagt sie. Oder besser: haucht sie.

Und du, hast du auch einen Namen?, fragt George.

In meinem Kopf herrscht Leere. Mein Blick gleitet über die Gesichter der anderen, ich verknüpfe Gesichter mit Namen, nur mein eigener fällt mir nicht ein. Körperlich bin ich zerschunden und schwach, aber mein Denken ist vollkommen klar.

Schon gut, Süße, macht nichts, sagt Sariah und tätschelt mir die Schulter. *Du hast einiges hinter dir. Lass dir Zeit. Das wird schon.*

Machst du Urlaub auf der Hauptinsel?, hakt George nach.

Es ist, als würde mein Kopf mit einem Hammer bearbeitet. *Tut mir leid … aber … was für eine Hauptinsel?*

Kreta, sagt Sariah. *Wo bist du untergebracht?*

Bist du mit deiner Familie da? Mit Freundinnen?, fragt der Brillenmann. *Sie könnte ja auch von einer anderen Insel gekommen sein. Andikythira?*

Das glaube ich nicht, sagt die kleine Frau mit den rötlichen Locken – Hazel – leise. *Die Strömungen zwischen Andikythira und hier sind viel stärker als die nach Kreta hinüber. Und Andikythira ist weiter weg.*

Entschuldigung, werfe ich ein. *Habe ich das richtig verstanden? Ich bin auf Kreta?*

Seht ihr?, sagt George.

Nein, nein, will ich einwenden, doch Joe unterbricht mich.

Sie hat gefragt, ob sie auf Kreta ist. Wir sind hier auf Komméno, nicht auf Kreta.

Jedenfalls müssen wir deinen Leuten – dem oder denen, die jetzt auf dich warten – Bescheid sagen, dass du heil hier gelandet bist. Hast du eine Telefonnummer? Wo soll ich anrufen?

Er holt ein kleines schwarzes Telefon aus der Tasche und zieht eine Antenne heraus. Kreta. War ich auf Kreta?

Ich kann mich nicht erinnern, bringe ich schließlich hervor. *Tut mir leid, im Moment weiß ich gar nichts.*

Die freundliche Frau, Sariah, nimmt meine Hand. *Sowie wir mit dem Satellitentelefon Empfang haben, rufen wir bei der Polizei auf Kreta an. Keine Angst.*

Der kräftige Mann, George, mustert mich. Er kneift die Augen leicht zusammen. *Wo kommst du denn nun her?*

Auch wenn mir schwindlig und übel ist, müsste ich das doch wissen! Es ist lächerlich, aber ich kann mich beim besten Willen nicht erinnern. Warum? Ich versuche, mir Gesichter ins Gedächtnis zu rufen, Angehörige, Menschen, die ich liebe – aber in dem Teil meines Hirns, der für dieses Wissen zuständig ist, herrscht vollkommene Leere.

George stützt das Kinn in die Hand, zieht nachdenklich an seiner zweiten Zigarette und sieht mich aufmerksam an. Die anderen trinken Tee. Ich habe nicht mitbekommen, dass jemand Tassen hingestellt oder Wasser aufgesetzt hätte. Mal scheint die Zeit stillzustehen, mal macht sie Sprünge. Ich versuche aufzustehen und kippe dabei fast um. Meine Beine sind wie Pudding. Sariah springt auf, um mich zu stützen.

Langsam.

In dem großen Fenster gegenüber steht ein kreisrunder Mond am violett-roten Himmel, bleich scheint er auf Hügel und Senken herab. Ein greller Schein zuckt über das Wasser, in der Küche ist es für einen Augenblick taghell. Kurz darauf grollt genau über uns Donner, rüttelt an Töpfen und Pfannen. Mir fehlt die Orientierung, ich fühle mich elend, fange wieder an zu zittern. Nicht vor Kälte, sondern unter Schock.

Sariah legt den Arm um mich. *Wir bringen dich in eins der Zimmer, ja? Schön gleichmäßig atmen.*

Doch bevor wir uns auch nur rühren, höre ich eine tiefe Stimme sagen: *Vielleicht ist sie geflüchtet.*

George!, faucht Sariah.

Er lacht schallend. Ich zucke zusammen.

War ein Scherz.

In meinem Kopf entsteht Druck, immer mehr Druck, bis ich nach Luft schnappe und meine Hand zur Kehle fährt. Beide Frauen beugen sich zu mir vor und drängen mich zu atmen. Ich versuche es. Ich soll erklären, was los ist, kann aber nicht sprechen.

Jemand sagt: Vielleicht müssen wir sie in ein Krankenhaus bringen.

17. MÄRZ 2015

George Street, Edinburgh

Lochlan: Als mein Telefon klingelt, sitze ich mit einem Kunden im *Dome* beim Tee. Es ist ein wichtiger Termin – Mr Coyle beabsichtigt, einen Venture Capital Fonds zur Investition in neue Technologien aufzulegen –, deshalb drücke ich den Anruf weg.

»Entschuldigung.«

Mr Coyle hebt eine Braue. »Ihre Frau?«

So ist es. Vorm Wegdrücken habe ich im Display kurz ihren Namen gesehen.

»Nein, nein. Also, wo waren wir?«

»Google Glass?«

Ich schenke uns Rotwein nach. »Ah ja. Das Unternehmen bringt etwas auf den Markt, das ähnlich ist, nur besser. Es verbindet sich nahtlos mit neuen Social-Media-Plattformen und hat von mehreren Testpersonen fünf Sterne bekommen. Im September sollen die ersten Geräte für etwa fünfhundert Pfund in den Handel kommen.«

Mein Telefon klingelt schon wieder. Diesmal gibt Mr Coyle einen leisen Unmutslaut von sich. »ELOÏSE« steht da in weißen Buchstaben. Ich will sie erneut wegdrücken, doch Mr Coyle wedelt kurz mit der Hand. »Gehen Sie ran. Sagen Sie, wir haben zu tun.«

Ich stehe auf und gehe zum nächsten Fenster hinüber.

»Was ist los, El? Ich bin in einem Meeting …«

»Lochlan? Sind Sie das, mein Lieber?«

Das ist nicht meine Frau. Sie redet weiter, und ich brauche einen Moment, um die Stimme zuzuordnen.

»Mrs Shahjalal?«

Es ist die Yorkshire-Frau von gegenüber.

»… und da dachte ich, ich schau mal nach. Als ich reinkam, hab ich mich gewundert … sind Sie noch dran?«

Aus dem Augenwinkel sehe ich Mr Coyle eine Kellnerin heranwinken.

»Ist alles in Ordnung, Mrs Shahjalal? Wo ist Eloïse?«

Einen Moment herrscht Schweigen. »Das sagte ich doch gerade: Ich weiß es nicht.«

»Was soll das heißen, Sie wissen es nicht?«

»Wie ich schon sagte: Der UPS-Bote hat bei mir geklingelt und gefragt, ob ich das Päckchen annehme, weil drüben bei Ihnen keiner ist. Und das hat mich gewundert, denn ich war mir sicher, dass ich gerade erst Max am Fenster gesehen hatte. Ich hab also das Päckchen angenommen, und dann, vielleicht eine Stunde später, habe ich wieder Max am Fenster gesehen, und da dachte ich, jetzt geh ich mal rüber und sehe nach dem Rechten. Max ist auf einen Stuhl geklettert, um mir die Tür aufzumachen.«

Ich habe Mühe, diese Informationen zu verarbeiten. Mr Coyle erhebt sich. Zieht sein Jackett über. Ich drehe mich zu ihm um und hebe die Hand zum Zeichen, dass ich gleich da bin, doch er verzieht das Gesicht.

»Gut, also, Max hat Sie reingelassen. Und was war dann?«

»Na ja, Eloïse ist immer noch nicht da. Ich bin jetzt seit fünfzehn Uhr hier, die Kleine muss dringend gefüttert werden. Auf dem Schreibtisch lag das Handy von Eloïse. Ich hab einfach irgendwo draufgedrückt – und zum Glück Sie erwischt.«

Im Hintergrund höre ich es rascheln, dazu leise, maunzende Laute. Mir dämmert, dass Mrs Shahjalal Cressida auf dem Arm hat, meine Tochter. Sie ist zwölf Wochen alt. Eloïse stillt noch.

»Also … Eloïse ist nicht zu Hause. Sie ist nicht da?« So dumm es klingen mag, ich begreife das nicht. Wo soll sie denn sein?

Mr Coyle wirft mir finstere Blicke zu. Er zieht seinen Schlips in Form und wendet sich zum Gehen. Ich lasse das Telefon sinken und rufe ihm nach: »Mr Coyle!«

Er ignoriert mich.

»Ich schicke Ihnen das Datenblatt per Mail!«

Mrs Shahjalal redet in einem fort weiter. »Das ist doch komisch, Lochlan. Der kleine Max ist außer sich. Er scheint wirklich nicht zu wissen, wo sie ist. Was soll ich bloß tun?«

Ich gehe zum Tisch hinüber und greife mir meine Mappe. Die Messinguhr auf dem Kaminsims zeigt Viertel nach vier. Wenn ich gleich ein Taxi kriege, könnte ich den Zug um halb fünf nach London noch erwischen, aber die Bahnfahrt dauert viereinhalb Stunden, und dann muss ich noch mit dem Taxi von King's Cross nach Twickenham. Es wird mindestens zehn, bis ich zu Hause bin.

»Ich mache mich sofort auf den Weg«, sage ich.

»Sind Sie in der Stadt?«

»Ich bin in Edinburgh.«

»Edinburgh? In Schottland?«

Draußen herrscht dichter Verkehr; es sind jede Menge Leute unterwegs. Während ich noch versuche, einen klaren Gedanken zu fassen, werde ich beinahe von einem Doppeldeckerbus gerammt, der sehr nahe am Kantstein fährt. Ich mache einen Satz rückwärts und schnappe nach Luft. Eine Gruppe Schulkinder windet sich im Gänsemarsch durch das Gewimmel. Es gelingt mir, ein Taxi anzuhalten.

»Waverley, bitte.«

Ich frage Mrs Shahjalal, ob sie bei den Kindern bleiben kann, bis ich da bin, und sie sagt glücklicherweise Ja, wobei ich sie kaum höre, so laut schreit Cressida inzwischen.

»Sie muss gefüttert werden, Mrs Shahjalal.«

»Das ist mir klar, mein Lieber, aber die Zeiten, als ich noch ein Kind hätte stillen können, sind vorbei.«

»Vielleicht ist ganz oben im Kühlschrank noch ein Behälter mit Muttermilch. Das müsste draufstehen. Die Fläschchen bewahrt Eloïse, glaube ich, in dem Schrank neben dem Toaster auf. Geben Sie die Flasche vorher für vier Minuten in den Mikrowellen-Sterilisator. Da muss Wasser unten drin sein.«

»Muttermilch sterilisieren?«

Jetzt höre ich im Hintergrund Max schreien. »Ist das Papa? Papa, bist du das?« Ich bitte Mrs Shahjalal, ihm kurz das Telefon zu überlassen.

»Max! Max, mein Großer!«

»Hallo Papa. Darf ich Schokolade? Bitte!«

»Wenn du mir sagst, wo Mami ist, kauf ich dir Schokolade, soviel du willst.«

»So viel, wie ich essen kann? So viel?«

»Wo ist Mami?«

»Kann ich ein Überraschungsei?«

»Ist Mami heute Vormittag weggegangen? War jemand bei uns im Haus?«

»Ich glaub, sie ist im National History Museum, weil, sie mag die Dinosaurier, und der große, der, der so lang ist, heißt Dippy, der heißt Dippy, weil er ein Diplodocus ist, Papa.«

Das bringt mich nicht weiter. Ich sage ihm, er solle mir Mrs Shahjalal wieder geben, die immer noch nicht versteht, wie sie die Muttermilch sterilisieren soll, und die ganze Zeit bohrt sich Cressidas Geschrei durchs Telefon direkt in meinen Kopf.

Als ich endlich im Zug sitze, poste ich auf Facebook:

So was mache ich normalerweise nicht, aber – weiß jemand, wo Eloïse steckt? Sieht so aus, als wäre sie nicht zu Hause …

Die Nacht senkt sich herab wie ein schwarzes Tuch. Das Taxi rollt durch die Potter's Lane. Wir wohnen in einer netten edwardianischen Doppelhaushälfte in Twickenham, einem ruhigen Stadtteil mit vielen Parks in der Nähe und Schwänen und Enten auf dem Fluss und Fröschen am Ufer und trotzdem nahe genug am Zentrum, dass man am Samstagnachmittag mal ins National History Museum oder in die Kew Gardens fährt. Hinter ein paar Fenstern brennt noch Licht, aber unsere Nachbarn sind entweder im Ruhestand oder beruflich sehr eingespannt, weshalb hier abends eher wenig los ist.

Ich gebe dem Fahrer sein Geld und steige aus. In der Einfahrt steht vor meinem Mercedes Eloïses Nissan Qashqai. Mein Herz macht einen Satz. Während der Bahnfahrt habe ich immer wieder mit Mrs Shahjalal telefoniert, mich nach den Kindern erkundigt und mit ihr beratschlagt, was zu tun ist. Mrs Shahjalal ist sehr alt und vergesslich. El ist mehr als einmal bei ihr zum Fenster eingestiegen, um die Haustür zu öffnen, weil sie ihren Schlüssel drinnen vergessen hatte. Höchstwahrscheinlich ist das alles nur ein Riesenmissverständnis. Ich habe einen Kunden verloren, weil Eloïse oben war und geduscht hat oder so. Mein Handy-Akku ist schon seit einiger Zeit leer, und die Steckdosen im Zug waren alle kaputt. Mrs Shahjalal konnte mich also nicht erreichen. Aber der Qashqai steht da. Eloïse muss also wiedergekommen sein.

Ich schließe auf und stehe im Dunkeln. Alles ist still.

»El?«

Ich gehe ins Spielzimmer. Mrs Shahjalal sitzt ganz vorn auf der Sofakante und wiegt Cressida in ihrem Körbchen, die Kleine hat die Ärmchen angewinkelt neben dem Kopf.

»Hallo«, flüstere ich. »Wo ist sie?«

Mrs Shahjalal schüttelt den Kopf.

»Aber … sie ist doch da«, sage ich. »Ihr Auto steht draußen. Wo ist sie?«

»Sie ist nicht da.«

»Aber …«

Mrs Shahjalal hebt den Finger an die Lippen und schaut besorgt zu Cressida ins Körbchen. Es muss lange gedauert haben, sie zum Schlafen zu bringen. Jetzt atmet sie mit einem stockenden Seufzer ein, wie so oft, wenn sie lange und heftig geweint hat.

»Max ist oben, im Bett«, sagt Mrs Shahjalal leise.

»Und Els Auto? Das weiße in der Einfahrt?«

»Das steht da schon den ganzen Tag.«

Ich stürme nach oben, sehe in allen Zimmern, in den Bädern und auf dem Dachboden nach, dann laufe ich wieder runter, mache überall Licht und durchforste sämtliche Räume nach meiner

Frau. Nachdem ich sie nicht gefunden habe, gehe ich in den Garten und starre in die Finsternis. Plötzlich scheint das Undenkbare möglich. Abgesehen von gelegentlichem Winken von Haustür zu Haustür, kenne ich Mrs Shahjalal überhaupt nicht, und jetzt sitzt sie in meinem Haus, wiegt meine Tochter und erzählt mir, meine Frau hätte sich in Luft aufgelöst.

Ich hole mein Telefon aus der Tasche und beginne zu wählen.

17. MÄRZ 2015

Komméno, Griechenland

Eloïse: Irgendwie bin ich in diesen Schaukelstuhl gelangt. In eine dicke orangefarbene Decke gehüllt, sitze ich vor einem knisternden Feuer. Mein rechter Ärmel ist hochgekrempelt; jemand hat mir einen Gürtel um den Oberarm geschlungen. Joe, der große dünne Typ mit Brille, steht neben mir und drückt ein kaltes Instrument innen auf mein Handgelenk. Es riecht seltsam hier drinnen – nach Tang. Vielleicht bin ich es auch, die so riecht.

»Ist gleich so weit.«

»Was machst du?«, frage ich. Allerdings ist es eher ein ersticktes Krächzen. Es fühlt sich an, als wäre mein Mund mit Sandpapier ausgekleidet.

»Deinen Blutdruck messen.«

Zwischen den anderen ist ein hitziger Disput entbrannt. Offenbar geht es um mich. Mir ist immer noch schlecht, ich fühle mich elend.

Jetzt nimmt er mir endlich den Gürtel ab. »Hm. 'n bisschen niedrig für meinen Geschmack. Hast du ein enges Gefühl in der Brust?«

Ich sage, dass ich da nichts spüre, mich insgesamt aber fühle wie ausgespuckt. Er nimmt mein Gesicht in beide Hände, die Daumen auf meinen Wangen, und sieht mir forschend in die Augen.

»Du stehst unter Schock. Kein Wunder, wenn man bedenkt, dass du in einem üblen Sturm allein in der Ägäis herumgeschippert bist. Du musst die Beine hochlegen. Und viel Wasser trinken.«

Die Frau – Sariah – hebt meine Füße an und bettet sie auf einen Kissenstapel.

»Was macht dein Kopf?«, fragt sie.

»Tut weh«, sage ich matt.

»Aber du wirst nicht gleich wieder ohnmächtig, oder?«, fragt Joe, und ich deute ein Kopfschütteln an. Das genügt, um den Schmerz wieder anzuknipsen, so heftig, dass es mir den Atem verschlägt.

»Es ist schon nach Mitternacht, deshalb ist es gar nicht so einfach, dich in ein Krankenhaus zu bringen.« Sariah verschränkt die Arme. Wieder fällt mir ihr Akzent auf, er unterscheidet sich von dem der anderen. Amerikanisch, vielleicht auch kanadisch. »Hier in der Nähe gibt's sowieso kein Krankenhaus«, fügt sie hinzu. »George hat die Polizei in Heraklion und Chania verständigt.«

»Bin ich als vermisst gemeldet?«

»Ich fürchte, nein.«

Offenbar sieht sie, wie sehr mich das trifft. Sie hockt sich neben mich und streichelt mir die Hand, als sei ich ein kleines Kind. »He, nicht traurig sein«, sagt sie. »Gleich morgen früh rufen wir noch mal an.«

Nichts an diesem Haus kommt mir bekannt vor. Ich habe das sichere Gefühl, zum ersten Mal hier zu sein.

»Wohnt ihr hier? Kenne ich jemanden von euch?«

»Wir haben dich gerettet«, antwortet George sachlich. Ich sehe ihn nicht, spüre ihn aber irgendwo hinter mir.

»Es war stürmisch«, fährt Joe fort. Er klingt irgendwie zögerlich. Unsicher. »Ein großer Sandsturm, bestimmt von Afrika her. George und ich waren unten, um nach dem Boot zu sehen. Dass es sich nicht losmacht, sondern an seinem Platz liegt. Und da haben wir dich entdeckt.«

»Wo war ich denn?«

»Am Knochenstrand«, sagt Joe.

»Knochenstrand?«

»Das ist die kleine hufeisenförmige Bucht mit den weißen Felsen, die aussehen wie Knochen. Unten bei der Scheune.« Er grinst. »Irre, dass du das überstanden hast. Irgendjemand da oben muss es ziemlich gut mit dir meinen.«

»Du bist mit einem Boot gekommen«, erklärt Sariah. »Und du weißt nicht mehr, ob noch jemand bei dir war?«

Ich habe das quälende Gefühl, dass ich das alles wissen *müsste*, dass ich über das Boot und den Strand und den Ort, von dem ich gekommen bin, Bescheid wissen müsste. Und ich habe keine Ahnung, nicht den blassesten Schimmer, warum ich das alles nicht weiß.

»Warum bist du überhaupt nach Komméno gekommen?«, fragt George und taucht in meinem Blickfeld auf, als er nach der Zigarettenschachtel greift. »Weil – hier ist doch eigentlich nichts.«

»Was ist Komméno?«

»So heißt das hier«, antwortet Sariah mit einem betrübten Unterton, so als habe sie es mit jemandem zu tun, der minderbemittelt ist oder krank. »Das ist die Insel Komméno.«

Ich warte – hoffe, dass mir nun automatisch eine Antwort auf Georges Frage einfällt, eine Erklärung für alles.

Aber mir fällt nichts ein.

18. MÄRZ 2015

Potter's Lane, Twickenham, London

Lochlan: Es ist nach Mitternacht. Meine Frau gilt jetzt offiziell als vermisst. Wirklich begriffen habe ich das noch nicht.

Das sind die Fakten: (1) Gestern Abend kurz nach sieben hatte ich über FaceTime Kontakt mit Eloïse, da war sie in der Küche beim Pfannkuchenmachen, und die Kinder haben friedlich im Wohnzimmer gespielt, und (2) irgendwann heute zwischen zehn und dreizehn Uhr ist sie, während die Kinder oben im Bett lagen und schliefen, aus unserem Haus verschwunden. Es gibt (3) keinerlei Hinweis darauf, dass jemand hier war, Max hat niemanden gesehen, und (4) Eloïses Sachen, Ausweis, Kreditkarten, Autopapiere, Führerschein und Handy sind hier, im Haus. Sie kann sich also nicht melden, kommt nirgendwohin – weder mit der U-Bahn noch mit einem Taxi oder Flieger – und hat keine Möglichkeit, sich etwas zu essen oder zu trinken zu kaufen. Und (5) niemand hat auch nur die Spur einer Ahnung, wo sie stecken könnte.

Die abgepumpte Muttermilch ist aufgebraucht. Ich bin so durch den Wind, dass Cressida eine halbe Ewigkeit schreien musste, bis mir dämmerte, dass sie vielleicht mal wieder gefüttert werden muss. Vor einer Stunde habe ich ein Taxi gerufen, dem Fahrer einen Fünfziger gegeben und ihn beauftragt, mir Babynahrung aus dem Supermarkt zu besorgen. Anfangs war Cressida irritiert: weil sie schon wieder an einem Plastikteil saugen musste und wegen des fremden Geschmacks der Folgemilch, aber am Ende hat sie sich damit abgefunden und das Fläschchen in einem Rutsch geleert.

Mrs Shahjalal ist nach Hause gegangen. Sie lebt allein in Nr. 39, gleich gegenüber. Sie hat angeboten, am Morgen wiederzukommen und zu helfen, so gut sie eben kann. Im Moment bin ich komplett durcheinander, nicht in der Lage, einen klaren Gedanken zu fassen.

Während der Bahnfahrt ab Waverley, Edinburgh, habe ich Eloïses Freundinnen abtelefoniert in der Hoffnung, dass sie sich bei einer von ihnen gemeldet hat. Natürlich hat seit gestern oder vorgestern niemand etwas von ihr gehört. Auf meinen Facebook-Post hin sind jede Menge weinende Emojis und gute Wünsche bei mir eingegangen, mit anderen Worten: nichts Brauchbares. Nach langem Zögern habe ich Gerda, Eloïses Großmutter, eine SMS geschrieben und gefragt, ob El vielleicht in ihrem Haus in Ledbury ist. Angesichts der Tatsache, dass die Kinder noch hier sind, ziemlich unwahrscheinlich, aber ich wusste einfach nicht, wen ich sonst noch fragen sollte.

Vier- oder fünfmal habe ich das ganze Haus abgesucht. In Kleiderschränke, den Badezimmerschrank, die komische Abseite unter der Treppe, sogar unter den Betten und auf dem Dachboden habe ich geschaut, dann bin ich mit einer Taschenlampe durch den Garten hinten gegangen und habe mir die Büsche und den Schuppen vorgenommen. Ich muss wohl gedacht haben, sie könnte irgendwo feststecken. Es war ein Gefühl, als würde ich verrückt. Und bei alldem sprang Max um mich herum und fragte, ob wir jetzt was spielen und ob er sich verstecken soll, und Cressida merkte, dass sie von jemand anderem gehalten wurde als von ihrer Mutter, und meinte, halb London davon in Kenntnis setzen zu müssen.

Gerda rief zurück und sagte, sie habe El seit letzter Woche nicht mehr gesehen, aber am Sonntagabend mit ihr telefoniert. Dann fing sie an, mich auszuquetschen, und ich stammelte so was wie, Eloïse sei nicht da gewesen, als ich am Nachmittag nach Hause gekommen sei. Es entstand eine lange Pause.

»Was soll das heißen, Eloïse ist nicht da? Wo steckst du, Lochlan?«

»Ich bin in London.«

»Und wo sind die Kleinen?«

»Hier.«

»Willst du sagen, Eloïse ist gegangen?«

»Ich will sagen: Sie ist nicht zu Hause. Ihr Auto steht da, ihre Schlüssel sind da und ihr Handy. Alles.«

»Ruf die Polizei.«

»Das hab ich schon.«

Ich sah mir Els Handy an, alle Nachrichten – für den Fall, dass irgendeine Notlage eingetreten war, die sie aus dem Haus gezwungen hatte, aber außer einer Anfrage wegen einer eBay-Anzeige für einen Hochstuhl, Mails von Etsy, Boden, Sainsbury und Laura Ashley sowie Outlook-Memos für den Elternabend von Max' Spielgruppe am nächsten Freitag und einem Impftermin für Cressida beim Kinderarzt fand ich nichts.

Gegen elf kam, müde um die Augen und in seinen Grüffelo-Bademantel gehüllt, Max nach unten. Das blonde Haar, länger, als ich es in Erinnerung hatte, war statisch aufgeladen und stand pusteblumengleich in alle Richtungen ab.

»Hallo, Papa.« Er gähnte.

»He, Maxiboy. Wie geht's?«

Er kam herübergetapst und kletterte auf meinen Schoß. In einer Wallung von Zärtlichkeit drückte ich ihm einen Kuss auf den Kopf.

»Ist Mami wieder da?«

Es tat weh, Nein sagen zu müssen.

Er rollte sich ein und kuschelte sich an mich. »Musste sie einkaufen gehen? Hat sie vergessen, dass Cressida und ich noch hier waren?«

»Das glaube ich nicht.«

»Hat sie sich auf dem Heimweg verlaufen?«

Ich schüttelte den Kopf, und er wurde grantig.

»Ich will Mami! Wo ist Mami?«

Als der Kummer darüber, ihn nicht trösten zu können, und die Sorge, er könnte Cressida wecken, übermächtig wurden, fing ich an zu schwindeln.

»Vielleicht wollte sie einen Blumenstrauß für ihre Freundin besorgen.«

»Welche Freundin?«

»Äh … die mit den langen schwarzen Haaren, die von der Spielgruppe.«

Er richtete sich auf. »Sarah?«

»Genau, Sarah.«

»Nein! Das kann gar nicht sein, Sarah hat nämlich jetzt gelbe Haare.«

»Dann eben für Niamh.«

»Warum soll Mami denn Niamh Blumen kaufen? Ist Niamh traurig?«

»Ich glaube.«

»Was für Blumen?«

»Weiß ich nicht, Maxi.«

»Rufst du Niamh mal an und sagst ihr, dass wir Mami hier bei uns brauchen?«

»Mach ich bald, Süßer, bald. Aber jetzt bringen wir dich erst mal ins Bett.«

In einem flüchtigen Augenblick von Klarheit im Kopf dachte ich an die Hightech-Baby-Monitore, die El hatte anbringen lassen, als Max auf die Welt kam – im Ernst, regelrechte Überwachungskameras –, und sah auf Els Handy nach, ob da vor Kurzem Daten gespeichert worden waren. Aber nein, die Kameras waren schon vor Ewigkeiten abgeschaltet worden. Natürlich.

Ich versuchte es mit Bestechung: Wenn er schlafen ging, ohne dass seine Mami ihn gebadet und ihm seine Lieblingsgeschichte vorgelesen hatte, versprach ich ihm, würde ich mit ihm in den *Thomas-und-seine-Freunde*-Park fahren. Er bestand trotzdem darauf, unten bei mir zu bleiben, und weinte sich in den Schlaf.

Es ist kurz vor zwei Uhr nachts, als draußen ein Polizeiwagen hält und zwei Uniformierte vor der Tür stehen, ein Mann und eine Frau. Ich führe sie ins Wohnzimmer, aber um auch nur hören zu können, was sie sagen, muss ich zunächst Cressida beruhigen. Ihr Gesicht ist purpurrot, Tränen kullern über ihre Wangen, und die kleinen Fäuste boxen wild in die Luft. Max liegt auf dem Sofa und schläft. Er hat sich den Quilt, den Eloïse ihm gemacht hat, bis ans Kinn gezogen und murmelt ab und zu vor sich hin.

»Wann haben Sie das letzte Mal mit Ihrer Frau gesprochen, Mr Shelley?«, fragt der Mann.

Ich wiege Cressida vor und zurück. »Das habe ich doch alles am Telefon schon gesagt«, erwidere ich. Ich will Antworten. Lösungen. Die Polizisten sollen ihren Zauberstab schwingen und meine Frau hier erscheinen lassen.

»Tut mir leid, aber einige Informationen müssen noch einmal bestätigt werden. Bevor wir die Ermittlungen aufnehmen, müssen wir noch ein paar Fragen stellen.«

»Ich war ab Montag in Edinburgh. Am Dienstag habe ich gegen neunzehn Uhr über FaceTime mit ihr gesprochen«, sage ich mit einem Seufzer. »Manchmal rufe ich auch tagsüber an, aber im Büro war so viel zu tun. Ich hatte gar keine Gelegenheit.«

»Wo arbeiten Sie?«

Ich hieve Cressida in eine andere Position, etwas weiter weg von meinem Ohr. Mit ihren drei Monaten ist sie immer noch winzig; noch kann ich sie der Länge nach auf dem Unterarm halten. Als ich sie so herum lege, gibt sie ein gewaltiges Bäuerchen von sich.

»Gut gemacht«, sage ich, doch sie fängt gleich wieder an zu weinen. »Bei Smyth and Wyatt. Vier Tage die Woche bin ich in Edinburgh, die restliche Zeit in der Filiale am Victoria Embankment.«

Der Officer notiert: *Smith & White South – Bank.*

»Es ist keine Bank, sondern ein Corporate-Finance-Haus.«

Er streicht seine Notiz durch. »Gut. Gab es Meinungsverschiedenheiten zwischen Ihnen und Ihrer Frau? Irgendwas, das sie bewogen haben könnte zu gehen?«

»Hören Sie, das habe ich alles schon gesagt. Meine Frau ist nicht *gegangen*. Cressida ist gerade mal zwölf Wochen alt. El stillt noch.«

Ich bin sauer. Frustriert. Vor allem aber habe ich Angst. Unweigerlich male ich mir aus, welche Sorgen Eloïse sich macht, egal, wo sie ist, denn nachdem es bei Max schwierig war, hat sie alles darangesetzt, Cressida stillen zu können, und sie sagt immer, sie tue es nach Bedarf. Ist das so schwer zu verstehen? *Meine Frau ist nicht* gegangen; *sie will stillen.* Sie fragen, was El beruflich macht, und ich erkläre, dass sie gerade in Elternzeit ist, trotzdem aber gelegentlich im Fernsehen auftritt, um über ihre Arbeit zu sprechen.

»Sie hat vor einigen Jahren eine kleine Hilfsorganisation gegründet, die sich um Flüchtlingskinder kümmert. Sehr erfolgreich«, sage ich. »Sie wird oft für Medienauftritte angefragt. Meine Sorge ist, glaube ich, dass ... ich weiß es nicht. Es laufen so viele Verrückte herum.« Ich klammere mich an jeden Strohhalm, schon klar, aber mir schwirrt alles Mögliche durch den Kopf, und mein Körper vibriert vor Adrenalin. Ich höre nicht auf, zur Haustür zu spähen, weil ich denke, sie kommt gleich hereinspaziert.

»Hat sie etwas in der Richtung angedeutet? Drohbriefe, ein Stalker, so was in der Art?«

»Nichts dergleichen.«

Er legt eine Pause ein, falls mir doch noch was einfällt, aber mir fällt nichts ein.

»Können Sie sagen, was sie anhatte, als Sie sie das letzte Mal gesehen haben?«

»Ich glaube, eine graue Yoga-Hose und ein Schlafanzugoberteil. Wie gesagt, es war gegen neunzehn Uhr. Ich hätte sie heute Morgen anrufen sollen, aber ich war eh schon spät dran ...«

Er notiert sich das und bittet mich, sie zu beschreiben. Ob sie Tattoos habe oder sichtbare Narben. Nein. Schmuck? Ich sage, dass sie vermutlich ihren Verlobungs- und den Ehering trägt. Die habe ich jedenfalls nirgends gefunden.

»Haben Sie Ihre Nachbarn gefragt, ob die jemanden haben ins Haus gehen sehen?«

Ich nicke. »Mrs Shahjalal von gegenüber war es ja, die gemerkt hat, dass sie nicht da ist.«

Wieder schreibt er mit, langsam, langsam, langsam, so als nehme er eine Essensbestellung auf. »Mrs Shahjalal wird die Nächste sein, mit der wir sprechen. Wie sieht es auf Ihren Konten aus? Gab es irgendwelche Abbuchungen? Wenn wir davon Kenntnis hätten, könnten wir ihre letzten Schritte nachvollziehen.«

Ich habe das schon via Handy gecheckt. Wir haben ein gemeinsames Konto. Heute ist nichts abgegangen – mit Ausnahme der Wassergebühren und der Gemeindesteuer. Natürlich habe ich das auch alles schon gesagt. Das war eins der ersten Dinge, die ich überprüft habe.

»Erzählen Sie mir von Eloïse«, sagt er. »Alter? Größe? Gewicht? Was für ein Mensch ist sie?«

Cressida schreit inzwischen so schrill, dass die Polizistin aufsteht und die Arme nach ihr ausstreckt.

»Darf ich?«

»Bitte.« Ich übergebe sie ihr. Die Polizistin nimmt sie hoch, drückt ihre Wange an Cressies und redet leise auf sie ein. Zehn Sekunden, und mit dem Weinen ist Schluss. Erst da geht mir auf, dass der Lärm vor allem aus meinem Kopf kam.

»Wie alt, sagten Sie, ist sie?«

»Zwölf Wochen. Max ist im Januar vier geworden.«

Die Polizistin lächelt Cressida an, und die starrt zurück. »Ich hab einen Jungen. Zehn Monate alt. Er ist riesig, aber du – du bist ja noch eine richtig kleine Maus.«

»Sie ist etwas zu früh gekommen«, sage ich. Es ist so eine Erleichterung, nicht mehr angeschrien zu werden. Ich lasse mich aufs Sofa fallen, neben Max, und massiere mir die Schläfen. Der Mann sieht mich erwartungsvoll an.

»Eloïse ist siebenunddreißig. Ungefähr eins siebzig groß und schlank. Ich weiß nicht, was sie wiegt, gut sechzig Kilo vielleicht. Sie hat gerade erst ein Kind zur Welt gebracht.«

»Ist das ein neueres Foto?«, fragt er mit Blick auf das Fotografenbild, das, zwischen zwei dicke Glasplatten gepresst, hinter mir an der Wand hängt.

Das Ding hat ein Vermögen gekostet, aber wir sehen darauf so gelöst aus, so zufrieden – im Nachhinein bin ich froh, dass ich nachgegeben und mich damit einverstanden erklärt habe, es machen zu lassen. Eloïse hat Cressida auf dem Arm, den winzigen, drei Wochen alten Spatz, und obwohl ich weiß, dass sie Hemmungen hatte – ich musste mich hinknien, damit mein Kopf ihren ansatzweise noch vorhandenen Babybauch verdeckt –, finde ich, dass sie toll aussieht. Schulterlanges goldblondes Haar, dieses wundervolle Lächeln und die makellose Haut, als hätte sie LEDs in den Adern: schimmernd, das ist das richtige Wort. Ich weiß, meine Frau ist eine Schönheit, drei Klassen zu hoch für mich.

»Ist sie der Typ dafür, einfach auf und davon zu gehen?«, fragt der Officer. »Hat sie das schon mal gemacht?«

»Nein, noch nie. Überhaupt nicht.«

Der Officer starrt mich ausdruckslos an. »Keine Drogenprobleme? Alkohol? In die Richtung?«

Ich schüttele den Kopf. »Nichts. Als sie mit unserem Sohn schwanger wurde, hat sie aufgehört, Alkohol zu trinken. Ab und zu genehmigt sie sich vielleicht ein Glas Wein. Sie … hören Sie, ich wiederhole mich: Eloïse ist die Letzte, von der ich mir vorstellen kann, dass sie einfach so verschwindet. Sie ist ruhig. Zurückhaltend. Häuslich, verstehen Sie?«

»Sie würde also nicht mal kurz rausgehen, um, sagen wir, eine Nachricht abzuhören oder zu telefonieren? Nur für fünf Minuten?«

Mir geht allmählich die Geduld aus; ich bin kurz davor, in Tränen auszubrechen, was mich nur noch mehr aufregt. »*Unsere Kinder waren hier.* Sie wusste, dass ich frühestens morgen Abend aus Edinburgh zurückkommen würde. Es ist absolut undenkbar, dass sie die Kinder allein gelassen hätte. Sie lässt Cressida ja noch nicht mal unten, wenn sie nach oben geht, um zu duschen. Wir haben im Bad einen Auto-Sitz stehen und in der Küche eine Babywippe.«

Der Polizist nickt. »Gut. Gab es, als Sie heimkamen, irgendwelche Hinweise darauf, dass jemand hier im Haus war? Anzeichen für ein gewaltsames Eindringen?«

Ich schüttele den Kopf. »Alles war abgeschlossen.«

»Und die Hintertür? War die auch abgeschlossen?«

Ich überlege. War sie?

Dass ich zögere, veranlasst ihn, sich aufmerksam umzusehen. »Welche Zugänge zum Haus gibt es noch? Fenster? Weitere Türen hinten?«

»Jetzt, wo ich darüber nachdenke: Mit der Hintertür war etwas nicht in Ordnung. Das Schloss war eingefroren und funktioniert nicht mehr richtig. Ich wollte das schon lange reparieren lassen, aber …« Ich hatte so viel zu tun. Ich schließe die Augen und stoße einen Seufzer aus. Panik bohrt sich in mein Herz. Warum war ich so achtlos? Wieso habe ich zugelassen, dass die Hintertür nicht anständig verschlossen werden kann?

Er erhebt sich und geht nach hinten, zur Rückseite des Hauses. Ich folge ihm. Aber es ist ja dunkel, der Blick nach draußen bringt nicht viel.

»Was liegt hinter Ihrem Garten?«

»Ein schmaler Weg und dahinter die rückwärtigen Gärten der Parallelstraße. Larkspur Terrace.«

Das schreibt er auf. »Haben Sie Geld im Haus? Irgendwelche Wertsachen, teure Geräte?«

»In der Küche steht eine Schachtel mit ein paar Hundertern. Für dringende Fälle.«

»Ist sie noch da?«

Ich nicke. »Auch Eloïses sämtlicher Schmuck.«

»Sicher?«

Die Türklingel fährt dazwischen. Sofort gehe ich hin, reiße die Tür auf – und stehe Gerda und Magnus gegenüber, traurig und zornig zugleich, alle beide. Ich sage ihnen, dass die Polizei da ist.

»Sie ist noch nicht zurück?«, bellt Magnus. Er ist Eloïses Großvater, ruppig, stets gut gekleidet und unsterblich. Wie Clint Eastwood. Der Mann hat, ich weiß nicht, wie viele Dreifach-Bypass-Operationen und Krebstherapien hinter sich, und trotzdem scheint er mit den Jahren immer zäher zu werden. Nicht ganz so dauerpikiert wie Gerda, eher bodenständig, aber trotzdem nicht der Typ Mann, mit dem ich gern mal einen trinken würde.

»Kommt ihr aus Herefordshire?«, frage ich. Sie haben Wohnsitze an allen möglichen Orten – in der Schweiz, in Griechenland –, und ich habe überlegt, ob Eloïse sich vielleicht in einem dieser Häuser aufhalten könnte, aber sie sind alle viel zu abgelegen und praktisch unerreichbar. Abgesehen davon hätte Eloïse keinen Grund gehabt, an einen dieser Orte zu fahren.

Gerda, die längst ins Wohnzimmer gerauscht ist und den schlafenden Max auf dem Sofa entdeckt hat, geht über meine Frage hinweg. »Die Kinder sind noch nicht im Bett? Ist es dafür nicht ein bisschen spät?«

Die Polizisten stellen sich kurz vor. Gerda setzt sich mit verkniffener Miene neben Max und stopft die Decke um ihn fest. Magnus schreitet den Raum ab, als suche er nach etwas, das nicht an seinem angestammten Platz ist.

»Das sind Gerda und Magnus Bachmann«, sage ich und verkneife mir, was ich sonst immer leise hinzufüge: *frisch aus der Gruft*. El gibt mir dann jedes Mal einen Klaps, obwohl sie auch lachen muss. »Gerda und Magnus sind die Großeltern von Eloïse. Sie sind natürlich sehr beunruhigt.«

Ich sage nicht, dass sie die übergriffigsten Schwiegereltern der Welt sind. Gerda zückt ein goldenes Klapphandy und tippt mit manikürtem Finger eine Nummer ein. »Eloïse, Liebes, hier ist Mama. Ich rufe jetzt zum zwanzigsten Mal an, und ich sage dir, ich höre erst damit auf, wenn du dich meldest. Rufst du *bitte* einen von uns an, damit wir wissen, dass es dir gut geht?«

Ihr Englisch klingt perfekt antrainiert mit Schweizer Einsprengseln. Es erinnert mich an Eloïse, bei der auch manchmal Spuren aus ihren Teenager-Jahren in Genf herauszuhören sind. Sie spricht fließend Deutsch und Französisch, außerdem konversationstaugliches Italienisch und hat Max schon einiges beigebracht. Gerade will ich Gerda mitteilen, dass Eloïses Handy auf dem Tisch im Esszimmer liegt, da klingelt es schon. Kurz leuchten ihre Augen auf, weil sie meint, Eloïse gefunden zu haben, dann fällt der Groschen.

Es ist totenstill im Haus, das sich anfühlt wie ausgehöhlt. Benommen schenke ich Magnus einen Whisky ein und mache für Gerda und mich einen Tee. So hocken wir zu fünft im Wohnzimmer, verwirrt und vollkommen ratlos. Trotz der späten Stunde blinkt und piept mein Handy unaufhörlich von eingehenden SMS und Facebook-Nachrichten, und obwohl ich jede einzelne genau studiere, finde ich keinerlei Hinweis darauf, wo meine Frau sein könnte.

»Hast du mit ihren Freundinnen gesprochen?«, fragt Gerda.

»*Natürlich* hat er das«, schnarrt Magnus.

Mir entfährt ein müder Seufzer. »Ich habe eine Frau aus der Baby-Spielgruppe angerufen, zu der sie manchmal geht. Während der gesamten Bahnfahrt von Edinburgh hierher habe ich herumtelefoniert: mit Bibliotheken, Cafés, der Schwimmhalle, unserem Hausarzt, dem Zahnarzt – bis mein Akku leer war. Mit allen, die mir eingefallen sind.«

Magnus setzt sich und steht wieder auf. »Das ist gut. Irgendjemand wird ja wohl mit ihr Kontakt gehabt haben.«

Ich sage: »Ich habe alle Leute aufgelistet, die sie gestern gesehen haben. Heute hat sie keiner gesehen. Außer den Kindern.«

»Was sagt Max? Er muss doch was mitgekriegt haben«, wiederholt Gerda zum hundertsten Mal.

»Er sagt, sie haben am Vormittag Lebkuchenfiguren gebacken, und dann hat er Mittagsschlaf gemacht. Als er aufgewacht ist, hat er sie überall gesucht, auch im Garten, aber er hat sie nicht gefunden. Und dann ist Mrs Shahjalal rübergekommen.«

Ich stehe auf und sammle Tassen und Gläser ein. »Ich sollte wohl mal die Kinder ins Bett bringen. Ich ruf euch morgen früh an, in Ordnung?«

Gerda setzt eine beleidigte Miene auf.

»Nein! Wir bleiben! Eloïse kommt bestimmt bald wieder, aber bis dahin brauchen die Kinder uns doch.«

18. MÄRZ 2015

Komméno, Griechenland

Eloïse: Ich erwache in einem Bett. In einem Raum, der offensichtlich ein Dachboden ist. Staubpartikel schwirren im Sonnenlicht, das durch eine Dachluke hereinfällt. Über mir kreuzen sich alte Balken, in den Ecken sitzen Spinnweben. Mit den Wänden aus rohem Stein und dem schweren Geruch von Staub und Feuchtigkeit hat das Ganze etwas von einer Höhle.

Ich hieve mich hoch und zucke zusammen, denn sofort ist der Kopfschmerz wieder da. Dazu machen sich diverse andere Schmerzen bemerkbar, im rechten Schienbein und Knöchel und oben im Rücken, und die Muskulatur in Oberarmen und Nacken ist total verspannt. Es fühlt sich an, als sei ich einem Elefanten in die Quere gekommen. Vorsichtig betaste ich die Schnittwunde am Kopf. Kein frisches Blut, aber verkrustete Haare.

Die Ereignisse von gestern Abend kullern in meinem Bewusstsein durcheinander wie Steine. Die Leute, denen ich begegnet bin, die mich nach einem Bootsunfall am Strand gefunden und gerettet haben. Schriftsteller, oder? Zu einer Schreibwerkstatt hier? Ich versuche, mir meinen Namen ins Gedächtnis zu rufen. Er erscheint nicht, also sage ich laut: *Ich heiße …* Mein Mund bleibt offen stehen, als könnte mein Name sich so von selbst formen und erklingen. Ich habe das deutliche Gefühl, dass ich irgendwo etwas zurückgelassen habe, aber sosehr ich auch lauere, es zeigt sich nicht.

Wasser. Ich brauche Wasser. Langsam schiebe ich die Beine über die Bettkante und stelle die Füße auf den Boden. Kalt. Meine Kleidung besteht aus einem T-Shirt mit einer verwaschenen Ananas vorn drauf und einer schlabberigen schwarzen Badehose.

Ich stakse zur Tür wie ein Fohlen, aber der Drücker lässt sich nicht bewegen. Ich rüttele daran, umfasse ihn mit beiden Händen und bearbeite ihn mit aller Kraft. Schließlich dreht und dreht er sich, aber die Tür gibt nicht nach. Für einen Augenblick wird mir schwarz vor Augen. Ich stütze mich mit einer Hand an der Wand ab, lasse mich auf den Boden nieder und lehne die Stirn an die Tür. Atme langsam und stockend ein und aus. Eine große graue Spinne spaziert an meinen nackten Füßen vorbei. Ich zucke zurück, und im nächsten Moment flitzt sie davon, einen der staubigen Risse in der Wand hinauf. Immerhin habe ich noch genug Adrenalin in mir, um ein, zwei, drei Mal mit der Faust gegen die schwere Tür zu hämmern. Irgendwo unten im Haus sind leise Stimmen zu hören.

Nach einer Weile geht die Tür endlich auf und rammt mich. Jemand quetscht sich fluchend durch den Spalt und hilft mir auf.

»Sie war zu«, erkläre ich.

»Abgeschlossen?« Es ist die Stimme von Joe. Er inspiziert die Tür kurz und sagt: »Nicht abgeschlossen. Die klemmt immer. Na los, komm, du musst was essen.«

Er ruft etwas nach unten, und dann legt er mir eine Hand um den Hinterkopf und die andere fest ins Kreuz. Kurz darauf taucht eine der beiden Frauen auf. Ich erkenne sie wieder: die Freundliche, die mich so besorgt angeschaut hat. Sariah. Sie hilft Joe, mich zu stützen, und dann bewegen wir uns vorsichtig eine steinerne Wendeltreppe hinunter, eine Etage und dann noch eine, Joe vorweg und Sariah hinter mir, für den Fall, dass ich strauchele.

Die gesamte Anlage lässt darauf schließen, dass es sich um ein altes Bauernhaus handelt; zur stilgerechten Dekoration sind einige Überbleibsel aus seiner Vergangenheit an den Wänden drapiert – alte Hakenpflüge, mehrere gemein aussehende Mistgabeln, ein altes Rad und ein paar Kuh- oder Ziegenglocken. In einem der Räume unten steht ein Schaukelstuhl – ich erinnere mich, da habe ich gestern Abend gesessen und am ganzen Leib gezittert – vor einem schönen Kamin, der den Geruch von verbranntem Toast verströmt.

Die Küche sieht bei Tageslicht anders aus – lang gestreckt und lichtdurchflutet, ausgestattet mit einem großen Herd samt Backofen, Kühlschrank und weißen Granitarbeitsplatten. In der Mitte des Raums steht ein Holztisch mit vier Stühlen. Alles leicht angegammelt und verstaubt, aber nicht annähernd so gruselig, wie es mir gestern Abend vorkam. Ein erdiger Geruch liegt in der Luft, so als sei das alles hier lange nicht genutzt worden, doch dann, als ich näher komme, duftet es intensiv nach gegrillten Tomaten und Pittabrot.

»Jetzt sollst du erst mal was zu essen haben«, sagt Sariah und macht sich an einer der Pfannen auf dem Herd zu schaffen.

Joe führt mich langsam zu einem Stuhl und geht dann zur Spüle hinüber. Er ist deutlich jünger, als ich gestern auf den ersten Blick dachte. Anfang zwanzig vielleicht, irgendwie noch studentisch. Lang, blass und dünn. Das dunkle Haar steht gegelt kerzengerade hoch, die schwarz gerahmte Brille mit den eckigen Gläsern verdeckt die Augen teilweise.

Er reicht mir ein Glas Wasser, das ich in einem Zug leere. Sariah gibt etwas aus der Pfanne auf einen Teller. Sie trägt einen roten Rock und einen Kimono aus fließendem, mit orangefarbenen Blumen bedrucktem Stoff. Toll sieht sie aus: goldene Ringe an den langen dunklen Fingern, bunte Perlenketten um den Hals, das dunkle Haar in dicken Strängen mit einem orangefarbenen Tuch hochgebunden und zusammengehalten. Sie stellt mir den Teller hin: gebratene Kirschtomaten, Oliven, Pittabrot.

»Danke«, sage ich, und sie lächelt.

»Was dagegen, dass ich mir mal deinen Kopf ansehe?«, fragt Joe.

Ich spüre seine Hände, die behutsam das Haar an meinem Hinterkopf scheiteln und die Wunde untersuchen.

»Wie sieht es aus?«

»Sauber. Ein bisschen aufgeschürft drum herum. Was macht der Nacken?«

Seine Finger streichen an meinem Hals auf und ab, und dann

bewegt er vorsichtig meinen ganzen Kopf nach links und nach rechts.

»Steif.«

»Ich sehe zu, dass ich ein Schmerzmittel finde.«

Der Wasserkessel auf dem Herd gibt ein hohes Pfeifen von sich. Sariah geht hin, brüht Kaffee auf und fragt, ob ich Milch dazu möchte. Mir ist das alles fremd, es verwirrt mich. Ich sage Ja, mit Milch, aber selbst das ist komisch, ich höre meine eigene Stimme nur von fern, ich erkenne sie kaum. Entschlossen, in alldem einen Sinn zu entdecken, irgendetwas zu finden, das mir vertraut ist, lasse ich meinen Blick durch den Raum wandern. Es stellt sich keine Vertrautheit ein.

Die andere Frau – Hazel nennt Joe sie – kommt herein, reibt sich die Hände und murmelt etwas von Tee. Sie ist klein und dünn und hat hellrote Locken wie Springfedern. Der viel zu große schwarze Wollpullover hängt weit über den flaschengrünen Rock herunter. Sie trägt etwas unter den Arm geklemmt, ein Notizbuch.

Als sie mich sieht, bleibt sie abrupt stehen – so, als habe sie mit mir hier nicht gerechnet. »Hallo«, sagt sie knapp. Dann setzt sie sich und richtet das Notizbuch auf ihrem Schoß aus. Ihre Aussprache ähnelt der von Joe und George.

»Hallo.«

»Bleibst du hier bei uns?«

Von der Spüle her sagt Sariah: »Wir versuchen immer noch, sie zu einem Arzt zu bekommen.«

Hazels Blick wandert von mir zu Sariah. »Joe ist doch Arzt, oder nicht?«

»Ich mache Erste Hilfe«, sagt Joe, der gerade wieder hereinkommt. »Hier«, fügt er hinzu, »die hab ich gefunden. Paracetamol.«

»Danke.« Ich drücke gleich mehrere Tabletten aus dem Streifen und nehme sie mit einem Schluck Kaffee.

Hazel beobachtet mich, das spüre ich, ihre grauen Augen mustern mich von Kopf bis Fuß.

»Du warst vielleicht in einem Zustand gestern«, sagt sie. »Ganz schön aufreibend. Kannst du dich erinnern?«

In Wahrheit meint sie vermutlich, ob ich mich an das erinnern kann, was geschehen ist, bevor ich in ihrer Küche gelandet bin. Ihr Lächeln ließe sich auch so deuten, dass sie sich über meinen elenden Zustand amüsiert. Ich werde mich vor ihr hüten.

»Und du weißt immer noch nicht, wie du hierhergekommen bist?«

»Ich glaube nicht …«

»Und dein Name?«

Ich mache den Mund auf, denn da müsste er sein, er sollte mir auf der Zunge liegen, aber die Region in meinem Hirn, die für die Selbstvergewisserung zuständig ist, scheint leer gefegt, geschlossen, verödet.

Als Hazel mich zögern sieht, blitzt es in ihren Augen. Sariah bedenkt sie mit einem scharfen Blick, und sofort wendet sie sich beschämt ab.

»Quäl dich nicht«, sagt Sariah. »Du hast einen schlimmen Abend hinter dir, dein Kopf hat was abgekriegt. Lass dir Zeit. In ein paar Stunden kommt das alles wieder.«

Schwere Schritte nähern sich der Hintertür. Es ist George, verschwitzt und völlig erschöpft, sein graues Unterhemd ist klatschnass. Als er näher kommt, wird Hazel unruhig.

»Hast du's gefunden?«, fragt Sariah.

George schüttelt den Kopf; Sprechen wäre ihm wohl zu anstrengend. Er ist zu dick und im Augenblick so tiefrot im Gesicht, dass ich mich darauf gefasst mache, ihn mit einem Rums umkippen zu sehen. Er zieht ein Handtuch von dem Regal über der Spüle und tupft sich den Schweiß von Brauen und Gesicht.

»Das Boot, oder was?«, ruft Hazel schrill. »Ist das Boot weg?«

Keine Antwort. Beide, Hazel und Sariah, starren George an, während er sich hinsetzt, sich zurücklehnt und erst einmal tief durchatmet. Sie scheinen besorgt. Die Stimmung ist plötzlich im Keller.

»Welches Boot?«, frage ich vorsichtig. Meine Stimme hört

sich immer noch fremd an, so, als hätte jemand anders die Frage gestellt.

»Wir haben bei Nikodemos ein Motorboot gemietet, damit wir zum Einkaufen nach Kreta fahren können«, erklärt Sariah leise.

»Wir haben dich nur entdeckt, weil wir nachsehen wollten, ob es für den Sturm hinreichend festgemacht ist.« Keuchend zieht George die nassen Stiefel und Socken aus. Der säuerliche Schweißgeruch trifft mich unvorbereitet. »Dich haben wir gefunden. Aber das Boot ist weg.«

»Hat Joe nicht gesagt, dass es wahrscheinlich an einem anderen Strand wieder angespült wird?«, fragt Hazel.

George neigt den Kopf nach links und nach rechts, dass es in seinem Nacken knackt. »Ich hab überall nachgeschaut, glaub mir. Das Boot ist weg. Gesunken wahrscheinlich.«

»Was Nikodemos wohl dazu sagt, dass sein Boot gesunken ist?«, murmelt Hazel. »Der wird sauer sein. Richtig sauer.«

»Was Nikodemos wohl dafür *berechnen* wird?«, erwidert George. »*Das* ist die Frage.«

»Wir sind doch versichert, oder?«, wirft Sariah ein und wendet sich wieder dem Herd zu. Mit heftigen, etwas fahrigen Bewegungen schlägt sie Eier in die Pfanne.

George fährt sich über den Stoppelkranz an seinem Kinn. »Wir müssen uns was anderes überlegen, wie wir zum Einkaufen zur Hauptinsel kommen. Nicht zu reden davon, dass wir unsere Besucherin wieder dahin verfrachten müssen, wo sie hergekommen ist.«

Sofort fühle ich mich schuldig. Ich gehöre hier nicht her. Das Gefühl, fehl am Platz zu sein, macht mich hilflos; ich bin eine Last. George und Hazel bestätigen mich darin, indem sie beide – vorwurfsvoll, wie mir scheint – kurz zu mir herüberschauen. »Tut mir leid, was mit eurem Boot passiert ist«, sage ich.

»Wir finden eine Lösung«, sagt Sariah, ohne sich umzudrehen, und ich frage mich, ob sie gespürt hat, wie ich mich fühle.

Joe kommt von draußen herein; er hält den Saum seines

schwarzen T-Shirts hoch, das sich unter einer Ladung Pfirsiche beult. George hebt an, ihm von dem Boot zu erzählen, doch Sariah fällt ihm ins Wort.

»Frühstück, Joe?«

Er lässt die Pfirsiche auf die Arbeitsplatte kullern, reibt sich die Hände und wirft einen Blick auf die Pfanne. »Gern.«

»Willst du auch was, George?«

»Okey-dokey.« Er schaut mich an. »Falls es dir noch nicht aufgefallen ist: Sariah ist in diesem Laden die Köchin.«

»Und was bin ich in diesem Laden?«, meldet sich Hazel zu Wort.

»Die Putzfrau«, antwortet Joe mit vollem Mund und sieht mich an. »Hazel ist ständig am Aufräumen und Putzen. Sie nimmt dir dein Glas schon zum Spülen aus der Hand, bevor du es geleert hast.«

Hazel zuckt genervt die Achseln. »Gegen Reinlichkeit ist doch nichts einzuwenden, oder? Ordnung ist das halbe Leben.«

»Trotzdem. Ich rate dir: Halt deinen Teller fest«, sagt Joe. »Sonst nimmt sie ihn dir weg.«

»Und was ist mit dir?«, frage ich. »Was machst du?«

Er wirft eine Kirschtomate hoch und fängt sie mit dem Mund wieder auf. »Erste Hilfe.«

»Sie meint, was du *hier* machst, Dummie«, sagt George.

»Ah, ach so. Ich bin eben ein bisschen langsam. Also – ich biete medizinische Versorgung?«

»Erste Hilfe im Haus«, schlägt George vor.

»George ist der Schrauber«, sagt Hazel.

»Und was soll das heißen?«, fragt George.

»Dass du Sachen reparierst«, wirft Joe ein. »Es sei denn, ›Schrauber‹ ist Mongolisch für ›grantiger Mistkerl‹.«

»Ich schraub *dich* gleich zusammen.«

»Siehst du?« Joe hebt eine buschige schwarze Braue und zwinkert mir zu.

Sariah bringt den letzten Gang zum Tisch, einen großen Teller mit aufgeschnittenen Feigen und Tomaten. Sie nimmt die

Schürze ab, hängt sie über einen Haken neben dem Herd und setzt sich neben mich, während George zur Spüle geht und sich kaltes Wasser ins Gesicht und in die Achselhöhlen spritzt. So elend ich mich auch fühle, im Zusammensein mit ihnen bin ich entspannter; inzwischen ist es, als würde ich sie schon ewig kennen. Dadurch wird diese Situation, die eigentlich nicht auszuhalten ist, erträglich.

»Und wie kommt es, dass du dich nicht an deinen Namen erinnerst, aber weißt, wie Sprechen geht?«, fragt Hazel.

»So ist es ja nicht«, erwidert Joe. »Sie hat eine Amnesie. Das heißt nicht, dass sie komplett handlungsunfähig ist.«

Sie zieht eine Schnute. »Also weißt du nicht, ob du irgendwelche abgedrehten Vorlieben hast?«

»Ich glaube nicht«, sage ich.

Das scheint sie zu faszinieren, plötzlich wirkt sie hellwach. »Das möchte ich in meinem neuen Buch verwenden. Macht's dir was aus, wenn ich dir noch ein paar Fragen stelle?«

Ich will sagen, dass ich nichts dagegen habe, aber Joe fällt mir ins Wort.

»Was bist du nur für eine Wichtigtuerin«, sagt er und lächelt sie spöttisch an. »Ich dachte, in deinem neuen Buch geht's um einen Banker, der nicht begreift, dass er tot ist …«

Mit einer energischen Handbewegung bringt sie ihn zum Schweigen. Und dann fragt sie mich: »Weißt du, was dir schmeckt?«

»Ich glaube, ich mochte das, was ich gerade gegessen habe.«

Aber das genügt Hazel nicht. Frage um Frage präsentiert sie mir: Wie heißt der derzeitige Präsident der Vereinigten Staaten? Welches Jahr haben wir? Wie hieß meine Grundschule? Was war das Peinlichste, das mir je passiert ist? Und so weiter. Für die meisten dieser Fragen bin ich noch viel zu benebelt, aber immerhin, ich weiß, welches Jahr wir haben, und bin über tagespolitische Ereignisse einigermaßen informiert. Nur wer ich bin, weiß ich nicht.

»Du könntest Gott weiß wer sein«, insistiert Hazel – gereizt und neugierig zugleich. »Wie sollst du auch wissen, wer du bist, wenn du dich an nichts erinnerst?«

»Wer von uns hat schon eine Ahnung davon, wer er ist?«, wirft Joe ein und deutet mit einem Finger ein Fragezeichen an. »Wir sind doch jeder mehrere Persönlichkeiten in einer Haut.«

»Ich nicht«, entgegnet George. »Mann, du tust ja so, als wären wir alle … wie heißen noch mal diese russischen Puppen?«

»Russische Puppen«, sagt Hazel.

»Identität ist das, was wir zeigen«, sagt Joe. »Da kannst du jeden Psychoanalytiker fragen.«

Hazel hebt eine Braue. »Okay. Gleich den nächsten Psychoanalytiker, der mir auf dieser unbewohnten Insel über den Weg läuft, werde ich fragen.«

Das erschreckt mich. »Unbewohnt?«

Joe nickt.

»Die ganze Insel?«

»Ein unbewohntes Paradies«, sagt Sariah träumerisch. »Hier gibt's nur dieses alte Bauernhaus und ein paar minoische Ruinen. Und uns.«

Ich schaue zum Fenster. Ein Flecken abschüssigen trockenen Bodens und dahinter das Meer, bis zum Horizont nichts als Blau. Hazel fängt an, mir zu erläutern, dass die nächstgelegene Insel Andikythira heißt und acht Seemeilen entfernt liegt, aber daraus entspinnt sich zwischen Joe und ihr ein Streit darüber, ob Kreta näher ist oder nicht. Ich schweife ab. *Acht Meilen Ozean bis zur nächsten Stadt.* Ich hatte gedacht, dass noch mehr Leute hier auf der Insel sind, Leute, mit denen wir reden, die etwas zur Klärung meiner Situation beitragen oder helfen könnten, das verschwundene Boot wiederzufinden. Dass ich die Möglichkeit hätte, mich an die Behörden zu wenden und herauszufinden, wo ich hergekommen bin.

»Aber … wie kommt ihr an eure Vorräte?«

»Früher gab es im Süden der Insel ein Hotel«, sagt Hazel vertraulich. »Mit Restaurant, ein paar Geschäften, sogar einer Bowlingbahn. Aber sie haben letztes Jahr dichtgemacht. Die Rezession, du weißt schon. Da haben wir früher unsere Sachen herbekommen. Jetzt haben wir eben von Nikodemos – das ist der Mann, dem die Insel gehört – dieses Motorboot geliehen …«

»… das gesunken ist, wie es scheint«, ergänzt George.

»Internet haben wir auch nicht«, wirft Joe ein.

Kein Internet heißt, ich kann weder in den sozialen Netzwerken noch via Google nach Berichten über eine Frau forschen, deren Beschreibung auf mich passt und die auf Kreta als vermisst gilt.

»Nikodemos hat uns auch ein Satellitentelefon mitgegeben«, sagt Sariah, die merkt, wie sehr mich das alles beunruhigt. »Gott sei Dank! Ohne das Boot wären wir sonst ja wirklich wie Schiffbrüchige.«

Daran erinnere ich mich. Dass George gestern Abend das Satellitentelefon aus der Tasche gezogen hat. Sie wollten versuchen, die Polizei auf der Hauptinsel zu erreichen.

»Hattet ihr inzwischen Kontakt zur Polizei?«, frage ich schnell.

»Das war das Erste, was ich heute Morgen gemacht habe«, sagt George, und ich atme auf. Doch dann fährt er fort: »Es ist niemand als vermisst gemeldet. Ich hab sie gebeten, bei den Dienststellen auf den anderen Inseln nachzufragen. Das wollten sie machen.« Er zuckt die Achseln. »Tut mir leid, dass ich nichts Besseres zu berichten habe.«

»Vielleicht könnten wir die britische Botschaft anrufen? Wer mich vermisst, würde sich doch bestimmt auch dorthin wenden.«

»Okey-dokey.«

Er holt das Telefon aus der Hosentasche und zieht die Antenne heraus. Dann springt er auf, wählt eine Nummer und geht zum Fenster hinüber, wohl um besseren Empfang zu haben.

»Ich hätte gern die britische Botschaft«, sagt er.

Mein Herz rast. Ich stehe ebenfalls auf und folge ihm gespannt.

»Athen, sagen Sie?« Er hält das Telefon ein Stück von seinem

Mund weg und erklärt mir: »Auf Kreta gibt's keine britische Botschaft. Am nächsten dran ist die in Athen.«

Die Antwort auf meine Frage, wie weit es nach Athen ist, fällt niederschmetternd aus: sechzehn Stunden mit dem Boot, das wir ja anscheinend noch nicht einmal haben.

George wendet sich wieder dem Telefon zu. »Ja? Hallo? Ja, ich möchte eine britische Staatsbürgerin melden, die wahrscheinlich vermisst wird. Jedenfalls nehmen wir an, dass sie Britin ist.« Er sieht mich erwartungsvoll an, aber ich habe keine Antwort für ihn. Ich weiß nicht, ob ich Britin bin. »Sie ist hier auf Komméno gestrandet«, fährt er fort, »und kann sich an so gut wie nichts erinnern. Komméno, ja. Wir sind ungefähr acht Meilen nordwestlich von Kreta.«

Er beschreibt mich, nickt andauernd, schnipst mit den Fingern, weil er Zettel und Stift braucht, und kritzelt etwas hin. Dann beendet er das Gespräch.

»Niemand hat eine Britin als vermisst gemeldet«, seufzt er. »Aber es würde natürlich schon helfen, wenn wir deinen Namen wüssten.«

Sariah runzelt die Stirn. »So oder so sitzen die in Athen«, sagt sie. »Vielleicht sollten wir es bei der Polizei in Chania versuchen?«

George wirkt nicht überzeugt, tippt aber trotzdem eine Nummer ein. Nach ein paar Minuten wirft er den Blick zur Decke und fängt an, auf und ab zu gehen. »Kein Empfang«, sagt er schließlich, »ich versuch's draußen.« Er geht zur Hintertür hinaus und kommt kurz darauf kopfschüttelnd zurück. Mir sinkt das Herz. Niemand hat eine entsprechende Anzeige aufgegeben. Niemand hat mich als vermisst gemeldet.

Sosehr sie sich auch bemühen, mich freundlich aufzunehmen, diese Erkenntnis macht alles, was mir an Kraft wieder zugewachsen war, zunichte. Der Schmerz in Kopf und Nacken meldet sich zurück, und – so seltsam es klingen mag – auch meine Brüste tun weh und fühlen sich heiß an, als hätte jemand flüssiges Blei hineingespritzt. Als Sariah den Tisch abräumt, lupfe ich verstohlen das Shirt am Hals und spähe hinein. Das Gefühl hat nicht getäuscht: Meine Brüste sind zu harten weißen Kugeln angeschwollen, auf denen ein Geflecht aus blauen Adern eine Art Landkarte bildet.

»Alles okay?«, fragt Sariah.

Verlegen lasse ich den Shirt-Kragen los. »Mir geht's nicht so gut. Wäre es in Ordnung, wenn ich mich ein bisschen hinlege?«

Natürlich sei das in Ordnung, sagt sie, und Joe ist schon aufgesprungen, um mich zu stützen und in mein Zimmer zu bringen.

»Sicher, dass ich dich nicht noch mal untersuchen soll?«, fragt er auf dem Weg nach oben. Ich behaupte, dass mir nichts fehlt, dabei sind die Schmerzen nahezu unerträglich – und so merkwürdig: ein enges Gefühl im ganzen Oberkörper, ein Spannen und Brennen, als hätte mir jemand heiße Schürhaken durch die Brustwarzen gebohrt.

Als ich mich ins Bett lege, kommen mir die Tränen; ich kann sie nicht länger zurückhalten. Sind das Muskelrisse irgendwo im Brustkorb, habe ich einen Herzinfarkt? Plötzlich ist Sariah da; sie auf der einen, Joe auf der anderen Seite von meinem Bett. Beide fragen, was ich habe, warum ich weine.

Ich will nur schlafen.

18. MÄRZ 2015

Potter's Lane, Twickenham

Lochlan: Ich schlafe die ganze Nacht nicht. Gerda und Magnus flüchten in das leere Zimmer, während ich Max nach oben trage, in sein Bett, und Cressida nach einer weiteren Flasche Folgemilch in ihr Gitterbettchen lege. Dann drehe ich einen Sessel so, dass ich, darin sitzend, aus dem Fenster schauen und die Straße im Blick behalten kann, und gieße mir einen Gin ein.

Vier Stunden lang trudele ich so zwischen Unglauben und Verzweiflung. Verrückt, aber man schafft es beinahe, sich an Gespräche zu erinnern, die nie stattgefunden haben. Oder sich Versionen oder Erklärungen zurechtzulegen, die alles wieder ins Lot bringen und Angst und Sorge verscheuchen. Für eine knappe halbe Stunde kann ich mir einreden, Eloïse hätte gesagt, dass sie zu einer Konferenz fahren muss, und ich hätte das schlicht vergessen. Die Verzweiflung lässt Möglichkeiten sprießen, wo normalerweise keine sind. Im Geiste spiele ich verschiedene Szenarien durch: dass Eloïse die Treppe heruntergefallen ist, sich den Kopf angeschlagen und die Orientierung verloren hat und nun hilflos durch die Straßen irrt; dass es einen Einbruch gegeben hat, bei dem etwas schiefgegangen ist. Vielleicht hatte sie auch Selbstmordgedanken, wollte es aber nicht vor den Kindern tun. Eine Idee so beknackt wie die andere.

Die Sache ist die: Eloïse ist die Letzte, von der man erwarten würde, dass sie etwas Abgedrehtes tut. Sie ist diejenige, die den Laden am Laufen hält. Ob ich meinen Schlüssel verliere oder eine Akte oder ein Dokument – Eloïse erahnt, wo sich das jeweilige Objekt befindet. Sie ist wie ein Navi für verlorene Dinge. Nein, mehr als das: Sie ist *beständig*. Ich weiß, das klingt langweilig, aber es stimmt. Wie oft bin ich nach Hause gekommen und habe hier jemanden vorgefunden, der von Eloïse getröstet, beraten oder aufgemuntert worden ist. Sie ist jemand, zu dem sich Leute mit Bedarf in dieser Richtung unwiderstehlich hingezogen fühlen.

Gegen fünf treibt mich die Angst, dass es sich um eine Entführung oder einen aus dem Ruder gelaufenen Einbruch handeln könnte, dazu, den Kopf in die Hände zu stützen und mit Macht die Tränen zurückzudrängen. Als die Erschöpfung übermächtig wird und mein Körper nach Schlaf geradezu schreit, bin ich schließlich am tiefsten Grund des Selbstzweifelmeeres angelangt. Sie hat mich verlassen. Das ist die einzig mögliche Lösung dieses unerklärlichen Rätsels, das einzige Puzzleteil, das passt. Zur Strafe für die unzähligen Male, da ich Arbeitsbelange wichtiger genommen habe als sie und die Kinder, da ich nicht zugehört habe oder wegen einer Kleinigkeit in die Luft gegangen bin, hat sie mich verlassen, und zwar höchstwahrscheinlich für einen anderen. Deshalb liegen ihr Handy und all ihre Kreditkarten noch hier. Für den Kontakt mit ihm hat sie ein anderes Telefon benutzt. Er hat Geld. Sie werden kommen und die Kinder holen.

Während dieser Nachtwache durchwandere ich das ganze Spektrum von Emotionen. Zorn, Selbstmitleid, Sorge, Paranoia, eine surreale Art von Akzeptanz. Gegen sechs meldet Cressida sich mit einem leisen Maunzen. Ich erhebe mich, bereite ein Fläschchen zu und bringe es nach oben. Gerda ist schon da. Sie beugt sich über das Gitterbettchen und versucht, die Kleine zu beruhigen, indem sie leise und auf Deutsch mit ihr spricht.

»Schon gut, Gerda«, sage ich müde. »Hier, ich habe, was sie möchte.«

Gerda dreht sich um und nimmt mir die Flasche ab, wobei sie meinem Blick ausweicht. Dann hebt sie Cressida aus dem Bett und setzt sich mit ihr in den Stillsessel, um sie zu füttern.

»So«, sagt sie, »Omi ist da. Trink schön, meine Süße.«

Ich lehne mich gegen das Gitterbett und schaue benommen zu, wie sie Cressida die Flasche gibt. Wahrscheinlich sollte ich etwas sagen, aber ich weiß nicht, was.

Nach einer Weile schaut Gerda mich an. »Es ist, als seien gerade mal fünf Minuten vergangen, seit ich Eloïse so gefüttert habe. Cressida sieht aus wie sie.«

Dann kneift sie die Augen zusammen und schaut mich durchdringend an.

»Sag mir die Wahrheit, Lochlan. Hat Eloïse dich verlassen?«

Auch wenn die kaum verhohlene Abneigung, die meine Schwiegermutter gegen mich hegt, nichts Neues ist, trifft mich die Frage – oder eher die plötzliche Schärfe in ihrem Ton – unvorbereitet.

»Ich weiß es nicht«, stammele ich. »Ich habe keine Ahnung, wo sie ist.«

Sie spitzt die Lippen und setzt diese spezielle Miene auf, die, wie ich inzwischen begriffen habe, ausschließlich mir präsentiert wird.

»Du warst einer der Letzten, die sie gesehen haben. Kam sie dir …«

»Was?«

»Na, ich weiß nicht. Du bist ihr Mann. Habt ihr euch wieder mal gestritten?«

»Nein«, sage ich und ärgere mich kurz über Eloïse, weil sie mit unseren Problemen zu Gerda läuft. Ich weiß, Gerda gehört zur Familie, sie hat meine Frau großgezogen, aber ich geb's zu, zu meinen angenehmeren Tagträumen zählt auch der, dass sie den Löffel abgibt. Auf den Ärger folgt unmittelbar die schmerzliche Erinnerung daran, dass El verschwunden ist. Dass meine Frau verschwunden ist. Wie diese Leute, die man manchmal auf Plakaten sieht oder im Fernsehen, wenn die ungelösten Fälle ausgewalzt werden. Und ich habe absolut keine Idee, keinen Plan, wie ich sie finden soll.

Gerda erhebt sich und beginnt, mit Cressida auf dem Arm auf und ab zu gehen.

»Irgendetwas muss sie doch *gesagt* haben.«

»Zum Beispiel?«

Ein Stoßseufzer. »Eloïse würde doch die Kinder nicht einfach im Stich lassen.«

»Das weiß ich.«

Sie bleibt stehen.

»Es sei denn …«

»Es sei denn, was?«

»Na ja, es sei denn, du hast ihr einen Grund gegeben, die Kinder im Stich zu lassen.«

Ihre Stimme – eng, scharf, brüchig – katapultiert mich zurück zu dem Abend, an dem El und ich unsere Verlobung bekannt gegeben haben. Die Mutter, die El während ihrer prägenden Jahre quer durch England geschleift hatte, immer dorthin, wo es Heroin für sie gab, spielte keine Rolle mehr. Sie war gestorben, als El zwölf war. Da waren Gerda und Magnus eingesprungen, hatten El zu sich geholt, sie großgezogen, ihr eine erstklassige Ausbildung ermöglicht und ein geregeltes häusliches Leben geboten. Als ich El fragte, ob sie mich heiraten wolle, war ich Gerda erst einmal begegnet und hatte offenbar einen kläglichen Eindruck hinterlassen.

So saßen wir bei ihnen in Genf im Esszimmer. Immer zwischen Deutsch und Französisch wechselnd, präsentierte El zahllosen Freunden der Familie und entfernten Verwandten stolz ihren Verlobungsring. Ich hockte in einer Ecke und begnügte mich damit, meine sozialen Defizite mit Gin abzufedern. Irgendwann sah ich, wie Gerda Eloïse beim Ellbogen packte und in die Küche dirigierte. Ich ging hinterher, aber schon an der Tür hörte ich Gerdas Ton und wusste, dass ich mich lieber zurückhalten sollte. Also blieb ich hinter der Tür stehen und reckte den Kopf, um nichts zu verpassen. Sie sprach englisch – vermutlich, damit keiner der Gäste sie verstand. Ich aber verstand sie.

Bist du dir wirklich sicher, Eloïse?

Wie meinst du das?

Ihr habt euch doch gerade erst kennengelernt. Hättet ihr nicht noch ein bisschen warten können?

Eloïse lachte. *Wir sind seit einem Jahr zusammen …*

Dein Großvater und ich waren drei Jahre liiert, bevor wir ans

Heiraten auch nur gedacht haben. Das ist eine ernste Angelegenheit. Sehr ernst …

Ich weiß, wie ernst es ist, Mama.

Was macht sein Vater eigentlich?

Der ist im Ruhestand, glaube ich. Er hat in einem Bergwerk gearbeitet.

In einem Bergwerk?

Spielt das eine Rolle?

Ein langer Seufzer.

Entschuldige.

Was soll ich entschuldigen, Liebes?

Dass du dich nicht so für mich freuen kannst, wie ich dachte.

Weil ich das Gespräch für beendet hielt, trat ich den Rückzug an, doch dann sagte Eloïse noch: *Es ist wegen meiner Mutter, stimmt's?*

Gerda räusperte sich pikiert und erwiderte etwas zu laut: *Sei … einfach auf der Hut, ja? Denn ich habe dich sehr lieb, meine Süße.*

Ich hab dich auch lieb, Mama.

Nun taucht Gerda wieder vor mir auf, in einer Hand das beinahe leere Fläschchen, im anderen Arm meine Tochter, die kurz davor ist einzuschlafen. Ich beiße die Zähne zusammen, wappne mich für eine Auseinandersetzung.

»Es ist doch niemand anders im Spiel, oder?«, fragt Gerda langsam und meidet nach wie vor meinen Blick.

»Jemand anders?«

Sie zuckt die Achseln, als sei das eine absolut naheliegende Frage. »Ein anderer Mann. Ein Liebhaber.«

Mir sträubt sich das Fell. »Ich hoffe nicht!«

»Und sie hat wirklich alles hiergelassen? Ihre Kreditkarten, Ausweise …«

»*Ausweise?*«, entfährt es mir, noch bevor ich ganz begreife, was sie meint: El hat zwei. Ihren britischen Pass und den Schweizer, noch von früher. Gerda schaut mich erwartungsvoll an, deshalb sage ich: »Ja«, obwohl mir der Schweizer Pass noch nicht begegnet ist. Den hatte ich komplett vergessen. Er ist leuchtend rot mit einem weißen Kreuz vorn drauf, dürfte also nicht so schwer zu finden sein. Ich nehme mir vor, gleich das Haus danach abzusuchen, auch wenn Eloïse ihn seit Ewigkeiten nicht benutzt hat. Wahrscheinlich ist er längst abgelaufen.

Gerdas Blick schweift unruhig umher. »Irgendeinen Grund musst du ihr ja gegeben haben.«

Die Worte sind wie Scherben, zum Verletzen gemacht, aber ich weigere mich, darauf anzuspringen. Es wäre genau das, was sie will. Stattdessen mache ich auf dem Absatz kehrt und verlasse das Zimmer.

Umringt von gelben Minions, seinen Quilt fest im Arm und den Daumen im Mund, liegt Max in seinem Piratenschiffbett und schläft. Sobald er aufwacht, werden die Fragen nur so aus ihm heraussprudeln, und ich habe keinen Schimmer, was ich ihm antworten soll. Ich kann ihm ja schlecht erzählen, dass seine Mutter immer noch ihrer Freundin Blumen bringt.

Ich durchsuche den Aktenschrank im Gästezimmer, in dem El Geburtsurkunden, Kinderuntersuchungshefte und solche Dinge aufbewahrt, aber von einem Schweizer Pass keine Spur. In der Schublade unter unserem Bett ist er auch nicht. Mir fällt keine Stelle ein, an der ich noch suchen könnte. Ich dusche, was mich erfrischt, und dann wandern meine Gedanken zu meinen Mails und SMS, zu Eloïses Facebook-Seite und ihrem Twitter-Account. Es wimmelt nur so von Nachfragen, Bildchen und Emojis: *Geht's dir gut, El?* Trauriges Gesicht. *Melde dich!* Erschrockenes Gesicht. *Wo steckst du? Ich hab gehört, es stimmt was nicht.* Sehr besorgtes Gesicht. *Hallo, El, treffen wir uns heute zum Mittagessen?* Ein Herz.

Ich selbst habe SMS von unseren Freunden, die fragen, ob sie etwas tun können, und ich schaue alle Nachrichten durch in der Hoffnung, eine zu finden, die letztlich besagt, dass Eloïse gefunden worden ist.

Zum hunderttausendsten Mal höre ich meine Mailbox ab, aber da ist keine Nachricht von Eloïse. Allerdings eine – dringende – von meinem Chef, Hugo, in der es um ein Konto geht.

Einer unserer größten Kunden ist wegen eines Verwaltungsfehlers außer sich und droht damit, seine dreißig Millionen woandershin zu tragen. Ich schreibe schnell eine Mail an Hugo und bitte um genauere Angaben, und seine Antwort kommt prompt. Ich muss einige Unterlagen per Kurier nach Edinburgh schicken und beten, dass ein Wunder geschieht – dann bleiben Mr Husain und seine Millionen uns vielleicht erhalten.

Gerda kommt in einer langen Kaschmir-Strickjacke die Treppe heruntergetapst; sie hat eine Zigarette und ein Feuerzeug in der gepflegten Hand, ist also wohl auf dem Weg in den hinteren Garten. Als sie mich sieht, bleibt sie stehen und setzt eine seltsam reumütige Miene auf.

»Es ist ja nur so, Lochlan: Wenn Eloïse *wirklich* verschwunden ist, brauchen wir doch einen Aktionsplan, um sie wieder herzubekommen.«

Während ich meine Aktentasche aus dem Schrank neben der Treppe zerre, sage ich: »Genau aus diesem Grund habe ich die Polizei informiert.«

»Die Polizei tut hierzulande doch gar nichts«, meckert sie. »Wir müssen proaktiv sein, wir müssen einen Plan …«

»Ich bin proaktiv.«

Sie unterbricht mich. »… entwickeln, um sicherzustellen, dass sie nicht länger wegbleibt als nötig. Es sei denn natürlich, du willst es so.«

Was ich will, ist, ihr eine runterhauen. Und in dem Augenblick, da ich diesen so unschönen wie unwiderstehlichen Impuls verspüre, fällt mir ein Streit mit Eloïse ein, bei dem ich ihr am Ende vorgehalten habe, dass sie wie Gerda ist. Sie wollte wissen, wie zum Henker ich das meine, und ich habe die Wahrheit gesagt: dass sie die Neigung hat, mir das Wort im Mund herumzudrehen und mich in die Enge zu treiben. Oder zu mauern. Gegen passiv-aggressive Leute kann man nicht gewinnen. Und wenn man ihnen zehnmal die Augen auskratzen möchte, man muss sie ignorieren.

»Könntest du Max und Cressida Frühstück machen?«, frage

ich ruhig. »Die Fläschchen müssen sterilisiert werden, und soweit ich weiß, stehen im Kühlschrank noch ein paar Packungen Folgemilch. Max isst Müsli. Die Milch dafür sollte vorher für eine halbe Minute in die Mikrowelle.«

»Du gehst weg?« Gerda starrt mich an. »Wo gehst du denn hin, um Himmels willen?«

Ich nehme meinen Schlüssel von der Kochinsel. »Arbeiten, fürchte ich.«

»*Arbeiten?*«

Gerda ist plötzlich grün im Gesicht. Wie ein vergammelter Schinken. Gut! Ich spaziere zur Tür hinaus, setze mich in mein Auto und fahre weg, so schnell ich kann.

Vor acht Jahren haben Eloïse und ich uns kennengelernt, bei einer Wohltätigkeitsgala, zu der ich widerstrebend gegangen bin, um das Fähnchen unserer Firma hochzuhalten. Ich war einfach schon bei zu vielen solchen Events, und obwohl ich inzwischen einen beträchtlichen Teil meines Lebens in London verbracht habe, trage ich doch noch so viel Glasgow in mir, dass ich diese Kanapees-und-Küsschen-hier-Küsschen-da-Geschichten ätzend finde. Zu allem Überfluss hatte mir jemand gesteckt, dass meine Ex-Freundin Laura auch da sein würde, und der wollte ich nun wirklich nicht begegnen.

Aber dann ging diese schöne Frau aufs Podium. Sie war so bescheiden, so uneitel und eindrucksvoll. Sie hatte den einen Arm angewinkelt und um die Taille gelegt, um den anderen Ellbogen greifen zu können. Ruhig sprach sie ins Mikrofon, stellte sich zunächst einmal vor: Eloïse Bachmann. Sie war gerade dabei, über Crowdfunding ein Projekt zur Unterstützung geflüchteter Kinder aufzuziehen, die in Großbritannien gestrandet waren. Je mehr sie über die Hintergründe erzählte, desto mehr Leben kam in sie. Ihre Stimme wurde fester, ihre Haltung änderte sich, und mit einem Mal hörten die Leute zu. Am Ende bekam sie großen Applaus. Trotz des grellen Scheinwerferlichts sah ich, dass sie überwältigt war.

Nicht, dass Eloïse nicht schön wäre – sie ist schlank, blond, umwerfend –, aber zu jener Zeit war sie nicht mein Typ. Sie ist feinfühlig und auf eine stille Art selbstsicher, wahrscheinlich der klügste Mensch, den ich kenne. Damals fühlte ich mich aber eher zu theatralisch veranlagten, instabilen Frauen hingezogen, solchen, die mir vor meinen Freunden peinlich waren; solchen, die einem nach einem Streit die Reifen aufschlitzen. Meine Beziehungen waren wie soziale Experimente. Was die Liebe anging, war ich zum Zyniker geworden: Ich behauptete, es gebe sie nicht, und ich wolle sie auch gar nicht, wobei ich in Wahrheit nur ein Vollidiot mit einem Hang zu Soziopathinnen war. Und dann stand ich plötzlich vor einer Frau, die mit ihrem ernsten Anliegen einen ganzen Saal voller Millionäre in ihren Bann zog, und hatte das Gefühl, angekommen zu sein.

Sie musste erobert werden. Keine meiner Taktiken griff. Eloïse interessierte sich nicht für Obstkörbe oder Restaurants mit Dresscode. Ich auch nicht, aber ich hatte mich so lange in einschlägigen Kreisen bewegt, dass ich irgendwie annahm, solche Dinge könnten sie locken. In meiner Verzweiflung fing ich eine Kollegin ab, die mit Eloïse befreundet war, und fragte sie um Rat. »Geh mit ihr zu *Skybright*«, sagte sie nur. Ich hatte keine Ahnung, was *Skybright* war. Wie sich herausstellte, ein ehrenamtlich betriebenes Café, in dem die Gäste zahlten, was sie für angemessen hielten – sodass auch kostenlose Mahlzeiten für Obdachlose angeboten werden konnten. Dahin lud ich Eloïse ein, und sie sagte zu. Drei Monate später machte ich ihr einen Antrag. Sie sagte auf sehr nette Weise Nein. Einen Monat später versuchte ich es noch einmal, auf Knien. Ich wusste, dass ich nie zuvor das für einen Menschen empfunden hatte, was ich für sie empfand, und war nicht bereit, aufzugeben. Zum Glück sagte sie diesmal Ja.

Wir hatten zwei Hochzeiten – einmal die richtige, nur wir beide, der Geistliche und ein paar Freunde, mit einer kleinen Feier in einem von Magnus' Häusern, und dann einige Wochen später noch mal mit den Verwandten in England. Während der ersten

Jahre haben wir uns als Rucksacktouristen und Segler in der Welt herumgetrieben. El ist eine erstklassige Seglerin. Magnus hat es ihr beigebracht – das hat die beiden zusammengeschweißt; sie ist mit ihm viel vertrauter als mit Gerda. Monatelang haben wir an einem kleinen Strand in Goa gehaust, sind bei Sonnenaufgang aufgewacht, haben vor dem Frühstück im warmen Meer gebadet und uns unterm Sternenhimmel geliebt. Wir sind den Amazonas entlanggeschippert, haben Anakondas gesehen und Ureinwohner, die ihre Wäsche im Fluss wuschen. Wir sind auf der Chinesischen Mauer gewandert und haben uns dann nach Australien durchgeschlagen, wo wir einen Monat lang mit einem Segelboot zwischen den Whitsunday Islands gekreuzt sind. Ich dachte, es würde mir schwerfallen, nach alldem zu Hause wieder Fuß zu fassen, aber in dieser gemeinsamen Zeit war meine Liebe zu Eloïse so gewachsen, dass ich überall und mit allem zufrieden gewesen wäre.

Es ist mir wichtig zu sagen, dass ich meine Kinder abgöttisch liebe. Wirklich. Ich weiß mein Glück zu schätzen. Aber.

Das Leben, das wir vor Max führten, erfuhr an dem Tag, als er zur Welt kam, eine Vollbremsung. Spontane Wochenendtrips nach New York oder Venedig: vorbei. Eine Nacht durchschlafen: vorbei. Geistige Fähigkeiten: in Luft aufgelöst. Während wir die ersten vier Jahre unserer Beziehung in einem Zustand anhaltender, glückseliger Verliebtheit verbracht hatten, schienen wir einander plötzlich nur noch von der schlimmsten Seite zu sehen. Ich lernte, dass es eine große Bandbreite an Erschöpfungsgraden gibt, und hatte das Gefühl, ständig auf dem höchsten Level zu sein. Wir fingen an, uns wegen Sachen wie Hausarbeit und Geld zu streiten. Während Max' erstem Lebensjahr hatten wir mehr Streit als in der gesamten Zeit davor.

Ich erinnere mich an eine Nacht nach vielleicht einem halben Jahr, als wir beide, dement vom chronischen Schlafmangel, in der Küche standen. Ich habe ein Fläschchen zurechtgemacht und gefragt: »Wie schaffen es Paare überhaupt, zusammenzubleiben, wenn sie Kinder haben?«

Es muss gegen zwei Uhr morgens gewesen sein. Eloïses Haar

war vom Im-Bett-Liegen zerzaust, und das alte schwarze T-Shirt von mir, das sie anhatte, war mit Milch besabbert. Mir kam es so vor, als würden wir nichts anderes mehr tun als Körperflüssigkeiten aufwischen – oder gerade noch auffangen, manchmal mit bloßen Händen. »Ich weiß nicht, wie andere Leute mit Kindern es anstellen, nicht den Verstand zu verlieren«, erwiderte Eloïse.

Natürlich war das alles ganz normal. Wenig später hatten wir Freunde zum Essen da und haben ihnen davon erzählt, und schnell zeigte sich, dass alle Paare unter ihnen irgendwann *exakt das gleiche Gespräch* geführt hatten. Matt langte über den Tisch, ergriff Eloïses Hand und sagte: »*Jede* Frau denkt irgendwann daran, den Vater ihrer Kinder zu verlassen. Es reicht schon, wenn er ein paarmal weiterschläft, während du um drei Uhr nachts mit einem schreienden Baby fertigwerden musst, und – bums, ist die Scheidung eingereicht.«

Ich suche mir einen von den Mitarbeiterparkplätzen hinter dem Gebäude – es ist noch so früh am Tag, und trotzdem sind kaum noch Plätze frei. Einige Kollegen arbeiten buchstäblich hundert Stunden die Woche, und das jede Woche. Wenn es mal etwas ruhiger ist, nehmen sie sich vierzehn Tage frei und schippern mit einer gemieteten Jacht in der Karibik herum. Die wenigsten haben kleine Kinder, und die, die welche haben, verschleiern diese Tatsache eher. Von zwei Kolleginnen weiß ich, dass sie verheiratet sind, ihren Ehering aber lieber zu Hause lassen. Im Corporate-Finance-Geschäft wird Familie als lästige Ablenkung bewertet.

Das *Smyth-&-Wyatt*-Firmengebäude am Victoria Embankment sieht aus wie eine *Star-Trek*-Außenstelle – Dean Wyatt hat vor ein paar Jahren zehn Millionen in die Umgestaltung gesteckt, und nun besteht das ganze Ding aus Glas und Titan, mit italienischen Ledersofas und Auftragskunst, zum Beispiel Skulpturen. Deans Idee dahinter ist klar: Wenn du jeden Tag hier zubringen sollst, von morgens um sechs bis Mitternacht, muss der Ort schon wirklich schön sein. Und das ist er.

Die Treppe nehme ich im Laufschritt. Als ich meine Bürotür

aufschließe, ruft jemand meinen Namen, aber ich reagiere nicht, sondern logge mich in meinen Computer ein. Die Kiste fährt so schnell hoch wie eine Schildkröte auf Gras.

»He, Alter«, ruft jemand. Paddy Smyth. Er kommt aus Glasgow, wie ich, wobei man es bei mir nicht mehr so hört. Ich habe hart daran gearbeitet, nicht mehr zu klingen wie Billy Connolly, sondern eher wie Ewan McGregor. Es kommt bei den Londoner Kunden besser an.

»Gehen wir später was trinken?«

»Ich kann nicht, tut mir leid. Hab ein bisschen Krisenmanagement zu betreiben.«

Er schiebt die Hände in die Hosentaschen, kommt in mein Büro geschlendert und sieht sich die Fotos von meinen Kindern an, die auf dem Schrank an der gegenüberliegenden Wand stehen. »Ja, hab von der Dubai-Sache gehört. Ich dachte, darum kümmert sich Raj?«

Mit »Krise« habe ich den Umstand gemeint, dass meine Frau verschwunden ist, aber ich sage nichts weiter dazu. »Nein, mit der Dubai-Sache habe ich nichts zu tun. Ich muss diese Unterlagen zu dem Husain-Konto auf den Weg bringen. So schnell wie möglich.«

Endlich ist der Rechner so weit. Ich gebe mein Passwort ein, scrolle durch eine Liste mit Ordnern, lese »Husain« und klicke darauf.

»Hab übrigens gesehen, dass du gestern Abend was auf Facebook gepostet hast. Irgendwas mit deiner Frau, Eloïse, richtig?«

In dem »Husain«-Ordner, den ich markiert habe, finde ich einen weiteren, neuen, den meine Sekretärin offenbar übersehen hat. Ich klicke auf »Drucken« und höre den Drucker anspringen.

»Ja«, sage ich auf dem Weg zum Drucker. »Sie … sie ist gestern nicht nach Hause gekommen.«

Paddy folgt mir und runzelt die Stirn. »Sie ist nicht nach Hause gekommen?«

Plötzlich ist dieses dumpfe Gefühl in der Brust wieder da. Ich wünschte, Paddy würde endlich gehen.

»Die Polizei ist informiert.«

Der Drucker gibt einen schrillen Ton von sich, und über das Display läuft leuchtend weiß ein Schriftzug: KEIN TONER. SOFORT AUSTAUSCHEN. Ich muss mich schwer beherrschen, der Maschine keinen Fußtritt zu verpassen.

»Dauernd ist bei diesen Dingern die Tinte alle«, sagt Paddy. »Hast du noch so ein Patronendings?«

Ich werfe einen Blick in das Büro gegenüber, wo normalerweise meine Sekretärin sitzt. Es ist noch nicht mal sieben. Sie kommt erst gegen neun. Ich koche vor Wut.

»Druck es bei mir aus«, sagt Paddy. »Schick dir die Datei per Mail, und mach sie an meinem Rechner auf.«

»Geht nicht«, erwidere ich und lockere meinen Schlips. »Die Dateien sind mit dieser neuen Software gesichert. Ich kann sie nicht per Mail verschicken, sie sind in dem Rechner hier unter Verschluss.«

Was logischerweise heißt, dass ich nur eine Möglichkeit habe: meinen unförmigen Computer auszustöpseln und in Paddys Büro zu schleppen, das ein Stockwerk höher liegt. Die ganze Zeit klingelt und summt und piept mein Telefon, und als ich den Rechner schließlich neben Paddys Drucker abstelle, sehe ich, dass ich zwölf entgangene Anrufe habe, elf Nachrichten in der Mailbox, siebenundzwanzig Facebook-Benachrichtigungen und vierunddreißig Tweets.

»… und kein Ende«, sagt Paddy. »Sag mal, hat deine Frau dich verlassen?«

Paddy hat fünf Ehefrauen und unzählige Freundinnen verschlissen. In seinen Augen sind Trennungen unvermeidlich und Frauen wie Autos: Alle paar Jahre tauscht er das alte Modell gegen ein jüngeres aus. Er ist dreiundsechzig und zurzeit mit einer Vierundzwanzigjährigen liiert.

»Nein, sie hat mich nicht verlassen«, sage ich, schließe den Computer an und bediene diverse Tasten und Schalter. »Wir wissen nur nicht, wo sie ist.«

»Hat sie nicht gerade erst ein Kind bekommen?«

»Ja, ein Mädchen.«

»Und … wo sind die Kleinen jetzt? Habt ihr eine Kinderfrau?«

Ich habe keine Zeit für all diese Fragen. Als der Kasten endlich funktioniert, suche ich die »Husain«-Datei, markiere sie, klicke auf »Drucken« und bete stumm zu Gott, dass das Dokument tatsächlich ausgedruckt wird. Es wird. Ich schiebe es in ein Kuvert für den firmeninternen Kurierdienst und öffne meine Mails, um Mr Husain mitzuteilen, dass alles gut ist. Mitten im Schreiben halte ich inne.

»Wann kommt noch mal der Kurier?«

Paddy schaut auf die Uhr. »Gegen acht. Warum?«

Vor Kurzem sind ein paar neue Leute eingestellt worden, unter anderem so ein von Kopf bis Fuß tätowierter Neandertaler, der für den internen Zustelldienst zuständig ist. Letzte Woche musste meine Sekretärin ihn zurückbeordern, weil er zwei Päckchen mit der Aufschrift DRINGEND hatte liegen lassen. Um den Preis von einer Dreiviertelstunde kann ich sicherstellen, dass das Dokument tatsächlich rausgeht. Ich könnte dem Kerl sogar zwanzig Pfund zustecken und ihm sagen, er solle diesen Brief zuerst abgeben. Ich bin total hibbelig. Ohne genau zu wissen, warum, wähle ich unsere Festnetznummer.

Es hat kaum einmal geklingelt, da ist Gerda schon dran.

»Eloïse?«

»Hallo? Nein, hier ist Lochlan.«

Ein betrübter Seufzer.

»Hör zu, Gerda, es tut mir wirklich leid …«

»Das sollte es auch, Lochlan. Es ist mir unbegreiflich, was bei der Arbeit so dringend sein kann, dass du ins *Büro* fährst, während deine Frau unauffindbar ist. Was ist denn los?«

»Ich bin bald wieder zu Hause. Ich muss nur etwas verschicken, dann komme ich, ja?«

Eine Pause. »Magnus fährt schon in der Gegend herum in der Hoffnung, sie zu finden. Wann kommen die Leute von der Polizei?«

»Ich rufe kurz dort an und informiere sie, mach dir keine Sorgen.«

Ein resignierter Seufzer. »In Ordnung.«

»Tschüs.«

Es wird acht. Viertel nach acht. Ich bin runtergegangen ins Foyer, wo ich nun, das Kuvert unter dem Arm, umhertigere. Halb neun. Ich schwöre, wenn der Typ aufkreuzt, ramme ich ihm den Brief in den Hals. Die zwanzig Pfund Tip kann er vergessen. Als es neun ist, läuft mir der Schweiß in Strömen herunter, und mein Herz rast. Zwei Kollegen sind schon vorbeigekommen und haben gefragt, ob ich krank bin. Ich habe genickt. Jaja, ich bin krank. Allmählich dämmert mir, dass ich gehofft hatte, an diesem Ort meine Kompetenz zurückzuerlangen; so viel geistige Klarheit zu gewinnen, dass ich in der Lage sein würde, das mysteriöse Verschwinden meiner Frau aufzuklären. Die einzige Erkenntnis, die ich gewonnen habe, ist die, dass ich ein Idiot bin.

Um Viertel nach neun stürme ich wieder nach oben. Ich werde auf eigene Faust einen Kurier besorgen. Das hätte ich gleich tun sollen. Ramona, meine Sekretärin, sitzt an ihrem Schreibtisch. Ich gehe zu ihr hinüber, Ramona ist ein Genie. Sie ist Chinesin, von einer Tiger Mom erzogen, sie spielt auf Diplomniveau Oboe und wird in weniger als fünf Minuten mit einem Zauberwürfel fertig. Sie wird die ganze Chose in Ordnung bringen.

»Was machst du denn hier?«, fragt sie leise. »Ich dachte … habe ich da nicht online was gesehen, irgendwas mit deiner Frau?«

Ich nicke, wedele mit dem Umschlag und erkläre ihr das mit Mr Husain und dem Kurier.

»Der Kurier hat vor einer Viertelstunde bei Joan angerufen«, sagt Ramona. »Er kommt heute nicht. Ich war gerade dabei, einen Ersatz zu organisieren.«

Dankbar drücke ich ihr das Kuvert in die Hand. »Bitte, Ramona, stell das Ding für mich zu. Ich zahle, was immer du willst.«

Sie guckt mich entsetzt an. »*Ich* soll das zustellen?«

Ich gehe an ihren Rechner und suche die Strecke zum Cauldwell Building in Edinburgh heraus. »Hier. Ich maile dir die schnellste Route. Hast du dein Auto hier?«

Sie schüttelt den Kopf. »Ich komme immer mit dem Fahrrad …«

»Okay, dann buch einen Flug. Nimm meine Kreditkarte.« Ich zücke meine Brieftasche und drücke ihr eine Visa Card in die Hand. »Mach es einfach … egal, was es kostet, okay?«

Ramona ist völlig verwirrt. Mein Blick streift mein Spiegelbild in dem Glaspaneel an der Wand gegenüber. Ich sehe aus wie ein Irrer. Mein Schlips ist verschwunden, die obersten drei Hemdknöpfe sind offen, mein Haar steht zu Berge, mein Gesicht glänzt vor Schweiß. Obendrein halte ich meine Sekretärin bei den Armen gepackt.

Es klopft an der Tür. Durch das Glas ist die große, schlaksige Gestalt von Dean Wyatt zu erkennen.

»Alles klar hier, Lochlan? Ich habe dich schreien hören …«

Ich lasse Ramona los und fahre mir übers Haar. »Alles bestens. Angesichts der Tatsache, dass wir ohne Kurier dastehen, hat Ramona sich angeboten, ein sehr wichtiges Dokument jetzt selbst zuzustellen.«

Seine Miene wird ernst. »Wegen des Husain-Kontos?«

Ich nicke. Er hebt eine Silberbraue und schaut Ramona an. »Gut. Das ist aktuell eine sehr ernste Angelegenheit für die Firma.« Dann schwenkt sein Blick zu mir und kriegt etwas leicht Ungehaltenes. »Wir sehen uns bei dem Meeting in einer halben Stunde.«

Er wendet sich zum Gehen, aber ich laufe ihm hinterher und spreche ihn auf dem Gang noch einmal an.

»Ich fürchte, ich muss ein paar Tage freinehmen.«

Langsam dreht er sich um und sieht mich verständnislos an. »Tut mir leid, Lochlan, aber ich weiß nicht …«

Ich erzähle ihm, was zu Hause los ist, erwähne auch die Polizei, doch er schüttelt nur den Kopf, als könne das alles gar nicht wahr sein.

»Was ist mit der Filiale in Edinburgh? Du kannst in so einer angespannten Situation doch nicht einfach wegbleiben.«

Ich will etwas erwidern, aber der Ton eines LCD-Fernsehers, der neben uns an der Wand hängt, bringt mich aus dem Konzept. Es laufen gerade Nachrichten, und aus dem Augenwinkel erkenne ich das Gesicht meiner Frau. Wir beide drehen uns um und sehen zu, wie das Porträt von Eloïse aufgeblendet wird, bis es den ganzen Bildschirm ausfüllt.

Zu den Lokalnachrichten: Seit gestern wird die Chefin einer Hilfsorganisation und zweifache Mutter Eloïse Shelley, wohnhaft in Twickenham, vermisst. Angehörige und Freunde bitten dringend um Hinweise, die helfen könnten, sie zu finden.

Nun erscheint Gerda in Großaufnahme, erschöpft, mit flammendem Blick. Sie steht, ein Mikrofon vor der Nase, auf der Schwelle meines Hauses. Ihre Stimme bebt.

»Seit über vierundzwanzig Stunden fehlt jede Spur von ihr. Das ist unerträglich. Eine Qual. Wir haben zwei Enkelkinder, eins ist erst drei Monate alt. Wir flehen Sie an: Sollte jemand Eloïse gesehen haben, möge er sich umgehend mit uns in Verbindung setzen.«

19. MÄRZ 2015

Komméno, Griechenland

Eloïse: Es ist morgens. Hinter dem Dachfenster hängt ein grauer, schwerer Himmel. Das Bettzeug ist klamm vor Kälte. Ich brauche einen Augenblick, um mich zu orientieren. Das Schlafen hat mir gutgetan, ich fühle mich wie ausgewechselt. Kein Schmerz mehr in den Brüsten. Auch der Kopf tut nicht mehr weh. Allerdings ist die Tür des Dachbodens wieder abgeschlossen, oder sie klemmt. Weder in die eine noch in die andere Richtung gibt sie nach, und ich muss eine ganze Weile mit den Fäusten dagegentrommeln, bis Joe schließlich kommt und sie öffnet. Er meint, der Wind habe sie so fest zugedrückt, und bietet sich an, mir die Treppe hinunterzuhelfen. Das will ich nicht. Stattdessen klammere ich mich an den kalten hölzernen Handlauf und bewältige vorsichtig Stufe um Stufe.

Als ich endlich im Bad bin, schließe ich ab und vergewissere mich, dass die Tür wirklich zu ist. Dann lasse ich mich für einen Augenblick auf den Boden sinken. Eine Dusche gibt es nicht, nur ein Waschbecken und eine alte Zinkbadewanne mit rostigen Armaturen und in einer Wand ein von Spinnweben überzogenes Fenster. Aus der Leitung kommt offenbar nur eiskaltes Wasser. Sariah hat gesagt, sie haben das Wasser aus einer Zisterne draußen bei der Scheune; besonders viel kann es also nicht sein.

Ich ziehe den Schlafanzug, den Hazel mir geliehen hat, aus und betrachte die nackte Frau in dem kleinen Rasierspiegel über dem Waschbecken. Diese Frau, die ich ist. Sie ist hellhäutig, schlank, irgendwas zwischen dreißig und vierzig, mit schulterlangem, dickem, honigblondem Haar. Ein blasses Gesicht, eher lang und schmal, dünne Arme, runde Hüften, die Brüste von blauen Adern überzogen. Ihre Schultern sind klar konturiert, und unter einem kleinen Polster aus weicher Haut rund um den

Nabel sitzt ein festes Sixpack. Von den Augenwinkeln breiten sich Fächer feiner Linien aus. Eine kleine, nicht ganz ebenmäßige Nase, hellgrüne Augen und leicht abstehende Ohren. Kein Tattoo, keine Narbe. Die Nägel sind nicht lackiert und kurz, ordentlich zu Ovalen gefeilt. Links zieht sich ein übler blauer Fleck über Stirn und Wangenknochen, und auch an den Schienbeinen, an der rechten Hüfte und beiden Armen leuchtet es auberginenfarben.

Warum erkenne ich mich nicht? Warum ist mein Körper mir nicht vertraut? Wo wohne ich? Arbeite ich? Habe ich Kinder? Der weiße Fleck in meinem Hirn fluoresziert, er ist undurchdringlich. Warum weiß ich meinen Namen nicht?

Vorsichtig strecke ich den Arm aus, der nicht ganz so wehtut wie der andere, und berühre den Spiegel, um sicherzugehen, dass es sich tatsächlich um mein Abbild handelt. Ich wünschte, sie würde mit mir reden, mir meine Geheimnisse enthüllen. Ich studiere diesen Körper wie ein Puzzle, wie das Überbleibsel einer umfassenderen Geschichte.

An mehreren Fingerwurzeln habe ich Vertiefungen, so, als hätte ich da Ringe getragen, die nicht mehr da sind – am dritten und vierten Finger der rechten Hand, da, wo der Ehering hingehört. War ich verheiratet? Ich reibe mit dem Daumen über die Vertiefung in der Haut und hoffe, der verschwundene Ring könnte mir wieder einfallen, wenn nicht gar der Mensch, von dem ich ihn hatte.

Auf dem Badewannenrand liegt ein Stück Seife. Ich schrubbe mir den dumpfigen Salzgeruch von der Haut und aus den Haaren, wobei ich um die Wunde rechts am Kopf einen Bogen mache. Sie tut so weh. Hazel hat gesagt, sie hätte die Sachen, die ich anhatte, als sie mich gefunden haben – BH, Slip, ein gelbes T-Shirt und Jeans –, gewaschen und zum Trocknen rausgehängt. Und sie hat mir Sachen von sich geliehen.

In ein Handtuch gewickelt, schleppe ich mich in die Küche, zur Hintertür und die Steintreppe hinunter auf die kleine Rasenfläche hinter dem Haus. Da, an der Leine, hängen neben der

Schwimmweste meine Jeans, T-Shirt, Slip und BH. Ich befühle sie, ziehe an den Trägern.

Mir wird schwindelig, und ich muss mich kurz auf einen Flecken trockenes Gras setzen. Es ist eine schreckliche Vorstellung, dass auf der Fahrt hierher jemand zu Tode gekommen sein könnte. Womöglich jemand, den ich geliebt habe. Ich hänge dem Gedanken eine Weile nach, dann zwinge ich mich, mir die Umgebung genauer anzusehen. George hat gefragt, warum ich hergekommen bin. Es muss einen Grund dafür geben. Ich muss diesen Ort kennen.

Ich schaue das Haus an, wie es da am Hang klebt, wie hingeworfen, schutzlos den Winden ausgesetzt. Es ist größer, als ich angesichts der kleinen Räume im Innern gedacht hätte: hoch, aus Stein, hier und da bröckelnde Stellen im Mauerwerk, umgeben von einem Teppich aus orangefarbenen Splittern und Bröckchen, was bedeutet, dass auch das Dach in keinem guten Zustand ist. Im oberen Stockwerk zwei Balkons mit Metallgeländer, jeweils gekrönt von einem Busch aus leuchtend rosa Blüten, was dem Ganzen einen rustikalen Charme verleiht. Ein Teil des Daches ist flach. Dort oben erkenne ich etwas, das aussieht wie ein Flachbildschirm mit einer riesigen Batterie obenauf. Vielleicht ein Solarpaneel? Das würde erklären, wieso es im Haus Strom gibt.

Am Fuß des Hügels drängen sich mehrere Nebengebäude aneinander, außerdem ein paar verrostete, überwucherte Landmaschinen, die von der Vergangenheit des Anwesens erzählen. Nach einer Weile regt sich etwas in mir, aus irgendeinem Winkel meines Hirns kommt ein kleiner Schubs, die Mitteilung, dass ich hier schon mal gewesen bin. Das genügt, um mich auf die Beine zu bringen. Ich will mich weiter umsehen.

Die Insel ist anders, als ich gedacht hatte. Sie wirkt verwahrlost, verlassen. In der Ferne erkenne ich etwas, das aussieht wie halb fertige Häuser. Der Boden ist ausgedörrt, viele der knorrigen Bäume sind von Kletterpflanzen berankt und voller Dornen. Es ist, als müsste alles hier hart ums Überleben kämpfen.

Ich frage mich, ob es überhaupt möglich ist, einmal rund um die Insel zu laufen. Ein schmaler, staubiger Weg führt vom Haus zu den Bäumen weiter unten, aber Fahrzeuge hat es hier offensichtlich nie gegeben. Es hat etwas von Wildnis. Schön, ja, aber eine wilde Art von Schönheit – nicht unbedingt ein Ort, an dem man seine Ferien verbringen möchte.

Auf der Nordseite mache ich drei Gebäude aus, von denen das am nächsten gelegene ein Rohbau ist. An der Westküste ziehen sich ein paar kleine Strände hin, aber ich vermute, dass sie steinig sind und ihre Tücken haben. Wie ein blaues Tuch schmiegt sich das Meer um die Insel, hier und da gesprenkelt von den verschwommenen Umrissen ferner Boote und anderer Inseln.

Habe ich diese Entfernung wirklich allein in einem Boot überwunden? Wenn ich betrunken war, hatte ich dann die Geistesgegenwart, eine Schwimmweste anzuziehen? War jemand bei mir? Ist er – sind sie – ertrunken?

Dass die Insel unbewohnt ist, macht mir nicht gerade Mut. Ich verstehe nicht, wieso Joe, Hazel, Sariah und George sich hier draußen nicht vorkommen wie ausgesetzt. Vielleicht tun sie es jetzt, da ihr Boot weg ist, ja doch.

Nachdem ich mich vergewissert habe, dass ich unbeobachtet bin, steige ich in meine Unterhose und die Jeans, lasse das Handtuch auf Taillenhöhe rutschen und schlüpfe umständlich in den BH und das gelbe T-Shirt, wobei mir schon bei der kleinsten Bewegung alles wehtut. Das Shirt und die Jeans sind von guter Qualität, beide tragen ein kleines Designer-Etikett. Also bin ich jemand, der Designer-T-Shirts kauft? Kein Echo in meinem Innern. Aber nichts hier löst ein solches Echo aus. Ich fühle mich wie neugeboren. Wie ein unbeschriebenes Blatt. Der Geist von jemand anderem.

Als ich kehrtmache, nehme ich zwischen dem Haus und dem Nebengebäude, das aussieht wie eine kleine Scheune, eine Bewegung wahr. Panik durchfährt mich, doch dann erkenne ich, wer das ist: George hat sich dort im Schatten niedergelassen. Hat er gesehen, wie ich mich angezogen habe?

»Hallo?«

Eine Zigarette in der Hand, kommt er den Hügel heruntergeschlendert, mir entgegen. In diesem grellen Licht sieht er anders aus, schwer, dicklich, und der kahle Kopf glänzt. Halb zerfleddertes weißes Polohemd und Trainingshose. Mitte vierzig, vielleicht älter. Er winkt kurz zum Gruß.

»Hallo.«

»Hi.«

»Geht's dir besser?«

Ich versuche zu lächeln. »Ein bisschen.«

Er schwenkt die Zigarette. »Willst du eins von diesen schlimmen Dingern?«

Ich schüttele den Kopf, zögere jedoch. Vielleicht meldet sich eine Gier? Nein. Also bin ich Nichtraucherin.

»Aber danke fürs Angebot.«

»Gerne doch.«

Einen Augenblick herrscht Stille. »Schreibst du gar nicht?«, frage ich.

Er nimmt einen tiefen Zug. »Normalerweise würde ich heute zum Einkaufen nach Chania rüberfahren. Ich könnte die Strände auf der Westseite ablaufen und nachsehen, ob unser Boot da irgendwo liegt.«

»Das mit dem Boot tut mir leid«, sage ich. »Sollte sich herausstellen, dass ich reich bin, kaufe ich einen Ersatz.«

George lacht. »Das ist ja wohl kaum deine Schuld. Dafür kommt bestimmt die Versicherung auf.«

Was für eine Erleichterung. Vielleicht habe ich sein Benehmen die ganze Zeit fehlgedeutet – ich hatte immer das Gefühl, dass er sich über mich ärgert und mir die Schuld am Verlust des Bootes gibt. Bei diesem Licht wirkt er weniger unheimlich, weniger Furcht einflößend – und nicht mehr ganz so groß.

Gerade will ich ihn fragen, wie wir denn nun nach Kreta kommen sollen, da sagt er: »Vor einer halben Stunde habe ich mit Nikodemos gesprochen.«

»Nikodemos? Ist das der, dem die Insel gehört?«

Er nickt. »Na ja, ich habe mit seiner Frau gesprochen. Sie sagt, er ist für ein paar Tage weg, aber sie will sehen, dass er am Montagabend kommt und dich holt.«

Mir entfährt ein Juchzen. »Das ist ja wunderbar, vielen Dank!«

George grinst. »Und er bringt uns Essen. Hast du schon mal Mizithropita gegessen?«

Ich schüttele den Kopf, ich habe gar nicht richtig zugehört, aber er redet weiter.

»Fantastisch. Oh, es gibt keine bessere Küche als die griechische, ich sag's dir. Deshalb leben die hier auch alle so lange. Ich hab darum gebeten, dass er uns auch Tintenfisch mitbringt. Klingt eklig, oder? *Tintenfisch!* In England hab ich das nie gegessen, aber hier – ich kann gar nicht genug davon kriegen.«

Ich denke die ganze Zeit über diesen Mann nach, Nikodemos; ich versuche herauszufinden, ob der Name mir bekannt vorkommt. Aber das tut er nicht. Wird dieser Nikodemos mir helfen, Kontakt zur Botschaft aufzunehmen und die Situation zu erklären? Dann lässt sich hoffentlich rekonstruieren, wie ich hierhergekommen bin, und ich finde zurück zu denen, die womöglich verzweifelt nach mir suchen.

»Bist du sicher, dass du hier wegwillst?«, fragt George. Er steht plötzlich dichter vor mir und mustert mich; der Wind trägt seinen scharfen Körpergeruch zu mir herüber. Ich wende mich ab, aber das registriert er nicht. Er zeigt auf die Hügelkette vor uns und sagt: »Das ist das Paradies.«

In meinen Augen ist die Insel mehr Wildnis als Paradies.

»Jaja, ich weiß, ein bisschen schroff«, sagt er, als könne er Gedanken lesen. »Der Name ›Komméno‹ bedeutet sogar ›getrennt‹ oder ›abgebrochen‹, deshalb sagen auch manche ›Zerbrochene Insel‹.« Er zieht die Nase hoch. »Aber glaub mir, hier hast du den Jackpot geknackt.«

»Ach ja?«

»Mhm. Für Archäologen eine Fundgrube. Jede Menge Mythologie.«

Ich ziehe ein ratloses Gesicht, und er grinst. Offensichtlich hat er Spaß daran, mir auf die Sprünge zu helfen.

»Die griechische Mythologie hast du also auch vergessen«, sagt er und lacht. »Es heißt, König Midas hatte einen Sohn, der halb Mensch und halb Stier war. Statt ihn zu töten, soll er ein Labyrinth gebaut, seinen Sohn da reingeschickt und geglaubt haben, er würde nie wieder rauskommen. Siehst du das, dahinten?« Er beugt sich zu mir herüber und zeigt auf eine in der Ferne gelegene Höhle. »Scheint so, als wäre das tatsächlich das Labyrinth. Minos hat immer Kinder reingeschickt, Jungen und Mädchen, zum Fraß für den Minotaurus, aber irgendwann hat Theseus gesagt, er geht da rein und tötet das Ungeheuer. Kurz darauf hat er sich auf den Weg gemacht. Er hatte ein Knäuel roter Wolle bei sich, um seinen Weg zu markieren. Und er hat den Minotaurus gefunden.«

Mir kommt der Gedanke, dass er mir das erzählt, um mir ein bisschen Angst zu machen, und ich muss mir eingestehen, dass er damit Erfolg hat. Mich beschleicht das Gefühl, dass dieser Ort nicht umsonst so verlassen wirkt.

»Na ja, und es gibt einige interessante Ruinen«, fügt George hinzu, als ich auf seinen Mythos nicht eingehe. »Vor gar nicht so langer Zeit haben sie ein paar Helme gefunden – und Schwerter, glaube ich. Da sind gleich ganz hohe Tiere von verschiedenen Museen gekommen und haben das meiste Zeug mitgenommen.«

Er versucht immer noch, mich zum Hierbleiben zu bewegen. »Danke«, sage ich, »klingt verlockend, aber: nein. Irgendwo muss es Leute geben, die durchdrehen, wenn ich nicht wiederkomme.«

Wieder zieht er die Nase hoch, und dann senkt er den Kopf wie ein abgewiesener Schuljunge. »Na gut. Ein bisschen Zeit bleibt dir ja noch. Genieß es. Fünfzehn Quadratkilometer – so groß ist die Insel. Oder klein, je nachdem. Bis zum Anleger unten beim alten Hotel ist es ein Fußweg von fünfzig Minuten. In diese Richtung.«

Ein Hoffnungsfunke. »Hotel?«

»Versprich dir nicht zu viel«, sagt er. »Es ist vor einiger Zeit geschlossen worden. Eigentlich nur noch eine leere Hülle. Die Investoren haben alles kahl gefressen. Die Rezession hat die Insel schwer getroffen. Auf der Ostseite gibt es noch eine verlassene Apartmentanlage. Das Geld war alle. Die Bauleute haben zusammengepackt und sind abgehauen, bevor sie überhaupt fertig waren. Jetzt stehen da nur ein paar Häusergerippe. Es ist eine Schande.« Er nickt in die Richtung. »Trotzdem gibt's hier einiges zu sehen. Jede Menge interessante Flora und Fauna, falls dich so was lockt. Über die Blumen und Pflanzen kann Sariah dir alles erzählen. Und wie gesagt, alle möglichen Tiere. Es gibt Geckos, Schildkröten, Hasen, Igel, Schlangen ...«

Ich schaudere. »Schlangen?«

Er grinst. »Kein Schlangenfan?«

»Nicht wirklich.«

»Die sind hier eher harmlos. Auf die Spinnen musst du mehr achtgeben. Ach ja, und auf die Wildziegen. Ich schätze, sie bleiben normalerweise da rechts in den Bergen, in der Nähe vom Hotel. Hinterhältige Biester sind das. Kretische Ziegen. Mehr Steinbock als Ziege, mit großen gebogenen Hörnern.« Um die Form der Hörner anzudeuten, beschreibt er mit beiden Händen einen Bogen von seinem Kopf nach hinten zu den Schultern. »Die Überlieferung besagt, dass der Minotaurus von ihnen abstammt.«

»Wer's glaubt ...«

Er zwinkert mir zu. »Halt einfach Abstand zu ihnen.«

Ich blinzele zu den Bergen hin, über denen blauer Nebel hängt. »Mach ich.«

»Hallo.«

Joe kommt die Treppe an der Hintertür herunter. Er hat einen Laptop unter dem Arm. Er ist groß und dünn, ein Strich in der Landschaft, und macht riesige Schritte.

»Suchst du dir ein Plätzchen zum Schreiben?«, fragt George und fügt, an mich gewandt, hinzu: »Joe schreibt nicht gern jeden Tag am selben Ort. Komischer Kerl.«

Als er neben uns steht, schirmt Joe seine Augen ab und hält Ausschau. »Ich versuch's wohl heute mal mit einem der Strände.«

Ich frage, ob ich ihn begleiten und mir den Strand ansehen kann, an dem mein Boot angespült worden ist. »Vielleicht entdecken wir sogar das Boot, das sich losgerissen hat«, sage ich zu George.

Joe runzelt die Stirn und mustert mich von Kopf bis Fuß. »Ich meine – na ja. Wahrscheinlich. Es ist ein ziemlicher Marsch. Bist du sicher, dass du dir das zutraust?«

Obwohl ich mir überhaupt nicht sicher bin, nicke ich. Weil ich immer noch nicht glauben kann, dass die Insel wirklich *komplett* unbewohnt ist. Sariah – vielleicht war es auch George – hat jedenfalls gesagt, sie sei nur ein paar Kilometer lang. Wenn ich langsam gehe, kann ich das schaffen.

Wir biegen vom Weg ab, überqueren eine Böschung, die dicht mit hohem und starrem Schilfgras bewachsen ist, und suchen uns einen Weg durch einen verwilderten Zitronenhain. Ich nehme an, Joe würde gern viel schneller gehen, aber er bleibt immer wieder stehen und wartet geduldig, hält Äste und Ranken beiseite, damit ich besser durchkomme. Dieser Teil der Insel gleicht einem Urwald, überall verschlungene Ranken und auf dem Boden verrottende Früchte. Von einem Gewächs pflücke ich eine, die aussieht wie eine kleine grüne Pflaume. Sie ist sauer, und als ich fester zubeiße, fällt eine Walnuss heraus. Es gibt riesige Kakteen voller Stacheln, und obwohl ich versuche, einen großen Bogen um sie zu machen, kriegen meine Beine einiges ab.

Ich gehe nach wie vor barfuß – meine Schuhe sind wohl im Meer versunken –, deshalb muss ich genau aufpassen, wo ich hintrete. Der Boden ist überraschend warm. Was ich aber noch viel mehr vermisse als Schuhe, ist eine Sonnenbrille. Hier draußen ist das Licht so grell, und es gibt so gut wie keinen Schatten.

»Meinst du, dass du nach deiner Zeit hier ein Buch herausbringen wirst?«, frage ich, in erster Linie, um das Gespräch in Gang zu halten. »Ist das das Ziel bei dieser Schreibwerkstatt?«

Joe zuckt die Achseln und wirft ein Stück Schale weg. »Weiß ich nicht.« Dann bleibt er stehen, schaut mich an und nimmt seine Sonnenbrille ab. »Hier«, sagt er. »Sieht so aus, als würde dir das Licht zu schaffen machen.«

»Sicher?« Zögernd greife ich nach der Brille.

»Absolut.« Er zieht seine normale Brille aus der Tasche und setzt sie auf. »Ohne die sehe ich sowieso fast nichts.« Er lässt den Blick über die Küstenlinie schweifen. »Ich werde mich heute wohl mal zum Scheiben in eine von den Höhlen zurückziehen. Da drin brauche ich keine Sonnenbrille.«

»Höhlen?«

Er bleibt stehen und zeigt zur Westseite der Insel, wo sich ein Meeresarm ins Innere windet. »Da. Man erkennt sie nicht gleich, aber wenn du an den Zypressen vorbeischaust, siehst du eine Reihe schwarzer Punkte. Das sind uralte Höhlen. Ziemlich abgefahren. Tolle Atmosphäre. Ich zeig sie dir, wenn du willst.«

Ich bin jetzt schon viel schlapper, als ich erwartet hatte, deshalb sage ich, das wäre schön, aber erst in ein, zwei Tagen.

»Jetzt sind wir auch bald am Knochenstrand«, sagt er.

»Ja?«

Ein Nicken. »Man muss ein bisschen klettern, wenn man da runterwill. Ich weiß nicht, ob du das schon schaffst.«

»Doch, das schaffe ich«, sage ich, aber er besteht darauf, dass ich ihn unterhake, bevor wir den engen Pfad zunächst bis zu einem Felsvorsprung bewältigen. Von da blicke ich auf ruhiges blaues Wasser, das sanft über die Felsen unten schwappt.

»Flut«, sage ich und halte nach Booten Ausschau.

Er grinst. »Hier gibt's keine Flut.«

»Keine Gezeiten?«

»Nein. Das hat irgendwie damit zu tun, dass das Mittelmeer nicht vom Atlantik beeinflusst wird.«

Ich denke an den Abend zurück, als das Meer so aufgewühlt war. »Aber da war doch eine starke Brandung.«

Er nickt. »Ja. Es gibt so Strömungen zwischen Kreta und Libyen. Manchmal sind es auch die großen Kreuzfahrtschiffe, die da draußen vorbeifahren. Die verursachen auch Wellen. Oder der Sturm war schuld. So, halt dich wieder fest.« Er reckt mir einen blassen Ellbogen entgegen. »Es ist nicht mehr weit bis zum Knochenstrand.«

Langsam dirigiert er mich auf einen Weg rechts des Vorsprungs, der zur nächst tiefer gelegenen Ebene führt. Er hält mich an, vorsichtig zu sein und immer hinter ihm zu bleiben, während er sich an den Felsen entlangschiebt. Irgendwann bleibt er stehen und dreht sich nach mir um.

»Es gibt eine Abkürzung, aber das ist heute noch nichts für dich. Da muss man richtig klettern. Siehst du? Hier, rechts.«

Fünf, sechs Meter unter uns liegt ein Strand. Sofort verstehe ich, wie er zu seinem Namen kommt: Die kalkweißen Felsen erinnern an Knochen. Kräftig und geriffelt, von der Farbe her wie Zähne. Von hier sieht es so aus, als würde ein Riese die Erdoberfläche durchstoßen und aus dem Grund hervorbrechen; zwei größere Felsen bilden die Schultern, ein Streifen kleinerer Brocken in der Mitte das Rückgrat. Und da, rechts, ganz vorn am Wasser liegt ein Holzboot mit zwei Masten. Rote Segel sind über den milchig weißen Sand gebreitet wie die Flügel eines urzeitlichen Schmetterlings.

»Erinnerst du dich jetzt, wenn du das siehst?«, fragt Joe.

»Das ist das Boot, mit dem ich gekommen bin?«

Sein Schweigen ist Antwort genug.

Staunen ist gar kein Ausdruck, ich bin fassungslos. Ich habe keinerlei Erinnerung, nichts, das eine Verbindung zwischen mir und diesem Boot herstellen würde. Es könnte genauso gut ein Raumschiff sein.

»Alles in Ordnung?«, fragt Joe.

Ich bejahe, aber in Wahrheit habe ich Angst und bin völlig durcheinander. Wahrscheinlich habe ich gedacht, beim Anblick des Bootes würde mir alles wieder einfallen. Die Erkenntnis, dass ich das Boot, mit dem ich hier gestrandet bin, vor der Nase habe und mir nichts, aber auch gar nichts dazu einfällt, ist niederschmetternd.

Ein Blick zurück zeigt mir, dass der Weg zum Haus steil und gefährlich ist. »Wie bin ich denn bloß da hochgekommen?«

»George hat dich getragen. Ich hatte Mund-zu-Mund-Beatmung gemacht.« Er zuckt die Achseln. »Wie gesagt, du hattest Glück.«

Weiter draußen mache ich schemenhaft andere Inseln aus, Boote, ein Kreuzfahrtschiff. Endlose Möglichkeiten, wo ich hergekommen sein könnte. Panik steigt in mir auf, ein Gefühl, als bekäme ich keine Luft.

»Bloß gut, dass Nikodemos kommt«, sage ich. »Ich muss doch herausfinden, wo ich hergekommen bin. Wer ich überhaupt bin.«

»Ist dir dein Name immer noch nicht eingefallen?«

Ich schüttele den Kopf.

»Hast du dir schon mal überlegt, dass du dich vielleicht gar nicht erinnern willst?«

Ich fahre herum und sehe ihn an, versuche, seinen Ausdruck zu deuten, seinen Ton, aber ich kenne ihn nicht gut genug; ich weiß nicht, ob das witzig sein sollte oder nicht.

»Das klingt ja dramatisch. Warum sollte ich mich nicht erinnern wollen?«

Er schaut achselzuckend zu dem Boot hinunter; offensichtlich merkt er nicht, wie mich das alles quält.

»Ich würde sagen, die Tatsache, dass du so weit ab vom Schuss allein in einem Boot unterwegs warst, lässt darauf schließen, dass du vor irgendwas weggelaufen bist. Gesegelt, besser gesagt. Und hier ist weit und breit keine Insel, zu der du gewollt haben könntest. Warum ausgerechnet hierher?«

Darüber denke ich eine ganze Weile nach – die Antwort muss mir doch einfallen!

»Ich weiß es wirklich nicht.«

»Darf ich dir einen Vorschlag machen?«

»Natürlich.«

Ein Lächeln. »Versuch's mal mit Schreiben.«

»Schreiben?«

Er nickt. »Das wühlt tatsächlich das Unterbewusstsein auf. Als Therapie, wenn man so will. Mir hat es bei vielen Dingen geholfen. Sachen aus der Kindheit.« Er beißt sich auf die Lippe und senkt den Blick; seine Miene verfinstert sich. »Egal. Vielleicht hilft es dir, auf deinen Namen zu kommen.«

»Ich werd's versuchen«, sage ich und zucke ebenfalls die Achseln.

Nun lächelt er wieder. »Ich gebe dir ein Heft und einen Stift. Dann kannst du gleich anfangen. Na los, dann wollen wir mal sehen, dass du wieder festen Boden unter die Füße kriegst.«

Das Klettern auf dem Weg zurück raubt mir die letzte Kraft. Als ich oben ankomme, bin ich dermaßen außer Atem, dass mir schlecht wird.

»Setz dich«, befiehlt Joe. »Beug dich vor. So.«

Er lässt sich neben mir nieder und zeigt es mir. Ich mache es ihm nach, aber mir geht es trotzdem schlecht. Meine Schienbeine und Hüften schmerzen, und mir ist elend vor Durst. Irgendwann entschließe ich mich, zum Haus zurückzukehren und Joe allein weitergehen zu lassen, aber er besteht darauf, mich zu begleiten. Diesmal schlage ich den anderen Weg ein, wo es mehr Bäume und Sträucher gibt. Und Gras. Gras ist besser für meine Gelenke. Hier geht es steil bergan, und bald bietet sich im Westen ein freier Blick auf eine elefantenförmige Landspitze, eine saubere Kluft aus weiß schimmerndem Fels.

»Halt dich fern von den Klippen«, sagt Joe, wobei der Wind so laut ist, dass ich ihn kaum verstehe.

Ich setze mich noch einmal hin, stütze die Hände hinter mir auf und halte das Gesicht in die Sonne.

»Du siehst nicht gut aus«, sagt Joe. »Bleib einfach hier sitzen. Ich laufe nach oben und hole dir Wasser. Vielleicht bringe ich George mit, dann können wir dich tragen.«

Ich schüttele den Kopf, aber schon bei dieser kleinen Bewegung wird mir schwindelig. Ich sehe nur verschwommen. Joe braucht kein weiteres Signal. Er springt auf und läuft los.

In dem Augenblick höre ich es. Einen rauen, verzweifelten

Schrei, beinahe menschlich. Er kommt von unterhalb der Klippen. Auf allen vieren rutsche ich zur Kante vor und schaue hinunter. Tief unten leckt das Meer über die Felsen. Überall an den Felswänden kleben dunkle Punkte. Nester. Schwarze Vögel mit weißem Gesicht schaukeln, die Flügel beeindruckend ausgebreitet, im Wind, und versorgen flauschige weiße Küken, die hungrig in den Nestern auf und ab hüpfen.

Die Schreie schwellen an, immer mehr, werden zu einem durchdringenden Weinen. Es klingt wie eine Katze oder vielleicht ein Kleinkind. Ich setze mich zurück, auf die Fersen, und plötzlich fährt mir ein brennender Schmerz in die Brüste. Es ist unheimlich – als sei der Schmerz durch das Geräusch ausgelöst worden. Ich verstehe das nicht.

Vorsichtig ziehe ich das T-Shirt am Ausschnitt etwas von mir weg und schaue nach, rechne damit, Blut zu sehen. Die Brüste sind feucht, aber nicht blutig. Ein süßlicher Geruch steigt auf. Wie von Milch.

Ich ziehe mich vom Rand der Klippe zurück und gehe unsicher weiter den Hang hinauf. Scharfkantige Steine schneiden in meine Fußsohlen, und aus meinen Brüsten rinnt Flüssigkeit, die bald das T-Shirt tränkt. Hier geht irgendetwas Schreckliches vor sich.

18. MÄRZ 2015

Potter's Lane, Twickenham

Lochlan: Als ich mit quietschenden Bremsen in unsere Auffahrt einbiege, steht am Kantstein gegenüber bereits ein Polizeiwagen, und in einem silbernen Mercedes auf unserer Straßenseite sitzen ein Mann und eine Frau, die aufmerksam verfolgen, wie ich aussteige. Noch auf dem Weg zur Haustür holen sie mich mit Paparazzi-Geschwindigkeit ein und rufen: »Mr Shelley, Mr Shelley!« Ich sage nur: »Jetzt nicht«, und mache ihnen die Tür vor der Nase zu.

Im Flur schon höre ich Cressida schreien und Magnus irgendjemanden am Telefon anblaffen. Im Wohnzimmer, in meinem Lieblingssessel, sitzt ein Mann und auf dem Sofa eine Frau in strengem Hosenanzug mit weißer Bluse. Als sie mich sieht, springt sie auf, doch ich deute an, dass es noch einen Moment dauert, und gehe in die Küche, wo ich meine Tochter vermute.

Gerda hat Cressida auf dem Arm. Die Kleine will nicht trinken. Ich reiße Gerda die Flasche, die eiskalt ist, aus der Hand und knalle sie in die Mikrowelle.

»Die muss warm sein, sonst nimmt sie sie nicht«, sage ich. Ich habe viel gelernt in den letzten vierundzwanzig Stunden.

»Es wäre nett gewesen, wenn du mir das gesagt hättest, *bevor* du gegangen bist.«

In einer Wallung von Liebe nehme ich Cressida zu mir; sie ist so winzig, so zart, und als sie auf meinem Arm ist, verwandelt sich das Schreien in leises Greinen. Auf der Suche nach einer Quelle dreht sie den Kopf und befingert meine Brust, aber als sie nicht fündig wird, fängt sie wieder an zu schreien.

Die Mikrowelle piept. Ich nehme die Flasche heraus, schüttele sie energisch und schiebe Cressie den Sauger zwischen die Lippen. Sie trinkt gierig, gibt kleine Seufzer und Schmatzer von sich und drückt beide Fäuste fest gegen die Flasche. In ihren Mundwinkeln bilden sich Milchschaumbläschen, gleich fallen ihr die Augen zu; es ist, als habe sie mit dem Widerstand gegen die kalte Milch ihre ganze Kraft verbraucht und sinke nun in ein wolkiges Zufriedenheitskoma. Nach fünf Minuten ist die Flasche leer – und Cressida fängt erneut an zu weinen.

Frustriert übergebe ich sie wieder an Gerda, die ihr ein Küsschen auf den Kopf drückt und es tatsächlich schafft, sie zu trösten. Ich dagegen kehre ins Wohnzimmer zurück, um mit den Polizisten zu reden.

Der Mann beugt sich vor und streckt mir die Hand entgegen. Groß und breitschultrig, ernste Miene, Anfang, Mitte vierzig, helles Haar, grauer Anzug, dunkelblauer Schlips. Er erinnert mich an Archie Sims, einen von den feinen Pinkeln aus der Zehnten, die mich auf dem Schulhof mit nassen Papiertüchern beworfen haben. Statt eines Lächelns schenkt er mir einen eisernen Händedruck.

»Detective Sergeant Roy Canavan. Ich bin der verantwortliche Officer. Das ist meine Kollegin, DS Welsh.«

Die Frau ist jung: Mitte zwanzig, weiche Züge, hellbraunes Haar, zum Knoten aufgesteckt. Sie streckt mir ebenfalls die Hand hin und nickt in Richtung Fenster. »Offenbar ist die Presse schon interessiert.«

»Ja.«

Ich weiß nicht recht, wo ich mich hinsetzen soll. Jetzt wird schon mein Haus verändert durch die Lage – diese Sache, die nicht sein sollte – und diese Leute, auf die ich hier nicht treffen sollte. Es ist, als sei ich zu Besuch an einem Ort, der mich an mein Haus erinnert, und wartete darauf, dass jemand mir sagt, wo ich mich niederlassen und was ich tun und lassen soll. Ich bin drauf und dran, Detective-Sergeant-Canavan-dem-Verantwortlichen einen strammen Drink anzubieten, und erst in letzter Sekunde – als meine Lippen die Worte schon formen wollen – dämmert mir, dass das wahrscheinlich nicht so schlau ist. Beide, Canavan und Welsh, sitzen jetzt auf dem Sofa und zücken beflissen ihren Notizblock. Ich entscheide mich für den Sessel neben dem Sofa.

»Mrs Bachmann – Ihre Schwiegermutter? – sagte, heute Morgen seien Nachbarn hier gewesen und hätten Hilfe angeboten«, beginnt DS Canavan. »Mrs Shahjalal war diejenige, die festgestellt hat, dass etwas nicht stimmt – richtig?«

Ich nicke. »Sie hat mich gestern Nachmittag bei der Arbeit angerufen. Bei ihr war ein Paket für uns abgegeben worden. Daraufhin hat sie nachgeschaut. Zum Glück. Sonst wären Max und Cressida den ganzen Abend allein gewesen, und ich hätte nichts davon gewusst.«

Zum ersten Mal spreche ich diesen Gedanken aus. Was wäre gewesen, wenn Mrs Shahjalal Max nicht am Fenster gesehen hätte? Cressida ist so winzig; sie hätte innerhalb von Stunden bedrohlich dehydrieren können. Max ist noch klein; er wüsste nicht, wie er Hilfe holen soll. Vielleicht hätte er versucht, Cressida irgendwie zu füttern und sich selbst etwas zu essen zu machen. Ich darf gar nicht daran denken, was alles hätte passieren können.

»Laut ihrer Aussage sollte hier eine UPS-Sendung zugestellt werden«, fährt DS Canavan fort. »Wir versuchen gerade, den Fahrer ausfindig zu machen; möglicherweise hat er etwas gehört oder mitbekommen. Ein anderer Nachbar – hier von Ihrer Straßenseite, Mr McWhirter – sagt, er habe gestern Vormittag gegen elf ein Auto vor Ihrem Haus halten sehen.«

Ich fahre hoch. »Hat er das Kennzeichen?«

»Nein. Er sagt, es war eine weiße Limousine; den Typ beziehungsweise das Modell hat er nicht erkannt. Er ist sich aber sicher, dass der Wagen zehn bis zwanzig Minuten lang halb auf dem Fußweg geparkt war. Wir werden die Taxiunternehmen hier in der Gegend dazu befragen. Eine weitere Nachbarin, Mrs Malvern aus Nummer einundzwanzig, glaubt, sie habe irgendwann morgens so etwas wie einen Schrei gehört, ist sich aber nicht ganz sicher.«

»Mein Kollege hat notiert, dass das Schloss an der Hintertür dieses Hauses defekt ist. Ist das korrekt?«

Ich nicke, am Boden zerstört. Hätte ich das doch nur reparieren lassen! »Ja.«

»Im Lauf der letzten Monate hat es hier in der Umgebung einige Vorfälle gegeben, deshalb müssen wir auch dazu Befragungen vornehmen.«

»Vorfälle?«

»Einbrüche. Raub. Sie haben gesagt, es fehlen keine Wertgegenstände. Richtig?«

»Soweit ich es überschauen kann.«

Er sieht mich forschend an, und ich ergänze: »Montags bis donnerstags arbeite ich auswärts, daher bin ich vielleicht nicht immer ganz auf dem Laufenden, was das Haus angeht.«

»Wir werden die Tür auf Fingerabdrücke untersuchen.«

DS Welsh erklärt, sie wollten mir noch ein paar Fragen stellen, wobei »ein paar« so viele sind, dass ich den Überblick verliere. Medizinische Daten; Versicherungen; Schulen, die wir besucht haben; alle und jeder, mit denen wir zu tun haben und hatten. Sie wollen Genaueres über meine Arbeit wissen und über die von Eloïse, und ich erzähle ihnen von Children of War, der Hilfsorganisation, die sie gegründet hat und die Flüchtlingskindern in emotionaler Hinsicht und in Sachen Ausbildung Unterstützung gewährt. Das finden die Detectives hochinteressant; sie schreiben eifrig mit, wollen wissen, welche Schritte nötig waren, um die Organisation zu gründen. Ihre Fragen machen mir deutlich, wie wenig ich über diese ganze Sache weiß.

»Gibt es Kollegen, die einen Groll gegen Ihre Frau hegen könnten?«, fragt DS Canavan. »Jemanden, der der Organisation Geld schuldet?«

»Ich fürchte, ich habe keine Ahnung.«

Er hebt eine Braue. »Hat sie denn nie von ihrer Arbeit erzählt? Von den Leuten, mit denen sie zu tun hat?«

»Eloïse war offenbar so gut in ihrem Job, dass es nie Probleme zu geben schien.« Das klingt selbst in meinen Ohren wenig überzeugend. Schon sehe ich mich als schlechten Ehemann, da wird mir bewusst, dass sie tatsächlich immer den Anschein erweckt hat, als laufe alles reibungslos. Deshalb habe ich nie viel gefragt. Ich bin davon ausgegangen, dass sie es mir schon erzählen würde, wenn etwas besonders gut oder besonders schlecht liefe. Außerdem ist sie zurzeit sowieso wegen der Kinder zu Hause.

Er tippt mit dem Stift auf seinen Notizblock. »Wie auch immer, wir brauchen ein möglichst vollständiges Bild von den Ereignissen, die zu ihrem Verschwinden geführt haben könnten. Interviews, die sie gegeben hat, sonstige Medienauftritte, alles, was mit ihrer Arbeit zu tun hat, könnte sich als hilfreich erweisen.«

»Wie ist ihre seelische Verfassung?«, fragt Welsh.

»Eloïses seelische Verfassung?«, frage ich zurück. »Wie soll die schon sein?«

»Na ja, sie hat vor Kurzem ein Kind geboren. Manche Frauen leiden danach unter Stimmungsschwankungen und Depressionen.«

Ich schüttele den Kopf. »Es ging ihr gut.«

»Gab es früher irgendwann Anzeichen von Depression oder emotionaler Instabilität?«

Mir kommt eine Erinnerung. »Nach der Geburt von Max ist sie eine Zeit lang zu einer Beratung gegangen, aber abgesehen davon war alles gut.«

»Was für eine Beratung?« Canavan schreibt alles auf und unterstreicht einiges.

Ich reibe mir die Wangen und denke angestrengt nach. »Ehrlich gesagt, erinnere ich mich nicht an den Namen. Das ist ja auch schon über vier Jahre her. Eine Gemeindeschwester oder Hebamme, die nach der Geburt unseres Sohnes hier ins Haus kam, hat sich ständig über Els Launen ausgelassen. El meinte, es gehe ihr gut, sie sei nur ein bisschen müde, aber sie wurde trotzdem zu dieser Beratung verdonnert. Die haben sie dann schnell wieder gehen lassen; es war nichts.«

»Wir schauen uns das an«, sagt Welsh und wirft Canavan einen Blick zu.

»Ich glaube wirklich nicht, dass das etwas damit zu tun hat.« Meine Sorge ist, dass sie Zeit vergeuden, indem sie irrelevanten Dingen nachgehen. El hatte hin und wieder einen schlechten Tag, sicher, aber das hat doch nichts mit ihrem Verschwinden zu tun.

»Wir müssen es zumindest ausschließen«, erwidert Canavan unbeirrt. »Wir haben viele Fälle, in denen jemand verschwindet, weil er große Probleme hat, es jedoch nicht fertigbringt, sich seinen Liebsten anzuvertrauen, und nicht weiß, an wen er sich sonst wenden könnte.«

»Meine Frau gehört nicht in diese Kategorie, da bin ich mir ziemlich sicher.«

Darüber geht er hinweg. »Fällt Ihnen sonst noch etwas ein? Fehlt etwas, irgendwelche persönlichen Dinge? Schon eine einzige fehlende Kreditkarte kann einer Ermittlung eine ganz neue Richtung geben.«

Ich schüttele den Kopf, doch dann steht mir plötzlich ein Bild vor Augen: der Schweizer Pass. Ich sage Welsh und Canavan, dass er verschwunden ist, aber auch, dass ich ihn ohnehin schon ewig nicht mehr gesehen habe. »Sie hat ihn nie benutzt. Er ist vor allem etwas, das sie an ihre Herkunft erinnert. Außerdem: Wenn sie ihn benutzt hätte, um ins Ausland zu reisen, hätte ich das auf der Kreditkartenabrechnung sehen müssen. Aber das habe ich ja schon gesagt.«

Die beiden nehmen die Information viel ernster, als ich erwartet hatte. »Sie könnte mit Bargeld gereist sein. Haben Sie keins im Haus?«

Ich sage, doch, das hätten wir, und es sei alles noch da.

Magnus und ich fangen an, sämtliche Leute aufzulisten, mit denen El je in Verbindung stand; Canavan macht sich Notizen. Gelegentlich unterbricht er uns, um weitere Dinge zu erfragen: Adressen, Telefonnummern, eine Liste der Leute, die El unterstützen. Es ist peinlich, aber ich muss zugeben, dass ich von etlichen ihrer Freundinnen nicht weiß, wie sie heißen, geschweige denn, wo sie wohnen. Ich verspreche, diese Informationen via

Facebook zusammenzutragen, aber er sagt, das sei nicht nötig: Sie werden die Social-Media-Aktivitäten meiner Frau ohnehin unter die Lupe nehmen und ihre E-Mails überprüfen. Dafür brauchen sie jedes Gerät, zu dem sie Zugang hat: ihren Laptop, ihr Tablet und das Handy. Sie werden unsere Konten überprüfen und Eloïses Hilfsorganisation, und sie werden mit unserem Hausarzt reden.

»Und wie geht es jetzt weiter?« Die Befragung ist zu Ende. Ich bin völlig ausgelaugt.

»In Vermisstenfällen werden festgelegte Schritte unternommen«, sagt Canavan. »Angesichts der Tatsache, dass sie sich vielleicht noch nicht hundertprozentig von der Geburt Ihrer Tochter erholt hat, gehört Eloïse in die Kategorie, bei der wir einen hohen Gefährdungsgrad sehen. Als Erstes werden wir das gesamte Haus und das Grundstück untersuchen.«

Ich starre ihn an. »Haus und Grundstück untersuchen?« Denkt er vielleicht, ich hätte meine Frau ermordet und unter den Gladiolen vergraben?

DS Welsh scheint mir anzusehen, was mir durch den Kopf geht, jedenfalls schaltet sie sich ein. »Uns ist wohl bewusst, dass hier im Moment zwei Kleinkinder ohne ihre Mutter sind und dass Eloïse vor Kurzem eine Geburt überstanden hat. Diese beiden Dinge zusammen geben dem Fall oberste Priorität. Es geht uns vor allem darum, sie zu finden, so schnell wir können. Das Haus und das Grundstück zu untersuchen, ist Teil der Routine.«

Welsh ist wirklich sympathisch; welche Rolle sie in dieser Partnerschaft innehat, wird immer offensichtlicher. Sie ist sanft und ruhig im Auftreten – so, wie ich es von Erzieherinnen und Kinderfrauen erwarte.

Sobald ich sicher sein kann, dass ich nicht von meinen Kindern getrennt und in Handschellen abgeführt werden soll, gebe ich die Tür frei und lasse sie nach oben gehen. Rasch und effizient arbeiten sie sich durchs ganze Haus, legen Schicht um Schicht unseres Lebens frei.

Die Untersuchung dauert fast den ganzen Nachmittag. Nach längeren Debatten darüber, ob ich Max in die Vorschule bringen sollte oder nicht, haben wir uns darauf geeinigt, seinen gewohnten Tagesablauf beizubehalten, und Gerda und Magnus haben ihn hingefahren. Dann haben sie Wickelzeug zusammengepackt und sind mit Cressida in den Park gegangen, während ich zwischen Küche und Spielzimmer umhertigere und verfolge, wie sie oben in unseren Schränken und Schubladen wühlen und gelegentlich mit einer Spielzeugkiste oder irgendwelchen Papieren auftauchen.

Ich sehe den Familien-Papierkram durch, der in der Eichenanrichte in der Küche liegt; vielleicht findet sich da etwas, das die ganze Sache erklären kann, etwas Konkretes, Handfestes. Quittungen, Geburtsanzeigen, Bilder, die Max in der Vorschule gemalt hat. Nach wie vor keine Spur von dem Schweizer Pass, deshalb rufe ich bei der Bank an und frage nach, ob Beträge zur Zahlung fällig oder Gelder für Flugtickets abgebucht worden sind. Dann befasse ich mich ein weiteres Mal mit Els Laptop und Telefon – bevor die Polizei sie mitnimmt. Es dauert eine Weile, bis ich ihr E-Mail-Passwort raushabe, aber schließlich knacke ich es: MaxJan12. Ich suche eine halbe Ewigkeit nach Buchungsbestätigungen für Bahn- oder Flugtickets, aber es gibt keine. Als Nächstes melde ich mich in ihrem Facebook-Account an. Ihre jüngste Statusmeldung lässt nicht vermuten, dass irgendetwas nicht in Ordnung sein könnte:

Cressida strahlt den ganzen Morgen. Ich liebe dieses Mädchen. ☺

Sie hat an ihre Freundinnen Rachel, Mimi und Niamh geschrieben und Treffen zum Kaffee und im Park vorgeschlagen, und sie hat einen Hochstuhl bei eBay eingestellt. Angerufen hat sie zuletzt in der Reinigung, bei Gerda und bei mir. Auf ihrem Telefon sind Hunderte Fotos gespeichert, wie es aussieht, zum Großteil von Max gemacht – man sieht seine Nase, seine Hand, den Teppich und ein paarmal verschwommen Cressida in verschiedenen

Stadien der Unzufriedenheit. Es gibt auch ein paar verwackelte Bilder von Eloïse, und als ich die sehe, lasse ich mich auf den nächstbesten Stuhl fallen, denn ich drohe in einem dicken Schwall von Emotionen unterzugehen. Es ist wohl das Gefühl von Ausweglosigkeit – oder ein wirres Gemisch von Gefühlen –, das mir Tränen übers Gesicht laufen lässt.

Auch diese Bilder muss Max gemacht haben. El hat es sicher nicht mitbekommen. Auf einem liegt sie in seinem Bett und schläft, seine *Thomas-die-kleine-Lokomotive*-Bettwäsche ist deutlich zu erkennen. Auf einem anderen sitzt sie mit untergeschlagenen Beinen neben seinem *Peppa-Wutz*-Haus auf dem Boden. Eins gibt es, da ist sie von hinten zu sehen; sie steht, den Kopf nach rechts gewandt, an der Hintertür. Ich schaue weiter zum nächsten Bild, dann wische ich noch mal zurück.

Sie hat etwas in der Hand.

Ich ziehe das Bild größer. Es ist unscharf, und im ersten Moment halte ich das kleine weiße Ding für einen Stift, aber bei genauerem Hinsehen erkenne ich die geisterhafte weiße Spirale über ihrer Hand als Rauch, der sich nach oben windet wie ein Band. Eine Zigarette.

Der Datumsstempel sagt: 07.02.15. Dieses Jahr. Vor einem Monat. Ich starre das Bild lange an, frage mich, ob das überhaupt Eloïse ist oder vielleicht eine von ihren Freundinnen. El hat nie geraucht. Sie war ganz entschieden gegen das Rauchen, hat gehüstelt und mit der Hand gewedelt, sobald sich in ihrer Nähe jemand eine ansteckte. Manchmal war es fast peinlich, wie sie sich darüber aufgeregt hat. Ich habe aufgehört, kurz nachdem wir uns kennengelernt hatten, denn sie hat gedroht, mich zu verlassen, wenn ich es nicht täte.

Sollte sie aus irgendeinem Grund beschlossen haben, doch damit anzufangen, hätte sie mir das doch erzählt! Gerade mir. Und warum hätte sie das tun sollen, als Cressida kaum acht Wochen alt war? Sie ist dazu übergegangen, sich nahezu vegan zu ernähren, damit Cressida während der Stillzeit nur das Beste bekommt – und dann *rauchen?* Ich versteh's nicht. Es passt überhaupt nicht ins Bild, aber da steht sie und raucht. Fast muss ich lachen, so verrückt ist das. Ich habe noch nicht mal den Hauch einer Ahnung, was diese Entdeckung zu bedeuten hat.

Rasch schaue ich die anderen Bilder durch, suche nach Hinweisen auf ähnlich Befremdliches. In einem Video lacht El und klatscht in die Hände, während Cressida auf der Spieldecke liegt und wild strampelt. Das ist die Frau, die ich kenne und liebe, und ich seufze erleichtert auf, so als hätte ich sie soeben wiedergefunden. In einem anderen Film sieht man sie im Wohnzimmer liegen und schlafen, und Max ermahnt die Kamera, ganz leise zu sein und Mami nicht zu wecken.

Ich nehme mir vor, mir genau zu überlegen, wie ich Max am geschicktesten nach Mami und dem Rauchen fragen kann.

Als ich gerade ausprobiere, wie die Geschirrspülmaschine angeschaltet wird, kommt DS Canavan in die Küche und hält eine der Baby-Kameras hoch. »Wenn das in Ordnung ist, geben wir die zum Auswerten an unsere Technik.«

Ich nicke. »Ja, natürlich.« Ich erwähne auch, dass ich bereits selbst nachgeschaut habe, ob sich da Hinweise finden. Er horcht auf, und mir wird wieder fast übel, als ich sagen muss, dass die Geräte ausgeschaltet waren.

»Haben Sie nur die eine, oder gibt es woanders im Haus noch mehr davon?«

Jetzt habe ich endlich mal eine Antwort.

»Es sind vier. In jedem Kinderzimmer eine, eine im Spielzimmer und eine oben im Flur. Drahtlos.«

»Und haben Sie die Babycams mit einem Online-Account verknüpft?«

»Sie wurden mit dem Telefon meiner Frau synchronisiert. Da habe ich schon nachgesehen. Sie hatte sie ausgeschaltet.«

Canavan nickt.

»Da setzen wir unsere Technik dran.«

20. MÄRZ 2015

Komméno, Griechenland

Eloïse: Ich träume seltsam und sehr lebhaft. Ich träume, dass ich mit einem roten Wollknäuel in der Hand aus der Hintertür des Hauses trete. Nur sind da jenseits der Schwelle nicht die Insel und das weite blaue Meer, sondern ich komme in eine dunkle Höhle.

Die Finsternis macht mir schreckliche Angst, außerdem sitzen am Eingang der Höhle Stalaktiten wie Fangzähne, und die Wände sind zerklüftet, aber ich weiß, ich muss da hinein. Ich habe ein Feuerzeug in der Hosentasche, das benutze ich, um meinen Weg zu beleuchten. Meine Füße tasten sich zwischen Pfützen schmutzigen Wassers hindurch. Die Höhle ist schmal, aber hoch – vielleicht vier, fünf Meter. Sie verläuft nur ein kleines Stück gerade, dann beschreibt sie etliche Kurven, weitet sich an ein paar Stellen auf drei bis vier Meter und verjüngt sich dann wieder auf einen, anderthalb. Ich folge den Biegungen, in einer Hand das Wollknäuel, in der anderen das Feuerzeug; mein Mund ist trocken vor Anspannung.

Irgendwann merke ich, dass die Wolle sich abwickelt und hinter mir auf den Boden sinkt. Ich bleibe stehen, um sie aufzuheben, aber als ich sehe, wie das Licht flackert, wird mir bewusst, dass es vielleicht gut so ist – wenn ich zum Höhleneingang zurückmuss, werde ich den Weg finden, selbst wenn das Licht ganz erlischt.

Immer weiter gehe ich, und die Feuerzeugflamme hüllt jeweils einen Ausschnitt dessen, was mich umgibt, in einen gelblichen Dunstschleier. Je tiefer ich eindringe, desto größer werden die Stalaktiten, es tropft von ihnen herunter, und ein Rascheln hier und da sagt mir, dass auch Fledermäuse da sind. Meine Haut kribbelt, aber ich schließe die Augen und flüstere mir selbst zu:

Schon gut. Du schaffst das. Hab keine Angst. Geh einfach weiter, du findest den Weg zurück.

Es dauert lange, aber schließlich erreiche ich eine Art Mittelpunkt, einen kreisförmigen Raum, von dem Wege in verschiedene Richtungen abgehen. Auf einem großen runden Felsbrocken lasse ich mich nieder und befühle mein Wollknäuel, das gerade mal noch so groß ist wie eine Pflaume. Das Feuerzeugbenzin geht auch zur Neige. Ich werde die Wolle brauchen, um zurückzufinden, mir ist aber auch klar, dass ich noch weitergehen muss bis zum Ende. Dort wartet etwas auf mich. Ich muss es finden.

Gerade als ich aufstehe, um mich für einen der Wege zu entscheiden, lässt ein lautes Geräusch die Höhlenwände erbeben. Ein tiefes, kraftvolles Knurren; das muss etwas sein, das größer ist als ein Hund oder ein Wolf. Ein Nashorn vielleicht oder ein Ochse.

Ich lasse das Feuerzeug fallen, und die Höhle versinkt in undurchdringlicher Dunkelheit. Hektisch taste ich den Boden ab, gerate mit Knien und Händen und selbst mit dem Gesicht immer wieder in Pfützen. Jetzt ist das Knurren wieder da, ein dumpfes Grollen aus vielleicht hundert Metern Entfernung. Endlich, mein Finger berührt einen kleinen Plastikgegenstand, der sich als Feuerzeug erweist, aber sooft ich es auch versuche, es geht nicht mehr an.

»Hallo? Hörst du mich?«

Ich wache auf, weil ich gerüttelt werde; zwei knochige Hände umklammern meinen Arm, und jemand sagt etwas, das ich nicht deuten kann. Es dauert einen Augenblick, bis ich begreife, wo ich bin: Durch eine Dachluke fällt grelles Sonnenlicht in den Raum, es riecht nach Feuchtigkeit. Ich befinde mich in dem Dachzimmer, und eine dünne Gestalt mit buschigem Haar beugt sich über mich. Hazel.

»Hallo?«, ruft sie. »Hallo? Hallo?«

»Was ist?«, flüstere ich.

»Mein Gott, es ist wirklich seltsam, dich nicht mit Namen ansprechen zu können. Sollen wir dir einfach mal einen geben?«

Ich starre auf das, was sie in der Hand hält: eine Tasse, die bis zum Rand mit einer wässrigen grünen Flüssigkeit gefüllt ist. Der Geruch steigt mir in die Nase – irgendwie chemisch, aber auch nach Kräutern.

»Was ist das?«

»Was? Ach so, das ist Salbeitee.«

»Salbeitee?«

»Sariah hat gesagt, du musst das trinken. Sie meint, es hilft.«

Mit Mühe setze ich mich auf. Meine Arme sind kraftlos, und mir ist schwindlig, obwohl ich doch liege. Hazel stellt die Tasse samt Untertasse auf den Boden und hilft mir, stopft mir ein Kissen in den Rücken.

»So. Besser?«

Dann bückt sie sich und holt die Tasse wieder hoch. Ich begutachte den Inhalt: heißes, erbsengrünes Wasser und am Grund zwei längliche Blätter. Jetzt finde ich den Geruch faulig.

»Mir fehlt nichts«, sage ich und will ihr die Tasse zurückgeben, doch sie weigert sich.

»Nein. Sariah hat gesagt, du musst es trinken.«

»Ich muss?«

Hazel hat sich einen Stuhl herangezogen und sitzt mit im Schoß gefalteten Händen neben mir.

»Es ist für deine … du weißt schon.«

»Meine was?«

Sie schnalzt ärgerlich mit der Zunge, dann beugt sie sich vor und flüstert: »Deine *Titten.*«

Im ersten Moment denke ich, sie macht einen Witz, aber dann meldet sich schon der Schmerz zurück: tiefe, brennende, unsichtbare Wunden, als würden mir heiße Schürhaken durch die Brustwarzen gebohrt. Das T-Shirt klebt an der Haut; es muss nass gewesen und dann getrocknet sein. Blut war es nicht.

Mit großen Augen und ernster Miene starrt Hazel mich an – wie ein kleines Kind, das zum ersten Mal ein schlimmes Wort gesagt hat. Sie kommt mir vor wie eine Göre, die im Körper einer Fünfzigjährigen gefangen ist.

»Sariah sagt, du hattest einen Milchstau, deshalb waren die so geschwollen. Nachdem du den Spaziergang mit Joe gemacht hast, erinnerst du dich? Sie sagt, der Salbeitee hilft. Wenn du ihn trinkst, geht's dir bald besser.«

Ich hebe eine Hand und betaste meine Brüste, die irgendwie nicht mehr zu mir zu gehören scheinen. Sie fühlen sich an wie heiße Steine, die mir jemand auf den Leib gelegt hat, um mich niederzudrücken.

Den Kopf schräg gelegt, sieht Hazel zu, wie ich den widerlichen Tee trinke. Als ich fertig bin, fragt sie: »Hat's funktioniert?«

»Hast du gerade gesagt, ich hätte Milch?«

»Wie? Ach so, ja. Sariah hat das gesagt.«

Mich überläuft ein Schauer. Das bedeutet, dass ich ein Kind habe. Ein Baby. Warum weiß ich das nicht? War das Kind bei mir in dem Boot? Ist es ertrunken?

»He, ganz ruhig.« Sie steht auf und streicht mir über den Kopf. »Na komm, nicht weinen. Du musst aufhören zu weinen, das hilft dir doch auch nicht weiter.«

Sprechen kann ich nicht, ich stoße nur schreckliche Laute aus, so wütend bin ich, so durcheinander. Warum bin ich hier? Warum erinnere ich mich nicht?

Schließlich nimmt Hazel mich in den Arm und hält mich, bis ich mich beruhigt habe.

»So«, sagt sie, »so«, und obwohl ihre Arme dünn sind wie Zweige, beginne ich ruhiger und tiefer zu atmen.

»Es ist gut«, sagt sie, »wir sind ja da. Wir kümmern uns um dich.«

Ich wische mir die Tränen weg. Das Weinen hat mich meine letzte Energie gekostet.

»Da fällt mir ein: Die hier sollst du auch nehmen.«

Plötzlich habe ich zwei kleine weiße Tabletten in der Hand. »Was ist das?«

»Schmerzmittel, glaube ich. Joe hat sie mir mitgegeben. Er hat gesagt, du musst sie nehmen, bis deine Nackenmuskeln heilen.«

Ich schlucke die Tabletten mit dem letzten Rest Tee. Hazel

bleibt sitzen, die Beine übereinandergeschlagen, und zeigt sich sehr bemüht. So dankbar ich auch bin, dass sie mir die Sachen raufgebracht hat – ich will eigentlich nur schlafen. Nachdem ich mich bedankt habe, rutsche ich vorsichtig wieder tiefer ins Bett; mir fallen schon die Augen zu.

»Und? Wie sollen wir dich nennen?«, fragt Hazel betont munter.

Ich seufze nur. Es ist mir egal, wie sie mich nennt.

»Wie wär's mit ›Hazel‹?«

Ich schaue sie an. »Ist das nicht *dein* Name?«

»Gefällt er dir nicht?«

»Schreibst du heute nicht?«, frage ich matt.

Sie schüttelt den Kopf. »Ich hasse es.«

»Das Schreiben?«

»Ja. Ich hasse es«, wiederholt sie mit einem feinen, fast süffisanten Lächeln. »Aber ich hab den anderen gesagt, dass ich damit klarkomme und mich benehme.« Sie zieht eine Schnute, und dann beißt sie sich auf die Lippe.

Dass sie womit klarkommt? Mir fällt keine Erwiderung ein.

»Erinnerst du dich wirklich an gar nichts?« Jetzt klingt sie genervt. »Oder tust du nur so?«

»Ob ich nur so tue? Warum sollte ich denn nur so tun?«

Ihre kleinen grauen Augen fixieren mich; sie will sehen, ob ich die Wahrheit sage.

»Ich weiß nicht.« Sie zuckt die Achseln. »Ich dachte – vielleicht. Ist doch verrückt, dass du nicht weißt, wer du bist. Aber du bleibst noch ein bisschen hier, ja? Es ist schön, noch jemanden dazuhaben.«

Ich fühle mich geschmeichelt, aber ehrlich, ich bleibe keine Minute länger, als ich muss. Dass ich Milch habe, bedeutet, dass ich ein Baby habe. Ich muss so schnell wie möglich von dieser Insel weg. »Hat George was von der Polizei auf Kreta gehört?«

»Nein, nichts.« Wieder beißt sie sich auf die Lippe. »Hör mal, ich will dir etwas sagen.«

»Wegen der Polizei?«

»Nein, nicht wegen der Polizei.« Sie dreht sich kurz um. Von da, wo ich halb liege, halb sitze, sieht es so aus, als sei die Tür zu. Hazel beugt sich vor und flüstert: »Es ist ein Geheimnis.«

»Ein Geheimnis?«

Sie grinst, ihre Augen leuchten. »Ich soll es nicht sagen.«

Ich werde still. Sie macht mir Angst.

»Was sollst du nicht sagen?«

»Versprichst du, dass du es nicht verrätst?«

»Ich verspreche es.«

Plötzlich wirkt sie ängstlich. »Weil, wenn du ... George würde ...«

»Was würde George?«

Sie weicht zurück. Ich bekomme Herzklopfen. Was will sie mir sagen?

»Du wirst die Insel nicht verlassen.«

»Was?«

Als es energisch an der Tür klopft, zucken wir beide zusammen.

»Hazel?«, ruft jemand. »Bist du da drin?«

Hastig durchquert Hazel den Raum. »Ich komme ...«

An der Tür dreht sie sich noch einmal um und legt einen Finger an die Lippen. Mir klappt die Kinnlade herunter. Sie behauptet, ich würde die Insel nicht verlassen. Warum sagt sie so was?

Sariah kommt herein, schaut Hazel kurz an und dann mich.

»Ist alles in Ordnung?«, fragt sie, und ich sage Ja. Sie hat ein Tablett dabei. Der Duft lässt mir das Wasser im Mund zusammenlaufen.

Ich setze mich wieder auf. Allein die Aussicht auf etwas zu essen stärkt mich, vor allem aber will ich Sariah fragen, was Hazels Bemerkung zu bedeuten hat.

»Hier.« In einem langen türkisfarbenen Kleid schwebt Sariah heran. Sie sieht immer aus wie eine marokkanische Königin, trägt leuchtende Farben und Perlenschmuck, und dazu ist sie auf eine sehr tröstliche Art sanft und freundlich. Sie sucht nach einem Platz für das Tablett und entscheidet sich schließlich für den Stuhl am Bett, auf dem Hazel gesessen hat. Dann dreht sie sich um und starrt Hazel an, die noch nägelkauend an der Tür herumsteht.

»Alles in Ordnung?«

Die Dielen knarren unter Hazels Schritten die Treppe hinunter. Als Sariah sich wieder mir zuwendet, lächelt sie.

»So. Nein, nein, bleib so. Ich helf dir beim Essen, ja?«

Sie rührt in einer Schale mit duftender roter Suppe und gibt mir einen Löffel voll zu kosten. Sie fragt, ob ich den Tee getrunken habe, und dann, wie es mir geht, was mir wehtut und wie sehr. Als ich antworte, hört sie aufmerksam zu, nickt, streichelt meine Hand.

»Was hat Hazel dir erzählt?«, fragt sie.

»Dass ich die Insel nicht verlassen werde.«

Sie schaut auf. »Das hat sie gesagt?«

Ich nicke, und sie schüttelt seufzend den Kopf.

»Hör nicht auf sie.« Sie füttert mich mit dem nächsten Löffel Suppe. »Sie hat nur Verrücktheiten im Kopf. Und sie ist fasziniert von dir; das ist es.«

»Fasziniert?«

»Überlass Hazel mir.« Sariah strafft sich. Ein Lächeln huscht über ihr Gesicht. »Ich sage ihr, dass sie dich nicht belästigen soll.«

Plötzlich weiß ich gar nicht, was ich zuerst fragen soll, und als spüre sie das, sagt Sariah: »Du fragst dich wahrscheinlich, wieso wir vier den weiten Weg zu dieser griechischen Insel auf uns genommen haben, wo es außer Ziegen und Sonne nichts gibt.«

Da sie offensichtlich keine Antwort erwartet, schweige ich.

»Also. Es ist nicht meine Art, jemanden zu etwas zu zwingen«, fährt sie fort, und ihr Akzent wird deutlicher. »Allerdings habe ich die Jungs ein bisschen gedrängt, hierherzukommen. Teils wegen der Abgeschiedenheit, in der Hauptsache aber wegen der Geschichten, die meine Mama mir erzählt hat, als ich klein war. Meine Mama war x-mal in Griechenland, sie war eine große Anhängerin der alten Mythen. Denn die sind der Grundstein aller Geschichten, die wir jemals hören oder lesen. Am meisten mochte sie Pandora. Weißt du? Die mit der Büchse.«

Ich nicke.

Während sie mich mit Suppe füttert, erzählt sie weiter. »Die Geschichte geht so, dass es Pandora verboten ist, die Büchse zu öffnen, sie aber ihre Neugier nicht bezwingen kann und sie natürlich doch öffnet und so alle Plagen in die Welt kommen, stimmt's?« Kopfschüttelnd hält sie inne. »Nein. Das ist die überlieferte Version. In der ursprünglichen Fassung weiß Pandora *genau*, was in der Büchse ist. Jedenfalls meinte das meine Mama. Und diese Version begleitet mich schon mein Leben lang.« Langsam, nachdenklich rührt sie die Suppe um, flößt mir Löffel um Löffel ein und wartet, bis ich geschluckt habe und wieder zuhöre.

»In letzter Zeit habe ich mich oft damit beschäftigt. Ich finde, dieser Zusatz – die Tatsache, dass sie es wusste – macht eine ganz andere Geschichte daraus. Dadurch erscheint Pandora mutig. Sie wird zur Megäre. Gezögert hat sie nicht, weil sie gehorsam war, sondern weil sie das eine gegen das andere abgewogen hat. Lieber ein sorgenfreies Leben oder sich den Dingen stellen, wie sie sind, und daran wachsen?«

Sie sieht mich forschend an. »Was ich sagen will, ist: Wenn du den Verdacht hast, dass du dich vor etwas versteckst, wenn du meinst, dass es etwas gibt, dem du dich nicht stellen willst, rate ich dir: Sei eine Megäre.«

Ich nicke so energisch, wie mein schmerzender Nacken es zulässt. Mehr sagt sie nicht, aber sie sorgt dafür, dass ich die Suppe aufesse.

18. MÄRZ 2015

Potter's Lane, Twickenham

Lochlan: Magnus und Gerda müssten längst mit den Kindern zurück sein. Die Vorschule dauert bis halb, und es ist schon deutlich nach vier. Ich rufe Gerda auf dem Handy an, aber sie geht nicht ran. Als ich es zum wiederholten Mal bei Magnus versuche, ist mir übel. Sie hatten einen Unfall, ich weiß es. Noch eine schlechte Nachricht ertrage ich nicht.

»Hallo?«

»Magnus! Wo bleibt ihr denn, es ist zwanzig nach vier!«

»Augenblick, ich gebe dich an Gerda.«

Ein dumpfes Rascheln und Knistern, dann ertönt Gerdas näselnde Stimme.

»Wer ist da?«

»Wo steckt ihr, verdammt? Wo sind meine Kinder?«

»Wir biegen gerade in eure Straße ein, mein Lieber, du kannst dich abregen.«

Ich gehe nach draußen, und tatsächlich, der silberne Bentley kommt im Schneckentempo näher und rollt in eine Parklücke. Magnus steigt aus, während ich, mit den Nerven am Ende, meine Hände ausschüttele und zur Beifahrertür laufe, um Max aus dem Kindersitz zu befreien. Er hat sich schon abgeschnallt und holt ein zerknicktes Stück Pappe aus seinem Rucksack.

»Papa, Papa! Guck, was ich in der Vorschule gebastelt habe! Für Mami!«

Er drängt sich an mir vorbei, rempelt mich mit der bunt und mit Glitzer bemalten Pappe an und rennt in Richtung Haus. Die *Thomas-die-kleine-Lokomotive*-Regenjacke schleift hinter ihm über den Boden.

»Max!«, rufe ich. »Komm zurück!«

Beim Klang meiner Stimme erschrickt Cressida in der Babyschale auf dem Rücksitz. Sie schreit los, aber ich stürze trotzdem Max hinterher in der Angst, dass er die Richtung ändern und auf die Straße laufen oder stolpern könnte.

»Das Baby nehme dann ich, oder wie?«, faucht Gerda, als ich an ihr vorbeistürme.

Im Haus angelangt, ruft Max wie besessen nach Eloïse. Seine erste Anlaufstelle ist die Küche, wo in der Vase am Fenster immer noch prächtig die roten Tulpen stehen, die ich in seinem Namen für Eloïse zum Muttertag gekauft habe. Die Karten, die wir für sie gemalt haben, sind mit Magneten an den Kühlschrank geheftet.

»Ist Mami immer noch nicht da?«, fragt Max und schaut unter dem Tisch nach.

Ich bin zu aufgelöst und zu k. o., um mir eine halbwegs glaubhafte Lüge auszudenken.

»Komm mal her, Maxie. Ich muss dich was fragen.«

Obwohl ich mich hinhocke und die Hand nach ihm ausstrecke, sucht er unbeirrt weiter und rennt schließlich an mir vorbei, um sich in den anderen Zimmern umzusehen. Ich kriege ihn zu fassen und lege ihm die Hände auf die Schultern.

»Ich muss dich was wegen Mami fragen, Maxie.« Ein Teil von mir mahnt zur Besonnenheit, dazu, mir genau zu überlegen, was ich fragen will, und meine Worte klug zu wählen. Es ist heikel, ihn auszuhorchen, besonders jetzt, da ihre Abwesenheit ihm so zu schaffen macht. Andererseits stehe ich komplett unter Strom, nachdem die Polizisten das ganze Haus durchsucht haben und mir das Foto von Eloïse mit Zigarette in die Hände gefallen ist.

»Max? Max«, wiederhole ich, denn ich habe ihn zwar anhalten können, aber er steht auf den Zehenspitzen und späht an mir vorbei, sucht nach einem Hinweis darauf, dass sie hier irgendwo sein könnte. Schließlich gelingt es mir doch, seine Aufmerksamkeit zu gewinnen. »Du weißt, dass Großvater Magnus raucht, oder?«

Er denkt kurz nach und nickt dann.

»Ich wollte dich fragen, ob du auch andere Leute schon hast rauchen sehen.«

Seine Augen leuchten auf. »Ja, ich hab eine Frau mit einer Zigarette gesehen.«

»Ja?«

»Ja, und sie hat sie auf den Boden fallen lassen und nicht wieder aufgehoben, und das darf man nicht, stimmt's, Papa?«

»Sicher, aber … ich meine: hier. Bei uns zu Hause. Mami hat nicht geraucht, oder?«

»Vom Rauchen kommt schwarzes Zeug hier rein.« Er zeigt auf seine Brust. »Das hat Großvater gesagt.«

»Ja, aber …«

»Papa?«

»Ja?«

»Hat Großvater jetzt schwarzes Zeug in sich drin?«

»Hör mir jetzt bitte mal zu, Max. Schaffst du das?«

»Ja, Papa.«

Seine Stimme kippelt, und als ich die Angst in seinem Gesicht sehe, ärgere ich mich über mich selbst. Ich darf nicht so ruppig sein.

»Hast du Mami mal rauchen sehen, Max?«

»Äh … nein. Ja.«

»Ja?«

»Ich glaube, Mami hat mal eine geraucht, oder?«

Es bleibt unbegreiflich. »Mami hat eine Zigarette geraucht?«

Er beugt sich vor und flüstert: »Ja, aber du darfst es niemandem sagen. Es ist ein Geheimnis.«

»Warum?«

»Rauchen gehört sich nicht.«

»Hat Mami gesagt, warum sie raucht?«

»Kann ich Netflix anmachen?«

»Natürlich. Aber kannst du mir vorher noch sagen, warum Mami geraucht hat?«

»Kann ich *Peppa Wutz* gucken?«

»Max? Warum hat Mami geraucht?«

»Ich glaube … damit es ihr besser geht?«

Behutsam streiche ich ihm eine Strähne aus dem Gesicht, um ihm in die Augen schauen zu können. »Wie war das, als du aufgewacht bist und Mami war nicht mehr da? Erinnerst du dich daran, Maxie?«

In dem Moment, als die Frage über meine Lippen kommt, weiß ich, dass ich sie nicht stellen sollte. Eben noch fröhlich, ist er auf einmal beunruhigt und sieht sich erneut suchend um.

»Rufst du Mami bitte an und sagst ihr, dass sie nach Hause kommen soll?«

»Sie wird bald wieder da sein.«

Seine großen Augen schauen mich hoffnungsvoll an.

»Wann?«

»Das weiß ich nicht.«

Dumm. So was von dumm.

Nichts mehr mit hoffnungsvollem Blick. »Du hast gesagt, sie kommt wieder.«

Ich knie mich hin, und obwohl eine innere Stimme mir dringend rät, das Thema »Netflix« aufzugreifen, sage ich: »Sie musste zu einer Konferenz fahren, Maxie. Wegen ihrer Hilfsorganisation. Du weißt doch, sie hilft Kindern, die kein Zuhause mehr haben.«

Es funktioniert. Als er sich seine Mutter vorstellt, wie sie etwas für Kinder tut, die weder Spielzeug noch Netflix haben, hellt seine Miene sich wieder auf.

»Omi hat gesagt, dass Mami für eine Weile bei ihrer Freundin ist.«

Die Haustür fällt ins Schloss. Die Stimmen von Gerda und Magnus kommen näher.

Max reißt die Küchentür auf und rennt ihnen entgegen.

»Omi! Mami ist doch bei ihrer Freundin, oder?«

Gerda hat Cressida auf dem Arm, die eifrig in die Luft boxt. An der Tür zum Wohnzimmer bleibt sie stehen und sieht mich stirnrunzelnd an.

»Ja, sicher, Mami ist bei einer Freundin, mein Süßer.«

Ihr Ton überzeugt Max offenbar nicht, denn er dreht sich zu mir um. »Aber Papa sagt, Mami ... Was hast du gesagt, wo sie ist?«

»Deine Mutter musste weg«, blafft Magnus von nebenan, kommt, nimmt Gerda Cressida ab, hebt sie hoch, schaukelt sie hin und her. Nach wenigen Augenblicken spuckt sie ihm aufs Hemd.

Max fängt an zu weinen. Er macht kehrt, stürmt die Treppe hinauf und schreit immerzu: »Mami! Mami!«

»Super, Magnus«, sage ich und gehe ebenfalls zur Treppe. »Ganz toll, vielen Dank.«

»Was?«

Auf halbem Weg nach oben drehe ich mich noch einmal um. »Warum musstest du ihn so anschreien?«

»Ich hab überhaupt niemanden angeschrien«, schreit er. Seine tiefe Stimme hallt im Flur mit dem Steinboden besonders laut.

Ich folge Max in sein Zimmer. Weinend steht er da, mit beiden Armen tief in der Kiste mit den Holzeisenbahnschienen. Eine nach der anderen holt er heraus und wirft sie durch die Gegend.

»Hör auf, Max!« Doch als ich näher komme, wird er nur noch wütender. Da ich so schnell nicht weiß, was ich tun soll, fange ich einfach an, die Schienenteile, die er herumgeworfen hat, aufzusammeln und wieder in die Kiste zu legen.

Plötzlich steht Gerda in der Tür, eine Hand in die Hüfte gestützt. »Hast du die Fläschchen nicht sterilisiert?«

Ich schlage die Hände vors Gesicht und stöhne. »Oh, nein. Das hab ich vergessen.«

»Geh weg!«, schreit Max sie an.

»Also, Max, das ist aber gar nicht nett«, erwidert sie.

»Komm mal her, Maxie«, sage ich, doch stattdessen kippt er mir den gesamten Inhalt der Schienenkiste auf den Schoß und wirft sich auf den Boden. Als ich ihn aufheben will, windet er sich verzweifelt.

»Ich will nicht zu dir! Ich will zu Mami!«, schreit er.

Ich klemme ihn mir unter den Arm, um ihn ins Schlafzimmer

zu tragen. Er hat erstaunlich viel Kraft. Als ich meine Haltung geringfügig ändere, schafft er es um ein Haar, sich loszumachen. Ich drehe ihn so, dass ich ihn von hinten umschlingen kann, und da – ohne Vorwarnung – rammt er mir eine Ferse in die Eier. Mit einem Aufschrei lasse ich ihn aufs Bett fallen.

Während meine Hand schützend zum Schritt fährt und ich den Impuls, ihm eine runterzuhauen, niederringe, bleibt er still liegen. Ich humpele zum Bett und setze mich zu ihm, doch er wendet sich sofort ab.

»Ich will zu Mami«, schnieft er ins Kopfkissen.

Ich muss mich extrem beherrschen, um ihn nicht anzubrüllen: *Wo ist sie? Du musst doch etwas gesehen haben!*

»Hör mal, Max. Bevor Mrs Shahjalal gekommen ist, hast du da gesehen, dass Mami irgendwohin gegangen ist?«

»Ich will zu Mami!«

»Erzählst du's mir, Maxie? War jemand hier im Haus?«

Gerda steht an der Tür und beobachtet mich.

»Magnus hat auch schon versucht, etwas aus ihm herauszubekommen«, sagt sie. »Er versteht das noch nicht, er ist zu klein.«

»Ich komme mit meinem Sohn schon klar, vielen Dank«, gebe ich zurück.

Ihre Miene versteinert.

Ich wende mich wieder Max zu, fahre ihm übers Haar. »Du kannst es mir ruhig erzählen, Maxie. Bitte erzähl's mir. Wo ist Mami hingegangen? War jemand da und hat sie abgeholt?«

Max schnieft und schaut mich endlich an. Einen Augenblick lang sieht es so aus, als wollte er antworten, aber dann wird sein Ausdruck zornig, er schreit: »Ich hasse dich!«, springt auf und rennt zu Gerda hinüber.

Sie wirft mir einen vernichtenden Blick zu und geht, Max wie ein Klammeräffchen am Bein, davon.

»Warum ist Mami nicht da?«, jammert er. »Wo ist sie?«

11. APRIL 1982

Genf, Schweiz/London, England

»Wo gehen wir hin, Mama?«

Im Halbschlaf wurde die Kleine von unsichtbaren Armen aus dem Bett gehoben und im kalten, dunklen Badezimmer angezogen. Von dort wurde sie in ein Auto verfrachtet. Erst das Geräusch des Eiskratzers auf der Windschutzscheibe weckte sie richtig. Als das Auto anfuhr, bekam sie Angst, doch dann merkte sie, dass Peter, ihr Teddy, vorn in ihren Mantel geschoben worden war – zwischen Reißverschluss und ihre Brust –, und beruhigte sich. Ihre Mutter saß auf dem Beifahrersitz, am Steuer war ein Mann mit schwarzem Haar und braunen Händen. Sie war mit diesem Mann ein paar Wochen zuvor bekannt gemacht worden, verstand aber nicht, wieso diese kurze Begegnung dazu führte, dass er sie zu einer sehr merkwürdigen Zeit irgendwohin brachte.

Sie fuhren bis in die frühen Morgenstunden, als der Himmel spatzeneigrau war und der Atem der Leute draußen in weißen Wölkchen nach oben stieg. Dann parkten sie irgendwo. Ihre Mutter holte mehrere Taschen hinten aus dem Auto und sagte, sie solle sich beeilen. Sie standen vor einem Bahnhof, zahllose Leute eilten an ihnen vorbei, es war laut und unübersichtlich, und dann gingen sie auf eine Tür zu, die sie an den Schafstall auf dem Bauernhof erinnerte, zu dem sie manchmal fuhren, wo alle Tiere sich durch eine Art Schranke drängen mussten wie durch eine Tür. Ihre Mutter und der Mann hatten Fahrkarten und guckten die ganze Zeit auf die große Uhr über ihren Köpfen.

»Wo fahren wir denn hin, Mama?«, fragte die Kleine, diesmal auf Französisch.

Ihre Mutter schaute sie an. »Nach London, Ellie. Wir fahren mit Orhan nach London. Das ist doch toll, oder?«

Ganz in der Nähe ertönte eine schrille Pfeife, und die Kleine schrak zusammen. Nun wurde sie vorwärtsgezogen, im Gedränge verwandelte ihre Mutter sich in ein Paar körperloser Füße in braunen Schnürschuhen. Die Kleine umklammerte die nicht zu sehende Hand ihrer Mutter und spürte, als sie auf den Bahnsteig kamen, an dem sich ein wartender Zug entlangwand wie eine Schlange, die kalte Morgenluft.

Sie sah den Mann – Orhan – einsteigen und nach der Hand ihrer Mutter greifen und blieb stehen.

»Was ist los?« Ihre Mutter drehte sich zu ihr um.

»Was ist mit Mamie?«, fragte die Kleine und fing an zu weinen. »Und Papa?«

»Na los, Judy!«, rief Orhan aus dem Zug, doch ihre Mutter beugte sich zu ihr herunter.

»Orhan sagt, in London haben wir es besser.«

Die Kleine schüttelte den Kopf. In dem Buch, aus dem Mamie ihr am Abend vorgelesen hatte, brachten Züge die Leute ganz weit weg. Sie wollte nicht ganz weit weg. Sie wollte nach Hause.

»Es wird dir bestimmt gefallen«, sagte ihre Mutter, und dann verschwand sie im Zug.

Leute, die hinter ihr angestanden hatten, drängten sich an ihr vorbei, um Sitzplätze zu ergattern. Sie blieb auf dem Bahnsteig stehen. Offenbar überließ die Mutter es ihr, ob sie nachkam oder nicht. Sie wandte den Kopf und schaute den Bahnsteig entlang, auf die Röcke und Hosen auf ihrer Augenhöhe und das Bahnhofsdach, auf dessen Trägern Tauben hockten.

Ein lauter Pfiff kündigte an, dass die Türen des Zuges sich jeden Moment schließen würden. Gleichzeitig wurde sie angerempelt, was sie zur Vernunft brachte. Sie musste einsteigen. Aus dem Augenwinkel sah sie, was ihr den Stoß versetzt hatte – das große Hinterteil einer Frau, die hastig in den Zug kletterte. Die Frau drehte sich nach ihr um und streckte ihr eine Hand entgegen.

»Na komm, mach schnell! Die Türen gehen gleich zu!«

Ohne noch länger zu überlegen, ergriff sie die Hand und wurde hochgehoben in den Zug. Direkt hinter ihr fiel die Tür zu, ein weiterer Pfiff erklang, und der Zug ruckte so heftig an, dass sie hinfiel. Aber gleich war wieder die Frau da und half ihr auf die Beine. Sie beugte sich zu ihr herunter und lächelte.

»Hast du dir wehgetan?«

Sie schüttelte den Kopf.

»Wie heißt du denn, Süße?«

»Eloïse.« *El-wies.*

»Bist du ganz allein?«

Auf einer der Sitzbänke weiter vorn hatte Eloïse ihre Mutter erspäht, die sie ungeduldig heranwinkte. Sie schüttelte den Kopf.

»Da ist meine Mama.«

»Gut. Na dann, sei vorsichtig.«

Eloïse wankte den hin- und herschaukelnden Gang entlang. Als sie neben ihrer Mutter saß, sah sie die Frau von eben sich einen Platz auf der anderen Seite des Waggons suchen. Die Frau kam ihr sehr patent vor; irgendwie war sie anders – anders als ihre Mutter jedenfalls. Sie betrachtete die Frau lange, sah die raffinierten Zöpfe, in die ihr Haar gedreht und geflochten war, wie Seile, und bewunderte die dunkle Haut. Ihr gefiel der Körperbau der Frau – breitschultrig wie ein Mann –, sogar das Tattoo am Handgelenk schien ein Hinweis auf Stärke zu sein. Eloïse kam sich verloren vor. Sie hatte schlimme Angst. Sie war vier Jahre alt und nuckelte noch am Daumen, aber sie spürte, dass ihre Mama nicht in der Lage war, sich richtig um sie zu kümmern. Einmal, in einem Einkaufszentrum, hatte sie ihr erlaubt, allein herumzulaufen, und selbst nachdem sie ihre Mutter über Lautsprecher ausgerufen hatten, war über eine Stunde vergangen, bis endlich jemand gekommen war, um sie abzuholen. Und dieser Jemand war nicht ihre Mama gewesen, sondern ihr Großvater, der besorgt ausgesehen hatte, aber auch sehr zornig.

Unverwandt schaute Eloïse die Frau, die ihr in den Zug geholfen hatte, an. Wie schön es wäre, wenn diese Frau rüberkäme und ihre Mutter überredete, sie, Eloïse, in ihre Obhut zu geben! Aber das würde nicht geschehen.

Als sie aufwachte, war sie in einem fremden Haus. Sehr klein und unordentlich, Kleider und Papiere lagen auf dem Boden verstreut, und es roch komisch. Von dem Fenster hinter ihr schaute man auf die Rückseite roter Backsteinhäuser. Ganz anders als bei ihren Großeltern, deren Haus von Bergen und Seen umgeben war und in deren Garten Hühner herumliefen. Und wo war Peter, ihr geliebter Teddy?

Aus dem Raum gegenüber kam ein Geräusch, ein Klopfen oder Picken wie von einem Vogel oder einem anderen kleinen Tier. Sie stand auf, schlich auf Zehenspitzen hin und flüsterte: »Peter?« Sie wusste, wann Peter traurig war und wann froh, sie wusste sogar, wann er frech war und Dummheiten im Sinn hatte. Er schaute dann jeweils anders drein, was nur sie erkennen konnte; außerdem spürte sie einfach, wie es ihm ging. Als sie ihn fand, hatte sie gesagt: »Du darfst mich niemals alleinlassen, Peter. Versprochen?«

Sie stand auf der Schwelle zu dem Zimmer und sah, wo das Geräusch herkam: Der Mann, der das Auto gefahren hatte, klebte Bildchen an die Fensterscheiben. Jetzt drehte er sich um und lächelte sie an. Sie lächelte sofort zurück.

»Hallo, Eloïse«, sagte er, und sein Name fiel ihr wieder ein. Orhan, genau. Er sprach anders als ihre Mama, aber sie hätte nicht sagen können, *wie* anders. »Bist du noch müde?«

Sie schüttelte den Kopf und nahm seine Stimmung auf wie eine Wetterfahne die Schwingungen in der Luft. Er kam ihr munter vor, fröhlich, anders als ihre Mama, die immer wie in unsichtbare Dornen gehüllt war.

Er winkte sie näher heran, wollte ihr zeigen, was er machte, doch sie zögerte. »Wo ist Mama?«, fragte sie.

»Mama schläft. Sie ist müde von der Reise. Aber sieh mal, was ich gefunden habe!«

Rasch hob er etwas vom Boden auf – Peter. Jetzt lief sie hin. Orhan nahm sie auf den Arm, und sie drückte den Teddy an sich.

Orhan grinste. »Ich hab mir gedacht, dass du ihn vermisst.«

Sie schaute ihn aufmerksam an, sah seine Augen, die groß

und schokoladenbraun waren wie die von Prinzessin Leia. Er hatte kleine Schnitte im Gesicht, auf denen Fitzelchen von Toilettenpapier klebten, jeweils mit einem roten Punkt in der Mitte. Und seine Zähne waren richtig gelb.

»Hast du dir wehgetan?« Vorsichtig tippte sie eins von den Papierstückchen an.

»Was? Nein, nein. Das kommt vom Rasieren.«

»Und das tut nicht weh?«

»Nein, ist überhaupt nicht schlimm. – Gefällt dir dein neues Zimmer?«

Sie schaute sich um. In der Mitte des Raums stand ein kleines Bett mit einer weichen rosa Decke drauf. Eine weiße Kommode, weiße Wände und ein Lampenschirm mit rosa Feenmuster.

»Mein Zimmer?«, fragte sie, und er nickte. »Und was ist mit meinem alten?«

»Das hier ist viel besser. Wir sind in London, weißt du, das ist besser als Genf. Du findest hier neue Freunde und bekommst jede Menge neues Spielzeug.«

Obwohl er sich so begeistert anhörte, wurde es ihr bei der Vorstellung eng ums Herz. Mamie und Papa sollten in ihrem neuen Leben offenbar nicht vorkommen. Sie hätte gern gefragt, wann sie die beiden wiedersehen würde, aber irgendwie hatte sie das Gefühl, dass der Mann dann enttäuscht wäre, und sie wollte nicht, dass er ihretwegen enttäuscht war. Er hatte sich schon wieder umgedreht und zeigte auf die langen weißen Stäbe am Fensterrahmen, die hübsch aussahen, aber auch seltsam.

»… zu deinem Schutz«, erklärte er. »Die hab ich angebracht, damit du in Sicherheit bist. Siehst du?«

Sie streckte die Hand aus und umfasste einen der Stäbe, ließ die Hand nach oben und nach unten rutschen. Glatt und kalt, wie die Stäbe an ihrem Gitterbett. Obwohl sie angeboten hatten, ihr ein Bett für große Mädchen zu kaufen, hatte sie bei Mamie und Papa immer noch in ihrem Gitterbett geschlafen, weil sie sich darin so gut aufgehoben und sicher fühlte.

»Damit ich in Sicherheit bin«, wiederholte sie, und Orhan nickte.

»Wie alt bist du, Eloïse?«

Sie hielt vier Finger hoch.

»Du bist gerade erst vier geworden, oder? Was wünschst du dir denn zum vierten Geburtstag?«

Sie wollte sagen, dass ihr Geburtstag schon eine ganze Weile her war, doch Peter redete dazwischen.

»Peter sagt, er wünscht sich ein Fahrrad.«

»Wer ist Peter?«

»Mein Teddy.«

Er grinste. »Kann Peter denn Fahrrad fahren? Ist er dafür nicht zu klein?«

»Ein Fahrrad mit einem Korb vorn dran. Da kann Peter drin sitzen, und ich fahre.«

Als sie ihn wieder anschaute, sah sie silberne Haare über seinen Ohren. Wie bei Papa. Orhan kam ihr viel älter vor als ihre Mama, eher so wie Mamie.

»Na gut. Wenn du lieb bist, bekommst du ein Fahrrad zum Geburtstag«, sagte er und setzte sie wieder ab. »Und jetzt kannst du spielen.«

Sie zeigte Peter das neue Zimmer, den Lampenschirm und das neue Bett, das er bestimmt sehr kuschlig finden würde. Peter war schrecklich aufgeregt, und er schien Orhan nicht besonders zu mögen, aber im Stillen sagte sie ihm, dass Orhan nett war und dafür sorgte, dass sie in Sicherheit waren. Dann sah Peter, wie Orhan in eine Tasche griff, etwas daraus hervorholte und anfing, es von innen an die Tür zu schrauben.

»Was ist das?«, fragte sie.

»Das ist ein Schloss.«

»Ein Schloss.«

»Ja, damit schließt man die Tür zu, so, siehst du? Damit du in Sicherheit bist.«

Peter wollte wissen, warum Orhan das Schloss so weit oben anbrachte. Da würde sie doch niemals drankommen. Was, wenn sie mal rauswollte aus dem Zimmer?

Und dann langte Orhan nach oben und machte das Schloss zu.

Ratlos verfolgte sie, wie er sich zu ihr aufs Bett setzte und sie anschaute.

Was macht er jetzt, was glaubst du?, fragte sie Peter stumm.

Ich weiß nicht, sagte Peter. *Vielleicht ist er müde.*

Orhan drehte sich weiter zu ihr um und fragte: »Fühlst du dich sicher?«

Fühlst du dich sicher, Peter?

Ich glaube schon.

Sie nickte. Orhan rückte ein Stück näher und beugte sich zu ihr. »Und fühlst du dich mit mir sicher?«

»Ja«, sagte sie, denn sie wollte ihn nicht kränken.

Er lächelte, und sie war froh, dass er lächelte.

23. MÄRZ 2015

Komméno, Griechenland

Eloïse: Heute kommt Nikodemos, der Mann, dem die Insel und das verschwundene Boot gehören, von Chania auf Kreta herüber, um mich aufzusammeln und zur örtlichen Polizeiwache zu bringen. Ich bin aufgeregt. Sehr nervös. Ich kann es kaum erwarten zu klären, wo ich hergekommen bin und wen ich zurückgelassen habe, und ich hoffe auf eine Behandlung, die mir hilft, meine Erinnerung wiederzuerlangen. Nervös macht mich der Gedanke, dass vielleicht gar keine Vermisstenanzeige vorliegt und die Polizei mir also gar nicht helfen *kann,* wohin auch immer zurückzukehren. Nervös macht mich auch der Gedanke, dass sie sagen könnten, einer, die sich noch nicht einmal an ihren Namen erinnert, könnten sie auch nicht helfen. Außerdem habe ich Angst, womöglich einer schrecklichen Wahrheit zu begegnen. Ich weiß, dass ich einen Sohn oder eine Tochter haben muss. Was ist das für eine Frau, die ihr eigenes Kind vergisst? Was, wenn sich herausstellt, dass ich etwas so Schreckliches getan habe, dass ich mich für den Rest meines Lebens selbst nicht mehr ertragen kann?

Es ist jetzt fast fünf. Ich habe geduscht und meine Sachen gewaschen und getrocknet. Der nächste Schritt ist, mich von den anderen zu verabschieden und zum Anleger hinunterzugehen. Es waren nur ein paar Tage, und trotzdem habe ich das Gefühl, ohne diese Leute verloren zu sein. Sie waren es, die mich gefunden haben. Die einzigen Menschen, an die ich mich überhaupt erinnern kann.

Das Wochenende habe ich mehr oder weniger schlafend verbracht, und das hat mir offensichtlich gutgetan. Die Schrammen an Beinen und Rücken heilen, und mir tut nicht mehr so viel weh. Kein quälender Schmerz mehr in den Brüsten, und auch mein Geist wird klarer. Trotzdem, der eigentliche Schaden sitzt tiefer – noch immer weiß ich nicht, wer ich bin. Ziemlich sicher scheint mir, dass ich einen Abschluss in Kunstgeschichte habe, auch wenn ich nicht weiß, wo ich studiert habe und wann. Die Gewissheit, dass es diesen Abschluss gibt, war plötzlich da – so sicher wie die, dass Rot eine Grundfarbe ist. Als sie auftauchte – aus heiterem Himmel –, war ich sehr froh und dachte, weitere Erinnerungen würden auf dem Fuße folgen. Doch nichts dergleichen. Hin und wieder war es, als würde ich von einer Welle der Vertrautheit überspült, und wenn ich mir meinen Namen ins Gedächtnis zu rufen versuche, sehe ich schemenhaft Buchstaben: ein L und ein E. Manchmal habe ich ein starkes Déjà-vu-Gefühl und strenge mich an zu erfassen, was dahintersteckt. Heute Morgen beim Aufwachen dachte ich, jetzt hab ich's: Ich hatte es im Kopf, das konnte ich deutlich spüren, aber je eiserner ich mich bemühte zu erkennen, was es ist, desto mehr entglitt es mir.

Noch war ich nicht in der Lage, das Gefühl von Vertrautheit irgendwie einzuordnen und zu verstehen, *warum* sich etwas vertraut anfühlt. Eins allerdings wird mir immer klarer: Joe kommt mir bekannt vor. Er sagt, er habe Erste Hilfe geleistet und mich beatmet. Erscheint er mir deshalb vertraut? Weil er der Erste war, den ich gesehen habe, als ich zu mir kam? *Zwinge* ich mich auf diese Weise, mich an die Zeit vor der Insel zu erinnern?

Ich habe wirklich darum gerungen zu verstehen, warum er mir bekannt vorkommt. Sieht er jemandem ähnlich, den ich im richtigen Leben kenne? Es bleibt ein Rätsel. Er jedenfalls scheint sich sicher zu sein, dass wir einander bis zu dem Tag, an dem ich am Knochenstrand aufgetaucht bin, nie begegnet sind.

Es war gestern Abend. Ich hatte den ganzen Tag geschlafen und bin mit pochenden Kopfschmerzen aufgewacht, als es schon dunkel war. Unsicheren Schrittes ging ich nach unten, wo meine Gastgeber bei Essen und Wein um den Tisch saßen.

»Guten Abend«, rief Sariah, als ich auftauchte. Wir haben nie besprochen, wie ich genannt werden soll, bis mir mein Name wieder einfällt. »Magst du dich zu uns setzen?«

Seit sie mir die Suppe nach oben gebracht und sich so misstrauisch nach Hazel erkundigt hatte, war ich ihr nicht mehr begegnet. In dem Moment hatte ich nicht weiter nachgefragt – ich hatte weder die Kraft noch die nötige Klarheit besessen, das Thema anzuschneiden, ohne ihr zu nahe zu treten –, aber es hatte mich lange beschäftigt. Andererseits schien sie jetzt so guter Laune, dass ich den Gedanken beiseiteschob und dachte, ich hätte mir das alles nur eingeredet. Hazels Besuch an meinem Krankenbett war mir die ganze Zeit nicht aus dem Kopf gegangen; jedes Mal, wenn ich aus den Tiefen des Schlafs auftauchte, war mir als Erstes eingefallen, was sie gesagt hatte: *Du wirst die Insel nicht verlassen.*

Das jemandem mitzuteilen, der an Amnesie leidet und auf die Hilfe Fremder angewiesen ist, wenn er von diesem Flecken im Ozean weg und irgendwie nach Hause gelangen will, ist gemein. Aber Hazel ist so exzentrisch – ich bin fast sicher, dass sie mich einfach verschaukeln wollte, wenn auch auf hässliche Weise. Bevor ich nach unten gekommen war, hatte ich die kleine Dachluke geöffnet, um frische Luft hereinzulassen; dabei hatte ich Hazel draußen eine Art Tanz vollführen sehen. Sie hatte mit den Armen gewedelt, als wären es Flügel, Rad geschlagen, sich schwankend gedreht und ihren Rock über die Knie gehoben. Ein bisschen hatte sie mich an Kate Bush erinnert, und dann war ich begeistert, weil ich mich an Kate Bush erinnerte, denn das hieß, dass ich mich an ein Konzert erinnerte und, vielleicht, an die Freunde, mit denen ich dort war, vielleicht auch an eine Szene, in der ich mein Zuhause sah.

Aber auch zu diesem Zeitpunkt war die weiße Leere in meinem Hirn zu dicht, als dass eine farbige Erinnerung hätte durchschimmern können.

Wie auch immer, in der abendlichen Runde am Tisch mied Hazel, die zwischen Joe und George saß, meinen Blick. Sariah hatte einen deftigen Lammbraten mit Aprikosen-Honig-Soße gemacht; dazu gab es Feta-Spieße und Pittabrot mit reichlich Olivenöl.

»Deine Wunden sehen schon deutlich besser aus.« Joe stopfte sich Brot in den Mund. »Und wie steht's mit der Erinnerung? Weißt du deinen Namen jetzt?«

»Nein.«

»Und wie alt du bist?«, fragte George barsch. »Oder wo du herkommst?«

Ich schüttelte den Kopf.

»Mein Gott.«

»Das muss furchtbar sein«, warf Sariah ein.

Als ich nickte, sagte Joe: »Wie man es nimmt. Wenn du alles vergisst, gibt es auch nichts mehr, das du bereuen müsstest, oder?«

Sariah lachte. »Ich glaube, mir ist es trotzdem lieber, wenn meine Erinnerung normal funktioniert.«

Hazel machte ein nachdenkliches Gesicht. »Eine selektive Amnesie wäre gut. Sie könnten doch eine Art Operation erfinden, bei der alles Schlimme, was einem je passiert ist, aus dem Gedächtnis entfernt wird, was meint ihr?«

»Das haben sie schon – es heißt Lobotomie«, brummte George und zündete sich eine Zigarette an.

Ich hatte das Gefühl, gar nicht an dem Gespräch beteiligt zu sein.

»Darüber gab's einen Film«, sagte Joe. »Mit Jim Carrey.«

»Ich hätte gern eine Amnesie«, meldete Hazel sich wieder zu Wort. »Zumindest eine kleine. Ich schätze, wenn mir mal jemand so richtig auf den Kopf gehauen hätte, wären mir die jahrelangen Therapiesitzungen erspart geblieben.«

»Das lässt sich nachholen.« George grinste, und sie sah ihn erschrocken an.

»Bis zu einem gewissen Grad leiden wir doch alle an Amnesie«, sagte Sariah und schenkte mir ein Glas Wein ein. »Ich meine, erinnert sich irgendwer an seine Geburt? Der entscheidende Moment im Leben, und keiner weiß noch etwas davon.«

»Vielleicht doch?«, flüsterte Hazel mit verschwörerischem Blick.

»Ich schätze, das sagt viel über die Natur des Menschen«, murmelte Joe.

»Was?«

Er zögerte. »Vergessen.«

»Touché!« Hazel war entzückt.

Ich beobachtete sie und George gezielt, versuchte zu verstehen, was zwischen ihnen ablief, doch das war nicht einfach. Während ich ihr Gespräch verfolgte, flackerte – nur für einen Moment – hinter dem Weiß in meinem Hirn ein Bild auf: Ich saß mit vier Leuten um einen langen Tisch, und wir alle schrieben. Ich versuchte, mir ins Gedächtnis zu rufen, was ich schrieb und wer die anderen waren. In was für einem Raum wir saßen. Aber das Bild verblasste so schnell, wie es erschienen war.

»Wie ging es heute mit dem Schreiben?«, fragte ich.

Joe runzelte die Stirn und fuhr sich durchs Haar. »An manchen Tagen fließt es, an anderen ist es, als wollte man mit einer Gabel Felsbrocken abtragen«, seufzte er.

»Ich hätte gedacht, dass die Musen an so einem Ort sehr großzügig sind«, sagte ich.

Die anderen nickten und bekundeten Zustimmung. Joe nahm seine Brille ab und putzte die Gläser mit dem Saum seines T-Shirts. »Ich habe heute trotzdem einiges geschafft. Habe Sachen überarbeitet. Eine neue Villanelle geschrieben. Ein paar Ideen für morgen skizziert.«

George hob eine Braue. »Und wie viele Wörter hat eine Villanelle?«

Joe zuckte die Achseln. »Bei Gedichten werden nicht die Wörter gezählt.«

»Gut, also: Wie viele Zeilen hat eine Villanelle?«

Joe zählte an den Fingern ab. »Neunzehn?«

George gab ein geringschätziges Schnauben von sich, und Hazel fing an zu kichern.

»Was ist?«, fragte Joe.

George beugte sich zu mir herüber und reckte das Kinn in Richtung Joe.

»Als wir letztes Jahr hier waren, haben Hazel und ich in der Zeit einen ganzen Roman fertig gekriegt. Jetzt frag mal Joe, wie viele Gedichte er geschrieben hat. Na los, frag ihn!«

Joe verdrehte die Augen.

»Fünfzig«, riet ich.

»Sechs.«

Wir lachten alle laut los.

»Sechs Gedichte in einem *Monat.*« George schüttelte den Kopf.

»Ja, aber sie waren raffiniert«, sagte Joe sachlich. »Bei Lyrik geht's um Ökonomie der Sprache. Jedes einzelne Wort muss erwogen werden.«

»… und vermessen«, ergänzte Hazel. »Ja, das hast du uns erklärt.«

Joe nahm ein ledergebundenes Notizbuch von der Arbeitsplatte, suchte eine Seite darin, schlug sie auf und reichte es mir. Ein Gedicht in spinnenbeindünner schwarzer Handschrift.

Vereinigung
Ich hörte das Eis wachsen.
Ich hörte den Wolfsschrei der See.
Ich hörte den Morgen langsam nahen.
Ich hörte die Nacht in den Bäumen untergehen.
Ich hörte die Umkehr, den Knick.
Ich hörte Dunkelheit und Licht von Ausgleich flüstern.
Ich hörte, was die Stille bekannte.

Ich verstand das Gedicht nicht wirklich – wenn ich es überhaupt verstehen sollte –, und ich wollte, dass die gelöste, heitere Stimmung erhalten blieb, aber während ich diese Zeilen las, sagte mir ein Gefühl, dass ich sie schon einmal gelesen hatte. Ich schaute Joe an.

»Das ist von dir?«

Er nickte. Als er den Hauch Unglauben in meinem Ton erfasste, fragte er: »Warum?«

Ich schaute noch einmal auf das Geschriebene. Ja, das hatte ich auf jeden Fall schon mal gelesen. Ich *kannte* dieses Gedicht, dieses Dahinfließen der Sätze.

»Irgendwie kommt es mir bekannt vor«, sagte ich. »Als wäre es zum Beispiel von Alexander Pope oder von Shakespeare.«

Alle lachten, und Joe fühlte sich wohl geschmeichelt.

»Mein Gott, danke!«, sagte er.

Und in dem Augenblick – als Hazel fragte, woher ich denn wisse, wer Alexander Pope war, und ob das ein Hinweis darauf sei, dass meine Erinnerung zurückkehre; als George sich eine weitere Zigarette ansteckte und Joe sich zu mir herüberbeugte, um das Gedicht selbst noch einmal zu lesen, als sehe er es nun mit anderen Augen – fiel es mir ein: Ich kannte nicht nur das Gedicht, ich kannte auch Joe. Irgendetwas an seinem Geruch, seinen langen, bleichen Fingern … Ich starrte ihn an, bis er meinen Blick auffing, und versuchte verzweifelt zu benennen, was genau ich wiedererkannte. War es die Brille mit den viereckigen Gläsern, war es das schwarze Gestell, das seine Augen teilweise verdeckte? Oder seine Art, schüchtern den Blick zu senken, wenn er lächelte? Ich kam nicht drauf, aber es war da, es war in mir verankert: das sichere Gefühl, dass ich ihn schon länger kannte.

Es ist fünf. Zeit, dass ich mich auf den Weg mache. Ich richte das Bett, in dem ich geschlafen habe, und gehe nach unten, um mich von Hazel, Joe, Sariah und George zu verabschieden. Sariah steht am Herd und bereitet etwas zu, das einen göttlichen Duft verströmt. Als sie mich in der Tür stehen sieht, legt sie den Kochhandschuh weg und streckt die Arme aus, um mich an sich zu drücken.

»Du fährst schon?«

Ich nicke. Plötzlich bin ich bange. Ich wünschte, sie könnte mich begleiten, aber es wäre nicht richtig, sie darum zu bitten.

Sie schließt mich in die Arme und gibt mir einen Kuss auf die Wange. Dann streckt sie die Arme, neigt sich zurück und mustert mich.

»Es wird dir gut gehen«, sagt sie herzlich und zwinkert mir zu. »Einfach gut. Welche Zeit hat George mit Nikodemos ausgemacht?«

»Sechs, glaube ich. Ich vermute, er wird eine Weile nach dem Boot suchen, und dann bringt er mich hoffentlich zu einer Polizeiwache.«

»Möchtest du vorher noch etwas essen?«, fragt sie und wendet sich wieder der Pfanne zu, aus der Dampf und dieser himmlische Duft aufsteigen. »Bis nach Chania ist es mindestens eine Stunde, vielleicht auch länger, je nachdem, wie der Wind steht.«

Ich schüttele den Kopf. »Ich brauche nichts, danke.«

Sie scheint nicht überzeugt. »Sicher?«

»Ja.« Ich bin viel zu aufgeregt bei dem Gedanken, dass ich das Bauernhaus verlassen werde, und so lecker es auch riecht, ich würde keinen Bissen herunterkriegen. Ich bin auf dem Weg ins – buchstäblich – Unbekannte; außer dem, was hier im Haus ist, kenne ich *nichts*.

Hazel kommt herein und sieht uns Arm in Arm dastehen. »Was ist los?« Dann, als der Groschen fällt, hebt sie eine Hand zum Mund und reißt die Augen auf. »Du *fährst*.«

Zu meiner Überraschung breitet sie die Arme aus und schließt sich unserer Umarmung an. Dann zieht sie sich wieder zurück – während Sariah meine beiden Hände in ihre nimmt –, verschränkt die Arme und sieht mich prüfend an.

»Fährst du wirklich? Ich dachte, du bleibst noch ein bisschen.«

»Es ist besser so«, sagt Sariah – und zu mir, mit gesenkter Stimme: »Denk dran! Sei Pandora!«

»Sei was?« Hazels Blick wandert zwischen Sariah und mir hin und her, doch keine von uns beiden sagt etwas.

Nun kommt Joe herein. Er gähnt. »Oh Mann, du fährst!«, sagt er, und ich bin plötzlich den Tränen nahe. Er legt die Arme um mich, hebt mich hoch, setzt mich wieder ab, sagt, ich solle hier warten, und rennt davon. Kurz darauf kommt er mit einem kleinen Notizbuch und einem Stift zurück.

»Ich hab ja gesagt, dass ich dir etwas zum Schreiben gebe«, erklärt er und lächelt. »Also bitte. Hier.«

»Danke!«

»Ich hab selbst schon was reingeschrieben«, fügt er verlegen hinzu. »Auf die erste Seite. Ein Geschenk, damit du uns nicht vergisst.«

Er ist süß, ein Junge – und zugleich ein sanfter Riese –, kaum älter als zwanzig, aber ausgestattet mit einem großen, fürsorglichen Herzen. Ich werde ihn aufrichtig vermissen.

»Danke, Joe.«

»Sind wir so weit?«, fragt George, der mit einem derben Stock in der einen Hand und einer Jacke über dem anderen Arm die Treppe herunterkommt. Die Jacke gibt er mir: Es ist eine alte Seemannsjoppe. Sie riecht muffig und ist völlig verstaubt. »Unten am Strand wird's früh kühl. Ist 'n bisschen groß für dich, aber Bettler können nicht wählerisch sein, oder?«

»Danke«, sage ich und ziehe die Jacke über. George setzt einen großen leeren Rucksack auf, für das Essen, das Nikodemos ihnen bringt. Joe meint, der Rucksack sei zu klein, aber George sagt, er solle den Mund halten, er werde das schon machen.

Sariah besteht darauf, mir eine Papiertüte voller Leckereien mitzugeben, und Joe will, dass ich mich hinsetze, damit er meinen Blutdruck noch einmal messen kann. Erst dann befindet er, dass ich ausreichend erholt bin, um die Strecke zu schaffen. Hazel begutachtet noch einmal, ob ich alles habe, wobei das ohnehin nicht mehr ist als die Kleider auf meinem Leib und die Tüte mit Proviant. Sie erinnert mich an das Notizbuch und den Stift, die Joe mir geschenkt hat, und schiebt sie mir mitsamt einem Päckchen Taschentücher in die Tasche. Ich komme mir vor wie ein Kind, das zum ersten Mal in die Schule gehen soll.

Als George und ich das Haus verlassen und den Weg durch den Olivenhain einschlagen, hat die Dämmerung bereits eingesetzt. Der Anblick des seidigen blau-lila Himmels hebt meine

Stimmung, ich kann mich am Zwitschern der Vögel erfreuen und am Anblick der Boote in der Ferne, die wie Tupfen auf dem Ozeantuch sitzen; wie kleine weiße Partyhüte. Vielleicht wird es gar nicht so schwierig mit der Sprache. Vielleicht haben sie bei der Polizei in Chania Zugriff auf eine Datenbank, anhand derer sie herausfinden können, wer ich bin und wer nach mir sucht.

Da es auf dieser Insel praktisch keinen direkten, geraden Weg gibt und außer den riesigen Felsflächen bei den Klippen keine Ebenen, brauchen wir fast eine Stunde bis zu dem kleinen Anleger. Als der Wind deutlich auffrischt, besteht George darauf, dass wir uns nahe bei den Bäumen halten. Der schwache Strahl seiner Taschenlampe beleuchtet den holprigen Weg und verscheucht kleine Tiere.

Er redet nicht viel. Zeitweise summt er vor sich hin; sein Wanderstab tickt gegen Steine, seine schweren Stiefel scharren durch den Staub, der leere Rucksack raschelt leise bei jedem Schritt. Ich bin dankbar für das Schweigen; so kann ich mich ganz auf den Sonnenuntergang einlassen.

Das verwaiste Hotel steht nicht weit vom Strand. Dazu gehören ein verwitterter Restaurant-Rohbau und einige kleinere, ebenfalls verlassene Gebäude. Schwer zu sagen, welchem Zweck sie einmal gedient haben, denn Schilder gibt es keine mehr. Der Lichtstrahl der Taschenlampe streift zumindest ein paar Hinweise: Scherben von Biergläsern, mehrere Plüschdelfine, in deren Schwanzflosse »Komméno« eingestickt ist und an denen sogar noch das Preisschild hängt; ein Flip-Flop, eine Speisekarte in Griechisch und Englisch, was anzeigt, welche Gäste hier erwartet wurden.

»Traurig«, sagt George und reibt sich die Nase. »Sie haben sich viel von dem Ganzen hier versprochen. Überhaupt von der Insel. Hier würde es eines Tages brummen wie auf Kos, hieß es.« Er zeigt auf einen kleinen Holzsteg, der halb von einer Gruppe hoch aufragender Palmen verdeckt ist. »Da legt er gleich an.« Damit steuert er auf den Steg zu, und ich folge ihm.

Jetzt, da ich tatsächlich hier auf Nikodemos warte, bin ich starr vor Angst. Was passiert auf Kreta? Wird die Polizei mir helfen, oder schicken sie mich weg? Wo gehe ich dann hin? Ich habe kein Geld, kein Telefon, keine Freunde oder Verwandten, an die ich mich erinnern könnte. Der Himmel verdunkelt sich zusehends. Ich halte Ausschau – sehe die Skyline aus Schatten ferner Schiffe und Inseln – und atme tief durch. Inzwischen ist es deutlich nach sechs. Ich ziehe die Schuhe aus, setze mich ans Ende des Stegs und lasse die Beine baumeln. Das Wasser ist so klar, dass ich die kleinen Fische, die sich um meine Füße sammeln und an den Zehen knabbern, sehen kann. Zwischen den Wolken erscheinen, funkelnd wie Diamanten, die ersten Sterne. Nach langem Schweigen fängt George wieder an zu reden.

»Kalt, was? Jetzt bist du bestimmt froh über die Jacke.«

Ich ziehe die Jacke fester um mich und nicke. Dann klettere ich auf einen der großen Felsbrocken ein paar Meter neben dem Steg, um bessere Sicht zu haben, und suche den Horizont nach einem nahenden Boot ab.

»Siehst du ihn?«, frage ich.

»Wen?«, ruft George.

»Nikodemos.«

Er schnalzt mit der Zunge und starrt hinaus aufs Wasser. »Woran willst du erkennen, ob es Nikodemos ist?«

»Was?«

Ein Achselzucken und ein seltsames Lächeln um die Mundwinkel. »Ich sagte: Woran willst du erkennen, ob es Nikodemos ist? Du steigst in das Boot, und auf geht's. Es könnte doch auch ein Schmuggler sein. Irgendwer.«

Ich muss lachen, aber als er selbst so gar nicht lacht, werde ich unsicher. Inzwischen ist es richtig kalt; meine Augen beginnen zu tränen. Ich fische in der Jackentasche nach einem Papiertuch – zum Naseputzen und Augentrocknen –, finde aber nur Joes Notizbuch und muss unwillkürlich lächeln. Er hat gesagt, er habe etwas hineingeschrieben, damit ich sie nicht vergesse. Ich schlage das Heft auf. Gleich auf der ersten Seite sehe ich seine krakelige Handschrift, aber es dauert einen Moment, bis ich kapiere, was ich lese.

Du heißt Eloïse Beatrice Shelley.

Es sind abstrakte, bedeutungslose Buchstaben auf einem Blatt Papier, und ich sage mir, dass Joe den Namen für mich kreiert hat wie für eine Romanfigur. Zugleich aber regt sich etwas in dem weißen Nichts in meinem Hirn, ein leises Läuten, das mir sagt, dass dies tatsächlich mein Name ist. Eloïse. *Mein* Name. Ich bin Eloïse Beatrice Shelley.

Aber woher weiß Joe das?

George verlässt den Steg. Ich rechne damit, dass er zu mir herüberkommt, doch er geht einfach weiter. Ich lasse mich von dem Felsen gleiten und laufe ihm hinterher.

»Hat Nikodemos sich gemeldet?«

Er geht weiter.

»George?«

Keine Antwort. Stattdessen trottet er durch das hohe Gras davon. Mit einigen großen Sätzen über die vorgelagerten Felsbrocken kann ich ihn einholen und neben ihm hergehen, während er pfeifend weiterstampft, dass die Erde bebt.

»Wo willst du hin?«, frage ich.

»Ich gehe zum Haus zurück.«

Mein Herz rast, ich bin jetzt schon außer Atem.

»Aber … was ist mit Nikodemos?«

»Was soll mit ihm sein?«

»George!«

Jetzt bleibt er stehen. Ich stelle mich vor ihn, behalte jedoch den Steg im Auge für den Fall, dass das Boot auftaucht.

»Wo ist Nikodemos?«, keuche ich. »Er bringt doch Essen, oder? Und nimmt mich mit. Wo ist das Boot?«

George seufzt und schaut mich lächelnd an. »Hör zu, es ist nur zu deinem Besten.«

»Was ist zu meinem Besten?«

»Du musst hierbleiben, bis du dich wieder erinnern kannst.«

Mir klappt die Kinnlade herunter.

»Aber – du hast Nikodemos doch angerufen. Über das Satellitentelefon. Du hast gesagt, dass er heute kommt, dass er euch Essen bringt und mich dann mit nach Kreta nimmt.«

Er schüttelt den Kopf und gibt ein abfälliges Lachen von sich. Als sei das alles nur ein Spiel.

»Es ist zu deinem Besten, vertrau mir.«

»*Was?*«

»Ich habe immer auf dich aufgepasst«, sagt er. »Immer. Und nichts anderes tue ich jetzt.«

»Wovon redest du, verdammt?«, schreie ich. Ich habe einen Knoten im Bauch, und das Herz schlägt mir bis zum Hals.

Er wendet sich einfach ab und geht weiter.

»Ich muss nach Kreta, George, ich muss!«

In einer einzigen Bewegung fährt er herum, greift nach mir mit seinem kräftigen Arm und zieht mich mit sich fort, so energisch, dass ich hinterhertaumele.

»Lass mich los, George! Ich will … Bitte, lass mich, ich will nach Kreta. Von dort können sie die Botschaft verständigen.« Ich wedele mit dem Notizbuch. »Ich weiß meinen Namen! Ich weiß, wer ich bin! Lass mich los, bitte!«

23. MÄRZ 2015

Spielgruppe »Eichhörnchen«, Twickenham

Lochlan: Seit sechs Tagen gilt Eloïse jetzt als vermisst. Klingt nicht so lange, oder? Sechs Tage. Noch nicht mal eine Woche. Aber es kommt mir vor, als fiele ich durch die Zeit, jede Minute ein Jahrhundert. Meine Nerven liegen blank. Ich fühle mich wie auf LSD, nur dass es wehtut wie eine Operation ohne Narkose. Gestern Abend habe ich eine Weile Raumzeit-Wurmlöcher gegoogelt und überlegt, ob Eloïse vielleicht zur Zeitreisenden geworden ist. Ich springe von einem Extrem zum anderen wie ein Affe von Ast zu Ast: von schwarzer Verzweiflung zu der großspurigen Gewissheit, dass sie bestimmt gleich zur Tür hereinkommt. Jeder Augenblick, in dem mir bewusst wird, dass sie nicht da ist, dass es sich nicht um einen schlechten Traum handelt, gleicht einem Elektroschock für das System.

Und dann ist da noch die Wut. Es gibt Momente, in aller Regel nachts, da bin ich so wütend, dass ich mich sofort mit jemandem prügeln könnte. Ich meine, es ist doch nicht zu fassen, dass heutzutage jemand einfach so verschwinden kann – wenn man bedenkt, dass sie in den Nachrichten erwähnt wurde, dass wir eine eigene Facebook-Seite eingerichtet haben –»Helft Eloïse Shelley finden« –, 50 000 Mal geteilt, und dass der Hashtag #findEloïse sich nach dem Retweet der TV-Moderatorin Lorraine Kelly gestern Abend wahnsinnig schnell verbreitet hat. Irgendwo habe ich gelesen, dass man im Schnitt vierzehn Mal am Tag von einer Überwachungskamera gefilmt wird, und trotzdem findet sich in dem gesamten Filmmaterial, das die zuständigen Polizisten ausgewertet haben, keinerlei Hinweis auf Eloïse. Das ganze Viertel ist in die Suche einbezogen. In Buchhandlungen und Bibliotheken, an Laternenpfählen und Schultoren, am Eingang der Waitrose- und Sainsbury-Märkte – überall hängen Plakate. In ganz London hängen Plakate. All das hat nicht das Geringste gebracht. Als hätte sie sich in Luft aufgelöst.

Dass sie mit einem anderen Mann durchgebrannt ist, kommt mir mittlerweile unwahrscheinlich vor, und zugleich wünsche ich es mir fast, denn im Gegensatz zu allen anderen möglichen Ursachen für ihr Verschwinden würde das zumindest bedeuten, dass sie in Sicherheit ist. Ich verstehe meine eigene Logik nicht mehr. Die Luft in unserem Haus ist abgestanden. Ihre Mäntel hängen in der Wäschekammer wie Fledermäuse. Ihre Wäsche schlummert in der Kommodenschublade. Durch den Briefschlitz segeln Umschläge, auf denen ihr Name steht. Jede einzelne Minute ist von offenen Fragen beschwert.

Gerda, Magnus und ich haben für Max und Cressida ein Programm zusammengeschustert. Dean Wyatt hat mir zähneknirschend Sonderurlaub aus familiären Gründen bewilligt. Dabei würde ein nicht geringer Teil von mir nichts lieber tun, als ganz normal arbeiten zu gehen, in Investment-Prognosen einzutauchen und die Hölle hier zu vergessen. Egal. Da ich keine genaue Vorstellung davon hatte, wo El unsere Kinder an den einzelnen Tagen hinbringt, musste ich mir bei ihren Freundinnen ein paar Tipps holen. Max geht immer von halb zwölf bis halb vier in die Vorschule, und vormittags besucht er verschiedene Spielgruppen, darunter eine Singgruppe, Spanisch für Kleine und freitags Babymassage mit Cressida.

Am Ende konnte ich Max glaubhaft machen, dass seine Mami für ein paar Tage weggefahren ist und dass Omi und der Großvater gekommen sind, um ein bisschen Zeit mit ihm zu verbringen. Das schien ihn zufriedenzustellen, er konnte es akzeptieren, und mir kam der Gedanke, dass er zuvor vielleicht *meine* Sorge und Unruhe gespürt und übernommen hatte, dass er mehr auf das Chaos reagiert hatte, das ihre Abwesenheit auslöst, als auf ihre Abwesenheit selbst. Manchmal vergesse ich, wie feinfühlig er ist und wie intelligent – auch wenn er noch so klein ist. Ich habe ihm versprochen, dass wir, sobald seine Mami wieder da ist, in den *Thomas-und-seine-Freunde*-Park fahren. Leider habe ich den Haken an diesem Versprechen erst gesehen, als es mir schon herausgerutscht war. Was, wenn sie nicht zurückkommt? Was dann?

Heute Morgen wollte Max, dass ich mit ihm zur Spielgruppe gehe, also habe ich Cressida daheim gelassen und ihm diesen Wunsch erfüllt. Ich bin so was von im falschen Film. Einen Becher kalten Tee zu meinen Füßen, sitze ich in einem lang gestreckten Kirchennebenraum und schaue zu, wie Max in Tutu und Darth-Vader-Helm herumrennt und ein Plastikschwert schwingt.

Ganz allmählich dämmert mir, dass ich über Eloïses Leben nicht allzu viel weiß, nicht mehr. Die Polizisten wollten genau wissen, welche ihrer Kleidungsstücke fehlen; sie sei doch wohl kaum nackt aus dem Haus gegangen, meinten sie, und wenn sie bestimmte Dinge zurückgelassen habe – Schuhe, einen Mantel, etwas in der Art –, könne das ein Hinweis darauf sein, dass sie gezwungen wurde zu gehen. Ein Hinweis auf eine Entführung.

Bei dem Gedanken wurde mir schlecht. Ewig habe ich in ihren Klamotten gewühlt, aber ich hatte nicht die leiseste Ahnung, was fehlt und was nicht. Ein paar Sachen waren da, die ich noch nie gesehen hatte, neue Schuhe, Kleider, Mäntel. DS Welsh hat das heruntergespielt. Bei ihrem Freund sei das genauso, sagte sie, der kriege es auch nie mit, wenn sie etwas neu habe. Das schlechte Gewissen nagt trotzdem an mir. Ich war nicht da, physisch so wenig wie emotional. Als ich nach Edinburgh geschickt wurde, waren wir uns einig, dass das auf keinen Fall etwas ändern sollte. Wir wollten mindestens zweimal am Tag über FaceTime Kontakt haben, ich wollte virtuell mit Max sprechen und den beiden Gutenachtgeschichten vorlesen. Am Anfang hat das geklappt, aber dann wurde ich mehr und mehr in die Arbeit hineingezogen, und nicht selten ist die Woche ohne einen einzigen FaceTime-Kontakt vergangen. Ich glaube, eine Beziehung via Laptop-Bildschirm pflegen zu wollen, ist leichter gesagt als getan.

Ich bin davon ausgegangen, dass ihre Welt meine Welt ist,

einfach weil es früher so lange so war. Aber nach der Geburt von Max verwandelte meine Welt sich in Zehn-Stunden-Tage voller Kundengespräche über Investment-Pläne, Geschäftsreisen nach Dubai und Networking-Events. Selbst an den Wochenenden und im Urlaub war ich mental bei der Arbeit. Der Blick in Eloïses Kalender legt nahe, dass sie einen nicht unwesentlichen Teil der vergangenen vier Jahre in Spielgruppen wie dieser zugebracht hat. Unvorstellbar.

Neben mir sitzt eine mollige Frau mit Baby im Tragetuch, und noch bevor sie den Mund aufmacht, weiß ich, dass sie nach Eloïse fragen wird.

»Was gehört?«, fragt sie leise.

Ich räuspere mich und stecke das Handy weg. »Leider nicht.«

Sie stößt einen dieser bedauernden Seufzer aus, an die ich mich fast schon gewöhnt habe, und ihr Gesicht ist derart von Mitleid zerfurcht, dass sich mir alles umdreht. Mit einem weiteren Seufzer schaut sie nachdenklich zu Max hinüber, der gerade die oberste Ebene des bunten Plastikklettergerüsts erklimmt und schreit: »Uaah, mir nach, Männer!«

»Armes Kerlchen«, sagt sie. »Man weiß nie, was als Nächstes kommt, oder?«

»Die Sache ist, dass ich bislang immer ziemlich *genau* wusste, was als Nächstes kommt«, sage ich zu meiner eigenen Überraschung. »Alles war durchgeplant und festgelegt. Mit irgendwelchen Katastrophen war ich noch nie konfrontiert.«

Ich höre mir zu und frage mich, warum ich das dieser Frau erzähle. Sie nickt und murmelt etwas Zustimmendes. Dann blickt sie auf, und ihre Miene wird plötzlich streng.

»Elvis! Nicht Harry die Finger in den Mund stecken, bitte. Du hast Würmer, Süßer, und wir wollen doch nicht, dass die anderen auch welche kriegen.«

Mein Gefühl sagt mir, dass mir bei so einer Ansage eigentlich schlecht werden müsste; dass sie mich dazu veranlassen sollte, mich in eine andere Ecke des Raums zu verziehen. Andererseits ist dies mein erstes Mal in einer Spielgruppe, und in der Zeit vor dem Verschwinden gingen meine Chancen, mit so einer Frau ein vertrauliches Gespräch zu führen, gegen null.

»Auf so was kann sich wohl niemand vorbereiten«, sagt sie. »Es muss schwer sein, nicht zu wissen, was los ist.« Sie drückt dem Baby einen Kuss auf den Kopf und fährt ihm sanft über das feine schwarze Haar. »Ich konnte eine Zeit lang nicht herkommen, weil Madame hier beschlossen hat, eine Niereninfektion zu entwickeln und ins Krankenhaus zu müssen. Aber ich erinnere mich gut an Eloïse. Sie war so liebevoll, besonders mit dem kleinen Max. Wenn sie von ihm erzählt hat, hat sie immer gestrahlt. Ich fand, sie war eine tolle Mutter.«

War. Immer öfter fällt mir auf, dass die Leute in der Vergangenheit von meiner Frau sprechen. *Sie war so liebevoll.* Merken die eigentlich nicht, wie sie damit meine Verzweiflung schüren?

Eine weitere Frau kommt und setzt sich auf der anderen Seite neben mich. Sie ist schon älter, hat weißes Haar und ihre Brille an einer Kette vor der Brust hängen. Ihre Miene ist in Mitgefühl erstarrt. »Ach, Sie sind der Mann von Eloïse«, sagt sie, und ich lächle: schuldig im Sinne der Anklage.

»Wie geht's Ihnen?«

»So weit gut«, sage ich automatisch, aber das lässt ihre Miene nur noch betrübter werden. Sie wirft Madame Wurm einen Blick zu.

»Gerade hab ich zu Sandra dort drüben gesagt, wie nett Eloïse doch war. Und so eine wundervolle Mutter. Immer guter Dinge und fröhlich.«

Madame Wurm beugt sich herüber. »Wenn ich ehrlich bin, habe ich – wie auch andere hier – Eloïse ein kleines bisschen beneidet. Sie war so *perfekt*. Frisur und Make-up – immer alles perfekt. Und so schlank. Ehrlich, man hätte doch nie vermutet, dass sie zwei Kinder geboren hat.« Es folgt ein schrilles Lachen.

Die ältere Frau nickt. »Ich war nach den zwei Geburten ein Wrack. Nach zweien hat's mir gereicht. Einmal hätte mir auch gereicht, aber ich fand es nicht richtig, Claudia als Einzelkind aufwachsen zu lassen, deshalb haben wir uns entschieden, noch

Martin zu bekommen. Von Koliken hatte ich da noch keine Ahnung.«

»Meine hatten beide Koliken. Madame hier hat Koliken *und* Reflux. Die Hebamme wollte mir erzählen, dass ich, solange ich stille, kein Red Bull trinken soll. Sind Sie verrückt?, hab ich gesagt. Wie soll ich es denn sonst mit einer halben Stunde Schlaf über den Tag schaffen?«

»Ich komme jetzt schon seit Jahren mit meinen Enkeln in diese Gruppe«, sagt die Ältere. »Viele Mütter tun sich schwer, vor allem in den ersten Wochen. Eloïse nicht. Das hab ich auch der Polizei gesagt. Sie wäre niemals einfach abgehauen und hätte die Kinder zurückgelassen.«

»Manche hier fanden ja, ehrlich gesagt, dass Eloïse ein bisschen von sich eingenommen war, aber ich nicht.«

Ich zucke zusammen, doch das sieht Madame Wurm nicht.

»Ich hab mir gedacht, sie ist eben eine der Glücklichen, die das eine haben können, ohne auf das andere verzichten zu müssen. Elvis! Süßer, das ist ein Töpfchen und kein Hut!«

»Sie hatte alles im Griff. Nichts konnte sie aus der Fassung bringen.«

Max kommt angerannt. Statt des Darth-Vader-Helms hat er jetzt eine Tiara auf. »Warum redest du mit der Mama von Elvis, Papa?« Besorgt schaut er Madame Wurm und die ältere Dame an.

»Ich hab deinem Papa erzählt, was für ein großer Junge du schon bist«, sagt Madame Wurm.

»Meine Mami raucht Zigaretten«, verkündet er, und Madame Wurm wirft mir einen verstörten Blick zu.

»Ist schon gut, mein Lieber«, sage ich. »Alles in Ordnung. Du kannst weiterspielen.«

Er lehnt sich zwischen meine Oberschenkel und seufzt. »Ich will gehen.«

Eine der Betreuerinnen klatscht in die Hände und ruft die Kinder zum Tisch, auf den eine andere gerade Plastikteller mit Apfelschnitzen und belegten Broten stellt.

»Da gibt's was zu essen, Maxie. Geh doch hin und iss was.«

»Kein' Hunger«, murmelt er traurig. »Ich will zu Mami.«

»Ich weiß, Max. Ich auch.«

»Können wir sie abholen, Papa? Vielleicht möchte sie ja jetzt nach Hause kommen.«

Es bricht mir das Herz.

»Vielleicht, Maxie. Vielleicht.«

Mir fällt der Tag ein, an dem Eloïse nach seiner Geburt das erste Mal wieder arbeiten ging. Er war sieben Monate alt und mit Feuereifer dabei zu krabbeln und herumzurobben wie ein Seehundbaby. Ich hatte Urlaub genommen, um mich während der ersten Woche um ihn kümmern zu können; für danach hatte Eloïse schon ein Kindermädchen ausgesucht und eingestellt. Sie zog das Kleid an, das sie sich eigens für diesen Tag gekauft hatte, und ging zu ihrem Auto, während ich mit Max auf dem Arm an der Tür stand und ihn zum Winken animierte. Er war leicht irritiert, als er sie gehen sah, aber ich denke, für sie war es schlimmer. Sie war den Tränen nahe.

Nach ein paar Stunden rief sie an. »Was macht Max?«

»Mittagsschlaf«, sagte ich. »Ihm geht's prächtig. Du kannst ganz beruhigt sein.«

Sie atmete auf. »Ich hab gestern Abend ein bisschen Möhre und Kürbis püriert. Ist im Kühlschrank, in der Schüssel mit den Dinos, weißt du? Wenn du den Brei aus der Mikrowelle nimmst, musst du ihn umrühren. Nicht ein, zwei Mal – du musst richtig lange rühren, damit er sich auf keinen Fall die Zunge verbrennt …«

»Eloïse. Ich weiß, wie man Breichen umrührt. So ahnungslos bin ich nun auch nicht …«

»Okay. Ach, und nimm nicht die Windeln aus dem Korb. Ich glaube, von denen kriegt er Ausschlag. In der Wäschekammer liegt ein Paket von einer anderen Sorte. Hab ich gestern gekauft …«

»Sonst noch was? Soll ich ein Kammerorchester engagieren? Einen Streichelzoo?«

»Bitte … Sag einfach, dass du die neuen Windeln nimmst.«

Ich musste lachen. War das ihr Ernst? Machte sie wirklich wegen Max so ein Theater?

»Sag es, Lochlan! Ich lege erst auf, wenn du es mir versprochen hast.«

Das ist der Unterschied zwischen den Geschlechtern, dachte ich damals. Ein Vormittag zu Hause, und ich wusste schon nichts mehr mit mir anzufangen, langweilte mich, war unruhig, fand, dass Kinderbetreuung mich nicht genug forderte. Wenn ich bei der Arbeit war, dachte ich keine Sekunde darüber nach, ob jemand das Breichen für unseren Sohn gut genug umrührte oder ihm die richtigen Windeln anzog. El dagegen war offensichtlich nicht dazu in der Lage, sich wieder in ihr Arbeitsleben hineinzufinden.

»Es fällt mir schwer«, sagte sie, und ihre Stimme bebte. »Er fehlt mir so. Das ist albern, ich weiß …«

»Das ist nicht albern«, gab ich zurück, plötzlich voller Reue, auch wenn ich noch immer nicht ganz kapierte, wieso sie sich nicht einfach *freute*, wieder arbeiten und ihn zu Hause lassen zu können. Es tat mir leid, dass ich sie so angefahren hatte. Sie liebte unseren Sohn und tat alles, um ihn gut zu versorgen. Nach Max' Geburt war in ihr ein anderer Mensch zum Vorschein gekommen. Sicher, Eloïse hatte immer alles hundertprozentig gemacht, leidenschaftlich und mit ganzem Einsatz, aber wie sie das Muttersein anging, überraschte mich trotzdem. Wenn ich ehrlich bin, habe ich mich ein wenig abgemeldet gefühlt, als Max des Weges kam. Und manchmal habe ich mich gefragt, ob ich ihn vielleicht weniger liebe, als sie es tat. Vielleicht war das der Fall.

Ich änderte meine Taktik. Eine innere Stimme riet mir, ihr nicht noch mehr zuzusetzen, sondern sie lieber zu beruhigen, weil sie sonst womöglich ohne Not ihren Job ganz aufgab.

»Ich verspreche es, Liebste. Es geht Max wirklich gut, wir hatten einen sehr schönen Vormittag. Ich hab ihm ungefähr fünfzehn Mal das Kuckuck-Buch vorgelesen.«

»Ah, das mit den Spiegeln? Das *liebt* er.«

Ich nickte. »Genau. Und mit den kleinen Türchen, die er aufmachen muss.«

»Hat er am Ende gelacht?«

»Jedes Mal. Und dann war ich mit ihm an der Sandkiste, und wir haben gespielt. Jetzt schläft er. Es geht ihm wirklich gut, ehrlich.«

Sie war einen Moment still. Dann sagte sie leise, mit brüchiger Stimme: »Danke.«

Ich trug ihr auf, den Tag zu genießen. Ich nahm ihr das Versprechen ab, dass sie sich einen Karamell-Macchiato kaufen und sich darüber freuen würde, dass sie ihn trinken konnte, ohne mittendrin Sabber oder Pipi wegwischen – oder womöglich aus dem Becher entfernen – zu müssen, und sie lachte.

Aber in der Nacht bevor das Kindermädchen anfangen sollte, weckte sie mich und sagte, sie könne das nicht. Es sei ihr unmöglich, Max den ganzen Tag – jeden Tag – in der Obhut einer Fremden zu lassen. Ich schlug vor, sie könne doch vielleicht Teilzeit arbeiten, aber das schien ihr nicht zu genügen. Sie wollte zu Hause bleiben und fertig. Und so gab sie den Geschäftsführerposten ab, und Danny Holland übernahm.

Die Abwesenheit von Eloïse hat so viel mehr Wucht als ihre Gegenwart. Die Kinder spüren das. Ich habe Max angelogen und alle anderen dazu gebracht, ihn ebenfalls anzulügen. Ich dachte, es wäre das Beste, wenn wir ihm erzählen, dass sie wegen ihrer Arbeit nach Amerika fliegen musste. Er weiß Bescheid über ihren Job, sie hat ihm stolz alles erklärt und ihn sogar ein paarmal mit ins Büro genommen. Ich dachte, das würde er glauben, aber er legte beide Hände an meine Wangen und sah mich forschend an. »Sagst du auch die *Wahait,* Papa?« Ich wollte nicken, musste stattdessen aber schlucken, und jetzt macht er sich noch mehr Sorgen als vorher.

Und Cressida: So kurz sie auch erst auf diesem Planeten weilt, sie spürt genau, dass etwas nicht stimmt. Das Fläschchen mag sie überhaupt nicht, sie kämpft dagegen an, als hoffe sie, dass es irgendwann aufgeben und sich in die Brust ihrer Mutter verwandeln könnte. Ich habe in der Schmutzwäsche ein paar Sachen von Eloïse gefunden und Cressida ein Top ins Körbchen gelegt. Es war das erste Mal, dass sie eine Nacht durchgeschlafen hat. Aber wenn sie aufwacht, weint sie und schimpft und ist kaum zu trösten. Gerda und Magnus sind immer noch da und füllen die endlosen, sich zäh hinziehenden Stunden mit Kinderroutinen. Gestern habe ich Magnus im Garten weinen sehen. Er hat Eloïses Rosen gegossen – und versucht, seine Tränen zu verbergen. Ich wusste nicht, was ich sagen sollte, und ebenso wenig wissen Gerda und er, was sie sagen sollen. Wir gehen zivilisiert miteinander um, aber ich kann nicht behaupten, dass ich wirklich eine Beziehung zu ihnen hätte. Weder fahre ich Ski, noch besitze ich ein umfangreiches Immobilienportfolio wie sie, also hatten wir nie viel miteinander zu bereden. Jetzt sind sie, vermute ich, genauso wie ich sprachlos vor Entsetzen und drehen und wenden im Geiste jede Erinnerung hin und her in der Hoffnung, einen Fingerzeig zu entdecken, wo Eloïse vielleicht sein könnte.

Viele Leute haben uns besucht – mein Vater, meine Brüder und Susan, meine Stiefmutter; unsere Freunde, eine ganze Truppe Frauen, die ich noch nie gesehen hatte, die meine Frau aber aus diversen Babygruppen kennen und anscheinend sehr eng mit ihr sind. Wenn so etwas passiert, sieht man Leute, die man zu kennen glaubte, plötzlich in einem ganz anderen Licht.

Mein Vater zum Beispiel – für mich immer derjenige, auf den ich mich stützen konnte und von dem ich gedacht hätte, dass er die Hölle, durch die ich gerade gehe, bestens kennt – klopfte mir männlich auf die Schulter und murmelte ein paar Trostfloskeln, nur um mir dann mitzuteilen, dass Susan und er am nächsten Morgen auf die Bahamas fliegen würden und dass ich ihn auf dem Laufenden halten solle. Ich vermute, er denkt, dass Eloïse auf und davon gegangen ist und mich mit den Kindern alleingelassen hat, wie meine Mutter es mit ihm gemacht hat. Mrs Shahjalal taucht immer wieder mal auf und walzt die Geschichte aus, wie sie Max allein zu Hause vorgefunden hat. Mr McWhirter, der verrückte, nörgelige Nachbar drei Häuser weiter, der in der ganzen Zeit, seit wir hergezogen sind, kaum mehr als zwei Sätze mit mir gesprochen hat, war einen ganzen Vormittag hier, hat es sich auf dem Sofa bequem gemacht und aus seiner Zeit als Armee-Offizier erzählt. Es stellte sich heraus, dass er Witwer ist, mutterseelenallein, seit er seine krebskranke Frau bis zum Ende gepflegt hat. Seine tröstenden Worte kamen zweifellos von Herzen, und er hatte sehr gute, handfeste Vorschläge für eine Suchkampagne.

Ich begreife, dass der Mensch, den ich am dringendsten brauchen würde, um mit diesem Albtraum fertigzuwerden, derjenige ist, der vermisst wird.

Ich schnalle Max in seinem Sitz fest und fahre ihn zur Vorschule. Dafür musste ich die Adresse googeln, damit ich dem Navi etwas sagen konnte. Ich schäme mich, denn ich habe ihn tatsächlich noch kein einziges Mal dorthin gebracht. Noch nicht einmal die Lehrerin kenne ich. Und dann sagt Max: »Das ist ein schönes Auto«, und mir wird bewusst, dass er noch nie mit mir mitgefahren ist. Wenn wir als Familie unterwegs sind, nehmen wir immer Eloïses Qashqai, aber trotzdem.

Wir parken gegenüber der Vorschule – Willowfield First School and Nursery –, und Max winkt einem kleinen Jungen zu, der gerade aus dem Range Rover neben uns klettert.

»Hallo, Wilbur«, sagt er und dreht sich zu mir um. »Wilbur hat seinen Roller mit. Heute ist bestimmt Roller-Tag. Ist heute Montag, Papa?«

»Ja, heute ist Montag.« Mein Telefon klingelt; ich suche meine Taschen danach ab.

»Montag ist Roller-Tag, Papa. Es ist Roller-Tag. Papa! Papa!! Papa!!«

»Warte, Max.«

Als ich das Telefon endlich gefunden habe, ist natürlich schon die Mailbox angesprungen. Verborgene Nummer.

Als wir vor der Tür stehen, redet Max immer noch ganz aufgeregt vom Roller-Tag. Eine ältere Frau begrüßt ihn, und auch sie bearbeitet er sofort mit dem Thema, aber sie schafft es, ihn zu beruhigen, indem sie ihm einen Ersatzroller in Aussicht stellt. Dann sieht sie mich an, und ich habe das Gefühl, erklären zu müssen, was gerade bei uns los ist. Also warte ich, bis die anderen Eltern weg sind.

Doch bevor ich die Chance habe, etwas zu sagen, erklärt die Frau: »Wir haben das mit Max' Mutter gehört. Das tut mir sehr leid.«

Ich klappe den Mund wieder zu und nicke nur gequält. Solche Bemerkungen hören sich immer an wie Kondolieren, und obwohl ich weiß, dass es nett gemeint ist, macht es die Angst, dass ich meine Frau vielleicht nie mehr wiedersehe, nur noch größer.

»Sie können sich vorstellen, dass Max ziemlich durch den Wind ist«, sage ich und muss mich beherrschen, damit meine Stimme nicht zittert. »Er vermisst seine Mutter, und wir wissen einfach nicht, was wir ihm erzählen sollen.«

Ihr Blick ist verständnisvoll. »Sie machen das genau richtig. Es ist wichtig für ihn, dass er seine gewohnten Tagesabläufe beibehält.«

Mir entfährt ein tiefer Seufzer der Erleichterung. Es war dringend nötig, dass mir das mal jemand sagt: *Sie machen das genau richtig.* Ich habe in dieser Woche viel über mich nachgedacht, und es gab Momente, da war ich der festen Überzeugung, alles im Leben falsch gemacht zu haben.

»Ich halte Sie auf dem Laufenden«, sage ich.

Sie drückt mir die Hand. Ich spähe noch einmal an ihr vorbei, sehe drinnen Max mit ein paar Freunden ins Gespräch vertieft und gehe mit stolzgeschwellter Brust davon.

Als ich am Auto ankomme, meldet sich das Handy erneut. Diesmal bin ich beim zweiten Klingeln dran.

»Mr Shelley?«

»Ja?«

»Hier ist DS Canavan, guten Tag.«

Sofort bekomme ich Herzklopfen. Hat er Neuigkeiten?

»Ich habe eine Frage.«

»Ja?«

»Was die Baby-Monitore betrifft.«

Ich gestatte mir zu atmen. »Was ist damit?«

»Unser Techniker sagt, dass das Filmmaterial zu einem anderen Internetprovider umgeleitet worden ist. Wissen Sie etwas darüber?«

Ich habe keine Ahnung, was das bedeutet. »›Umgeleitet?‹ Ich weiß nicht – Eloïse hat es so eingerichtet, dass es in ihrer Cloud steht oder so was.«

Mir kommt der Gedanke, dass wir vielleicht beide nicht genau wissen, wovon wir sprechen.

»Okay«, sagt er. »Das gebe ich an unsere Technik weiter. Mal sehen, was die sagen. Inzwischen haben wir auch den Bericht aus der Spurensicherung zu Ihrer Hintertür.«

»Und?«

»Wir haben Ihre Fingerabdrücke gefunden, die von Ihrer Frau und die von Ihrem Sohn. Sonst keine.«

»Das heißt, ein Einbruch kann ausgeschlossen werden?«

»Jedenfalls ist es unwahrscheinlich, dass es einen gab. Ausgeschlossen werden kann es nicht.« Ein Schlag. »Außerdem haben wir mit der Gemeindeschwester und den Hebammen gesprochen. Da gibt es, was Eloïses Krankengeschichte angeht, unterschiedliche Meinungen; dem werden wir noch weiter nachgehen. Immerhin haben wir etwas Material von den Baby-Monitoren. Vielleicht wollen Sie sich das anschauen? Möglicherweise entdecken Sie etwas von Bedeutung.«

Ich nicke mit dem Handy am Ohr.

»Wann kann ich es sehen?«

24. MÄRZ 2015

Komméno, Griechenland

Eloïse: Ich habe die Nacht auf dem Holzsteg am Ende der Insel verbracht, hinter mir das verlassene Hotel, um mich geschlungen die muffig riechende Seemannsjacke, die George in der Waschküche gefunden hat. Sie hat mich trotzdem gewärmt. Ich muss wiederholt fest eingeschlafen sein. Zweimal hat mich Motorengeräusch von draußen auf dem Wasser geweckt.

Es ist verrückt: Ich könnte schwören, dass ich ein Speedboot habe auf mich zukommen sehen; der Bug teilte das Wasser, als würde im Meer ein Reißverschluss aufgezogen; am Ruder stand ein grauhaariger Mann mit Sonnenbrille. Ich habe gesehen, wie die spiegelglatte Bordwand das Mondlicht reflektierte, und gehört, wie das Dröhnen lauter wurde, je näher das Boot kam. Beide Male bin ich aufgesprungen und mit Herzklopfen ans Ende des Stegs gerannt – und beide Male musste ich feststellen, dass gar kein Boot kam. Da war nur das ewige Auf und Ab der Wellen.

Ich habe mir das alles eingebildet, das ist die einzige Erklärung.

Den größten Teil der Nacht habe ich im Schneidersitz dagesessen und in den Himmel gestarrt, um mich von den Geräuschen ringsum abzulenken. Die Nacht legt sich nicht einfach wie ein schwarzes Tuch über die Insel; sie kehrt sie um, macht sie zu einem rabenschwarzen Ort an der Schwelle zu einer anderen Welt. Die Olivenhaine und Kakteen nehmen eine andere Gestalt an und stoßen irre Schreie aus, die beängstigend menschlich klingen.

Deshalb habe ich die ganze Zeit zu den Sternen hinaufgeschaut und mich gezwungen, sie zu zählen und zu beschreiben. *Ein Feuerwerk im Augenblick der Explosion. Diamanten, Rubine und Saphire auf schwarzem Samt ausgelegt.* Zu wissen, dass jeder Einzelne von ihnen ein Stern oder ein Planet oder eine Konstellation mit einem Namen und einer Schwerkraft ist, über die ich genauso wenig weiß wie über den Ort, von dem ich gekommen bin, und die Menschen, die ich zurückgelassen habe, war tröstlich und erschreckend zugleich.

Immerhin weiß ich jetzt offenbar meinen vollständigen Namen. Eloïse Beatrice Shelley. Tausendmal habe ich ihn vor mich hin gesprochen, als sei der Klang eine Angelschnur, die ich ins Meer der Erinnerung werfe, um weitere Anhaltspunkte an den Haken zu bekommen. *Eloïse. Eloïse.* Nichts – aber vielleicht braucht es auch nur etwas Zeit. Jedenfalls sind meine Aussichten, alles aufzuklären, sobald ich nach Kreta komme, jetzt deutlich besser. Über Google oder Facebook könnte ich mich vielleicht schon finden. Wenn es doch nur Internet hier auf der Insel gäbe!

George hat versucht, mich zum Haus zurückzuschleifen. Wie ein Schraubstock hielt er meinen Arm umklammert; er ist so stark, dass er mich ein paar Meter hinter sich herzerren konnte, ohne langsamer zu werden. Ich schrie ihn an, er solle mich loslassen; irgendwann fing ich an, ihn von hinten in die Beine zu treten, was mich Überwindung kostete – im echten Leben scheine ich ziemlich friedfertig zu sein. So oder so hat es nicht viel bewirkt. Erst als ich das Notizbuch erwähnte und dass Joe meinen Namen da hineingeschrieben hat, blieb er stehen und funkelte mich böse an.

»Zeig«, sagte er. »Was hat Joe geschrieben?«

Ich zog das Heft aus der Tasche und schlug es auf. Er riss es mir aus der Hand, starrte auf die paar Worte und warf mir noch einen letzten Blick zu, bevor er das Heft auf den Boden warf und davonstapfte. Er war so zornig, dass ich Angst um Joe bekam. Aber warum diese Wut? Was war falsch daran, mir meinen Namen zu sagen?

Die ganze Nacht habe ich gegen den Schlaf angekämpft; mir gingen zu viele Fragen durch den Kopf. Am Horizont blinkten winzig die Lichter von Kreuzfahrtschiffen; nicht weit davon zeichnete sich die Silhouette einer Insel ab. Die Sorge, ich könnte Nikodemos verpasst haben, versuchte ich zu vertreiben, indem ich an das dachte, was Sariah gesagt hatte: Er würde ihnen Essen bringen und mich dann mit nach Kreta nehmen. George musste ihn doch angerufen und über den Verlust des Bootes informiert haben, oder? Nikodemos würde dem nachgehen wollen. Und die anderen brauchten die Nahrungsmittel, denn sie konnten nicht selbst zum Einkaufen nach Chania fahren. Nikodemos wäre nicht einfach umgekehrt, nur weil auf dem Steg niemand stand. Er hätte gewartet. Und nun war ich ja da.

Aber es kam niemand.

Als ich aufwache, ist mein Rücken klatschnass von dem Wasser, das zwischen den Planken des Stegs heraufspritzt. Der Himmel ist strahlend blau, die Sonne brennt mir ins Gesicht. Ich rappele mich auf und dehne mich, erfreue mich an dem Wind und der Szenerie. Gestern Abend, als wir hier unten ankamen, war es zu dunkel, um noch viel erkennen zu können, aber jetzt, im heiteren, goldenen Morgenlicht, sehe ich, wie postkartenschön es hier ist. Glasklares Wasser umspült meine Füße. Die Berge etwas weiter landeinwärts sind üppig grün. Ich staune über die vielen Kakteen, riesige Skulpturen mit einer Hülle aus Stacheln. Ich kann froh sein, dass ich da gestern Abend nicht hineingelaufen bin. Was für einen Unterschied es doch macht, ob es dunkel ist oder hell! Einziger Hinweis auf die touristische Vergangenheit der Insel ist das verwahrloste Hotel zu meiner Linken, das bei Tageslicht noch hässlicher ist und noch mehr Tristesse verströmt. Müll weht über den hellen Sand; die kaputten Fenster und Überbleibsel abgerissener Schilder sind eine Beleidigung fürs Auge.

Was fange ich jetzt an? Es ist weit und breit niemand zu sehen, und das Bauernhaus kann ich von hier nicht ausmachen, wobei ich den Weg dorthin wahrscheinlich problemlos finden würde. Ich habe Hunger und Durst. Und ich muss dafür sorgen, dass einer der anderen über das Satellitentelefon Nikodemos anruft.

Also trete ich den Rückweg an, gehe langsam, um meine Kräfte zu schonen. Als ich an einer Gruppe Pfirsichbäume vorbeikomme, mache ich halt und stopfe mich mit riesigen, überreifen Früchten voll, bis mir leicht übel ist. Danach halte ich mich möglichst weit abseits der Berge – weil mir eingefallen ist, dass George mich vor den Ziegen gewarnt hat –, und gerate dadurch auf einen Pfad über die Klippen und bald an eine Stelle, die ich wiedererkenne: Hier geht es zum Knochenstrand.

Nachdem ich den Weg gefunden habe, den Joe neulich gegangen ist, gelange ich zunächst an den ersten Felsvorsprung unterhalb und dann an den zweiten. Ein Blick nach unten zeigt, dass es zum dritten extrem steil abwärtsgeht und dass die Felsen den Füßen buchstäblich keinen Halt bieten.

Über mir kreischen die Vögel, kreisen, stoßen von den Nestern entlang des oberen Felsvorsprungs herab. In meinen Brüsten setzt wieder dieses Brennen ein, aber ich konzentriere mich auf den Weg, und irgendwann vergeht der Schmerz. Ich stemme den linken Fuß in den Felsen und finde eine winzige Kante, die ich mit den Fingern umklammern kann. So habe ich die Möglichkeit, mich an den Felsen zu lehnen, weiter nach unten zu greifen und den Abstand zur nächsttieferen Ebene zu verringern. Von dort ist es ein Sprung aus knapp zwei Metern Höhe, und ich lande auf dem feinen weißen Sand des Knochenstrands.

Aus dieser Perspektive sieht das Boot viel größer aus, an die vier Meter lang. Ein altes Holzsegelboot. Es liegt, gestützt von ein paar Felsbrocken und von Wasser umspült, auf der Seite; von der Bordwand blättert blaue Farbe ab. Auf der rechten Seite steht in schwarzer Schreibschrift ein Name: *Janus*. Im Innern sehe ich eine offene Schapptür, diverse Griffe und Taue. Die Ruder fehlen.

Mir kommt eine Idee: Vielleicht könnte ich nach Kreta *segeln*. Wenn ich es geschafft habe, hierherzusegeln, müsste ich es doch auch zurückschaffen. Langsam umrunde ich das Boot, untersuche es auf Beschädigungen. Und dann sehe ich es: Sowohl das Steuerruder als auch das Kielschwert – das Teil, das wie eine Rückenflosse vom Boden des Bootes ins Wasser hängt – sind herausgerissen; Bruchstücke von beiden liegen noch auf den Felsen. Das Heck wirkt ziemlich ramponiert, sieht aber aus, als könne man es reparieren. Trotzdem ist das Boot, so viel ist mir klar, ohne Steuer und Kielschwert nicht funktionstüchtig.

Ich mache mich an den steilen Anstieg die Klippen hinauf. Oben angelangt, bin ich erschöpft bis an den Rand der Übelkeit. Nicht weit entfernt sehe ich einen Birnbaum, der voller großer grüner Früchte hängt. Ich pflücke mir eine pralle, reife Birne, jadegrün mit kleinen braunen Punkten. Als ich hineinbeiße, läuft mir Saft übers Kinn. Ich bleibe noch einmal stehen und schaue in die Tiefe. Keine Frage, George hat sein Leben riskiert, um meines zu retten. Warum ist es ihm so wichtig, mich hierzubehalten? Und was hat er mit der Behauptung gemeint, er habe immer auf mich aufgepasst?

Mir ist nicht wohl dabei, ins Haus zurückzukehren, aber ich habe keine Wahl: Ich muss Kontakt zu Nikodemos aufnehmen. Vielleicht ist er aufgehalten worden und hat versucht, auf dem Satellitentelefon anzurufen. Vielleicht hat George mich auch angelogen.

Joe und Hazel sitzen schweigend am Küchentisch und schreiben in ihre Notizbücher. Joe hat ein blaues Auge. Mitgenommen von dem Fußmarsch, setze ich mich zu ihnen. Joe schaut mich kurz an, dann steht er auf und holt mir ein Glas Wasser. Ich erzähle ihnen von George. Dass er gesagt hat, Nikodemos werde nicht kommen, und ich würde die Insel erst verlassen, wenn ich meine Erinnerung wiedererlangt hätte. Was ich nicht erwähne, ist, dass ich meinen Namen weiß und dass Joe es war, der ihn mir mitgeteilt hat.

»Moment mal. Heißt das, Nikodemos ist gar nicht gekommen?«, fragt Hazel und springt auf. Als ich nicke, beginnt sie nervös auf und ab zu gehen. »Aber … das verstehe ich nicht. Nikodemos hat gesagt, er bringt uns Essen!«

»Ich schätze, wir haben noch genug für eine Woche«, sagt Joe, doch Hazel widerspricht ihm. Ich beobachte sie aufmerksam, versuche zu erkennen, ob sie ehrlich ist oder eine Show abzieht. Was sie gesagt hat – *du wirst die Insel nicht verlassen* –, verfolgt mich immer noch.

»Wir können Nikodemos anrufen und ihn bitten, heute Abend zu kommen oder morgen, okay?«, hält Joe dagegen. »Er ist Ruheständler, er hat Zeit.«

»Das Telefon hat aber George«, sagt Hazel, und ihr Blick schwenkt zu mir.

Schritte auf der Treppe. Einen Augenblick lang denke ich, es sei George, und mir bricht der Schweiß aus, doch dann höre ich Sariah leise vor sich hin singen. Gleich darauf erscheint sie, in ein weißes Kleid mit blassrosa und -blauen Streifen gehüllt, und schaut mich besorgt an.

»Was ist passiert?«

»Das mit Nikodemos hat nicht geklappt«, sagt Hazel.

»Wieso?«

Ich erzähle Sariah von gestern Abend, dass George gesagt hat, ich könne nicht weg – doch ich merke, dass ich mich an den genauen Wortlaut nicht erinnern kann. Hat er gesagt, dass er Nikodemos angerufen hat, oder nicht? So oder so ist er im Besitz des einzigen Geräts, über das wir zur Außenwelt Kontakt aufnehmen können. Dann fällt mir noch ein, dass er gesagt hat, es sei »zu meinem Besten«, wenn ich auf der Insel bliebe. Daraufhin ändert sich Sariahs Gesichtsausdruck. Sie wendet sich an Joe.

»Wo ist George?«

Joe senkt den Blick.

Hazel sagt: »Irgendwo draußen. Zum Schreiben, glaube ich.«

»Gut. Wenn er zurückkommt, sagen wir ihm, er soll Nikodemos sofort anrufen.« Sariah schaut mich an. »Wir sorgen dafür, dass du bald nach Hause kommst. Wer auch immer dort auf dich wartet, muss ja verrückt sein vor Angst.«

»Wir besprechen das beim Abendessen.« Hazel klatscht in die Hände. »Wir kochen George sein Lieblingsgericht und schenken ihm ordentlich Raki ein. Der macht ihn gefügig, glaubt mir. Dann bitten wir ihn nett, Nikodemos anzurufen und ihm zu sagen, dass es sich um einen Notfall handelt.« Sie sieht mich an. »Klingt das gut?«

Ich nicke, beobachte gleichzeitig aber Joe. Warum hat er Angst vor George? Und woher hat er meinen Namen gewusst? Eine bange Sekunde lang frage ich mich noch einmal, ob er sich den Namen nur ausgedacht hat. Vielleicht *wollte* ich nur, dass es meiner ist, aus lauter Verzweiflung? Woher soll Joe wissen, wie ich heiße, wenn keiner von ihnen mir je zuvor begegnet ist?

Als Hazel und Sariah aufgestanden sind und den Abend besprechen, wende ich mich an Joe.

»Das Notizbuch, das du mir geschenkt hast«, sage ich leise. »Was du da auf die erste Seite geschrieben hast, Eloïse, ist das wirklich mein Name?«

Er schreibt weiter – an einem Gedicht, wie es aussieht – und ignoriert mich.

»Joe?«

Er schaut nicht auf. Ich sehe Schweißperlen an seinen Schläfen; er schreibt immer schneller, ist sichtlich aufgeregt.

»Hat George dir das blaue Auge verpasst?«

Jetzt hält er inne und hebt den Kopf, aber er weicht meinem Blick aus. Das Notizbuch rutscht mir vom Schoß und fällt – immer noch aufgeschlagen – zu Boden. Hazel ist schneller als ich. Sie bückt sich und hebt es auf.

»›Du heißt Eloïse Beatrice Shelley‹«, liest sie vor und reißt die Augen auf. »Ist das dein Name?«

Ich nicke.

»Das ist nicht meine Handschrift«, knurrt Joe, schnappt sich sein Notizbuch und steht auf.

»Was ist das?« Sariah kommt näher. Sie wischt sich die Hände an einem Geschirrtuch trocken.

»Sie heißt Eloïse«, sagt Hazel und mustert Joe aus zusammengekniffenen Augen. »Hast du das geschrieben?«

»Eloïse«, murmelt Sariah. »Schöner Name. Kommt er dir bekannt vor?«

Als ich nicke, lächelt sie. »Das ist doch ein Fortschritt.«

»Ich finde, ›Hazel‹ passt besser zu ihr«, erklärt Hazel.

»Das sieht wirklich nach deiner Schrift aus, Joe.« Sariah beugt sich über das Heft.

»Ist es aber nicht«, behauptet er von der anderen Seite des Raums her. »Keine Ahnung, wer das geschrieben hat.«

Sariah übernimmt die Rolle der Vernünftigen. Sie hebt die Hände, um alle zu beschwichtigen. »Wir sollten bei der Sache bleiben. Du – Eloïse – musst runter von der Insel, wir brauchen Essen. Oder zumindest eine Transportmöglichkeit. Es sieht ja so aus, als könntest du dich jetzt zumindest mit einem Vornamen bei der britischen Botschaft melden, oder?«

Ich nicke, und sie wendet sich an Hazel. »Also gut. Dann werden wir uns dieses Telefon besorgen und Nikodemos anrufen. Oder *sonst wen*. Die Polizei müsste doch in der Lage sein, diese Angabe zu überprüfen und die Suche entsprechend einzugrenzen.«

Die Hintertür fliegt ins Schloss. Schwere Schritte auf dem Steinboden. Ein raues Husten. Als wir uns wie auf Kommando umdrehen, steht George in der Tür, in der Hand einen langen, offenbar schweren Gegenstand. Messing blitzt auf.

»George«, sagt Sariah sofort. »Rufst du bitte Nikodemos an?«

Er beachtet sie nicht. Stattdessen streift er die Stiefel ab und betrachtet liebevoll das Ding, das er mitgebracht hat.

»Ist das … eine Waffe?«, fragt Hazel ängstlich.

»Ein Gewehr«, antwortet er und hält es hoch. Sein Blick sucht Joe, der starr und steif dasteht.

»Warum hast du ein Gewehr?«, fragt Hazel.

»Herrlich, was?« George dreht die Waffe in die Senkrechte und schaut sich den Holzkolben an. »Ein echter Hingucker. Hab's vor ein paar Tagen in einem der Schuppen gefunden. Stammt aus der Zeit der venezianischen Besatzung, nehme ich an. Vielleicht auch osmanisch. Eine alte Kiste mit Munition ist auch noch da.«

Der Anblick von George mit der Waffe lässt mir das Blut in

den Adern gefrieren. Ich schaue zu Sariah hinüber. Sie gibt sich ungerührt.

»Versuchst du bitte, Nikodemos anzurufen?«, wiederholt sie leichthin.

Er senkt das Gewehr, kneift ein Auge zu, schaut durch den Sucher, schwenkt den Lauf in unsere Richtung.

»*Bitte*, George!« Sariah haut mit der Faust auf den Tisch.

Jetzt blickt er auf. »Was?«

»Ruf Nikodemos an. Wir brauchen Essen, und Eloïse muss nach Kreta.«

Er hebt eine Braue, das Gewehr immer noch im Anschlag. »Eloïse, ja?«

Ich nicke.

Er schnaubt. »Eloïse muss hierbleiben.«

Sariah seufzt entnervt. »Okay, okay, wir alle … wir fangen noch mal neu an, ja? Wir essen was, entspannen uns und reden darüber. Und – George?«

»Ja?«

Sie sieht ihn scharf an.

»Bitte bring das Gewehr raus.«

Zum Glück tut er das, und dann sitzen wir um den langen Küchentisch, während heftiger Regen gegen die Fenster trommelt. Aber die Atmosphäre ist nach wie vor so geladen, dass ich kaum klar denken kann. Sariah ist kurz angebunden. Sie trägt das Essen auf und versucht gar nicht erst zu verbergen, wie ärgerlich sie ist. Joe weicht meinem Blick aus. Wieder und wieder frage ich mich, was seine Heimlichtuerei soll. Niemand hat mir erklärt, was Hazels Bemerkung zu bedeuten hatte, und George scheint, warum auch immer, fest entschlossen, mich hierzubehalten. Ist das sexuell motiviert? Ich weiß es nicht. Würde es nicht so regnen, dann würde ich versuchen wegzulaufen, vielleicht könnte ich in dem Hotel Zuflucht suchen. Andererseits gibt es dort weder Essbares noch Trinkwasser, und das Satellitentelefon ist hier.

Hin und wieder schaue ich zu Joe hinüber, dessen blaues Auge mich an gestern Abend erinnert. Was ist hier abgelaufen, nachdem George zurück war? Hat er Joe dafür bestraft, dass er mir den Namen in das Heft geschrieben hat? Was auch immer geschehen ist, es wird nicht darüber gesprochen; es gibt Unterströmungen in der Gruppendynamik, die deutlich zu spüren sind. Eine Hierarchie, in der George der Chef ist. Ein Tyrann. Freunde sind sie jedenfalls nicht.

Mir bleibt nichts anderes übrig, als gute Miene zu machen. Ich sitze mit ihnen am Tisch und plaudere über das Wetter und ihre Schreibübungen, und keiner von uns beiden, weder George noch ich, erwähnt Nikodemos auch nur mit einer Silbe. Sariahs Essen duftet leckerer denn je – gebratener Halloumi, dicke grüne Oliven, mit Olivenöl beträufelte Artischocken und dazu eine Sahnesoße mit Rosmarinnadeln. Aber das alles lockt mich kaum, und es kann die Anspannung nicht vertreiben.

»Raki, Eloïse?«, fragt Hazel. Die Flasche schwebt schon über meinem Glas. Hazel zwinkert mir zu, ich nicke, sie schenkt allen ein, und wir prosten einander zu.

»Auf die Erinnerung«, sagt Sariah und setzt sich.

George sieht sie bedeutungsvoll an, und ich habe das Gefühl, dass sich zwischen ihnen etwas ändert, dass ihr Verhältnis eine andere Färbung erhält.

Ein paar Minuten später schaut Hazel erst mich und dann Sariah an, und dann sagt sie: »Ich glaube, der Wein reicht nicht mehr für die ganze Woche, George. Und zu essen haben wir auch nicht mehr viel. Du könntest mir das Satellitentelefon geben. Dann rufe ich eben Nikodemos an und bestelle ein paar Sachen.«

George und Joe schütten sich aus vor Lachen über einen Witz, den ich nicht mitbekommen habe; George wirft den Kopf in den Nacken, er spuckt beim Reden. Jetzt dreht er sich schwerfällig zu Hazel um. »Was denn bestellen?«

»Essen, George. Warum hast du ihm gestern Abend gesagt, er braucht nicht zu kommen?«

»Hab ich nicht«, nuschelt er und nickt in meine Richtung. »Das war sie.«

»Das ist ja lächerlich«, mischt Sariah sich ein. »Du bist derjenige mit dem Telefon. Los jetzt, George, gib es her. Damit einer von uns Nikodemos anrufen kann.«

Breit grinsend setzt George sein Glas ab, dass es fast überschwappt, und sieht Sariah unruhig an. »Wie war noch mal die Nummer von Nikodemos?«

Sariah öffnet den Mund, doch dann schaut sie verwirrt drein. Ihr Blick wandert zu Hazel. »Ich wusste sie mal … ganz bestimmt. Aber du weißt sie, Hazel, oder?«

Hazel scheint genauso verwirrt. »Die Anrufe hat immer George gemacht, deshalb habe ich mir die Nummer nie aufgeschrieben. Joe?«

Joe hängt vornübergebeugt am Tisch, den Kopf auf der Tischplatte, und rührt sich nicht.

»Was hab ich euch gesagt«, ruft George. »Sie fährt nicht. Sie bleibt hier, ganz wohlbehalten. Es wäre nicht richtig, sie fahren zu lassen; ich lasse das nicht zu.« Plötzlich steht er auf und geht schwankend auf die Hintertür zu. Taumelt in die Vorratskammer und nimmt das Gewehr, das dort in der Ecke steht.

»Macht euch wegen Essen keine Sorgen«, schreit er. »Ich jage für uns!«

Es geht alles so schnell.

Eben stand er noch in der Küche, jetzt hört man ihn schon die Außentreppe hinunterstapfen.

»Schnell«, ruft Hazel und springt auf. »Wo ist das Telefon?«

»Ich glaube, ich kriege die Nummer von Nikodemos zusammen«, sagt Joe. Seine Aussprache ist leicht verwaschen. »Ich schreibe sie auf, damit ich sie nicht vergesse.« Mit lautem Schrammen schiebt er seinen Stuhl zurück und stakst zur Anrichte, wo er nach einem Stift sucht.

»George! Komm zurück!«, ruft Hazel, die zur Hintertür gerannt ist.

Wir laufen zu ihr und starren hinaus in die Dunkelheit. Der Mond ist eine silbrige Scheibe; über die Hügel, die dunkelblau zu sein scheinen, kommt samtiger Nebel gekrochen; Äste und

Gras bewegen sich im Wind. Bei den Schuppen ist ein Schatten zu sehen, der nach links hinüberläuft.

»Wir müssen ihm hinterher«, sagt Sariah. »Er ist in Richtung Scheune gelaufen, also wollte er wohl durch die Schlucht. Nicht gerade schlau, wenn man eine halbe Flasche Raki intus hat.«

»Ich komme mit«, sage ich.

Hazel will sich ebenfalls anschließen, aber Sariah winkt ab. »Ihr müsst hierbleiben, Joe und du, falls er zurückkommt.«

Weit draußen auf dem Wasser blinken kleine Lichter – von Booten oder vielleicht auch von benachbarten Inseln –, dazu wirft der Vollmond einen breiten Silberstreifen auf die glatte Fläche, der einem Damm verlockend ähnlich sieht. Als ich die kleinen Schreie höre, die im Dunkeln so laut werden, zucke ich zurück.

»Nur Tiere«, sagt Sariah, die das bemerkt, und versichert, die kleinen Wesen würden uns nichts tun. Trotzdem sind die Geräusche sehr unheimlich.

Aber wir gehen tapfer den kleinen Hang hinunter zur Scheune, halten uns an hohen Gräsern und Büschen fest, um nicht zu straucheln oder auszurutschen. Einmal bleibt Sariah stehen; sie fürchtet, George könnte hier über den Felsvorsprung gefallen sein und sich verletzt haben, aber er ist nirgends zu sehen. Erschöpft vom Abstieg, gehen wir langsam auf die Scheune zu.

Es handelt sich um ein lang gestrecktes Holzhaus; das Blechdach klappert und quietscht leise im Wind. Im Innern sind mit rostigen Blechwänden einzelne Verschläge abgeteilt. Abgesehen von ein paar Sprenkeln Mondlicht, die auf alte Gerätschaften fallen – Heugabeln, Sensen, Haken, die von der Decke hängen, Klingen von vergammelten Maschinen –, ist es stockfinster. Ich zögere erneut, doch Sariah geht weiter; sie betritt die Scheune und wird augenblicklich von der Dunkelheit verschluckt.

»Wir brauchen eine Taschenlampe«, rufe ich. »Lass uns umkehren.«

»Ich schau einfach schnell hier nach – für den Fall, dass er umgekippt ist.«

Ich verkneife mir eine Erwiderung und mache mich daran, die nähere Umgebung der Scheune abzusuchen. Barfuß über den kalten Stein – so arbeite ich mich Schritt für Schritt vorwärts. Hier und da hebt das Mondlicht einen Felsen oder einen Olivenbaum hervor, aber insgesamt ist es so dunkel, dass ich mich zur Orientierung auf meinen Geruchssinn und das Gehör verlassen muss. Den Blick fest auf die wenigen Lichtflecken am Boden gerichtet, gehe ich weiter; hoffe, dass ich George irgendwo bewusstlos am Boden liegend finde und ihm das Telefon aus der Tasche ziehen kann. Es ist mir gleich, ob jemand die Nummer von Nikodemos weiß oder nicht – ich werde einfach irgendwelche Nummern wählen, so lange, bis jemand abnimmt.

Plötzlich gibt es einen lauten Knall, und ich höre einen schmerzerstickten Schrei. »Sariah!«, rufe ich. Etwas fällt auf den Steinboden. Ich bekomme keine Antwort. Hektisch rufe ich noch einmal nach ihr, laufe den Weg, den ich gekommen bin, zurück und betrete die Scheune; halte mich an einem dort gespannten Seil fest – um nicht zu stolpern und um Sariah nicht zu verfehlen. Aber dann höre ich schon das leise Wimmern. Es kommt von den Verschlägen her.

»Sariah? Bist du da?«

»Eloïse.«

Die Stimme kenne ich. Tief und rau. George. Mein Herz klopft wie wild. Ich fahre herum, aber es ist so dunkel – so unfassbar dunkel –, dass ich überhaupt nichts erkennen kann.

»George? Wo bist du?«

»Mach einen Schritt nach links.«

Ich gehorche. Ein Schritt auf dem Holzboden.

»Jetzt dreh dich um fünfundvierzig Grad nach rechts.«

Nun fällt ein Lichtstrahl auf George, der sich über Sariah beugt. Sie liegt, die Arme über dem Kopf, seitlich auf dem Boden und rührt sich nicht.

George richtet sich zu voller Größe auf. Bringt sein Gewehr in Anschlag und zielt auf Sariahs Bauch.

»Würde ich jetzt abdrücken, würde sie überhaupt nichts spüren«, sagt er beinahe sanft. »Das ist die beste Art zu gehen, ehrlich.«

»Nimm die Waffe runter, George, bitte.«

Es ist, als verstreiche die Zeit langsamer. Sein Gesichtsausdruck ist leer. Ernst. Keine Spur mehr von der Trunkenheit, die vorhin unübersehbar war. Ich versuche zu erkennen, welcher Art Sariahs Verletzung ist, aber dafür ist es einfach zu dunkel. Ist sie womöglich tot?

»Du denkst, ich mach das nicht, was?«, flüstert er mit starrem Blick.

Joe und Hazel sind zu weit weg, die kann ich nicht zu Hilfe rufen. Ich bin wie gelähmt. Keine Chance, ihm zu entkommen, ohne Sariah im Stich zu lassen, und keine Chance, ihr beizustehen, ohne mein Leben aufs Spiel zu setzen. Ich muss mit ihm sprechen, ihm gut zureden.

»Ich weiß, dass du im Traum nicht daran denken würdest, George. Komm. Es ist spät. Wir gehen wieder ins Haus. Nimm die Waffe runter …«

Seine Miene ist mir unheimlich. Ernst, aber auch offen. So, als biete er mir eine Art Hilfe an.

»Ich würde es tun«, flüstert er. »Ich habe schon Leute sterben sehen. So schlimm, wie es immer heißt, ist das gar nicht.«

Ich mache einen kleinen Schritt nach links, doch er hebt sofort das Gewehr und richtet es hektisch auf mich.

»Keine Bewegung. Denk ja nicht, du könntest von der Insel weg!«

»Gut«, sage ich, »okay.« Vor allem will ich erreichen, dass er den Gewehrlauf von Sariah weghält. Einmal ausrutschen, und er könnte sie versehentlich töten. »Ich bleibe.« Ich hebe die Hände über den Kopf.

George hat von ihr abgelassen, aber Sariah bewegt sich trotzdem nicht.

»Also«, sagt George, offensichtlich besänftigt, »wir sollten ein paar Grundregeln einführen, finde ich. Erstens: Keine weiteren

Versuche, hier abzuhauen.« Mein Nicken scheint ihn nicht zu überzeugen. »Es ist nur zu deinem Besten, glaub mir. Du sagst, du kannst dich an nichts erinnern, und das mag ja sein. Was ich jedenfalls weiß, ist, dass du *überhaupt kein Geld* hast. In Griechenland gibt es Krawalle. Straßenschlachten, Tränengas, solche Sachen. Solange das so ist, wird die Polizei sich einen Dreck um deine sogenannte Amnesie scheren, deshalb halte ich es nicht für schlau, da jetzt hinzufahren.«

Ich will etwas sagen, doch er hebt die Hand und zeigt mit dem Finger auf mich.

»Lass es, okay? Keine Fragen mehr. Zwei Regeln. Denkst du, du schaffst das?«

Meine Antwort besteht in einem Nicken. Ich habe zu große Angst, um etwas zu erwidern. Sariah bewegt jetzt die Finger, und ich höre sie leise stöhnen. Offenbar hat sie einen heftigen Schlag auf den Kopf bekommen.

George grinst. »Gut. Und denk dran: Wenn du George nicht gehorchst, passieren unschöne Sachen. Verstanden?«

»Verstanden.«

Er schultert das Gewehr und stapft davon in die Dunkelheit. Das Rascheln der Gräser verrät, dass er den Weg nach oben eingeschlagen hat. Ich warte noch einen Augenblick, dann laufe ich zu Sariah. Links am Kopf hat sie eine blutende Wunde. Rasch ziehe ich mein T-Shirt aus und drücke es dagegen. Sie zuckt zurück.

»Wie geht's dir?«, frage ich. »Sariah? Alles in Ordnung?«

Langsam und unter Stöhnen richtet sie sich auf.

»Was ist passiert?«

»Ich glaube, George hat dich geschlagen.« Ich helfe ihr, sich aufrecht hinzusetzen. Dann verknote ich die T-Shirt-Ärmel zu einem Verband und beobachte, ob es allmählich aufhört zu bluten. Falls nicht, wird es gefährlich für sie. »Wir müssen hier weg«, sage ich. »Du musst hier raus.«

Sie ist benommen, desorientiert, und am meisten fürchte ich, dass sie erneut das Bewusstsein verlieren könnte. Behutsam lege ich mir ihren Arm über die Schultern und helfe ihr auf die Beine. Wieder stöhnt sie vor Schmerz.

»Es ist gut, Sariah.« Schritt für Schritt schleppe ich uns beide zum Scheunentor. »Ist gut.«

»Bring mich … zu Joe«, murmelt sie.

Langsam gehen wir, Hüfte an Hüfte, auf das Licht aus dem Haus zu. Ich fange an zu zittern. Der Schreck und der kalte Wind auf der nackten Haut machen mir den Anstieg nicht leichter. Ein paarmal fegt der Wind uns beinahe um; wir müssen uns aneinanderklammern, um aufrecht zu bleiben. Wieder und wieder schaue ich nach, ob George irgendwo im Schatten lauert, aber er ist nirgends zu sehen.

Wir brauchen eine Ewigkeit, immer den Wind im Gesicht und die Sterne hoch über uns und dem Meer. Als wir die Hintertür erreichen, scheint Sariah mir stabil genug, und ich sage, sie soll Hazel bitten, sich die Wunde anzusehen.

»Und wo gehst du hin?«, fragt sie.

Ich erzähle ihr von Georges Drohungen; dass er mir untersagt hat, die Insel zu verlassen. Es ist viel zu riskant für mich, ins Haus zurückzukehren.

»Das geht nicht«, sagt Sariah. »Bei dem Wetter hältst du draußen nicht durch.«

Am Ende schaffe ich es, sie zu überreden, und sie streckt einen Arm ins Innere und angelt mir die Seemannsjacke.

»Danke.«

Ich warte, bis sie die Tür hinter sich zugezogen hat, dann gehe ich voller Angst hinaus in die Nacht. Auf dem Weg über Farne und Steine drehe ich mich mehrmals um.

Und irgendwann sehe ich seine Silhouette: Die Hände in den Taschen, steht George in seinem Zimmer am Fenster und schaut zu mir herunter.

24. MÄRZ 2015

Potter's Lane, Twickenham

Lochlan: Ich träume die ganze Nacht von dunklen Tunneln voller Überwachungskameras. Zunächst wähne ich mich im Eurotunnel, nur dass ich zu Fuß unterwegs bin und weit und breit kein Auto sehe. Ich spüre, dass am Ende des Tunnels jemand ist und dass es das ist, was mich vorwärtstreibt. Aber jedes Mal, wenn ich ans Ende komme, knickt der Tunnel nach links oder rechts ab. Das Ende erreiche ich nie.

Ich erwache in der Badewanne. Es dauert bestimmt eine volle Minute, bis ich kapiere, wo ich mich befinde und wie ich hier gelandet bin. Dunkel erinnere ich mich, dass ich gestern Abend getrunken habe – und dann mit dem Auto irgendwohin gefahren bin. Kann sein, dass ich das Tor zur Einfahrt gerammt habe.

Die Füße voran, hieve ich mich aus der Wanne und falle sofort vornüber auf Hände und Knie. Mein Blick streift eine Pfütze von Erbrochenem. Ächzend richte ich mich auf, trete ans Waschbecken und spritze mir kaltes Wasser ins Gesicht. Der Mann, der mir da aus dem Spiegel entgegenschaut, sieht grau aus und abgezehrt; Schatten liegen unter den Augen. Ich habe mich seit drei Tagen nicht rasiert. Die Stoppeln sind hier und da silbergrau. Ich fühle mich angeschlagen, schwach; genau so wie an dem Morgen, als meine Mutter fortging. Keine Ahnung, welcher Tag heute ist oder welchen Monat wir haben. In meinem Kopf herrscht ein solches Chaos; ich verstehe nicht, wieso um mich herum alles so zu sein scheint wie immer. Zum Beispiel die Haarrisse in den Fliesen, von denen Eloïse wollte, dass ich sie repariere. Sie hat sogar angekündigt, es selbst zu machen, wenn ich mich nicht darum kümmere. Ich putze mir die Zähne, wische die Pfütze auf und plane die Fliesenreparatur.

Im Gang stoße ich mit Gerda zusammen. Ihr blondes Haar ist

vom Schlafen auf einer Seite platt gedrückt, ihr ungeschminktes Gesicht verhärmt. Mit verschränkten Armen steht sie in ihrem weißen Kaschmir-Strickmantel vor mir.

»Morgen«, sage ich.

Sie blinzelt und runzelt die Stirn. »Du warst vielleicht in einem Zustand gestern Abend. Dein armes Auto.«

Wie kann ein Auto arm sein? Hat es Gefühle?

»Es war ein Unfall.«

»Kein guter Zeitpunkt für einen Zusammenbruch, Lochlan.«

Kindisch klopfe ich mich von oben bis unten ab. »Also ich glaube … ja, alles dran!«

»Wo willst du hin?«

Ich nicke in Richtung Bad. »Eine Fliese ist kaputt. Das muss in Ordnung gebracht werden.«

»Lochlan …«

Als ich schon halb die Treppe hinuntergegangen bin, rufe ich über die Schulter zurück: »Ich sterilisiere auch gleich die Fläschchen und bereite sie für den Tag vor.«

»Lochlan!«, wiederholt Gerda energisch.

Ich drehe mich um und schaue zu ihr hoch. »Ja?«

Sie seufzt. »Es ist fünf Uhr morgens. Geh wieder ins Bett.«

»Ich kann nicht«, sage ich und merke selbst, dass ich mich anhöre wie ein bockiges Kind. »Ich hab so viel zu tun.«

»Zum Beispiel?«

»Zunächst muss ich mich um die kaputte Fliese im Bad kümmern. Außerdem wollte Eloïse, dass das Esszimmer neu gestrichen wird. Ich sollte einfach mal loslegen.«

Auf dem Küchentisch liegt ein Stapel Zeitungen. Die hat alle Magnus gekauft. Er verbringt einen Großteil des Tages damit, draußen herumzulaufen und strengstens zu kontrollieren, was die Presse über Eloïses Verschwinden berichtet. Eigentlich will ich es nicht, aber mein Blick wandert schon über die Zeitung ganz oben auf dem Stapel; sie ist genau oberhalb einer Schlagzeile gefaltet: *Flüchtlingsaktivistin täuscht mitten in Rassismusdebatte Entführung vor.*

Lies das nicht, Lochlan.
Ich muss.
Mach mit den Fliesen weiter. Pfeif auf die Medien.
Ich muss aber wissen, was sie über meine Frau schreiben.

»… nicht lange her, dass Eloïse Shelley (37) ihre Hilfsorganisation *Kriegskinder* verlassen hat. Zuletzt hatte sie als Sprecherin der Organisation eine Kampagne gegen eine Reform des Einwanderungsgesetzes geführt und den ehrenwerten Giles McBratney, Member of Parliament, als Rassisten beschimpft. Jetzt hat Mrs Shelley offenbar auch ihren Mann und ihre beiden kleinen Kinder verlassen; jedenfalls hat sie sich aus dem noblen Haus der Familie in Richmond abgesetzt. Aus informierten Quellen verlautet jedoch, dass das vermeintlich rätselhafte Verschwinden ein wohlkalkulierter Schachzug ist, der der Hilfsorganisation zu Aufmerksamkeit und der Medienkarriere von Mrs Shelley zu neuem Schwung verhelfen soll …«

Über dem Text prangt ein großes Foto von Eloïse in rotem Cocktailkleid und goldenen Stilettos, in der Hand ein Glas Sekt. Sie haben es von ihrer Facebook-Seite genommen – die vielen anderen, die sie mit Max und Cressida auf dem Arm zeigen, haben sie natürlich übersehen; lieber präsentieren sie sie als rücksichtslose, moralisch laxe Karrierefrau, die nicht davor zurückschreckt, das eigene Verschwinden vorzutäuschen.

Siehst du? Alles Lüge. Niemand hat ein Interesse daran, sie zu finden. Du hättest das gar nicht lesen dürfen.

Ich setze die Espressomaschine in Gang. Überall stehen Blumen, allein in der Küche fünf Sträuße, zwei davon – da wir nur drei Vasen besitzen – in Plastikflaschen, und im Spielzimmer gibt es drei neue Töpfe mit Pflanzen. In diesem Haus herrscht Chaos. Warum hat Eloïse bloß die Putzfrau entlassen? Ich hole mir ein Paar Gartenhandschuhe aus dem Schrank, und obwohl sie mir viel zu klein und mit Rosenmuster bedruckt sind, zwänge ich meine Hände hinein, bevor ich die Pflanzen einsammele und in den Garten verfrachte. Flüchtig denke ich daran, dass die Hände, die zuletzt in diesen Handschuhen gesteckt haben, die meiner Frau waren, dass ich jetzt Spuren von ihr auf der Haut trage; dass nicht nur in den Handschuhen, sondern überall im Haus Spuren und kleine Überbleibsel von ihr sind und trotzdem kein Hinweis auf sie selbst. Wenn man zu lange darüber nachdenkt, wird man verrückt.

Gerda taucht im Garten auf; ihre Miene ist überraschend mitfühlend. Sie gähnt und schaut in den rosafarbenen Himmel.

»Kannst du nicht schlafen?«, frage ich.

»Was? Nein, ich … Mit diesem Verhalten ist niemandem geholfen, Lochlan. Ich weiß, es ist schwer, aber … die Kinder. Du musst um der Kinder willen stark sein. Für solchen Unfug ist jetzt nicht die Zeit.«

»Niemand macht Unfug, Gerda. Ich erledige einfach ein paar Dinge, bis meine Frau zurückkommt, weiter nichts.«

Unvermittelt beginnt sie zu weinen. Ich fühle mich wie ein Geist, so als sei ich aus der Atmosphäre ausgetreten. Ich höre mich sagen, ja, es sei für uns alle schwer, aber es ist nicht mein Körper, der diese Worte hervorbringt. Der Teil von mir, den ich spüre und als Selbst identifiziere, schwebt losgelöst über allem und sieht zu.

Schniefend zieht Gerda ihr Handy aus der Tasche, schaut darauf und murmelt etwas auf Deutsch vor sich hin.

»Ich warte immer noch darauf, dass sie anruft«, sagt sie dann. »Ich sehe so oft nach, ob sie sich gemeldet hat, gehe auf ihre Facebook-Seite und lese aktuelle Meldungen, dass ich das Handy zweimal am Tag aufladen muss. Jede Minute, nein, jede Sekunde rechne ich damit, dass ihre Nummer im Display erscheint. Diese Warterei bringt mich um. Die Ungewissheit.«

Lange schweigen wir beide.

»Zum ersten Mal im Leben fühle ich mich vollkommen hilflos«, sagt sie, steckt das Handy weg und legt die Hände zusammen.

Eigentlich will ich ihr beipflichten, aber es tut zu weh. Meine

Kehle wird eng, und so schiebe ich den Gedanken an meine eigene Hilflosigkeit beiseite und mache mich daran, die Setzlinge, die Eloïse unter einer Plastikplane gezogen hat, auszupflanzen. Alle möglichen Klischees und die schrecklichen Wahrheiten dahinter schwirren mir durch den Kopf. *Wie amputiert. Nur ein halber Mensch.* Mach weiter, tu deine Arbeit, das hilft. Arbeit schafft eine Struktur und verdeckt die endlos kreisenden Fragen, auf die es sowieso keine Antwort gibt. Im Augenblick ist meine Frau ein einziges Fragezeichen, und ich werde mit bloßen Händen das Haus einreißen und neu wieder aufbauen, wenn ich dadurch nur lange genug abgelenkt bin.

Könnte Eloïse mich sehen, würde sie sich ausschütten vor Lachen. Ich glaube, ich bin seit dem letzten Sommer kein einziges Mal im Garten gewesen. Außer an den Sonntagen gehe ich morgens um sieben aus dem Haus und komme gegen sieben Uhr abends zurück. Frühestens. Keine Zeit für den Garten. Als wir das Haus gekauft haben, war das hier ein nackter Streifen Erde und Zement. Eloïse hat ihn komplett verwandelt. Ganz hinten steht ein Spielhaus; es gibt ein Plastikschloss für Max und sechs Hochbeete. Ich habe keine Ahnung, ob ich gerade junge Pflanzen oder Unkraut aus der Erde ziehe, aber mich hier aufzuhalten, im Reich meiner Frau, und mich mit dem Grün zu beschäftigen, das sie herangezogen hat, spendet mir Trost.

»Irgendwie habe ich das Gefühl, das ist eine Strafe«, sagt Gerda. Immer noch laufen ihr Tränen übers Gesicht, und sie fängt sie am Kinn mit den Fingerspitzen auf. »Wir haben es ja nicht gewusst. Wir waren in der Schweiz. Ich meine, als sie sich bei uns gemeldet hat mit – dreizehn? Oder zwölf? Da sind wir sofort gekommen und haben sie geholt. Wir haben getan, was wir konnten … Um den Schaden, der angerichtet worden war, wenigstens halbwegs auszugleichen.«

Mit großen Augen sieht sie mich an.

»Welchen Schaden?«

Sie schnalzt ärgerlich mit der Zunge und schaut weg. »Du

weißt genau, ›welchen Schaden‹. Das ist nichts, worauf ich stolz wäre, glaub mir. Judy. Unser einziges Kind. Heroinsüchtig.« Ihre Fingerspitzen wandern zur Unterlippe, und sie schüttelt den Kopf, als falle es ihr schwer, das Wort auszusprechen.

»El redet nie über ihre Mutter«, sage ich. »Sie betrachtet dich als ihre Mutter. Sie nennt dich ja auch Mama.«

»Immerzu denke ich an Sachen, die ich bereue. Und an solche, die *unterlassen* zu haben ich bereue. Ich hätte ihr mehr beistehen sollen. Es ist jämmerlich, ich weiß, aber … als Judy verschwand, hat mein Gefühl mir gesagt, dass es besser gewesen wäre, wir hätten die Kleine bei uns behalten. Andererseits war Eloïse drei. Oder vier. Da habe ich mir gesagt, sie gehört zu ihrer Mutter.«

Eloïse erwähnt Judy praktisch nie. Nur aus Gesprächsfetzen weiß ich, dass Judy sechzehn war, als sie mit ihr schwanger wurde. Als El vier war, hat Judy den Safe ihrer Eltern geplündert und ist mit einem älteren Mann nach London abgehauen. Acht Jahre später ist sie in einer verwahrlosten Wohnung an einer Überdosis Heroin zugrunde gegangen. El hat die Telefonnummer von Gerda und Magnus gefunden und die beiden angerufen. Dankenswerterweise sind sie sofort nach London geflogen, haben sie mit nach Hause genommen und aufgezogen.

»Ich glaube nicht, dass das alles mit ihrem Verschwinden zu tun hat«, sage ich.

Doch sie hört nicht zu. Sie ist völlig versunken in ihrer Erinnerung, in jenen Kapiteln von Els Leben, von denen ich nichts weiß.

»Warum Eloïse?« Ihre Stimme zittert. Um nicht völlig die Fassung zu verlieren, presst sie sich die Finger auf die Lippen. »Warum muss gerade sie verschwinden, warum? Sie hat doch nichts getan, oder? Zwei süße Kinder. Mit ganzem Herzen war sie dabei, die beiden aufzuziehen. Und hat für wohltätige Zwecke gearbeitet. Hat unzähligen armen Flüchtlingskindern geholfen.«

Einen Augenblick lang erwäge ich, das aufzunehmen und Eloïse vorzuspielen, wenn sie wiederkommt. Normalerweise hat Gerda ständig etwas zu meckern und kommandiert Eloïse herum wie ein Feldwebel. Ich kann gar nicht sagen, *wie* oft Eloïse sich über das dauernde Genörgel ihrer Großmutter beklagt hat; sie lebt in dem Gefühl, es ihr nie recht machen zu können. Gerda hat sie auch darin bestärkt, wegen der Kinder zu Hause zu bleiben, nur um dann – wenn ich mich recht entsinne – zu schimpfen, als El die Kündigung einreichte.

»Damals in Genf hat sie sich kaum einmal weiter als fünf Meter von uns entfernt«, fährt Gerda fort. »Ich habe ihr viel Freiheit gelassen, aber sie war so ein schüchternes Ding, sie war immer bei mir. Sogar als Teenager ist sie noch manchmal nachts zu uns ins Bett gekommen. Das passt alles nicht zusammen. Sie dürfte nicht weg sein.«

Ich sage nichts mehr, sondern grabe und pflanze, bis mir alles wehtut. Und als ich fertig bin, lasse ich Gerda im Garten stehen, um mir oben im Bad die Fliesen vorzunehmen.

Die Risse waren doch ziemlich auffällig, deshalb habe ich zu dem Zeitpunkt, als Max aufwacht, bereits alle Fliesen herausgehackt und bestelle online Ersatz. Seine Decke im Schlepptau, kommt Max ins Bad geschlurft. Er sieht noch sehr verschlafen aus.

»Morgen, Papa.« Er betrachtet das Chaos auf dem Boden und runzelt die Stirn. »Was machst du?«

»Ich bringe das Haus in Ordnung. Für Mami, wenn sie wiederkommt.«

Er fixiert mich mit seinen schönen blauen Augen und schüttelt den Kopf. »Du hast eine Riesenschweinerei gemacht. Da wird Mami sehr böse sein.«

»Aber Papa kauft neue Fliesen, siehst du, hier. Schöne, die glänzen. Die gefallen Mami doch bestimmt, meinst du nicht?«

Er denkt einen Augenblick nach, dann nickt er.

»Du sagst Mami, dass sie jetzt nach Hause kommen muss. Okay, Papa?«

Ich streichle seine Wange. Hilflos zu sein, ist eine Sache. Das eigene Kind anzulügen, aber ist noch mal etwas ganz anderes. Ich räuspere mich und balle die Hand hinter dem Rücken zur Faust. Ich muss mich zusammenreißen.

»Klar, Maxie, sicher. Wie wär's mit ein paar selbst gebackenen Keksen für Mami? Wollen wir das machen?«

Seine Miene hellt sich auf. »*Thomas-die-kleine-Lokomotive*-Kekse?«

»*Thomas-die-kleine-Lokomotive*-Kekse.«

Beide, Max und Cressida, verweigern sich hartnäckig dem Einschlafritual, das Eloïse mühsam etabliert hat. Sie schlafen beide bei mir. Max hat wieder angefangen, ins Bett zu machen. Zum Glück habe ich ein altes Paket Schwimmwindeln gefunden; die retten unsere Matratze. Cressida schläft nur ein, wenn sie mich anfassen kann. Ich gehe nach ihr schauen; eingekeilt zwischen zwei Kissen liegt sie in der Mitte des Bettes. Plötzlich bin ich überwältigt von Liebe zu ihr; von einer Seligkeit, wie ich sie bei ihrer Geburt nicht empfunden habe. Ich meine, natürlich liebe ich sie, sie ist meine Tochter, aber ich glaube, ich hatte das Gefühl, dass wir mit Max und meinem Job und Eloïses Hilfsorganisation genug um die Ohren hatten. An den Gedanken, diesen Haufen Arbeit zu verdoppeln, musste ich mich erst gewöhnen.

Cressida liegt auf dem Rücken, das Köpfchen zur Seite gedreht, die Lippen gespitzt und die Ärmchen links und rechts vom Kopf angewinkelt. Ihr Haar ist im Lauf der Woche dichter geworden; da formt sich ein kleiner flaumiger Irokese. Sie hat dunkles Haar, wie ich, und das typische Shelley-Grübchen im Kinn. Das sehe ich erst, seit Eloïse verschwunden ist. Ich habe versucht, mir einzureden, dass es sich gerade erst ausgeprägt hat, aber dann habe ich mir die Fotos auf Eloïses Facebook-Seite angeschaut, Cressida noch im Krankenhaus, einen Tag nach der Geburt, und natürlich ist das Grübchen da bereits zu sehen.

Auf Zehenspitzen schleiche ich mich hinaus. Sie soll schlafen, solange sie es braucht.

Verrückterweise ist aus der Asche dieses Albtraums ein neues Verhältnis zwischen meinem jüngeren Bruder Wes und mir erstanden. Außer gelegentlich auf Familienfeiern haben wir in den vergangenen sechs Jahren kaum miteinander gesprochen. Wes ist das schwarze Schaf der Familie, ein Nachzügler, der von klein auf nur Mist gebaut hat: aus der Vorschule rausgeschmissen worden, weil er ein anderes Kind gebissen hatte; wegen Drogen und Prügeleien aus der Highschool geflogen; mit Anfang zwanzig wegen derselben Dinge eingelocht. Für jemanden, der keinen Job hat, fährt er ein viel zu teures Auto. Mein Vater kreidet das alles meiner Mutter an, die abgehauen ist, als Wes noch ein Baby war. Er war vier, also kein Baby im engeren Sinn, aber eben genauso alt wie Max jetzt. Die Vorstellung, dass aus meinem kleinen Jungen so ein Kerl werden könnte wie Wes, hat die ganze Situation um eine weitere Sorge angereichert.

Wie auch immer, heute Morgen rief Wes an und fragte, wie es mir geht, und ich bin – ganz der starke Mann – am Telefon zusammengebrochen. Ich habe ihm von den BabyCams erzählt, und er stellte alle möglichen Fragen, die ich nach bestem Wissen beantwortete. Schließlich sagte er: »Mit der Polizei brauchst du nicht zu reden, die tun eh nichts. Wenn du irgendwas rauskriegst, sag's mir. Zu keinem sonst ein Wort. Ich bring das in Ordnung, vertrau mir.«

Ich habe mich einverstanden erklärt, auch wenn mein Bauchgefühl sagt, dass, sollte ich auf Wes' Angebot zurückkommen, mehrere Leute mit durchgeschnittener Kehle enden werden und ich wegen Beihilfe zum Mord hinter Gittern lande.

Um zehn kommt Eloïses Spielgruppenfreundin Niamh, eine höfliche Irin mit Brille und dunklen Locken, um auf Cressida und Max aufzupassen, während ihre eigenen Kinder in der Schule sind. Ich verwende einige Zeit darauf, ihr zu zeigen, wie wir die Fläschchen sterilisieren, und zu betonen, wie wichtig das ist, weil Eloïse sonst verrückt wird – bis Niamh mir schließlich eine Hand auf den Arm legt, mich mitleidig anschaut und sagt: »Ich hab das schon ein paarmal gemacht.«

Der Plan ist, dass sie im Spielzimmer auf die Kinder aufpasst, während Canavan und Welsh uns im Wohnzimmer auf den neuesten Stand bringen, aber Cressida entwickelt genau jetzt das unheilvolle Bedürfnis, ihre Schreistimme zu trainieren. Abwechselnd versuchen wir herauszufinden, was sie so stört – Gerda wiegt sie, Magnus lässt sie auf seiner Schulter wippen und singt die Schweizer Nationalhymne dazu, ich ziehe ihr eine frische Windel an und lasse sie ordentlich strampeln. Sie liegt auf dem Rücken, die Händchen zu Fäusten geballt, der Mund ist weit aufgerissen, und ihrer winzigen Brust entwindet sich herzzerreißendes Geschrei. Irgendwann legt Max sich daneben und äfft sie nach. Fast muss ich lächeln.

Schließlich macht Niamh den Doppelbuggy flott und schiebt Max und Cressida diskret zur Haustür hinaus, in Richtung Park, vermute ich. Einen Kloß im Hals, stehe ich am Wohnzimmerfenster und schaue ihnen nach.

Welsh und Canavan bringen noch jemanden mit. Die Frau im dunkelblauen Kostüm kommt auf mich zu und streckt mir die Hand entgegen. Sie ist dunkelhäutig, groß und schlank, ihr Blick mitfühlend. Ich meide diesen Blick aus Sorge, das Mitleid könnte mich aus der Fassung bringen.

»Lochlan«, sage ich und drücke ihr entschlossen die Hand.

»Mein Name ist Sophie Ojukwu«, erwidert sie und entscheidet sich fürs Sofa, während ich mich in den Sessel gegenüber setze. »Ich bin die Opferschutzbeamtin; ich stehe Ihnen zur Seite, während die Kollegen in dem Fall ermitteln.«

»Gut zu wissen«, sage ich und bin versucht zu fragen, ob »zur Seite stehen« bedeutet, dass sie eine besondere Gabe hat, meine Frau zu finden.

Als wir alle sitzen, erkundige ich mich, ob jemand Tee möchte, aber es möchte niemand. Gerda scheint tief in sich selbst versunken, und auch Magnus kommt mir, obwohl er die Detectives in gewohnt brüsker Art begrüßt, stiller vor als sonst, nur wippt er so lange unruhig mit einem Knie, bis Gerda die Hand darauflegt und ihn zur Ruhe bringt.

Canavan positioniert umständlich einen Laptop auf dem Kaffeetisch, wohl um uns das Filmmaterial zu zeigen, das sie schließlich doch von Eloïses Handy herunterladen konnten. Schließlich sagt er: »Unsere Techniker konnten an den Kameras Manipulationen nachweisen.«

Ich glaube es nicht. »Manipulationen?«

Welsh nickt. »Das Kameramodell, das Sie nutzen, ist anfällig für Hacker-Angriffe. Es sieht so aus, als ob sich da jemand Zugang verschafft und die Daten gestohlen hat.«

»Was meinen Sie mit ›Zugang verschafft‹ und ›gestohlen‹?«, fragt Gerda.

Canavan erklärt, die Techniker hätten mehrere IP-Adressen gefunden, die benutzt worden seien, um die Daten von den BabyCams herunterzuladen. Das sei nicht so einfach, fährt er fort, kein Kanal, keine Webseite, auf die jemand zufällig geraten sein könne. Vielmehr seien – laut Technik – unsere Kameras sogar durch Firewalls gegen Eindringlinge geschützt gewesen, aber diese Firewalls seien umgangen worden. Wer auch immer das bewerkstelligt habe, müsse über beachtliche technische Fähigkeiten verfügen und unsere IP-Adresse gezielt aufgesucht haben, um Zugang zu den Daten zu erhalten. Das heißt, unsere Familie ist gezielt und sehr geschickt ausspioniert worden.

»Wie lange haben Sie diese Kameras schon?«

Ich bin noch damit beschäftigt zu verarbeiten, was Canavan gerade erzählt hat, deshalb kriege ich nicht gleich mit, dass das Letzte eine Frage war. Was für eine Ironie! Als Max zur Welt kam, bestand Eloïse darauf, die modernsten Hightech-BabyCams anzubringen. Entgegen meinem Vorschlag, die Audio-Variante zu wählen, ein schlichtes Babyfon, wie es sie bei den einschlägigen Ausstattern gibt, hat El vier Wireless-Monitore mit hochauflösenden Kameras angeschafft. Und während normale Leute so ein Teil auf einen Schrank oder ein Sideboard stellen und zum Babykörbchen hin ausrichten, wurden unsere Monitore Eloïse-mäßig installiert: jeweils hoch oben an der Wand, direkt an die Stromleitung angeschlossen, sodass sie nicht ausgeschaltet werden konnten, und durch einen Techniker so eingerichtet und synchronisiert, dass kontinuierlich im ganzen Haus aufgezeichnet wurde, von den Kinderzimmern über die Treppe und den Flur bis in die unteren Räume und die Küche.

Eloïse konnte die aufgezeichneten Daten auf ihr Handy lenken und speichern. Total überflüssig, fand ich, und das habe ich auch gesagt, aber El wollte ein Kindermädchen für Max engagieren und hätte im Traum nicht daran gedacht, ihn ohne Überwachung bei einer Fremden zu lassen. Später argumentierte sie, so könnten wir nachts nach den Kindern sehen, ohne aufstehen zu müssen; sie brauche dann ja nur auf ihr Handy zu schauen. Zusätzlich waren die Monitore mit irgendeiner Herzfrequenz-App gekoppelt – eine Präventivmaßnahme gegen plötzlichen Kindstod. Hätte Cressidas Atmung länger als fünfzehn Sekunden ausgesetzt, hätte das Handy einen Alarmton von sich gegeben.

»Seit vier Jahren, nehme ich an.«

Canavans Miene ist ernst. »Schlimmstenfalls beobachtet derjenige Sie dann seit vier Jahren.«

»Und was heißt das?«, schreit Magnus. »Wollen Sie sagen, dass jemand Eloïse ausspioniert hat?«

»Aber warum?« Gerda schlägt beide Hände vor den Mund.

»Genau das wollen wir herausfinden.«

»Und – heißt das, dass derjenige, der die Kameras angezapft hat, auch Eloïse gekidnappt hat?« Magnus verhaspelt sich etwas beim Sprechen. Mir fällt auch auf, dass seine linke Hand angefangen hat zu zittern.

Welsh und Canavan wechseln einen Blick. »Zumindest handelt es sich um eine sehr auffällige Koinzidenz«, sagt Welsh. »Sobald wir die Person gefunden haben, die Ihre Familie über die Kameras beobachtet hat, werden wir sie zu Eloïses Verschwinden befragen.«

»Wie lange wird das dauern?«, fragt Gerda.

»Wir arbeiten daran«, erwidert Canavan. »Zunächst aber bitten wir Sie, sich das gewonnene Material sehr genau anzuschauen und uns auf alles aufmerksam zu machen, was Ihnen seltsam vorkommt. Es zählt wirklich jede Kleinigkeit.«

Er startet den Film. Max' Zimmer erscheint auf dem Schirm, wenn auch leicht konvex. Das Bild ist verblüffend klar – Max sitzt, die Beine weit gespreizt, auf seinem Spielteppich und lässt einen kleinen Zug über die Acht aus Holzschienen fahren.

Nach ein paar Minuten kommt Eloïse mit einem Korb voller Wäsche herein. Die Aufzeichnung ist so echt, so real, dass man denken könnte, es sei eine Verbindung über FaceTime. Es macht mich fertig, dass sie da auf dem Bildschirm ist, in der Vergangenheit, irgendwo, nur nicht hier. Alle sitzen wir mit einer Hand vor dem Mund da. Heftige Emotionen liegen in der Luft.

»Was machst du, Mami?«

Eloïse faltet seine Sachen und räumt sie in die Kommode. Er sieht so viel jünger aus und klingt auch so, die Aussprache ist noch weich und ungelenk. Das müssen Aufnahmen aus dem letzten Jahr sein, aus der Zeit vor seinem dritten Geburtstag.

»Ich räume deine Sachen weg, Süßer. Willst du mir helfen?«

»Nein danke.«

Eloïse lacht. Dann kommt von irgendwo im Haus ein Geräusch, das sie beide innehalten und zur Tür schauen lässt.

»Das ist bestimmt Papa«, sagt Eloïse. »Wollen wir ihn erschrecken?«

Sie stellt sich dicht neben die Tür, als wollte sie jeden Moment auf den Flur hinausspringen. Max läuft zu ihr, klammert sich an ihr Bein und späht durch den Spalt, den die Tür offen lässt.

Sie warten lange, doch ich kreuze nicht auf. Irgendwann ruft Max: »Papa!«, und Eloïse sagt, er soll still sein.

»Ich glaube, er kommt«, erklärt sie. Das Bild wechselt. Jetzt bin ich zu sehen, wie ich, die *Financial Times* unter dem Arm und an meiner Krawatte zerrend, die Treppe heraufkomme. Ich erinnere mich an nichts von alldem.

»Fang uns doch!«, ruft Eloïse, und Max schlägt kichernd die Hände vor den Mund.

»Jetzt nicht«, sage ich. »Ich muss noch einiges nacharbeiten.«

Mir wird elend, als ich mich den oberen Flur entlanggehen und im Arbeitszimmer verschwinden sehe. Gleich im Anschluss erscheinen wieder Eloïse und Max, der fragt: »Kommt Papa nicht?«

Eloïse nimmt ihn hoch und drückt ihm einen Kuss auf die Stirn. »Er hat zu tun. Komm, wir räumen deine Sachen fertig ein. Du kannst mir helfen.«

Es folgt ein Schnitt. Dann sieht man Eloïse und Max im Spielzimmer auf dem Boden sitzen und singen. Sie ist schwanger, vielleicht im fünften oder sechsten Monat. Ich erkenne das fließende weiße Oberteil, das sie sich kurz nach dem großen Ultraschall gekauft hat. Sie verstummt, und Max singt weiter: »Londons Brücke bricht zusammen, bricht …« Dann fragt er: »Warum singst du nicht mit, Mami?«

Schweigen. Dann: »Mami ist ein bisschen traurig, Maxie.«

»Warum bist du traurig?«

»Ich weiß nicht, Maxie.«

»Hast du dir wehgetan?«

»Ich glaube nicht.«

»Ich weine manchmal, wenn ich mir wehgetan hab.«

Sie lacht. »Das weiß ich. Aber dann gibt's ein Küsschen, und es wird wieder besser.«

»Vielleicht kann ich dir ein Küsschen geben, und dein Aua wird besser?« Er beugt sich vor und drückt ihr einen lauten Schmatz auf den Arm. »Jetzt ist alles wieder gut, oder?«

»Danke, mein Süßer.«

Er fängt ein anderes Lied an, und sie fällt ein, aber ihre Stimme klingt zittrig. Ich versuche, mich zu erinnern: Was hatte sie auf dem Herzen?

Es gibt einige kurze Szenen, in denen El und ich Dinge absprechen – wer wann was macht, jobbezogene Termine, Familienurlaub und so weiter. Bei einer muss ich lachen: Max rastet komplett aus, weil er sich anziehen soll, und als es Eloïse endlich gelungen ist, ihn in Hose und T-Shirt zu stecken, reißt er sich alles vom Leib und rennt nackig die Treppe hinunter. Als er lernte, ohne Windel auszukommen, hatte er eine Phase – mehrere Monate lang –, in der er sich jederzeit und überall auszog: im Supermarkt, bei Freunden zu Hause, in der Spielgruppe … Die Kamera zeigt, wie er schnurstracks zur Haustür läuft, wo gerade Briefe durch den Schlitz hereinfallen. Er reißt die Tür auf, guckt den Briefträger an, prustet ein lautes Pupsgeräusch heraus und rennt davon, ins Spielzimmer. Eloïse entschuldigt sich beim Briefträger, und dann läuft sie zu Max und schimpft mit ihm. Er wirft sich auf den Boden und brüllt wie am Spieß. Ich weiß, dass seine Anfälle ihr schwer zu schaffen gemacht haben, manchmal hat sie sogar geweint, aber ich muss trotzdem lachen.

Schnell merke ich, dass alles, was mir in den aufgezeichneten Szenen über die Lippen kommt, mit dem Job zu tun hat: Klienten, Investment Cases, Wertpapiere. War ich immer so langweilig? Es gibt keine Sequenz, in der ich nicht müde aussehe und ein langes Gesicht mache.

Nach etwa vierzig Minuten kommt eine Szene spätabends in der Küche. Wir tanzen. Eloïse hat die Hände in meinem Nacken verschränkt und schaut zu mir auf. Ich starre, dümmlich grinsend, auf ihre herrlichen Brüste.

»Was denkst du?«, fragt sie und lächelt mich an.

»Was Schönes.«

Sie dreht sich um, legt die Arme nach hinten und um meinen Hals, und ich greife unter ihren Babybauch und wiege ihn sanft. Kurz darauf kommt Max dazu und schlingt die Arme um ihre Beine. Sie nimmt ihn hoch, setzt ihn sich auf die Hüfte, und so bewegen wir uns alle zusammen zur Musik. Erst als Welsh eine Taschentücherbox herumreicht, merke ich, dass Gerda und Magnus genauso die Tränen übers Gesicht laufen wie mir.

In der nächsten Szene sieht man Eloïse den oberen Flur entlanggehen und mit jemandem reden. Im ersten Moment denke ich, dass sie mit mir spricht oder mit Max, aber dann dreht sie sich um, so als stünde jemand hinter ihr, und redet mit der Luft. Sie ist nicht mehr schwanger, aber der Bauch ist noch zu sehen, das muss also kurz nach der Geburt gewesen sein. Gebannt schaue ich mir das an. Ich verstehe es nicht.

»Und was ist mit Lochlan?«, sagt sie. »Ich weiß nicht …«

Seltsam. Sie ist überhaupt nicht sie selbst, ihre ganze Art, meine ich. Sie stemmt die Hände in die Hüften und schaut nachdenklich drein, aber hin und wieder sagt sie so etwas wie »Ja« oder »Ich denke schon« – so, als sei sie mit einem Geist ins Gespräch vertieft.

Ich drücke »Pause«, ich muss das erst mal verarbeiten.

»Was sagen Sie dazu?«, fragt Canavan.

Ich schaue Magnus an und dann Gerda. »Keine Ahnung. Können wir das noch mal sehen?«

Er geht ein paar Minuten zurück und zieht das Bild etwas größer, sodass Eloïse leicht verschwommen erscheint. Diesmal sehe ich sie lachen und nicken, und sie sagt: »Danke«, bevor sie sich abwendet und weitergeht.

»Vielleicht jemand, der nicht im Bild ist?«, sagt Welsh.

»Das vermute ich auch«, erwidert Canavan. »Ich würde diese Sequenz gern von der Technik so aufbereiten lassen, dass wir noch näher herankommen. Vielleicht gibt's in dem Fenster da eine Spiegelung, die wir dann erkennen könnten.«

»Vielleicht hatte sie das Handy in der Tasche«, sage ich und schaue noch einmal genau hin, »und hat über die Freisprechanlage telefoniert? Und das Mikro an der Babykamera hat das nicht aufgenommen?«

Canavan nickt. »Möglich.«

Aber als wir die Szene noch mal abspielen und dann noch einmal in Zeitlupe, kommen wir alle zu demselben Ergebnis: Außer Eloïse ist da niemand. Zu meiner eigenen Überraschung wünschte ich, es wäre jemand da, es würde irgendwo in der Ecke die Gestalt eines Mannes erkennbar. Es wäre eine Erklärung! Und wenn herauskäme, dass sie mit einem Liebhaber spricht – es wäre mir egal: So ist das Ganze zu widersinnig, ich verstehe es einfach nicht.

Aber Welsh und Canavan wollen weitermachen; sie hoffen auf Anhaltspunkte. Es gibt Szenen, in denen Eloïse nachts aufsteht und ins Kinderzimmer geht, um nach Cressida zu schauen. Cressida weint nicht, sondern schläft tief und fest, aber Eloïse geht endlos auf und ab. Dann schaut sie nach Max, kontrolliert, ob die Haustür abgeschlossen ist, geht zur Hintertür und sieht dort nach. Die Uhr im Spielzimmer zeigt zwanzig nach zwei. Von dieser Art gibt es mehrere Szenen – Eloïse, wie sie mitten in der Nacht im Haus umherwandert, während ich im Bett liege und schnarche. Cressida war zu dieser Zeit gerade mal ein paar Wochen alt. Warum war El auf? Sie muss doch vollkommen erledigt gewesen sein. Warum hat sie nie gesagt, dass sie nicht schlafen kann?

Eine Dreiviertelstunde später kommen wir zu einer Sequenz, in der gebrüllt wird und außerdem ein Kleinkind schreit. Wir gehen zwischen Küche und Spielzimmer hin und her. Es ist spät – die große runde Wanduhr zeigt halb eins in der Nacht. Anhand der von Max gemalten Valentinskarten auf dem Kaminsims erkenne ich, dass das im Februar war. Vor sechs Wochen. Eloïse ist barfuß, ihr Haar halbwegs hochgesteckt; sie hat ein wadenlanges weißes Nachthemd an, und Cressida auf ihrem Arm schreit dermaßen, dass die Laptoplautsprecher klirren und ich etwas leiser stellen muss.

»*Was* ist dein Problem?« Etwas in der Art sage ich wütend. Dabei laufe ich hin und her, sammle Kleidungsstücke und Spielsachen auf und pfeffere sie in die Ecke. »Es geht um eine Woche! *Eine* schlappe Woche!«

»Was interessiert mich die Konferenz?«, brüllt sie zurück. »Ich sehe ja ein, dass du viel arbeiten musst, und das sechs oder auch sieben Tage die Woche. Aber zu dieser Konferenz *musst* du nicht fahren! Wenn das so weitergeht, wird Cressida, wenn sie größer wird, gar nicht wissen, wer du bist.«

»Erzähl nicht solchen Unsinn!«

»Man könnte meinen, du legst es drauf an, so viel wie möglich weg zu sein. Von hier und von uns.«

»Und das findest du fair, ja?«

Der Zorn verschwindet aus ihrem Ton. Stattdessen fleht sie nun beinahe: »Ich brauche dich, Lochlan. Ich brauche dich, aber du bist nie da.«

Voller Reue sehe ich mir das an. Und zugleich habe ich das merkwürdige Gefühl, dass es genau so gar nicht war oder dass die Kameras mich zorniger darstellen, als ich es eigentlich war. Ich bin nicht zu dieser Konferenz gefahren, und Lincoln Kanvanagh hat den Pinco-Deal gekriegt. Wie auch immer – ich hätte deswegen nicht auf El sauer sein dürfen.

»Warum schreit ihr so, Mami?«

Max ist nicht zu sehen, aber seine Stimme dringt mühelos zum Mikrofon durch, und ich erinnere mich – ich weiß noch, dass er plötzlich in seinem Grüffelo-Schlafanzug und mit müden Augen in der Tür stand und gähnte.

Cressidas Geschrei steigert sich zu einem hohen Tremolo. El rückt sich einen der Stühle am Esstisch zurecht, setzt sich und legt Cressida an die Brust. Als die Kleine anfängt zu trinken, hält El kurz die Luft an, und mir fällt ein, wie sehr ihr das Stillen anfangs wehgetan hat. Ich sehe, wie sie die Zehen einkrallt und das Gesicht verzieht. In ganz düsteren Momenten habe ich gedacht, sie übertreibt, um mir ein schlechtes Gewissen zu machen.

Ich bin kaum noch im Bild. Ganz in der Ecke sieht man mich, immer noch in der Küche und immer noch am Brüllen.

»Warum hab ich es nicht so gemacht wie du, hm? Warum hab ich nicht einfach die Brocken hingeschmissen? Dann hätten wir schön in eine Sozialwohnung ziehen können. Täusche ich mich, oder hätte dir das vielleicht nicht so gefallen, El?«

Sie starrt mich an. »Was sagst du da?«

»Ich sage, dass du Besseres gewohnt bist, als ich zu bieten habe.«

»Willst du sagen, du hättest etwas zu bieten, Lochlan?«

Daraufhin versetze ich der Tür einen Fausthieb. El zuckt zusammen, das Baby stößt kleine Klagelaute aus. Ich spüre, wie Gerda und Magnus zu mir schauen. Auf dem Bildschirm ist Eloïse zu sehen, die immer noch stillt. Sie bedeckt ihre Augen mit der freien Hand, beißt sich auf die Lippe und gibt ein leises Wimmern von sich. Dann lässt Cressida von der Brust ab und beginnt erneut zu schreien. El wischt sich die Tränen fort, nimmt Cressida hoch, steht auf und geht in Richtung Küche.

Als sie nicht mehr im Bild ist, hört man ein Klatschen und gleich darauf einen Schrei.

Das nächste Bild zeigt El im Kinderzimmer, wo sie sich in den Sessel setzt und Cressida weiterfüttert, jetzt mit einem Fläschchen. Sie weint.

Ich stehe auf und gehe auf und ab. Niemand schaut mich an, und mein müdes, völlig ausgelaugtes Hirn interpretiert das Ganze als abgekartetes Spiel, das dazu dienen soll, mir die Schuld an Eloïses Verschwinden zuzuschieben.

»Ich habe Eloïse nicht geschlagen«, sage ich, wobei eine innere Stimme mir sagt, dass ich schuldbewusst klinge. »Es hat sich vielleicht so angehört, aber so war es nicht. Keiner von uns beiden hat den anderen jemals geschlagen. Das Geräusch kam von Max' Holzlokomotive. Sie ist von der Arbeitsplatte gerollt und auf den Boden geklatscht. Und Eloïse ist draufgetreten.«

Nun starrt Gerda mich feindselig an. »Sie hatte gerade erst ein Kind geboren, Lochlan. Musstest du so grob sein?«

Reumütig schaue ich von einem zum anderen. »Ich habe sie nie geschlagen. Das würde ich nie tun, ehrlich. Wir können's uns gern noch mal anschauen!«

Das tun wir, aber ich komme auch jetzt nicht weniger hartherzig rüber. Der Ton, in dem Eloïse sagt, dass sie mich braucht, trifft mich ins Mark. Ich lasse den Kopf hängen. Inzwischen ist mir der Streit wieder eingefallen, nur dass er in meiner Erinnerung anders verlief. Früher an dem Abend hatte sie mir diese Predigt gehalten, dass ich zu Hause zu wenig machen würde und so weiter. Außerdem war ich gekränkt, weil ich auf eine verliebte SMS, die ich ihr geschickt hatte, keine Reaktion erhalten hatte, und sie war mir schon seit Wochen abweisend vorgekommen, war bei der kleinsten Berührung zurückgezuckt. Als sie sagte, dass sie mich braucht, habe ich ihr schlichtweg nicht geglaubt. Zumindest habe ich es so ausgelegt, dass dieses »Brauchen« sich auf Wäschewaschen und Geschirrspülen bezog und nicht emotionaler Natur war.

Welsh und Canavan wechseln einen Blick.

Dann räuspert sich Canavan und sagt: »Gab es sonst noch etwas, das Ihnen ungewöhnlich vorkam?«

24. MÄRZ 2015

Potter's Lane, Twickenham

Gerda: Seit Lochlan angerufen und uns gesagt hat, dass Eloïse verschwunden ist, sind mir viele Fragen durch den Kopf gegangen. Ich nehme an, jedem, dem so etwas widerfährt, gehen Fragen durch den Kopf. Die Fragen stören mich nicht; was mich wahnsinnig macht, ist, dass ich sie nicht beantworten kann.

Unser einziges Kind haben wir verloren. Judy, unsere einzige Tochter. Wir beide, sie und ich, sind, als sie drei Monate vor dem errechneten Termin in einer Art Explosion zur Welt kam, dem Tod nur knapp entronnen. Die Ärzte haben Magnus nahegelegt, sich von uns zu verabschieden. Ich war natürlich bewusstlos, der Boden im OP überschwemmt von meinem Blut, und unsere Kleine kämpfte auf der Intensivstation um ihr Leben. Eine Krankenschwester empfahl ihm, ihr einen Namen zu geben, bevor sie starb, und ihm fiel kein einziger von denen ein, die wir für unser erstes Kind erwogen hatten. Mir hatte besonders Amandine gefallen – oder Bastien für einen Jungen –, aber er fand plötzlich Judy richtig, in Anlehnung an Judas Thaddäus, den Schutzpatron der Hoffnungslosen.

Wir haben beide überlebt. Die Ärzte teilten uns mit, dass wir keine weiteren Kinder würden bekommen können, doch das erschien uns nebensächlich angesichts der Tatsache, dass uns eine zweite Chance gewährt worden war.

Wir hatten ein schönes Leben in Genf. Judy wuchs heran und war sehr gut in der Schule. Ja, sie konnte auch frech sein, und vielleicht haben wir alles verdorben. Faul war sie auch. Dieser Charakterzug hat mich immer beunruhigt. Schlechte Gene vielleicht, ich weiß es nicht. Eigensinnig von Geburt an. Wollte nicht schlafen, wollte nicht trinken. War schon fast zwei, als sie endlich anfing zu laufen, und beinahe fünf, als sie die ersten Wörter zustande brachte. Wahrscheinlich war es ein Segen, dass ich kein weiteres Kind bekommen habe – Judy war anstrengend für sechs.

Und dann, als sie zwanzig war, ist sie von zu Hause weg, mit ihrem Freund, Orhan, und Eloïse. Ich war mit zwanzig verheiratet, und ganz sicher ist man mit zwanzig alt genug, um sich seinen Platz in der Welt zu suchen, aber Judy hat immer jünger gewirkt. Weniger erwachsen, als ich es in dem Alter war. Sie hat viel Geld aus unserem Safe gestohlen – wenigstens konnten wir so davon ausgehen, dass sie eine Weile versorgt war, so lange, bis sie sich überlegt hatte, was sie anfangen wollte. Trotzdem habe ich mich schrecklich um sie gesorgt und mir Vorwürfe gemacht. Tief in mir drin wusste ich, dass sie zu selbstsüchtig und chaotisch war, um eine gute Mutter zu sein. Hätte ich auf diese innere Stimme gehört und entsprechend gehandelt, wäre vielleicht manches anders gekommen. Aber das habe ich nicht.

Sooft wir konnten, haben wir ihr und Orhan geschrieben, haben Geld hingeschickt. Kurz vor ihrem dramatischen Aufbruch nach London hatte sie ihn einmal zum Tee mitgebracht. Er sei Student, hatte sie immer gesagt, aber ich habe ihr kein Wort geglaubt. Er war viel älter. Um die dreißig. Eher still, aber gut aussehend. Dunkel; mit der Angewohnheit, einen Blick länger festzuhalten, als mir angenehm war. Sein Vater war Türke. Magnus mochte ihn nicht. Ich weiß noch, dass Judy sich gegen Ende der Schulzeit einer Mädchenclique angeschlossen hatte, die mir nicht gefiel, und alles, was sie von denen fernhielt, war in meinen Augen positiv zu bewerten. Als Orhan auf der Bildfläche erschien, gab sie den Kontakt zu diesen Mädchen auf, und das war mir nur recht. Aber wie heißt es so schön: vom Regen in die Traufe.

Als der verantwortliche Ermittler, Detective Canavan, uns mitteilte, dass jemand die Familie über die Baby-Monitore ausspioniert hat, war meine erste Regung ein Groll gegen die moderne Technik. *Baby-Monitore!*, habe ich gerufen, als Eloïse mir von dieser Anschaffung erzählte. *Du bist der Baby-Monitor, Liebes. Du bist die Mutter!* Aber sie hat nur gelacht.

Was mich zur zweiten Überlegung führt: Auf dieser Generation von jungen Eltern scheint eine Art Fluch zu liegen, ein Zwang zur absoluten Perfektion. Das war immer mein Eindruck – ob ich nun mit Eloïse telefoniert habe oder ob sie uns mit den Kindern besuchen kam: Sie schien mit jedem anderen Elternteil dieser Welt im Wettstreit zu stehen und das auch völlig normal zu finden. Die Baby-Monitore waren einer von vielen Hinweisen auf ihre fieberhaften Bemühungen, als Mutter zu siegen. Als sei das Ganze ein Wettkampf.

Was ich sagen will, ist, glaube ich, dass mein Zorn sich natürlich gegen den Verbrecher richtet, der die Unverschämtheit besessen hat, sich in die Babyüberwachung zu hacken, dass ich aber unweigerlich auch denke, wenn Eloïse das Muttersein etwas altmodischer angegangen wäre, wenn sie dem sozialen Druck, der unleugbar heute auf den Eltern – insbesondere auf den Müttern – lastet, mehr entgegengesetzt hätte, dann wäre diese schreckliche Lage gar nicht eingetreten. Aber darüber kann ich natürlich mit niemandem reden. Und selbst wenn – das würde mir meine Enkelin auch nicht zurückbringen, oder?

Ich bin in dem Glauben hergekommen, dass Eloïse aus ihrer Ehe rauswollte. Auf Lochlan ist Verlass, und sie geben ein nettes Paar ab, aber er ist doch nicht ganz das, was ich mir für sie gewünscht hätte. Er trinkt viel, und einmal ist sie mit dem Baby für ein paar Tage zu uns gekommen. Ich habe sie bearbeitet, mir zu erzählen, was los war, denn es ging ihr offensichtlich nicht gut, und Max war noch keinen Monat alt. Es war ein Zeitpunkt, zu dem eine Frau normalerweise mit ihrem Mann und dem Neugeborenen in den eigenen vier Wänden sein möchte.

Nachdem wir die Filme aus den Überwachungskameras gesehen haben, bin ich vollkommen ratlos. Lochlan ist überhaupt nicht der anständige Kerl, für den ich ihn letztlich doch gehalten hatte. Nicht der Ehemann und Vater, den ich in ihm gesehen habe. So grob Eloïse gegenüber, so geladen! Ich hatte alle Befürchtungen beiseitegeschoben und mich an den Grundsatz gehalten: im Zweifel für den Angeklagten, aber nachdem ich gesehen habe, wie er mit Eloïse umgesprungen ist und wie er sein schönes Auto zu Klump gefahren hat … Ich hätte nicht übel Lust, die Polizisten wissen zu lassen, dass er volltrunken am Steuer gesessen hat.

Vorhin beim Schlafengehen habe ich versucht, mit Magnus darüber zu reden. Wir sind im Gästezimmer untergebracht, auf einer großen Luftmatratze. Nicht sehr bequem, und Magnus muss wegen seiner Herzschwäche möglichst aufrecht schlafen, deshalb verbringt er die Nächte – bis der Ledersessel eintrifft, den ich in der Schweiz bestellt habe – in einem Campingstuhl am Fenster.

»Ich habe gelesen, dass in die meisten Vermisstenfälle Angehörige verstrickt sind«, habe ich gesagt. »Kannst du dir vorstellen, dass Lochlan irgendetwas damit zu tun hat?«

Er hat nur geseufzt und sich in seinem Stuhl niedergelassen. Das hat mich geärgert. Wir sind seit mehr als einem halben Jahrhundert verheiratet, aber ich glaube, ich war in all den Jahren nicht so wütend auf ihn wie in diesem Moment. Mein Gefühl war, dass Eloïses Verschwinden Magnus nicht so zusetzt wie mir. Geradezu gelangweilt kam er mir vor, und offenbar glaubt er alles, was Lochlan von sich gibt. Warum *tut* Magnus nicht mehr?, dachte ich. Warum ruft er seine Bekannten nicht an und bittet sie um Hilfe, warum engagiert er keinen Privatdetektiv? Ist es ihm egal?

»Lass es gut sein, Gerda«, sagte er und kramte in seiner Medikamententasche.

Ich habe nicht geschrien, auch wenn mir danach war. »Eloïse hat gesagt, sie hätten letzte Woche Krach gehabt. Und wenn er … na ja, du weißt schon.«

»Was?«

Da war ich es, die geseufzt hat. Als Gedanke schien es schlüssig, aber wenn man es aussprach, klang es nur dumm. Jedes Paar hat mal Krach, das ist mir klar. Umso mehr, wenn kleine Kinder da sind. Gott im Himmel weiß, wie Magnus und ich uns wegen Judy gefetzt haben.

Dann aber ist mir etwas eingefallen, woran ich noch nicht gedacht hatte. Nicht lange nach Cressidas Geburt war ich einmal für ein paar Tage bei Eloïse und den Kindern, während Lochlan in Edinburgh arbeiten musste. Sie kam bewundernswert gut zurecht – dachte ich jedenfalls, bis ich sie eines Nachts im Garten sitzen sah. Es war Januar, viel zu kalt, um nachts draußen zu sein. Zuerst dachte ich, sie sei wegen des Babys auf, aber Cressida lag in ihrem Körbchen und schlief. Und – wenn ich jetzt so daran denke – Eloïse benahm sich ziemlich seltsam. Sie sprach vor sich hin, so als rede sie mit jemandem, und streckte die Hand aus, als stünde jemand vor ihr, aber da war niemand.

Ich bin hingegangen, habe sie angesprochen und ihr eine Decke über die Schultern gelegt. »Was ist los, Eloïse?«

Erst als ich sie in den Arm nahm, hat sie reagiert. Ihr Kopf fuhr herum. Sie wirkte völlig verändert, ich kann es nicht erklären. Natürlich war das Eloïse, und sie hat auch nicht einfach nur ein Gesicht gezogen. Sie sah einfach nicht aus wie sie selbst.

Nach einem kurzen Moment überlief sie ein Schauer, und erst dann schien sie mich zu erkennen. Ich habe sie gefragt, ob alles in Ordnung sei, und ihre Antwort war genauso seltsam wie ihr Aussehen.

Manchmal habe ich das Gefühl, mein Leben spielt sich hinter einem Fenster ab, und ich bin auf der anderen Seite.

Ich habe nicht gefragt, wie sie das meint. Wir sind reingegangen, und sie ist ins Bett verschwunden, und am nächsten Morgen war alles wieder ganz normal.

Aber jetzt – jetzt frage ich mich, ob ich in dem Moment etwas versäumt habe. Ob an dem Vorfall mehr dran war, als ich damals erkannt habe.

Und ich werde es vielleicht nie erfahren.

25. MÄRZ 2015

Polizeiwache Twickenham

Lochlan: Wir haben uns auf die heutige Pressekonferenz vorbereitet, indem wir uns dezent gekleidet haben. Gerda und Magnus tragen gleiche fein gestreifte Hemden, dazu einen dunkelblauen Seidenschal eng um den Hals geschlungen, und ich habe mich für ein metallisch graues Hemd mit schwarzer Krawatte und eine schwarze Stoffhose entschieden. Den Gürtel kann ich mühelos ein Loch enger schnallen – der Stress schlägt mir auf den Magen.

Gerdas blondes Haar ist geföhnt und mit Spray fixiert bis zur Versteinerung, die Lippen sind blutrot gemalt, die Wimperntusche ist schon von Weitem zu sehen. Magnus hat sich beim Rasieren mehrmals geschnitten. Seine Lippen sind schmal. Was würde ich für einen Drink geben!

Sophie und Welsh erscheinen in gleichen Hosenanzügen, sie sehen beide sehr offiziell aus und sehr Respekt einflößend. Wir sitzen um den Esstisch, und die beiden erklären uns ruhig und mit gedämpfter Stimme das Format Pressekonferenz, als hätten sie eine Schar Zweijähriger vor sich. Ich bin dankbar für die langsame Gangart. Es ist immer noch beängstigend und eigentlich nicht zu glauben, dass wir das jetzt wirklich tun. Gerda muss Sophie mehrmals bitten zu wiederholen, was sie gerade gesagt hat.

Folgendermaßen wird es ablaufen: Um die Mittagszeit werden sich Reporter von lokalen und überregionalen Zeitungen sowie Radio- und Fernsehsendern und dazu einige Web-Journalisten im Konferenzraum der Polizeiwache Twickenham einfinden und Informationen über die Ermittlungen einholen, die sie anschließend an die Öffentlichkeit weitergeben.

»Ich habe eine Ansprache vorbereitet«, erklärt Magnus und

holt mit der einen Hand seine Lesebrille hervor, während er mit der anderen ein gefaltetes Bündel Blätter aufwedelt. Als er anfängt vorzulesen, fährt Welsh dazwischen.

»Wir sollten die Sache möglichst knapp gestalten.«

»Ich möchte denjenigen erreichen, der hier spioniert. Wer auch immer das ist«, sagt Magnus zornig. »Ich bin ihr Großvater! Ich habe sie großgezogen, verdammt!«

Sophie lächelt und nickt. »Wir müssen uns genau überlegen, wie wir unsere Botschaft übermitteln. Bedenken Sie, dass alles, was Sie sagen, aufgezeichnet und anschließend zerpflückt wird. Natürlich, Sie wollen sagen, wie sehr Sie Eloïse vermissen und dass wir alle wollen, dass sie unversehrt wieder nach Hause kommt und ...«

»Selbstverständlich will ich das!« Magnus haut mit der Faust auf den Tisch. »Deshalb habe ich die Ansprache geschrieben!« Er hustet.

Gerda klopft ihm auf den Rücken und sagt, er solle sich nicht aufregen. Mir fällt auf, wie sehr er zittert. In seinen Mundwinkeln sammelt sich Speichel, und seine Ohren leuchten feuerrot.

Welsh wendet sich an mich. »Wir sind der Meinung, dass Sie bei der Konferenz die Führung übernehmen sollten, Lochlan. Sie sind der Ehemann, die Leute werden auf alles reagieren, was Sie über Eloïse sagen. Die Weitergabe von Informationen muss emotional eingebettet werden. Sie könnten zum Beispiel erzählen, wie engagiert Eloïse ihrer Arbeit nachgegangen ist und dass sie immer für ihre Kinder da war. Wie sie als Partnerin war, als Freundin. Wie lange Sie verheiratet waren. Dass es Menschen gibt, die sie bitterlich vermissen, die sie brauchen.«

Gerda räuspert sich und wirft Magnus einen Blick zu.

»Wir wollen eine Belohnung ausloben. Dem, der uns einen Hinweis liefert, wo wir Eloïse finden, bieten Magnus und ich fünfzigtausend Pfund.«

DS Welsh, offensichtlich wenig begeistert, schaut mich an in der Hoffnung, dass ich Einspruch erhebe, aber das tue ich nicht. Ich würde eine Niere spenden, um zu erfahren, wo Eloïse ist.

»Ich denke, mit solchen Dingen müssen wir vorsichtig sein«, sagt sie. »Wir haben die Erfahrung gemacht, dass so etwas sehr viel Zeit und Ressourcen verschlingt, ohne dass etwas Brauchbares dabei herauskommt.«

»Ich dachte, das könnte jemanden, der Angst hat oder noch zögert, ermutigen ...«

Welsh dämpft diese Erwartung. »Das *kann* so sein, aber häufiger haben wir erlebt, dass es Verwirrung stiftet. Wir sollten es vorerst bei der Bitte belassen. Vor allem müssen wir den Leuten glaubhaft zusichern, dass wir jede Information streng vertraulich behandeln.« Sie schaut auf die Uhr. »Wir müssen. Sind Sie so weit?«

Im Gänsemarsch gehen wir zu dem Polizeifahrzeug, das vor dem Haus wartet. Während wir einsteigen, hält ein Beamter uns aufdringliche Reporter vom Hals, Fotoblitze brechen sich an den Wagenfenstern, und ich stelle mir mein Porträt in irgendeinem rechten Käseblatt vor: über eine Doppelseite ich, aufgewühlt und totenbleich.

Der Raum ist deprimierend: niedrige Decke, nackte Wände und an der Stirnseite eine große Fahne mit dem Emblem der Metropolitan Police. Seitlich hängt eine Tafel von den Crimestoppers mit der landesweiten Telefonnummer und dem fett gedruckten Slogan: SAGEN SIE UNS, WAS SIE WISSEN, UND NICHT, WER SIE SIND. Vorn sind mehrere Tische nebeneinandergerückt, darauf verteilt sechs Mikrofone und ein Krug Wasser.

Gerda und Magnus wirken zerbrechlich in dieser Umgebung, sie passen hier nicht her, sind beide sichtlich eingeschüchtert durch die etwa dreißig Leute, die uns direkt gegenübersitzen werden mit ihren Kameras, manche mit einem Objektiv so lang wie mein Arm. Auch mir dreht sich bei dem Anblick der Magen um. Plötzlich hat man viel eher das Gefühl, seine Unschuld bekunden zu müssen, als eine Bitte um Unterstützung anbringen zu können.

Welsh in ihrem schwarzen Hosenanzug taucht wieder auf; das

braune Haar hat sie jetzt zu einem strengen Knoten aufgesteckt, die Lippen blassrosa angemalt. So ernst und förmlich habe ich sie noch nie gesehen. Sie nickt mir kurz zu.

»Bereit?«

Ich nicke zurück, aber als ich auf die Tischreihe zugehe, taucht Sophie auf und winkt mir zu, ich möge warten. Ich sage Gerda und Magnus, sie sollen schon nach vorn gehen, und sie folgen Welsh unsicher.

»Was ist los?«, frage ich.

»Die Polizei«, sagt Sophie atemlos, »hat die Person ausfindig gemacht, deren IP-Adresse in den Baby-Monitoren registriert war. DS Canavan ist hingefahren; es wird eine Festnahme geben.«

Dann winkt sie jemandem in meinem Rücken zu, und als ich mich umdrehe, sehe ich Welsh vorn bei den Tischen ungeduldig gestikulieren. Während ich bei dem Gedanken an die Pressekonferenz wie gelähmt war, fängt mein Herz angesichts dieser Nachricht – dass Canavan im Begriff ist, denjenigen festzunehmen, der meine Familie seit Jahren ausspioniert – an zu rasen, und ein Umhang aus Eis senkt sich auf meine Schultern herab. Steifbeinig gehe ich nach vorn und nehme neben Welsh Platz.

Sie steht noch und begrüßt die Anwesenden, während unaufhörlich Blenden surren und klicken und zottelige Mikrofone hochgehalten werden.

»Danke, dass Sie zu dieser Pressekonferenz gekommen sind. Anlass ist das Verschwinden der siebenunddreißigjährigen Eloïse Shelley. Manche von Ihnen werden sie als Gründerin und ehemalige Geschäftsführerin von *Kriegskinder* kennen, einer Hilfsorganisation, die sich geflüchteter Kinder annimmt, andere werden sich an sie als Pressesprecherin oder Radiojournalistin erinnern, an eine Frau, die immer leidenschaftlich für Gleichheit und Menschenrechte eingetreten ist.«

Nun nickt Welsh jemandem am anderen Ende des Raums zu, und auf der Leinwand hinter uns erscheint ein Bild. Wir drehen uns um und sehen Eloïse als Gast in einer morgendlichen Fernseh-Talkshow. Das Haar fällt ihr in weichen Locken auf die Schultern, sie trägt einen weißen Blazer und einen Rock. Die Hände verschränkt, die Füße an den Knöcheln gekreuzt, sitzt sie leicht seitlich da und redet:

… denen, die immer noch der Meinung sind, Immigranten sollten in diesem Land wie Bürger zweiter Klasse behandelt werden, sage ich: Wir alle sind Menschen. Egal, welcher Klasse wir angehören, welche Sprache wir sprechen oder welchen Akzent wir haben, egal, wie wir uns kleiden oder welches Auto wir fahren, wir sind alle gleich. Wenn wir denn ein Auto fahren. Es gibt in diesem Land zweihunderttausend Kinder unter vierzehn Jahren, die heute Nacht nicht in einem Bett schlafen werden. Sie werden irgendwo draußen schlafen, auf dem nackten Boden, auch wenn es regnet oder schneit. Und nicht nur das. Wir wissen, dass achtzig Prozent der Straßenkinder Opfer sexueller oder physischer Gewalt werden. Das kann nicht sein. Bedenken Sie, wie diese Kinder durch solche Erfahrungen für ihr künftiges Leben geprägt werden. Wenn ihnen dann die Staatsangehörigkeit zuerkannt wird – sofern es überhaupt dazu kommt –, ist das alles längst passiert. Wir haben die Pflicht – die Verantwortung –, sie zu beschützen. Wir dürfen nie vergessen, dass es in der Politik immer um Zuordnungen geht, um Etikettierung. Und um Barrieren. Wir sind alle gleich …

Gerade als sie warm geworden ist und anfängt zu gestikulieren, wie sie es immer tut, wenn sie leidenschaftlich bei der Sache ist, endet der Mitschnitt, und das Bild erstarrt. Ich drehe mich wieder um und stelle fest, dass ich genau im Lichtstrahl des Projektors sitze, dass Eloïse überall auf mir ist, auf meinen Ärmeln, dem Brustkorb, so als trüge ich sie auf dem Leib.

Schließlich erlischt das Bild, und Welsh setzt ihre Ansprache fort. »Die Menschen, die Eloïse kennen, beschreiben sie als liebevoll, als eine schöne Seele, eine Frau, die einem Armen ihr letztes Hemd und ihren letzten Penny überlassen würde. Sie ist jemand, auf den Menschen in einer Krise bauen können. Aber jenseits ihrer Rolle als Aktivistin und Geschäftsführerin einer wichtigen Organisation war sie auch eine liebende Ehefrau und Mutter zweier sehr kleiner Kinder. Max ist gerade mal vier, er geht noch nicht zur Schule, und die kleine Cressida ist erst knapp drei Monate alt. Sie vermissen ihre Mutter. Sie brauchen sie! Deshalb ist diese Bitte an die Öffentlichkeit, uns jeden nur möglichen Hinweis auf Eloïse Shelleys Verbleib zu geben, von außerordentlicher Dringlichkeit.«

Welsh legt eine Pause ein, damit das Gesagte nachklingen kann. Gerda hat angefangen zu weinen. Sie greift nach der Taschentücherbox, die jemand noch auf den Tisch gestellt hat. Magnus legt den Arm um seine Frau. Ich höre ihn kleine Schluchzer unterdrücken.

Mein Blick begegnet dem eines Mannes mit Kopfhörern, der ein riesiges, puscheliges Mikrofon in meine Richtung reckt. Er grinst merkwürdig, und mich befällt Panik. An dem Angriff auf unsere Baby-Monitore könnten gut auch mehrere Leute beteiligt gewesen sein. Ist etwa jemand von ihnen hier? Haben sie unsere Gespräche zu Hause mitgeschnitten?

»Eloïse Shelley war weder eine sprunghafte Persönlichkeit, noch gab es Anzeichen dafür, dass sie ihre Familie verlassen könnte«, fährt Welsh in ernstem Ton fort. »Eloïse war eine hingebungsvolle Mutter. Sie hat ihre Position in der Hilfsorganisation aufgegeben, weil ihre Kinder sie derzeit dringender gebraucht haben. Wir bitten Sie: Wer einen Hinweis auf ihren Verbleib geben kann – das betrifft den Zeitraum seit Dienstag, dem siebzehnten März –, möge sich umgehend mit uns in Verbindung setzen. Die Telefonnummer geben wir bekannt. Selbstverständlich werden alle Informationen vertraulich …«

Plötzlich beugt Magnus sich vor, klopft ungelenk auf sein Mikrofon und verursacht eine gellende Rückkopplung. Dann räuspert er sich und sagt: »Ich biete dem, der mit seinem Hinweis hilft aufzuklären, was meiner Enkelin zugestoßen ist, eine Belohnung in Höhe von fünfzigtausend Pfund.«

»Mr Bachmann«, hebt Welsh an, doch er wedelt nur unwirsch mit der Hand.

»Und dem, der sie uns innerhalb der nächsten vierundzwanzig Stunden zurückbringt, gebe ich zweihunderttausend bar auf die Hand.«

Jetzt recken Reporter den Arm und rufen wild durcheinander; jeder versucht, seine Frage als Erster loszuwerden. »Mr Bachmann! Mr Bachmann!«

Welsh hebt die Hände und fordert die Leute auf, ruhig zu sein und sich anzuhören, was sie noch zu sagen hat.

»Ihre Fragen beantworten wir gleich. Bitte gedulden Sie sich, bis ich alle nötigen Kontakt- und sonstigen Informationen gegeben habe, die uns helfen sollen, Eloïse zu finden. Wir bitten *alle*, die Eloïse während der letzten Stunden vor ihrem Verschwinden gesehen haben, sich unter der Telefonnummer zu melden, die auf der Pressemitteilung angegeben ist. Wir garantieren, dass jede Information absolut vertraulich behandelt wird.«

Nun nickt sie mir zu. Es ist offensichtlich, dass sie die Medienvertreter von Magnus' Ankündigung ablenken will, aber die Leute in der ersten Reihe werden das Thema weiterverfolgen, das sehe ich in ihren Gesichtern.

Ich lasse den Blick über die Kameras und Handys und Mikrofone schweifen und ziehe schließlich ein Foto von Eloïse aus der Tasche. Darauf steht sie in Jeans-Shorts und Gummistiefeln in unserem Garten, prostet dem Fotografen mit einem Sektglas zu und schwenkt mit der anderen Hand ein riesiges Büschel Unkraut. Ihr Lächeln ist verschmitzt, das blonde Haar vom Wind zerzaust. Einmal hole ich tief Luft, dann halte ich das Bild hoch.

»Das ist meine Frau«, sage ich. »Eloïse ist einzigartig. Mein Sohn und meine Tochter vermissen sie sehr. Ohne sie sind wir verloren.« Ich bin den Tränen nahe, meine Stimme wird von Wort zu Wort enger. Nie im Leben habe ich mich so ausgeliefert gefühlt, so vollkommen nackt. Die Worte auf meinem Blatt Papier verschwimmen. Ich blinzle die Tränen weg. »Bitte, Eloïse … Bitte, Sie, die Sie etwas wissen: Sagen Sie uns, dass es ihr gut geht. Bringen Sie sie uns zurück. Ich bitte Sie.«

Eine Hand schießt hoch. »Hatten Sie Eheprobleme, Mr Shelley? Halten Sie es für möglich, dass Eloïse die Familie verlassen hat?«

Ich fühle mich überrumpelt. »Nein«, sage ich, und daraufhin scheinen sich sämtliche Hände im Saal zu heben.

»Mr Shelley! Mr Shelley!«

»Lassen Sie ihn doch bitte ausreden!«, ruft Welsh, aber ihre Stimme geht unter.

Mir schnürt sich die Kehle zu. Ich zerre an meinem Kragen. Spüre Schweiß in den Achselhöhlen und am Rücken. Ich gebe mir Mühe, versuche, mich zusammenzureißen, mache mir klar, wie viele Tausend Augenpaare mich jetzt beobachten. Meine Kollegen. Meine Chefs. Der, der sich meine Frau geholt hat, wer auch immer es ist. Ich will etwas sagen, doch die Vorstellung, dass die Person, die festgenommen worden ist, weil sie uns ausspioniert hat, in diesem Augenblick den Mord an Eloïse gesteht, bringt mich aus der Fassung. Eine Stimme ist lauter als alle anderen.

»Haben Sie eine Botschaft an Ihre Frau, Mr Shelley?«

Ich hole tief Luft und starre in die Linse, die mir am nächsten ist. »Solltest du dies sehen, Eloïse: Ich werde dich finden, das verspreche ich. Ich gebe erst Ruhe, wenn ich dich nach Hause geholt habe.«

21. JANUAR 1985

Brixton, South London

Eloïse war bei ihrer Mutter im Zimmer. Mit einer Hand hielt sie Peter fest, mit der anderen rüttelte sie ihre Mutter.

»Mama«, sagte sie. »Wach auf, bitte, Mama!«

Endlich rührte die Mutter sich. Ihre bleichen Arme waren von blauen Flecken übersät, und Eloïse fand, dass diese Arme sehr dünn geworden waren. Auch Mamas Beine waren so dünn. Eloïse wusste, was Mamie sagen würde, wenn sie das sähe. Sie würde Mama einen großen Topf Kartoffeln kochen und Fleisch dazu und ihr sagen, dass sie das jetzt alles aufessen solle.

Sie sieht aus, als wär sie krank, sagte Peter. *Vielleicht muss sie einfach schlafen.*

»Aber ich hab heute Geburtstag«, sagte Eloïse. »Ich bin jetzt sieben. Nicht mehr sechs. Ich will, dass Mama aufwacht.«

Du musst trotzdem in die Schule.

Auf dem Nachttisch lag das komische Zeug, von dem ihre Mama so schlapp und müde wurde, manchmal auch fröhlich oder, ein seltenes Mal, ganz albern. Eloïse kannte den Geruch. Sie vermutete, dass Orhan Mama das Zeug gab, schob den Gedanken aber lieber beiseite, denn Orhan war nett zu ihr. Er kaufte ihr Spielzeug und Süßigkeiten und manchmal schöne Sachen zum Anziehen. Wenn Orhan ihr wehtat, entschuldigte er sich jedes Mal.

Sie sah die schmutzigen Löffel und die leeren Päckchen auf dem Tisch und wurde böse. Peter irrte sich. Mama war nicht krank. Sie nahm dieses Zeug, und davon wurde sie so schlaff.

Peter im Arm, ging sie wieder in ihr eigenes Zimmer. Unten flog die Haustür so heftig ins Schloss, dass die Spielsachen auf ihrem Fensterbrett erbebten. Ein vertrauter kalter Schauer kroch ihr über Rücken und Arme, und in ihr zog sich alles zusammen.

Das ist Orhan, oder?, sagte Peter.

Sie legte den Zeigefinger an die Lippen und schloss die Augen. Ohne recht zu wissen, warum, wünschte sie, sie wäre unsichtbar.

Mit dem Umziehen wartete sie, bis sie annahm, dass es sicher war. Und sie machte ganz schnell. Kletterte vorher auf die Kommode und langte zu dem Schloss an ihrer Tür. Orhan hatte es schon zweimal höher gesetzt und dann noch einmal, nur damit sie nicht selbst herankam. Das müsse er tun, hatte er gesagt, weil sie sonst, wenn er bei ihr im Zimmer sei und sie die Tür aufmache, womöglich auf Einbrecher stoßen könne. Leute, die ihr alles Mögliche antun wollten.

»Herzlichen Glückwunsch, Prinzessin«, sagte eine Stimme.

Sie zuckte zusammen und fuhr herum. Auf der Schwelle stand, beide Hände in den Taschen, Orhan und lächelte. Er hatte nicht die Arbeitssachen aus der Fabrik an, sondern einfach Jeans und ein schwarzes T-Shirt.

Langsam kam er herein und setzte sich auf die Bettkante. Rock und T-Shirt hatte sie schon geschafft, die Strumpfhose noch nicht. Sie entschied sich für Kniestrümpfe. Er schaute zu.

»Ich habe Geschenke für dich«, sagte er, und ihre Stimmung besserte sich.

»Geschenke?«

Er bedachte Peter mit einem abfälligen Blick. »Ich habe einen neuen Teddy für dich. Der da ist so alt und schmuddelig. Der neue ist außerdem weiß und nicht braun.«

Sie konnte ihre Enttäuschung nicht verbergen. Peter hielt den Mund, wie immer, wenn Orhan da war. Sie war nicht sicher, ob er Angst vor Orhan hatte oder ihn einfach nur nicht mochte.

»Gefällt er dir nicht?«, fragte Orhan.

Sie nahm den neuen Teddy in den Arm und schaute ihn an. »Doch, doch. Er ist schön. Schneeball. Er soll Schneeball heißen.«

Orhan grinste. »Und das große Geschenk ist unten.«

Als sie losrennen wollte, um es sich anzuschauen, hielt Orhan sie mit einem »Oh, oh« zurück.

»Was machen wir, bevor wir ein Geschenk bekommen?«

Sie drehte sich um. »Bitte sagen?«

Er schüttelte den Kopf, stand auf, winkte sie heran und streichelte ihr die Wange. »Weißt du noch, was ich dir gesagt habe? Es ist auch schön, ein Geschenk zu *machen*. Stimmt's?«

Da war es wieder, dieses schreckliche Gefühl im Bauch, wie immer, wenn er das sagte, genauso wie nachts, wenn er kam und eine Liebkosung brauchte. Sie wollte Nein sagen, erklären, dass sie das nicht mehr wollte, aber er stand schon, und Peter lag schlaff auf dem Fensterbrett, müde und traurig, und es war niemand da, weit und breit war niemand, der kommen und diese Tür aufschließen konnte.

28. MÄRZ 2015

Potter's Lane, Twickenham

Lochlan: Die Atmosphäre im Haus ist nur noch schwer zu ertragen. Gerda hat entschieden, dass sie für die Kinder zuständig ist, und vermeidet jeden Blickkontakt. Als ich gegen den militärisch strengen Ablauf, den sie Max und Cressida verordnet hat, vorsichtig Einspruch erhebe, regt sie sich endlos auf, und ich gebe wohl oder übel nach. Magnus tigert ständig durchs Haus oder wandert, unrasiert und nachlässig gekleidet, im Viertel umher. Zu den unmöglichsten Zeiten sehe ich ihn im Garten, wo er, noch im Schlafanzug, unter die Hecken späht. Letzte Nacht um zwei kam er mit einer Taschenlampe und einem kürzlich gelieferten Amazon-Karton die Treppe herunter, einem Set zum Fingerabdrücke-Sichern, und bestand darauf, die Hintertür und die gesamte Küche mit diesem Pulver einzupinseln. Wir waren beide die ganze Nacht wach, Magnus auf allen vieren in der Küche, wo er unentwegt auf Deutsch vor sich hin murmelte, und ich, in einem von Els Morgenmänteln, im Schneidersitz auf dem Fußboden im Spielzimmer, damit beschäftigt, die neuesten Tweets auf #findEloïse zu lesen und mir die Facebook-Seite anzuschauen, die wir eingerichtet haben. Dabei stieß ich auf Statistiken zum Thema »Vermisstenmeldungen«. Offenbar verschwinden in Großbritannien über siebenhundertfünfzig Menschen *am Tag*. Das hat mich umgehauen. Ganz egoistisch finde ich diese Zahl deprimierend, denn sie lässt Eloïses Verschwinden weniger dramatisch erscheinen. Siebenhundertfünfzig pro Tag. Über fünftausend pro Woche. Das ganze Wochenende habe ich die Polizei mit Nachfragen genervt und war völlig frustriert, weil es immer nur hieß, sie arbeiten dran. *Warum hackt sich jemand in unsere Baby-Monitore, warum?* Die wissen nichts!

Gestern Abend habe ich mich lange mit Niamh über El unterhalten, was mich aber nicht klüger gemacht, sondern nur noch mehr verwirrt hat. Ich wollte Max abholen, und sie bat mich herein. Eloïses Freundinnen und Kollegen haben alle sehr bereitwillig von den letzten Monaten erzählt – insbesondere von den Tagen vor ihrem Verschwinden –, deshalb dachte ich, Niamh wolle da noch etwas hinzufügen.

Sie wies ihren Sohn Daniel an, Max mit nach oben zu nehmen und ihm seine Eisenbahn zu zeigen, und führte mich ins Wohnzimmer. Sie wohnen in einem kleinen Häuschen nicht weit von uns. Niamh ist vor ein paar Jahren von ihrem Partner verlassen worden; vielleicht kann sie sich deshalb besonders gut in meine Lage hineinversetzen.

»Ich wollte etwas ansprechen, das mich schon länger beschäftigt«, sagte sie – leise, falls die Jungs doch hereinkämen. »Wahrscheinlich ist es gar nicht wichtig, aber nachdem ich die Pressekonferenz gesehen habe … Na ja, du findest sicher auch, dass *etwas* besser ist als *nichts*.«

Ich nickte, obwohl mir plötzlich ganz flau war.

»Tut mir leid …«

Es fiel ihr sichtlich schwer. Ich redete ihr gut zu, erklärte, ich wolle auf jeden Fall hören, was sie zu sagen habe. Sie holte tief Luft, rang die Hände, nahm innerlich Anlauf für die offenbar schreckliche Mitteilung, die sie mir zu machen hatte.

»Vor einiger Zeit«, sagte sie schließlich mit brüchiger Stimme, »hat El mir erzählt, dass sie sich einer Schreibgruppe angeschlossen hat.«

Ich wartete einen Moment ab. »Okay?«

Sie richtete den Blick zur Decke. »Ich hab gewusst, dass ich es dir lieber nicht erzählen sollte.«

»Nein, nein, bitte sprich weiter.«

»Ich weiß ja nicht einmal, wo die Gruppe sich getroffen hat; auch nicht, *warum* sie dorthin gegangen ist. Aber seitdem kam sie mir irgendwie verändert vor. Sie hat von nichts anderem mehr geredet. Sie hat sogar gesagt, dass sie vielleicht ein Buch herausbringen will.«

Ich habe nicht gleich verstanden, was daran so besonders war, warum es Niamh so beschäftigt hat, dass sie es mir unbedingt erzählen musste, aber ich hatte sie als nachdenkliche, stille Frau kennengelernt – keine, die übertreibt oder Sachen aufbauscht. Also habe ich gefragt, wie lange El dieser Gruppe schon angehört – sie hat mir gegenüber nie ein Wort darüber verloren –, und Niamh meinte, seit September vergangenen Jahres. Ich habe angekündigt, noch mal in Els E-Mails nach entsprechenden Hinweisen zu suchen. Niamh hatte das Gefühl, dass irgendetwas an dieser Gruppe seltsam war. Und sie hat – sehr vorsichtig – die Vermutung geäußert, dass El sich vielleicht mit jemandem von denen getroffen haben könnte. Der Gedanke versetzte mir einen Stich.

»Was genau meinst du«, fragte ich, »wenn du sagst, El war verändert?«

»Ich habe sie überhaupt nicht wiedererkannt. Wir waren verabredet – hier oder im Park –, und sie ist einfach nicht erschienen. Hat weder angerufen noch geschrieben, dass ihr was dazwischengekommen ist. Das hat … nicht zu ihr gepasst. Und es hat unserer Freundschaft nicht gutgetan.« Sie senkte den Blick.

Ich sagte ein paar beschwichtigende Worte, und schließlich nickte sie und räusperte sich.

»Irgendwie habe ich ein schlechtes Gewissen«, sagte sie. »Wir haben uns so gut verstanden, und dann … Als sie mich immer wieder hat hängen lassen – und ich war sowieso im Stress, weil ich Paul wegen der Unterhaltszahlungen hinterherlaufen musste …«

»Verstehe.«

Sie fuhr sich über die Augen. »Egal. Am Anfang dachte ich, sie sei bei ihrer Schreibgruppe, weil sie ja von nichts anderem mehr geredet hat. Einmal hat sie sogar gesagt, sie wolle bei der Hilfsorganisation ganz aufhören und nur noch schreiben.«

Ich zog ein verdutztes Gesicht. »Wie bitte?«

Nun lachte sie. »Ich weiß, das klingt verrückt. Die *Kriegskinder* waren doch ihr Ein und Alles.«

Mir fielen die neuen Gedichtbände ein, die ich einige Zeit zuvor im Regal entdeckt hatte. Da hatte ich mich noch gefragt, wem die gehören – wir sind beide keine Lyrik-Fans, dachte ich jedenfalls –, aber nun verstand ich. Trotzdem hatte Niamh recht: Dass El von einem endgültigen Rückzug aus der Hilfsorganisation gesprochen hat, ist so was von verrückt! Sie *liebt* den Laden.

»Sie hat angefangen zu rauchen«, sagte ich. »Hast du das gewusst?«

Niamh riss die Augen auf. »Zu *rauchen?* Nein. Wirklich?«

Damit reagierte sie auf diese Mitteilung wie alle anderen Freundinnen von Eloïse: Niemand wusste das. Ich wäre versucht gewesen, mir einzureden, dass ich mich geirrt hatte, aber Max hatte es ja bestätigt. Ich erzählte Niamh von dem Filmmaterial aus den BabyCams, von der Szene, die uns alle so verwirrt hat – in der El offensichtlich mit jemandem spricht, der gar nicht da ist. Da wurde ihre Miene sehr ernst.

»Bist du sicher?«, fragte sie.

Ich habe einen Augenblick überlegt, und dann habe ich gesagt, nein, ich sei nicht sicher. Ich bin in Bezug auf gar nichts mehr sicher.

Mein Handy klingelt, als ich gerade versuche, Max zum Frühstück Müsli anzubieten, wohingegen Gerda auf Croissants mit Käse besteht. Ich habe jegliches Zeitgefühl verloren; ich muss alle fünf Minuten auf die Uhr schauen, um zu wissen, was als Nächstes anliegt.

Auf dem Display erscheint »unbekannte Nummer«, und ich weiß, das ist die Polizei. Ich habe ihnen von meinem Gespräch mit Niamh erzählt, aber es schien sie wenig zu interessieren. El war in vielen Gruppen: Babymassage, Spielgruppe, Spanisch für Kleine und so weiter und so fort. Von niemandem – aus keiner dieser Gruppen – ist bislang ein wirklich hilfreicher Hinweis gekommen, und ich habe den Eindruck, dass Canavan und Welsh auf keinen Fall weitere Polizeiressourcen vergeuden wollen.

Nach dem zweiten Klingeln nehme ich das Gespräch an, und sofort sagt eine Frauenstimme: »Lochlan?«

Sophie Ojukwu, die Opferschutzbeamtin. Mein Herz steht still.

»Haben Sie etwas gehört?«

»Die Detectives möchten mit Ihnen sprechen«, sagt sie. »Im Zusammenhang mit den BabyCams. Können Sie um neun da sein?«

»Natürlich.«

Die Uhr zeigt zwanzig nach acht. Mit bangem Gefühl ziehe ich ein frisches Hemd an und schnappe mir den Autoschlüssel.

»Was wissen Sie über Harriet Ayres?«, fragt DS Canavan.

Wir sitzen in seinem Büro; am einen Ende des Tisches DS Welsh, am anderen er.

»Harriet Ayres?«, bringe ich heraus. Habe ich richtig gehört?

Canavan greift sich eine Aktenmappe vom Tisch und zieht ein A4-Blatt mit einem Farbfoto heraus. Zwei lächelnde Menschen: ein hochgewachsener Mann mit weißem Haar, gebräunter Haut und zwei Reihen blitzender, perfekt gemachter Zähne und eine junge Frau mit honigblondem Haar, leuchtenden Augen und einem Lächeln auf den rot geschminkten Lippen. Der Mann ist Dan Wyatt, einer der Partner in meiner Firma.

»Erkennen Sie die Frau?«, fragt Canavan.

Ich atme tief durch. »Sie ist eine Kollegin. In der IT-Abteilung. Wir haben manchmal in der Kantine zusammengesessen.« Vorsichtig schaue ich zu Welsh hinüber. »Was hat sie damit zu tun?«

Welsh zieht die Brauen hoch. »Ist das alles, was Sie über sie wissen?«

In meinen Achselhöhlen und auf meiner Stirn sammelt sich Schweiß. Meine Hände werden eiskalt.

»Okay«, sagt Canavan, legt das Bild weg und lehnt sich zurück. »Also es scheint so, als wüsste sie einiges mehr über Sie. Sie war wegen Stalkings angeklagt, wegen mehrerer Fälle von Computerbetrug sowie wegen eines Verstoßes gegen das Sexualdeliktgesetz 2003.«

Eine unsichtbare Abrissbirne fliegt mir gegen die Brust. »Warten Sie. Wollen Sie etwa sagen, dass diese Frau … Sie meinen, die hat Eloïse gekidnappt?«

Welsh korrigiert mich sofort. »Das wissen wir noch nicht. Sie hat gestanden, die Baby-Monitore gehackt zu haben.«

»*Sie* hat uns ausspioniert«, stoße ich hervor. Der Boden unter meinem Stuhl schwankt. Canavan nickt kurz, und ich starre auf das Foto, spüre seinen Blick und weiß, was jetzt unweigerlich kommen wird.

»Aber es ist nicht klar, ob sie Eloïse etwas getan hat?«

Canavan mustert mich kühl. »Hatten Sie etwas miteinander, Harriet und Sie?«

»So ein Unsinn«, platze ich heraus, ohne auch nur einen Augenblick nachzudenken.

»Sicher?« Canavans Blick wird stechend.

»Sicher.«

»Sie sagt etwas anderes«, merkt Welsh an.

In meinem Kopf tobt ein Sturm. Nach außen hin versuche ich, auf die Mitteilung, dass eine mir nahezu unbekannte Frau meine Familie ausspioniert, angemessen erschüttert zu reagieren, und auf die Unterstellung, ich hätte Eloïse betrogen, hinreichend pikiert und gekränkt.

Was hat Harriet angerichtet?

Canavan beobachtet mich aufmerksam, und als die Gefühlswirren meine Artikulationsfähigkeit lange genug außer Kraft setzen, erklärt er, wie es jetzt weitergeht. Harriet soll wegen des Angriffs auf unser BabyCam-System angeklagt werden und bleibt entweder in Untersuchungshaft oder kommt gegen Kaution frei, bis die Polizei und ihre Verteidigung alles für den Prozess vorbereitet haben. Momentan haben sie keine Beweise dafür, dass sie etwas mit Eloïses Verschwinden zu tun hat.

Harriet Ayres. Mit allem habe ich gerechnet, aber nicht damit. Einen terroristischen Hintergrund konnte ich mir vorstellen, eine Verschwörung, Aliens … Das nicht. Auf keinen Fall.

Und dann, als sich die Puzzleteile in meinem Kopf schmerzhaft zusammenfügen, begreife ich, was Canavan eigentlich sagt: Harriet hat Eloïse umgebracht. In den weiteren Ermittlungen wird es nur noch um das Wie und Wann gehen.

Vom Auto aus rufe ich Sophie Ojukwu an und erzähle ihr von Harriet Ayres. Wenn ich auch nur an Welshs Fragen und Harriets Behauptungen denke, rege ich mich schon auf.

»Hat DS Canavan Einzelheiten genannt?«, fragt sie. »Hat er Ihnen mitgeteilt, was genau diese Frau gesagt hat?«

»Nein. Aber er nimmt offenbar an, dass sie unsere Kameras gehackt hat, *weil* zwischen uns etwas war.«

Nach einer kurzen Pause sagt Sophie: »Vielleicht versucht sie, Ihnen die Schuld zuzuschieben und sich selbst zu entlasten. Die Detectives müssen Sie danach fragen, das dürfen Sie nicht persönlich nehmen.«

Ich nage an den Fingerknöcheln meiner rechten Hand. Mein ganzer Körper ist starr und steif; die Muskeln in Nacken und Armen fühlen sich an wie Bleigewichte.

»Sie hat meine Frau gekidnappt, oder? Jemand, der so irre ist, dass er sich in die Baby-Monitore von anderen Leuten hackt, ist auch dazu imstande, meinen Sie nicht? Deshalb hat sie spioniert. Um mitzukriegen, wann Eloïse was macht.«

Ich bin am Ende. Mir laufen Tränen über die Wangen, und ich schreie ins Telefon. Alles geht den Bach runter.

»Fahren Sie nach Hause, und ruhen Sie sich ein bisschen aus«, sagt Sophie, und das tut weh, weil Eloïse genau das Gleiche gesagt hätte. Wenn sie da wäre. Ich reibe mir übers Gesicht und atme ein paarmal stockend, aber tief durch.

Sie verspricht, mich anzurufen, sobald sie Genaueres weiß. Mein Handy glüht vor lauter Facebook-Meldungen und SMS, in denen es um den Zeitungsartikel über Eloïse geht. Ich zögere einen Moment, und dann rufe ich meinen Bruder an.

»Hallo?«

Dass er gleich rangeht, trifft mich unvorbereitet. Ich balle die

Hand zur Faust, räuspere mich und denke an die Sprüche meines Vaters. *Mach dich grade, Junge.*

»Ich bin's. Hast du eine Minute Zeit?«

»Mehrere.«

»Ich hab rausgekriegt, wer die BabyCams gehackt hat. Sie heißt Harriet Ayres. Eine … Kollegin von mir. Wahrscheinlich hat sie auch Eloïse gekidnappt. Sie behauptet, ich hätte eine Affäre mit ihr gehabt.«

Nach kurzem Zögern fragt er: »Und? Hattest du?«

Ich stöhne.

»Wie lange, Lochlan?«

»Es war keine Affäre. Es war einfach …«

»Entweder hattest du eine Affäre, oder du hattest keine.«

Ich habe nie ein Sterbenswort über diese Sache verloren. Weder den neugierigen Kollegen gegenüber noch gegenüber irgendwem sonst.

»Wir haben nie miteinander geschlafen«, sage ich. »Ich war einfach … ein bisschen verschossen. Sie ist einmal bei uns im Haus gewesen, als El mit Max bei ihren Eltern war und …«

»Und was?«

»Ich hab's nicht hingekriegt.«

Er zieht die Nase hoch. »Verstehe. Passiert ja jedem mal.«

»Nein, nicht was du denkst!« Ich bedecke meine Augen mit der Hand. Noch nie war ich mir selbst so zuwider. Wie konnte ich nur so dumm sein? Es ist erst wenige Jahre her, aber mir kommt es so vor, als sei seitdem ein ganzes Leben vergangen. Obwohl wir in verschiedenen Abteilungen arbeiten, sind wir einander ständig über den Weg gelaufen, Harriet und ich. Sie kam zum Beispiel immer um die gleiche Zeit zum Essen wie ich. Manchmal tauchte sie auch bei uns in der Abteilung auf, um unsere Sicherheitssoftware oder die WLAN-Verbindung zu checken. Sie war jung, kam gerade erst von der Uni und hatte sich noch nicht mit Hypothekenzinsen, Kinderbetreuung oder Problemen herumschlagen müssen, die ein kurz vor dem Kollaps stehendes Gesundheitssystem mit sich bringt. Nein, sie war voller Elan und Ambitionen. Sie redete gern über ihre Pläne, ihre *Lebensträume*, über Segelwochenenden und Abende, die sie damit zubrachte, Chinesisch zu lernen. Sie sparte für eine Weltreise. Das hat mich fasziniert. *Ich erinnerte mich, auch einmal so viel freie Zeit gehabt und ähnliche Träume gehegt zu haben.* Die ungebremste Energie, die Begeisterung, die sie verströmte, ließen so viele von den Leuten, mit denen ich Umgang hatte, wie Gefangene ihres eigenen Lebens erscheinen – und ich selbst bildete da keine Ausnahme. Im Vergleich dazu war Harriet wie Sauerstoff pur.

Wir entdeckten eine gemeinsame Vorliebe – für Green Day – und dass wir 2010 beim selben Konzert im Wembley-Stadion gewesen waren, nur dass sie es geschafft hatte, sich von Billie Joe Armstrong ein Autogramm auf die Schulter malen zu lassen. Es gefiel ihr, mir voraus zu sein, und es wurde zum Dauerjoke: Ich hatte in Australien einen großen Weißen Hai gesehen – sie war beinahe von einem gefressen worden. Mir waren am University College London die Studiengebühren erlassen worden – sie hatte ein Vollstipendium für Cambridge erhalten und war Jahrgangsbeste geworden. Ich hatte 1990 als Statist in einer Folge von *Casualty* mitgewirkt – sie hatte mit acht in einem Mel-Gibson-Film eine Sprechrolle gehabt.

Ich hatte keine Ahnung, ob an alldem etwas dran war, aber das spielte auch keine Rolle: Unser Geplänkel war anregend; es knisterte zwischen uns. Und natürlich gab es da noch den Umstand, dass sie sehr attraktiv war – schulterlanges Haar wie flüssiges Gold, trainierte Beine, tiefe Blicke. Ich fing an, mich auf die Firma zu freuen, und auf dem Heimweg ließ ich unsere Unterhaltungen immer noch einmal Revue passieren.

Eloïse dagegen kam mir dauernd genervt vor. Was wir einander erzählten, waren Litaneien der Belanglosigkeit: Rechnungen, Ärger mit den Nachbarn, die Frage, ob man einen Ablufttrockner kaufen sollte oder die Kondensvariante (wir entschieden uns für Letzteres). Nie konnte ich es ihr recht machen, sie meckerte wegen jeder Kleinigkeit – weil ich auf eine SMS gar nicht oder mit einem Punkt am Ende geantwortet hatte, was anscheinend ein bestimmter »Ton« war. Meistens schlief Max bei ihr in unserem Bett, und ich verzog mich ins Gästezimmer.

Ein paar Monate nachdem ich Harriet das erste Mal begegnet war, habe ich bei einem Firmenevent zu viel getrunken. Wir waren in einem Restaurant in Mayfair, und Dean hatte so viel Wein geordert, dass es für die ganze Stadt gereicht hätte. Eben hatte ich noch mit Rod Hammersmith über den Grexit geredet, und dann knutschte ich auch schon in einer Ecke mit Harriet herum.

»Hat sie zugegeben, dass sie Eloïse gekidnappt hat?«, fragt Wes.

»Die Polizei ist an der Sache dran.«

»Weißt du, wo sie wohnt?«

»Irgendwo in King's Cross. Ich wollte bei Facebook nachschauen, aber anscheinend hat sie mich blockiert. Auf ihrem Handy ist es das Gleiche.«

Was fällt mir ein, das mit Wes zu besprechen? Seine Methoden verlangen immer den Einsatz der ganzen Hand, vielleicht noch mit Schlagring; jedenfalls sind sie widerlich – aber auch effektiv, und im Moment habe ich eine Wut in mir, die ein Ventil braucht. Das Auto zu Klump fahren, einen Streit vom Zaun brechen – am liebsten würde ich mir selbst eine reinhauen. Wenn ich die Zeit zurückdrehen könnte, würde ich am Tag nach jenem Firmenevent ins Büro gehen und mich sofort bei Harriet entschuldigen. Ich würde ihr erklären, dass ich zu viel getrunken hatte und, wichtiger noch, dass ich verheiratet und Vater eines Kindes sei und damit jeder Flirtversuch aussichtslos. Ich würde nach dieser trunkenen Begegnung nicht weiter mit ihr flirten und herumknutschen und auch keine Einladung zu einem Wochenende in meinem Haus aussprechen.

So vieles würde ich nicht tun.

Sie sah umwerfend aus, als sie an jenem Abend vor der Tür stand – das Haar locker aufgesteckt, gertenschlank in dem kurzen Overall, Gloss auf den vollen Lippen. Bis zu diesem Moment war ich sehr nervös gewesen. Sie war so jung, so naiv. Vielleicht glaubte ich, ich könnte mir durch das Zusammensein mit ihr etwas Verlorenes zurückholen, ich weiß es nicht.

Als ich sie dann aber da stehen sah, zögerte ich keine Sekunde, sondern bat sie herein. Und merkte, dass sie ihrerseits nervös war. Unsicher schaute sie sich die vielen Bilder von Eloïse und Max an.

»Das Haus ist dreimal so groß wie meine Wohnung«, sagte sie, und ich erzählte ihr von meinem ersten Quartier in London, einem Loft, in dem ich mit einem Kommilitonen gewohnt hatte. Es hatte nur ein Schlafzimmer gegeben, und wir hatten immer abwechselnd auf dem Sofa geschlafen. Nostalgie befiel mich, als ich das vor ihr ausbreitete, eine plötzliche Wehmut bei der Vorstellung, keinen Penny in der Tasche zu haben, ausgebeutet zu werden und in der Butter Spuren von den Krallen der Ratten zu finden, die bei uns wohnten.

Wir aßen zusammen und redeten über die Arbeit, über Filme, die wir beide gesehen hatten, über die Abenteuer, die sie im Sommer zuvor in Vietnam erlebt hatte. Irgendwann stolperten wir – unablässig knutschend, Arm in Arm, ihre Hände unter meinem Hemd – nach oben. Zufällig streifte ihr Blick die Baby-Cam auf dem Treppenabsatz.

»Was ist *das?*«, fragte sie und löste sich von mir.

Ich war mit dem Gesicht an ihrem Hals. »Baby-Monitor. Die haben wir überall im Haus.«

Sie stieß mich weg und lachte. »Das ist ja gruselig! Sieht deine Frau so nicht, was wir machen?«

Ich schnappte nach Luft. »Nein, nein, ich hab dafür gesorgt, dass sie aus sind.«

Dann küssten wir uns wieder. Die Flasche Sekt war unten geblieben. Harriets Haar hatte sich gelöst. Wir waren schon im Schlafzimmer angelangt, als mich die Einsicht traf wie eine Kugel in den Bauch: Ich konnte das nicht. Es war, als käme ich plötzlich zu mir. Sie war einundzwanzig. Ich war verheiratet und hatte ein Kind. Wenn wir jetzt weitermachten, gab es kein Zurück.

Da stand sie, zwischen mir und dem Bett, und sah mich herausfordernd an, aber ich war nicht mehr imstande, das zu tun, was, wie ich im tiefsten Innern wusste, das Ende meiner Familie bedeutet hätte. Max hatte gerade gelernt, sich auf den Beinen zu halten; schwankend und wacklig kam er in meine Arme gelaufen und war so stolz und glücklich. Ich konnte doch nicht riskieren, ihn zu verlieren!

In diesem Augenblick verwandelte sich das Begehren, das ich für Harriet empfand, in die Erkenntnis, dass ich meinen Kleinen geradezu abgöttisch liebte. Bis dahin hatte ich es hingenommen, dass er niedlich war, sehr süß, dass es dazugehörte, ihm morgens Kinderlieder vorzusingen, damit er aufhörte zu weinen; auszuhalten, dass im Zuge der Brustentwöhnung Porridge und Bohnen durch die Gegend geschmissen wurden; die Zähne zusammenzubeißen, wenn es hieß, eine Windel zu wechseln, die so voll war, dass sie doppelt so viel wog wie der ganze kleine Kerl. Im Angesicht der erwartungsvollen, schon fast hüllenlosen Harriet und der Aussicht, dass die lang ersehnte ekstatische Liebesnacht wahr werden sollte, verwandelte sich meine Leidenschaft in die tiefe Überzeugung, dass ich bereit war, gegen Drachen zu kämpfen, mich zur Hölle und wieder zurück zu begeben und auf jeden Fall die Finger von dieser Frau zu lassen – für meinen Sohn.

Arme Harriet. Sie sah, wie ich mich zurückzog, und die Erregung in ihrem Ausdruck erlosch.

»Was ist?«, fragte sie.

Ich schüttelte den Kopf. Es war mir so peinlich. »Tut mir leid, ich …«

Sie kam näher, wollte mich wieder küssen, aber ich hielt ihre Hände fest und wandte mich ab. »Ich kann das nicht. Tut mir leid.«

»Liegt es an mir?« Ihre Miene verfinsterte sich, ihre Stimme war brüchig. Sie streifte die Träger ihres Overalls wieder hoch und zupfte die Hosenbeine in Richtung Knie.

»Du hast alles richtig gemacht«, sagte ich. »Entschuldige. Aber ich möchte, dass du jetzt gehst.«

Ja, hinterher … Jetzt sehe ich, wie mies ich sie behandelt habe. Sie war aschfahl, den Tränen nahe, fixierte mich einen Augenblick und stürmte schließlich davon. An mir vorbei, die Treppe hinunter, türenschlagend aus dem Haus. Ein Reifenquietschen in der Einfahrt war das Letzte, was ich von ihr hörte.

Ich ließ mich aufs Bett fallen und schlug, innerlich total zerrissen, die Hände vors Gesicht. Hatte ich sie wirklich weggeschickt? Ja, und das war auch gut so. Nein, war es nicht. Es war das Dümmste, was ich je – *jemals* – gemacht hatte. Ein Zurück gab es nicht. Ich konnte ihr ja schlecht per SMS mitteilen, dass ich vorübergehend weggetreten sei und dass es mir leidtue. Und ich konnte nicht erwarten, dass es bei der Arbeit je wieder so zwischen uns sein würde wie zuvor. Aber so war es ja auch richtig – oder?

Ich entschuldigte mich per E-Mail und dann noch einmal mit einer Nachricht auf ihrer Mailbox. Zu sagen, ich hätte eine Dummheit begangen, reicht nicht – dass ich feige gewesen war und mich wie ein dummer Junge benommen hatte, so als sei ich vor einem Kampf weggelaufen, wusste ich. Viel schlimmer war das sichere Gefühl, dass Eloïse dahinterkommen würde. Es würde sehr schwer sein, sie davon zu überzeugen, dass das Ganze nichts bedeutet habe, denn es waren sehr wohl Gefühle im Spiel gewesen. In einem besonders aufgeladenen Moment hatte Harriet gesagt, sie sei dabei, sich in mich zu verlieben, und ich hatte gesagt, mir gehe es genauso. Es war keine Sex-Affäre gewesen, sondern eine emotionale. Und das war vielleicht genauso schlimm.

In der darauffolgenden Woche begegneten Harriet und ich einander auf der Treppe, doch sie beachtete mich nicht. Irgendwann sah ich sie überhaupt nicht mehr. Ich bin sicher, dass sie mir aus dem Weg ging, und meinerseits gewöhnte ich mir an, vor jeder Firmenfeier die Teilnehmerliste zu studieren, damit es nicht zu einem peinlichen Zusammentreffen kam. Das Letzte, was ich gehört habe, war, dass sie mit jemandem aus der Buchhaltung zusammen sei, was ich als große Erleichterung empfand.

Aber als ich jetzt den Zündschlüssel drehen will, halte ich noch einmal inne. Warum spioniert sie uns aus? So lange Zeit danach? Sie kann doch durch diesen Abend nicht so verletzt gewesen sein, dass sie sich rächen wollte? Sie war nett. Sie kam mir überhaupt nicht vor wie eine Verrückte – jedenfalls nicht verrückt genug, um herumzuschnüffeln oder meine Frau zu entführen.

Andererseits – kenne ich sie denn?

Wes redet und redet am Telefon, und ich kriege nur die Hälfte mit.

»Okay, also, sie arbeitet im selben Laden wie du. Bist du noch bei Smyth and Wyatt? Da am Embankment?«

»Ja.«

»Okay. Überlass die Sache mir.«

»Wes! Was hast du vor?«

»Bisher hast du alles der Polizei überlassen, richtig? Jetzt haben sie die Person, die wahrscheinlich hinter dem Verschwinden deiner Frau steckt. Sie werden ihr irgendwas Kleines anhängen – aber finden sie damit Eloïse? Unwahrscheinlich.«

In dem Moment geht vor mir eine Frau über die Straße. Sie hat einen kleinen Jungen auf dem Arm, der genauso aussieht wie Max. Sein blondes Haar weht im Wind, und sie drückt ihm einen Kuss auf die Wange. Ich muss an meine Frau denken, daran, wie sehr sie sich, wo auch immer sie ist, jetzt wohl nach so etwas sehnt. Und ich denke an Max, der seine Mutter so sehr vermisst.

»Nimm's nicht so schwer, Alter«, sagt Wes. »Eigentlich ist das doch eine gute Nachricht. Es gibt eine Verdächtige. Jetzt finden wir Eloïse. Du hast mein Wort.«

27. MÄRZ 2015

Komméno, Griechenland

Eloïse: Ich hause jetzt in einer Höhle auf der Südseite der Insel, nicht weit vom Anleger. Nicht ideal, aber ich habe es warm und trocken und dazu einen herrlichen Blick auf die Ägäis. Gestern Abend habe ich lange auf einem der flachen Felsen am Wasser gelegen, die Wärme gespürt, die der Stein gespeichert hatte, und zugeschaut, als die Sterne sich wie Silberstaub über den Nachthimmel verteilten. Raketen gleich schossen Sternschnuppen dahin, und gegen Mitternacht erschien für kurze Zeit ein hellgrüner Streifen am Horizont. Trotz allem, was hier passiert ist – ich war hingerissen.

Heute Morgen haben mich Delfine geweckt, die im Wasser herumtollten. Als ich aus der Höhle kroch, um sie zu beobachten, kamen sie sogar noch näher heran und hörten gar nicht mehr auf zu spielen. Ein erstaunlicher Anblick: stromlinienförmige Körper, die sich springend aus dem Wasser erheben und im Flug einen Bogen beschreiben wie eine Kugel. Ich legte mich bäuchlings auf einen Felsen, ließ die Hände ins Wasser hängen und spritzte in Richtung der Tiere, die den Kopf reckten und mir etwas zuklickten. Ich hätte ihnen den ganzen Tag zuschauen können.

Nachdem George angedroht hatte, Sariah zu erschießen, habe ich mich nicht mehr ins Haus getraut. Zunächst dachte ich daran, in einem der Schuppen zu bleiben, aber die waren mir zu nahe am Haus. George hat sie von seinem Fenster aus im Blick, und mir war klar, dass ich so keine Ruhe finden würde.

Also habe ich die Insel nach einem sicheren Versteck abgesucht. Das Hotel war mir zu unheimlich, die verlassenen Häuser weiter oben in den Bergen schienen mir zu gefährlich. Viele Höhlen waren nur mühsam zu erreichen, andere feucht oder zu düster, deshalb habe ich mich am Ende für diese entschieden: Sie liegt weit genug oberhalb des Wassers und an einem Abhang, sodass die Sonne hereinscheinen und den Fels erwärmen kann.

Hier habe ich die erste Nacht verbracht, wenn auch zu aufgewühlt und durchgefroren, um schlafen zu können. Erst als die Sonne aufging, bin ich weggedämmert, und als ich wieder zu mir kam, stand sie hoch am Himmel und knallte gnadenlos auf mich herab. Ich hatte großen Hunger, und da ich annahm, dass George zum Schreiben irgendwo draußen war, wagte ich mich zum Haus.

Sariah saß im Wohnzimmer vor den Überresten eines Feuers und kühlte ihren Kopf mit einem Eisbeutel. Sie sah nicht gut aus – hatte immer noch die Sachen vom Abend zuvor an und schaute traurig vor sich hin. Ich zog mir einen Stuhl heran und setzte mich zu ihr. Sie blickte kurz auf, nahm meine Hand und drückte sie.

»Wie geht's?«, fragte ich und sah da erst den weißen Verband an ihrer Schläfe. Offenbar hatte Joe sich ihrer angenommen.

»Einigermaßen. Vor allem bin ich erschöpft. Ich muss mal eine Nacht richtig schlafen, dann bin ich wieder einsatzfähig.«

»Und die Wunde am Kopf? Ist es schlimm?«

»Joe hat sich's angesehen. Er sagt, es ist nur ein kleiner Schnitt. Wahrscheinlich bin ich im Dunkeln gegen eins von den alten Geräten gelaufen.«

Ich zögerte. Sie war bewusstlos geschlagen worden, aber offenbar gab sie George keine Schuld. Wollte sie ihn schützen? Oder hatte sie Angst?

»Hat George heute Morgen was gesagt?«, fragte ich vorsichtig.

Ihr Blick wanderte zum Fenster. »Er meinte, es sei alles etwas aus dem Ruder gelaufen gestern Abend.«

Zur Sicherheit warf ich einen Blick über die Schulter. »Er hat gesagt, er bringt dich um, Sariah!«

Erstaunt riss sie die Augen auf. »Hast du gesehen, dass er mich angegriffen hat?«

»Ja. Nein. Er hat das Gewehr auf dich gerichtet und angedroht, dass er gleich abdrückt.«

Ihre Reaktion war schwer zu deuten.

»Er war ziemlich betrunken, oder?«

Ja, sagte ich, das sei richtig, aber seine Drohung habe trotzdem verdammt ernst geklungen. Wir waren nur zur Scheune gegangen, weil sie sich um ihn gesorgt hatte! Warum reagierte sie jetzt so seltsam? Sie schien das Ganze herunterspielen zu wollen. Aber wie man es auch nahm – er hatte diese Drohung ausgesprochen, und das war beängstigend genug.

Mir kam ein schrecklicher Gedanke, und auch wenn er vorbeihuschte wie ein Schatten, wurde ich ihn doch nicht mehr los.

Was, wenn Sariah ihren Sturz inszeniert hatte?

Hazel hatte gesagt, ich würde die Insel nicht verlassen. George hatte dasselbe gesagt. Joe wusste irgendwoher meinen Namen – nicht nur den Vornamen, sondern meinen vollständigen Namen. Ich verstand immer noch nicht, warum. Was, wenn hier noch etwas ganz anderes ablief? Wenn Sariah Teil einer Verschwörung war, bei der es darum ging, mich auf keinen Fall wegzulassen? Was, wenn sie gar nicht besuchsweise auf der Insel waren, sondern hier lebten und mich als Gefangene dabehalten wollten?

Ich erzählte Sariah, dass ich vorhätte, in der Höhle zu bleiben, bis Nikodemos am Freitag kommt, und nach kurzem Zögern schlug ich ihr vor, doch mit mir zusammen von der Insel zu verschwinden.

»Ich werde noch früh genug von dieser Insel verschwinden«, sagte sie sanft, und ich war erleichtert, denn das hieß, dass meine Befürchtungen unbegründet waren – sie waren eben doch besuchsweise hier. Sie hatten alle noch ein anderes Leben, würden alle in ein paar Wochen abreisen. Nach Hause fahren. Früher oder später *musste* George Nikodemos also anrufen. Oder?

»Vielleicht kommst du mich mal besuchen«, sagte ich, immer noch unsicher, ob sie mir etwas vormachte oder mir tatsächlich helfen wollte. »Wenn ich denn rauskriege, wo ich wohne.«

Sie lächelte. »Oh, ja, ich komme gern. Versprochen.«

Dann stand sie auf und packte ein paar Reste aus dem Kühlschrank, etwas Brot, Wein und eine Flasche Wasser in einen Korb. Voller Angst dachte ich daran, dass jeden Augenblick George zurückkommen konnte, aber Sariah bestand darauf, dass ich noch duschte und sie mir ein paar frische Sachen aus Hazels Zimmer holte.

»Und dann können wir hier weg?«, fragte ich mit einem Blick zum Fenster.

»Natürlich. Wir machen unser Picknick bei der Höhle«, sagte sie und zwinkerte mir zu. »Da kannst du mir zeigen, wie du jetzt wohnst.«

Ich war nicht sicher, ob sie den Weg zur Höhle schaffen würde, aber sie sagte, doch, das sei in Ordnung, wand sich einen blauen Schal um die Schultern und griff sich einen langen Stock, der in der Küche in der Ecke lehnte. Auf den wollte sie sich beim Gehen stützen.

Ich trug den Korb und eine Decke, und so gingen wir den Abhang hinter dem Haus hinunter, durch den Olivenhain und den Küstenpfad entlang bis zur Höhle. Der Wind war sanfter als am Tag zuvor, und vor uns dehnte sich das Meer – jadegrün diesmal –, soweit das Auge reichte. In den Baumkronen zwitscherten die Vögel. Auf einem flachen Felsen breitete Sariah die Decke aus, und wir setzten uns und aßen.

»Immer noch keine Erinnerung?«, fragte sie und goss Wein in zwei Wassergläser.

Ich schüttelte den Kopf. Immer häufiger hatte ich Déjà-vu-Erlebnisse oder das Gefühl, dass mir etwas vertraut war, und wenn ich versuchte, mich darauf zu besinnen, wo ich wohne oder mit wem ich zusammenlebe, erschienen vor meinem inneren Auge Buchstaben, aber nichts von alldem war konkret. »Vielleicht wird es besser, wenn ich endlich zu einem Arzt komme. Es muss gegen so was doch Medikamente geben.«

»Der Verstand ist etwas Seltsames«, erwiderte sie und schaute hinaus aufs Meer. »Manchmal zeigt er uns etwas, damit wir wachsen, dann wieder verbirgt er etwas, um uns zu schützen.«

»Willst du etwa sagen, das kommt *nicht* von dem Schlag gegen meinen Kopf? Meinst du, ich kann mich nicht erinnern, weil ich etwas Traumatisches erlebt habe?«

Sie hielt das Gesicht in die Sonne und schloss die Augen. »Weißt du noch, was ich dir über die Büchse der Pandora erzählt habe? Dass Pandora, jedenfalls in der ursprünglichen Version, genau gewusst hat, was in der Büchse ist? Dass sie nur deshalb gezögert hat, weil sie nicht sicher war, ob sie es ertragen würde?« Sie schlug die Augen wieder auf und sah mich durchdringend an. »Sich schrecklichen Erinnerungen zu stellen, ist eine heikle Sache. Darum geht's in der Geschichte – nicht um die Büchse.«

Ich nickte. Das deckte sich genau mit meinen Befürchtungen. Inzwischen quälten mich zwei ganz unterschiedliche Ängste: Die beunruhigende Frage, was für ein Mensch ich bin – eine Frau, die ihr Kind vergisst. Und die Angst, ich könnte vor einer Vergangenheit fliehen, die so schrecklich ist, dass mein Verstand sie nicht preisgeben will.

Als ich erwachte, war es dunkel. Sariah war weg. Ich konnte mich nicht erinnern, eingeschlafen zu sein. Sie hatte mir die Decke dagelassen. Ich kroch in die dunkle Höhle, wickelte mich in die Decke und schlief wieder ein.

Meine Träume werden immer lebhafter. Ich sehe Abfolgen kollidierender Bilder, die für sich keine Bedeutung haben, aber so emotional aufgeladen sind, dass ich beim Erwachen nicht erholt bin, sondern nur noch erschöpfter.

In der Nacht träumte ich wieder von der Höhle mit dem Wesen am anderen Ende. Diesmal stand ich am Eingang der Höhle, war im Begriff hineinzugehen. Ich war verrückt vor Angst, wusste aber, dass es sein *musste*. Das Feuerzeug hatte ich, nicht aber die Wolle. Gerade als ich den ersten Schritt hinein tun wollte, spürte ich eine Hand auf der Schulter. Als ich mich umdrehte, stand da ein Mann. Dunkles Haar, Mitte dreißig, freundliches, aber sorgenvolles Gesicht. Er drückte mir das rote Wollknäuel in die Hand und sagte: »Komm nach Hause.«

Ich wollte ihm so viel sagen. Es war mir sehr wichtig, ihm etwas zu *erklären*. Aber ehe ich das konnte, wachte ich auf, und kein noch so heftiges Hirn-Zermartern half mir, mich daran zu erinnern, was ich ihm hatte sagen wollen.

In der Hoffnung, dass die Atmosphäre zwischen George und den anderen sich etwas entspannen würde, wenn sie mehr Raum für sich hätten, blieb ich dem Haus möglichst fern, auch wenn der Hunger mich fast in den Wahnsinn trieb. Es gibt zahllose Zitronenhaine auf der Insel und reichlich Pfirsichbäume, aber die Zitrus-Pfirsich-Diät bescherte mir üblen Dünnpfiff, und am Ende war ich dehydriert, schwach auf den Beinen und völlig verdreckt. Ich brauchte Wasser, musste baden. Also bin ich heute Nachmittag doch zum Haus hinaufgegangen. Insgeheim habe ich den ganzen Weg über gebetet, dass die Stimmung sich gedreht hat und Sariah von einem Kontakt zu Nikodemos berichten kann.

Als ich aber oben auf der Böschung anlangte, stellte ich fest, dass dort jetzt statt des alten Bauernhauses eine hübsche, städtisch wirkende Doppelhaushälfte stand. Mit Satteldach und einem weißen Auto in der Einfahrt. Fassungslos blieb ich stehen und schaute mich um. Hinter mir befand sich ein Gartentor und dahinter wiederum eine Straße. Ich drehte mich zurück, und plötzlich war das Bauernhaus wieder da. Von Auto und Stadthaus keine Spur. Die musste mir mein ausgedörrtes Hirn vorgegaukelt haben.

Immer noch verstört, näherte ich mich der Hintertür. Es war niemand da, also ging ich zur Spüle und trank Wasser direkt aus dem Hahn. Es schmeckte bitter, metallisch, aber das war mir egal. Ich trank bestimmt einen halben Liter – und dann war mir schlecht.

Als ich mich umdrehte, standen Hazel und Joe hinter mir. Ich hatte sie nicht kommen hören und erschrak zu Tode.

»Ich hab was getrunken«, sagte ich.

Hazel musterte mich, ohne zu lächeln. »Ich hätte gern meine Klamotten zurück«, erwiderte sie.

Immer noch durstig, füllte ich mir ein Glas mit Wasser. Meine Hand zitterte.

»Da drüben«, fügte Hazel hinzu und wies auf die Sitzbank, wo inmitten eines Haufens Bettwäsche und Handtücher meine Hose und mein Shirt lagen. »Ich bin nicht dazu gekommen, sie zu waschen. Außerdem dachte ich, du willst dein Zeug zur Abwechslung mal selbst waschen.«

Ihr giftiger Ton löste in mir den Impuls aus, sofort zu verschwinden und in meine Höhle zurückzukehren. Wodurch auch immer ich hier die Gruppendynamik gestört hatte, es ließ sich wohl nicht in Ordnung bringen. Ich suchte den Blick von Joe, doch der schaute weg und musste auf einmal dringend Schranktüren auf- und wieder zuklappen. »Ich habe doch neulich Rosmarin-Meersalz gemacht«, murmelte er. »Hast du das Glas gesehen, Hazel?«

Mir fiel mein Picknick mit Sariah ein. Das Brot war besonders lecker gewesen, und jetzt, da Joe das sagte, dachte ich, dass es nach Rosmarin und Meersalz geschmeckt hatte. Das wollte ich schon sagen, verkniff es mir aber – wobei Joe meinen Ausdruck gesehen hatte.

»Hast *du* es genommen?«, fragte er.

Ich fühlte mich wie das Kind, das mit der Hand in der Keksdose erwischt wird. »Tut mir leid, Joe. Sariah und ich haben gepicknickt.«

Er schmetterte die Schranktür so heftig zu, dass ich zusammenzuckte. Ich bekam Angst. Wo war Sariah? Ich sehnte mich nach ihrem besänftigenden Einfluss, doch sie ließ sich nicht blicken.

Als ich, in der Hoffnung, eine Spur von ihr zu entdecken, zur Tür hinübersah, streifte mein Blick einen kleinen schwarzen Gegenstand, der mir bekannt vorkam. Das Satellitentelefon. Es lag im Regal.

Ich griff es mir und zog die Antenne heraus. Hazel und Joe beobachteten mich schweigend.

»Wo ist George?«, flüsterte ich Hazel zu.

Sie riss die Augen auf und machte ein, zwei Schritte auf mich zu. Ihre Arroganz war wie weggeblasen, vielmehr schien sie sehr aufgeregt.

»Er ist nicht da.«

Joe, sichtlich nervös, fing an, auf und ab zu gehen. Hazel näherte sich ihm, legte ihm einen Arm um die Taille und brachte ihn dazu stillzuhalten. So standen sie da und beobachteten mich erwartungsvoll.

»Hat einer von euch Nikodemos' Nummer?«

Sie antworteten nicht. Ich sah mir das Telefon genauer an. Auf einem Knopf gab es das passende Symbol, einen zum Bogen gekrümmten Pfeil. Als ich ihn drückte, erschien auf dem Display eine lange Zahl. Ich hielt mir das Telefon ans Ohr und hörte fern ein Rufzeichen; dabei ließ ich die Hintertür nicht aus den Augen, denn ich rechnete ständig mit Georges Rückkehr. Bei jedem Rufzeichen schlug mir das Herz bis zum Hals.

Endlich sagte eine Stimme: »*Embros.*«

»Hallo! Ist da Nikodemos?«

»Am Apparat.«

Hastig redete ich drauflos, immer in der Angst, dass die Verbindung unterbrochen werden könnte. »Hallo, Nikodemos? Hier ist Eloïse. Ich bin in Ihrem Haus auf Komméno.«

»Ja – der blinde Passagier«, sagte er mit ausgeprägtem griechischem Akzent. »Ich habe davon gehört. Sie wollen nach Chania gebracht werden?«

Ich nickte, und Hazel und Joe schlugen synchron eine Hand vor den Mund. »Ja, bitte! Ja.«

»Okay. Ich komme um sieben. Ist das gut?«

»Das ist großartig. *Vielen Dank!*«

Hazel und Joe gestikulierten wild und formten die Worte: *Er soll Essen mitbringen*, aber Nikodemos ergänzte bereits: »Sagen Sie den anderen, es tut mir leid wegen letzter Woche. Diesmal werde ich einen *Berg* Essen mitbringen. Einen Everest! Sie sollen dafür sorgen, dass sie genug Platz im Bauch haben.«

»Ja. Danke, vielen Dank!«

Binnen Sekunden, so schien es, war die Welt in Ordnung gekommen. Alles würde sich aufklären, wenn er nur erst hier war, ich wusste es. Nikodemos würde mir helfen, mich an die Polizei zu wenden; ich würde die Menschen suchen, die mich vermissten, würde verstehen … Plötzlich hatte ich keine Angst mehr vor dem, was über mich – oder über das, was ich getan hatte – ans Licht kommen könnte.

Nikodemos am anderen Ende der Leitung lachte. »Kein Problem. Wir sehen uns. Am Anleger beim Hotel, okay?«

Die Verbindung riss ab. Ich legte das Telefon sorgsam zurück ins Regal und tupfte mir die Augen mit dem Ärmel trocken. Dann erzählte ich Hazel und Joe, was Nikodemos gesagt hatte, und sie hüpften begeistert umher. Noch während ihres Freudentanzes kam Sariah zur Tür herein – einen schrecklichen Augenblick lang dachte ich, es sei George –, und Hazel schnappte sie beim Arm und erzählte ihr aufgeregt, was passiert war.

Sariah schaute mich an. »Er will wirklich kommen?«

Ich nickte, und sie legte das Bündel Wäsche, das sie im Arm hatte, ab und sagte, dann sollten wir gleich losgehen.

»Ich bringe dich zum Anleger. Damit du nicht allein bist.«

29. MÄRZ 2015

Potter's Lane, Twickenham

Lochlan: Ich habe Gerda und Magnus von Harriet erzählt. Das war nicht mein Plan – es hat sich einfach so ergeben. Wenn die Atmosphäre im Haus davor schon schwer zu ertragen war, so ist es jetzt die reinste Tortur, sich hier aufzuhalten. Ich schätze, das kann ich niemandem ankreiden als mir selbst.

Als ich von der Polizeiwache kam, waren sie alle hier – Gerda, Magnus, Max, Cressida. Natürlich hatte Sophie Gerda und Magnus mitgeteilt, dass es im Zusammenhang mit den Baby-Monitoren eine Festnahme gegeben hat, und sie konnten es kaum erwarten zu hören, wer dieser Jemand ist und ob er gestanden hat, Eloïse gekidnappt zu haben.

Ich stand am Fenster, immer noch wie vor den Kopf geschlagen von den Neuigkeiten, und erklärte, dass es sich um eine Frau handelt, Harriet Ayres, und dass sie noch vernommen wird.

»Aber wer ist das?«, fragte Gerda mit kugelrunden Augen. »Eine Freundin von Eloïse?«

»Eine Kollegin von mir.«

»Ach, eine Bekannte von *dir?*« Magnus hob eine Braue. »Nicht von Eloïse?«

Gerda verschränkte die Arme und begann im Stechschritt auf und ab zu gehen.

»Du musst doch wissen, warum sie das macht, Lochlan!«, rief sie. »Die Polizisten haben gesagt, dass derjenige sich sehr angestrengt haben muss, um euch ausspionieren zu können. Warum tut sie das? Was will sie?«

Magnus musterte mich grimmig. Mir fiel ein, dass er vor Jahren mal eine Affäre hatte. Jedenfalls hat Eloïse mir das erzählt. Sie hatte die beiden streiten hören, und er ist wohl für ein paar

Tage zu Hause ausgezogen. Eine von ihren Haushaltshilfen in Genf. Das ist vielleicht zwanzig Jahre her. Trotzdem, sein Gesichtsausdruck sprach Bände. Vielleicht habe ich mich davon verleiten lassen, ein zweites Mal zu erzählen, wie es war.

Ich sank in einen Sessel. Was ich eigentlich wollte, war, mich zum Schlafen einrollen und beim Aufwachen feststellen, dass das Ganze ein schlechter Traum war.

»Zwischen uns war etwas«, murmelte ich. »Zwischen Harriet und mir.«

»Was?«, rief Gerda schrill. »Wann?«

Immer wieder von Gerdas empörten Einwürfen unterbrochen, erzählte ich, dass aus einem Flirt etwas Tiefergehendes geworden sei, aber keine wirkliche Affäre. Andauernd fragte Gerda, wie ich dieses meine und jenes; sie setzte mir dermaßen zu, dass ich fast losgebrüllt hätte.

Am Ende erklärte Magnus ruhig: »Ich glaube, er will sagen, dass nie etwas Sexuelles daraus geworden ist.«

Natürlich kam genau da Max herein.

»Was ist etwas Sexuelles, Papa?«

»Eine Kaffeesorte«, murmelte ich und nahm ihn auf den Schoß.

»Wusste *E* davon?«, fauchte Gerda. Die Abkürzung sollte wohl Max schonen.

Ich schüttelte den Kopf. Wahrscheinlich wünschte Gerda, ich möge an einem Spieß über dem Feuer rösten, und hätte sie gewusst, wie ich mich innerlich selbst zerfleischte, so wäre sie hochzufrieden gewesen. So oder so lag in ihrem Blick lodernder Hass. Für eine Weile herrschte Schweigen, unterbrochen nur von Max' sich um Kaffee drehenden Fragen und den Stimmen in meinem Kopf, die mir nahelegten, mich umzubringen und all das hinter mir zu lassen.

»Glaubst *du* denn, dass sie dafür verantwortlich ist?«, fragte Magnus, nachdem ich erklärt hatte, dass Harriet immer noch zu Eloïses Verschwinden vernommen wird.

»Natürlich ist sie das«, fauchte Gerda. »Das kann ja kein Zufall sein. Wären wir in Genf, würde sie längst vor Gericht stehen. Hier erklärt sie wahrscheinlich, sie hat eine Depression, und kommt ungeschoren davon.«

Danach gab es nichts mehr zu sagen. Eine Weile später hörte ich durch die Decke, wie Gerda ihre Wut an Magnus ausließ. Ich versuchte, mich abzulenken, indem ich mich zu Cressida auf die Krabbeldecke gesellte und zusah, wie sie gegen die kleinen Spiegel und Federn schlug, die an dem Spieltrapez über ihr hingen. Als ich neben ihr lag, fand sie plötzlich die Tasche auf meinem T-Shirt interessant. Sie drehte sich etwas und streckte beide Hände danach aus. Ich rückte näher an sie heran. Ihre Füßchen waren nackt, und zum ersten Mal, seit sie auf der Welt war, registrierte ich ihre winzigen Zehen: fünf weiche Knubbel an jedem Fuß. Wieder und wieder hieb sie die Hacken in die Decke, und ihre Lippen produzierten kleine Speichelblasen.

Es war etwas so Einfaches: neben ihr liegen und ihr zuschauen, wie sie die Welt erkundete, aber mir wurde bewusst, dass ich mir überhaupt noch *nie* Zeit genommen hatte, mich über sie zu freuen. So ist es eben, wenn man ständig im Stress ist. Als El mit Max schwanger war, haben wir neun Monate lang *alles* beobachtet; in regelmäßigen Abständen teilte uns eine App haarklein mit, wie weit seine Entwicklung vorangeschritten war. Bei Cressida verging die Schwangerschaft wie im Flug – dann war sie plötzlich da, und ich empfand bei Weitem nicht solche Ehrfurcht wie bei Max. Ich war ständig müde, musste Termine einhalten und war einfach nur froh, dass alles mit ihr in Ordnung war. Aber mich an ihr erfreut? Nein, das habe ich wirklich nicht.

Um acht rief Wes an. Ich brachte gerade die Sache mit den Fliesen im Bad zu Ende, wobei ich für jede, die ich ausgetauscht hatte, eine weitere mit Sprung entdeckte. Die Strafe – natürlich – für all die Fehler, die ich begangen hatte. Dankbar für die Gelegenheit, mit jemandem zu reden, ging ich sofort ran, aber er redete zuerst.

»Ich hab sie gefunden.«

»Du hast Eloïse?«

»Harriet. Sie ist hier.«

In meinem Kopf ging es drunter und drüber. »*Harriet?*«

»Ja, Mann. Harriet. Die, mit der du nicht fremdgegangen bist.«

Paranoia packte mich. Ich richtete mich auf und trat ans Fenster. »Was ist los, Wes, was machst du da?«

Im Hintergrund war es laut, es hörte sich an, als sei er in einem Pub.

»Ich bin im *Dog and Duck*«, sagte er.

»Und sie ist auch da?«

»Yep. Genau hier. Sieht nicht schlecht aus, muss ich sagen.«

Ich rieb mir die Stirn. »Wes! Woher wusstest du, dass sie da ist? Oder willst du mir jetzt erzählen, dass das Zufall ist?«

»Nein, Mann, kein Zufall. Facebook. Auf ihrer Seite gibt's eine Liste mit Orten, wo sie gern hingeht. Da steht die Kneipe drauf, und ich hab mir gedacht, dass sie heute – nach allem, was sie durchgemacht hat – bestimmt Durst hat.«

»Aber das kann doch nicht wahr sein! Sie haben sie festgenommen. Sie war in Polizeigewahrsam.«

»Auf Kaution frei«, sagte er. »In drei Wochen muss sie vor Gericht. Bis dahin kann sie – du weißt schon, mal ein Bier trinken gehen, mit Leuten reden, deren Frau als vermisst gilt …«

»Woher weißt du das? Sag nicht, du hast es von Facebook.«

»Sagen wir mal so: Mir war jemand einen Gefallen schuldig.«

Wofür dieser Jemand ihm etwas schuldete, wagte ich nicht zu fragen.

»Was machst du jetzt?«

»Die Frage ist, was machst du, Junge? Sie ist hier. Sie hat getrunken. Ich dachte, du willst sie vielleicht ein paar Sachen fragen?«

»Das ist bestimmt nicht legal, Wes.«

»Ich dachte nur, du willst es wissen.«

»Warte …«

»Jo?«

Ich kniff die Augen zu. Irgendwann würde ich dieses Gespräch bitter bereuen, das wusste ich.

»Schick mir die Adresse.«

»Du weißt echt nicht, wo das *Dog and Duck* ist?«

»Ich habe Kinder, Wes. Wenn es ein Indoor-Spielplatz wäre, wüsste ich die Postleitzahl auswendig.«

Ich klopfte bei Gerda und Magnus an und sagte, ich müsse noch mal weg, Milch holen. Dann schlüpfte ich in Jacke und Schuhe, setzte mich ins Auto und fuhr zum *Dog and Duck*.

Nachdem ich einen Parkplatz gefunden hatte, schrieb ich Wes, und ein paar Minuten später holte er mich ab.

»Ist sie noch da?«, fragte ich, und er nickte.

Dann machte er kehrt und ging zurück zum Pub, wobei er die Leute, die sich auf dem schmalen Fußweg vor dem Eingang drängten, nicht aus den Augen ließ.

»Drinnen«, sagte er. »Ich hab ihr ein paar Drinks ausgegeben. Sie ist ziemlich hinüber.«

Wie ich die Vorstellung fand, dass mein Bruder Harriet betrunken machte, damit würde ich mich ein andermal befassen, aber unter den gegebenen Umständen dachte ich, nichts ist unmöglich.

Ich folgte ihm ins Innere. Es war voll und überraschend dunkel, aber Wes führte mich geradewegs in eine der Ecken, wo eine Frau am Tisch saß und auf ihr Telefon starrte. Ich zögerte kurz. Noch hatte sie mich nicht gesehen. Verändert hatte sie sich auch nicht. Das smaragdgrüne Kleid und die flachen Halbstiefel kannte ich. Über das Kleid hatte ich mich einmal positiv geäußert, hatte gesagt, wie gut es zu ihren Augen passe. Unvermittelt hallte ein kleines Echo von dem, was ich damals für sie empfunden hatte, in mir wider.

Wes stieß mich an, und so ging ich schließlich weiter und setzte mich ihr gegenüber. Sie hob den Kopf und sah mich mit feucht schimmernden Augen unstet an. Dann stand sie auf und zog sich zurück. Ich folgte ihr, schob mich durch die Menge, bis ich plötzlich wieder auf der Straße stand. Wes war nirgends zu sehen. Harriet entdeckte ich auch nicht, denn vor der Tür herrschte inzwischen noch dichteres Gedränge, und die Ersten machten sich grüppchenweise auf den Heimweg, schlenderten langsam davon. Ich sah mich um, lief ein paar Schritte um den Platz – und da, an der Ecke, stand Harriet. Sie hielt sich an einem Geländer fest und übergab sich.

»Geh weg«, sagte sie, als ich mich ihr näherte.

»Sag mir nur«, rief ich, »was du mit ihr gemacht hast!«

Sie verzog das Gesicht und begann zu weinen. Ihr leuchtend roter Lippenstift war über Kinn und Hände verschmiert; das Haar trug sie zum Knoten aufgesteckt.

»Mit dem Verschwinden deiner Frau hab ich *nichts* zu tun«, schrie sie. »Das hab ich der Polizei auch gesagt. Das hat nichts mit mir zu tun, okay?«

Ich wollte sie packen, die Wahrheit aus ihr herausschütteln, so als könnte dabei Eloïse aus ihrer Tasche hervorkommen, aber es waren zu viele Leute in der Nähe. Stattdessen machte ich noch einen Schritt auf sie zu.

»Du *musst* mir die Wahrheit sagen, Harriet. Es sind Kinder im Spiel. Bitte.«

Nun waren wir einander so nahe, dass ich ihre Zähne sah, den Schneidezahn, dem ein winziges Eckchen fehlt. Und ich roch das Bier in ihrem Atem. Sie blickte zu mir auf und legte mir eine Hand an die Wange.

»Es war dumm von mir, ich weiß. Ich wollte nur sehen … Ich wollte sehen, ob du mit ihr Schluss machst. Ich dachte … Ich habe dich geliebt.«

Selbst überrascht von dem Zorn, der mich plötzlich durchflutete, griff ich nach ihrer Hand und drückte sie zusammen. Es war der Drang, ihr wehzutun, die Wahrheit aus ihr herauszuprügeln. Doch ich ließ die Hand langsam, Finger für Finger, wieder los.

»Erzähl mir, was du gemacht hast.«

»Warum wolltest du mich nicht?«, sagte sie und schüttelte den Kopf. »Ich hätte ihr nichts verraten. Ich wusste doch, dass du verheiratet bist. Normalerweise mache ich das nicht: verheiratete Männer. Ehrlich. Aber ich dachte, du und ich … ich dachte, da wäre etwas.«

Sie hatte ja recht. Es hatte eine Verbindung zwischen uns gegeben. Und ich hatte sie sehr verletzt. Das hier waren die Folgen. Hin- und hergerissen zwischen Wut und Reue, zog ich mich einen Schritt zurück.

»Warum hast du uns beobachtet?«

Nach einem langen Seufzer schüttelte sie erneut den Kopf. »Es war so einfach.«

»Einfach?«

Ein Achselzucken. »Das ist keine Entschuldigung, ich weiß. Aber als ich einmal raushatte, wie ich mich einlogge, konnte ich nicht mehr widerstehen.«

Ich starrte sie an. »Und das ist der ganze Grund?«

Beschämt senkte sie den Blick. »Ich schätze, ich war – neugierig? Ich wollte wissen, was zwischen euch lief. Wie es aussah. Vielleicht wollte ich auch rausfinden, was sie hat, das ich nicht habe.«

Und dann beugte sie sich vor und küsste mich auf den Mund. Darauf war ich nicht vorbereitet – ich war zu sehr mit Nachdenken beschäftigt, mit dem Versuch zu erkennen, ob sie die Wahrheit sagte oder nicht –, deshalb wich ich reflexhaft zurück. Sie taumelte vorwärts und landete auf Händen und Knien. Ein paar Leute, die das sahen, riefen herüber, fragten, ob alles in Ordnung sei, und ich hob eine Hand.

»Ich verstehe«, sagte ich und kniete mich neben sie, um ihr aufzuhelfen. Gleichzeitig sah ich Leute ihr Handy zücken, und mir dämmerte, dass das keine geeignete Situation war, um fotografiert und tausendfach auf Facebook präsentiert zu werden.

Harriet wandte sich ab und ging schwankend davon. Ich folgte ihr. »Und das soll ich dir glauben? Dass du uns ein Jahr lang beobachtet hast, nur weil du *neugierig* warst?«

Sie antwortete nicht.

»Du bist mir eine Antwort schuldig«, rief ich. »*Was hast du mit ihr gemacht?*«

Schließlich fuhr sie herum und zeigte wütend mit dem Finger auf mich.

»Für diesen Fehler komme ich vor Gericht, okay? Aller Wahrscheinlichkeit nach muss ich für das, was ich getan habe, in den Bau, und Dean wird mich rausschmeißen. Als Vorbestrafte werde ich keine Wohnung mehr finden. Ich werde in dieser Branche keine Chance mehr haben. Und das alles nur, weil ich einen Knopf gedrückt habe.«

»Ach ja? Okay, ich habe meine *Frau* verloren …«

Sie lachte. »Deine *Frau?* Weißt du eigentlich, was für ein Heuchler du bist?«

»Ja, meine *Frau*«, sagte ich, aber meine Entschlossenheit war ins Wanken geraten, und das spürten wir beide. »Ich weiß, dass du da drinhängst …«

»Damit habe ich *nichts* zu tun!«

»Hör auf, mich anzulügen!«

Ich packte sie, und sie fing an zu schluchzen, und die Knie gaben unter ihr nach. Ich musste sie festhalten, damit sie nicht fiel, und sie krallte sich an meiner Jacke fest.

»Ich habe damit nichts zu tun, ich schwör's dir, Lochlan«, flüsterte sie mir ins Ohr. »An dem Tag, an dem sie verschwunden ist, war ich gar nicht da. Ich war in Cambridge. Da kannst du fragen, wen du willst.«

Leute blieben stehen und glotzten. Ich stützte Harriet, bis sie ihr Gleichgewicht wiederhatte, und forschte in ihrem Gesicht nach Anzeichen dafür, dass sie log. Meine Gewissheit löste sich in Luft auf. Ich war komplett durcheinander.

»Als du uns beobachtet hast«, sagte ich schließlich leise, »als du sie beobachtet hast – hast du da irgendwas gesehen?«

Jetzt fixierte sie mich. »Natürlich.«

»Und was?«

Sie leckte sich über die Lippen, strich eine Haarsträhne zurück. »Eine arme, einsame Frau. Die habe ich gesehen.« Das saß. »Und weißt du, was ich nicht gesehen habe?«

Ich wartete, und sie bohrte mir einen Finger in die Brust.

»Dich. Du warst nie da. Und dann war da noch ich. Und ich hatte immer gedacht, du hättest sie mir vorgezogen.«

Als sie verstummte und langsam den Kopf schüttelte, senkte ich den Blick. Ich stand da wie ein Idiot. Ich kam mir dumm vor, und mein ganzer Körper zitterte vor Wut. Schließlich wandte sie sich ab und ging, schon weniger schwankend als noch kurz zuvor. Ich hielt sie nicht auf.

Im nächsten Augenblick tauchte Wes neben mir auf.

»Alles klar?«, fragte er, doch ich starrte nur vor mich hin, zu verstört, um zu antworten. Ich wusste nun, dass Harriet mit dem Verschwinden von Eloïse nichts zu tun hatte, aber viel schlimmer war die Erkenntnis, dass ich wohl der Wahrheit aus dem Weg ging – und zwar so entschieden, dass ich falschen Spuren folgte und damit endlos Zeit vergeudete. Ich fand nichts dabei, andere zu bedrängen und zu verletzen, solange es mich nur von den Tatsachen ablenkte: von der Rolle, die ich selbst beim Verschwinden meiner Frau gespielt hatte.

Aus Gründen, die ich noch nicht ganz durchschaue, ist mein Egoismus bei alldem von weitaus größerer Bedeutung als irgendetwas sonst. Das sagte mir, laut und deutlich, mein Gefühl, während ich dastand und Harriet nachblickte.

Das Problem ist, dass nichts von dem, was mein Gefühl mir sagt, noch irgendeinen Sinn ergibt.

29. MÄRZ 2015

Komméno, Griechenland

Eloïse: Während die letzten Sonnenstrahlen sich als Goldfransen an die Wellen heften, warten Sariah und ich am Anleger. Sie geht, ein Stück weiter oben am Hügel, mit verschränkten Armen auf und ab und macht ein sorgenvolles Gesicht. Ich weiß, für sie ist es genauso wichtig, dass Nikodemos kommt, wie für mich – schließlich muss sie etwas essen. Es ist zehn nach sechs.

»Siehst du was?«, ruft sie.

Ich schirme meine Augen mit der Hand ab und blinzle in eine helle Wolkenbank. Und da sehe ich etwas Weißes über die Wellen hüpfen. Mein Herz macht einen Satz. Das ist ein Speedboot, so sicher ich hier stehe.

»Ja!«, schreie ich. »Da ist er! Nikodemos!«

Ich fasse es nicht. Diesmal habe ich keine Angst. Nichts wird mich hindern, in dieses Boot zu steigen und mit der britischen Botschaft Kontakt aufzunehmen. Ich werde mich *zwingen*, mich an die Details zu erinnern, die nötig sind, um mich an den Ort und zu den Menschen zu bringen, die ich zurückgelassen habe.

»Er kommt! Er kommt!«

Hektisch springe ich auf und ab und fuchtele mit den Armen. Dazu rufe ich immer wieder: »Nikodemos! Nikodemos!«

Sariah kommt zu mir auf den Steg gelaufen und fängt ebenfalls an zu hüpfen und zu winken. Das Holz unter unseren Füßen ächzt besorgniserregend. Irgendwann bleibt Sariah stehen, legt die Hand über die Augen und blinzelt in den Sonnenuntergang.

»Ich sehe nichts«, sagt sie atemlos. »Wo ist er?«

Das Boot hat die Wellen anschwellen lassen; wie grüne Hügel türmen sie sich auf.

»Eben war er noch da. Er wird gleich wieder zu sehen sein.«

Ich rechne jeden Augenblick damit, dass er hinter einer Welle auftaucht: eine Hand in die Luft gereckt, begleitet vom Dröhnen des Motors. Aber er kommt nicht.

»Ich sehe ihn jedenfalls nicht.« Sariah runzelt die Stirn.

»Er war *da!* Wirklich. Ich hab ihn gesehen!«

»Vielleicht hat er den Kurs geändert.« Sie stellt sich auf die Zehenspitzen und hält Ausschau. »Er hat mal so was gesagt – dass die Strömungen hier so stark sind.«

Wir beschließen, uns zu trennen. Sariah will nach Osten gehen, ich nach Westen, und wir bleiben beide dicht an der Küste.

Ich laufe bis ans nördliche Ende der Insel, wo der Weg steil ansteigt und die Klippen so glatt sind, dass sie aussehen wie mit einem Messer aufgeschnitten: reines, leuchtendes Weiß. Hier ist das Meer still, sanft schwingt es vor und zurück wie ein Pfauenschwanz.

Ich weiß, dass ich ihn gesehen habe. Ein Speedboot habe ich gesehen, den typischen Bug, der aussieht wie das Maul eines Hais; ich habe es über die Wellen hüpfen und eine Schnur weißer Gischt hinter sich herziehen sehen. Und trotzdem fehlt jede Spur von ihm. Musste er umkehren, weil die Strömungen zu stark waren oder weil er zu nahe an die Felsen getrieben wurde?

Als Sariah und ich uns wieder treffen, wird es schon dunkel; der Himmel färbt sich violett, und am Horizont bildet die Sonne einen orangefarbenen Gürtel. Sariah ist erschöpft, auf ihrem Gesicht liegt ein Schweißfilm.

»Ich habe ihn nicht gesehen.« Keuchend beugt sie sich vor und stützt die Hände auf die Knie.

Ich verliere den Mut. Mir kommt der Gedanke, dass George von dem Telefonat erfahren und Nikodemos erneut angerufen haben könnte, um meinen Plan zu vereiteln, aber ich schiebe ihn weg.

»Ich bin gelaufen, soweit es überhaupt ging«, sagt Sariah. »Ich bin sogar aufs Dach vom Hotel geklettert, um weiter ausschauen zu können. Bist du wirklich sicher, dass du ihn gesehen hast?«

»Ja«, sage ich, aber sowie meine Stimme vom Wind verschluckt ist, beschleicht mich quälende Ungewissheit. Ich zweifle nach wie vor nicht daran, dass er das in dem Boot war. Aber kann er einfach so verschwunden sein? Vielleicht war das Ganze ein Trugbild, eine Luftspiegelung, wie Leute in der Wüste sie sehen, kurz bevor sie an Hunger und Durst zugrunde gehen? Wonach ich dürste, ist nicht Wasser, sondern etwas – jemand –, dessen Namen ich nicht weiß, an den ich mich nicht über einen Klang erinnere oder über ein Bild, aber ganz klar im Gefühl.

»Vielleicht ist er umgekehrt«, sage ich.

Sie nickt und wischt sich den Mund. »Wir werden ihn noch mal anrufen müssen. Dann wird er kommen.«

Sariah hat recht – als die Nacht anbricht und eine Decke beißender Kälte über uns breitet, bleibt uns nichts anderes übrig, als zum Haus zurückzukehren. Ich fürchte mich vor der Begegnung mit George, aber Sariah versichert wieder und wieder, er werde ganz locker sein – immerhin hätte ich, indem ich Nikodemos aufgefordert habe zu kommen und Essen mitzubringen, allen einen Gefallen getan. Ihre Vorräte seien so gut wie aufgebraucht. Trotzdem – als wir die Stufen zur Hintertür hinaufgehen, ist mir übel vor Anspannung.

Joe sitzt am Tisch und schreibt etwas in sein Notizbuch. Hazel dreht sich allein zu einem Frank-Sinatra-Song im Walzerschritt. Als sie uns auf der Schwelle stehen sieht, hält sie inne, beugt sich vor und stellt das Radio leise. Daraufhin erhebt sich Joe und starrt uns verwirrt an.

»Was ist passiert?«, faucht Hazel.

»Habt ihr das Essen?«, fragt Joe.

Sariah sackt auf einen Stuhl und fährt sich mit dem Handrücken über die Stirn. »Er muss umgekehrt sein. Ruft ihn an.«

Ein lautes Klirren lässt mich zusammenfahren. Ich drehe mich um und sehe Joes lange Gestalt in der Küche stehen. Er hat beide Hände zu Fäusten geballt und zittert am ganzen Leib. Zu seinen Füßen liegt ein in Scherben gegangener Krug.

Hazel stapft zum Fenster und starrt nach draußen.

»Deswegen wird er umgekehrt sein: Da zieht ein Sturm hoch.«

Es regnet viel zu heftig, als dass ich auch nur daran denken könnte, mich in die Höhle abzusetzen. In dicken, schrägen Strängen geht der Regen nieder, der Wind rüttelt an den Fenstern, immer wieder zucken Blitze über den Himmel. Ich wage mich auf den Dachboden und ziehe eine Holzkiste vor die Tür für den Fall, dass George heraufkommt, aber gut schlafen kann ich trotzdem nicht.

Am Morgen regnet es immer noch. Der Himmel ist weiß, die Wolken hängen tief, das Meer ist grau und heftig bewegt. Mir knurrt der Magen, aber ich traue mich nicht zu fragen, ob ich etwas zu essen haben kann.

»Guten Morgen«, ruft George betont aufgeräumt, als ich in die Küche komme.

»Guten Morgen«, murmele ich. Ich hatte gehofft, mich ungesehen zur Hintertür hinausschleichen zu können, aber kaum hat er mich begrüßt, tauchen auch die anderen auf. Joe mit mürrischer Miene und tiefen Schatten unter den Augen, das dunkle Haar zerzaust; er sieht aus, als hätte er in seinen Klamotten geschlafen. Hazel demonstriert ihre Laune durch stampfenden Gang, Schmollmund und Türenknallen. Sie schnaubt in meine Richtung und starrt auf meine Schuhe – ihre Tennisschuhe, die sie mir nach meiner Ankunft so bereitwillig überlassen hat –, dann stapft sie zur Waschküche, reißt die Tür auf und wirft einen Blick hinein.

»Hast du das Satellitentelefon gefunden, George?«, fragt sie mit dünner, hoher Stimme.

Er richtet den Blick auf mich. »Nö.«

»Will jemand Pickles zum Frühstück?«, ruft sie und seufzt.

Jetzt kommt Sariah hereingeschwebt; sie trägt ein durchgeknöpftes, langes rotes Kleid und goldene Armreifen und summt vor sich hin. Als sie mich sieht, grinst sie breit und zwinkert mir zu. Sofort rührt sich mein Gewissen. Ich habe das Gefühl, ihr viel zu viel zuzumuten.

Hazel macht sich daran, ein großes Schraubglas zu öffnen; bei jedem kleinen Stück, das der Deckel nachgibt, keucht und stöhnt sie theatralisch. Schließlich fischt sie einen Happen eingelegtes Gemüse aus dem Glas, steckt ihn in den Mund – und verzieht das Gesicht.

»Ich hab dich ja schon manches runterschlingen sehen«, sagt George, »aber das scheint das Ekligste zu sein, was du je zu dir genommen hast.«

Hazel kreischt los. Rennt zur Spüle und spuckt alles aus.

»Das sind keine Pickles!«

Joe greift nach dem Glas und inspiziert den Inhalt. Vorsichtig zieht er einen langen, mit kleinen Saugnäpfen besetzten Tentakel heraus. »Eingelegter Oktopus«, sagt er.

Sariah und George lachen los, Hazel kreischt, dass es durchs ganze Haus gellt.

»He, ganz ruhig«, sagt Joe ernst. »Gekocht könnte das eine Delikatesse sein.«

»Wenn wir Nikodemos nicht erreichen, müssen wir vielleicht die Polizei rufen«, sagt Sariah und schaut prüfend in den Himmel.

»Die *Polizei?*«, fragt Hazel. Sie gurgelt mit Wasser, spuckt es in die Spüle und trocknet sich mit einem Handtuch den Mund ab. »Was sollen die denn machen? Nikodemos verhaften?«

Sariah und Joe schauen einander an, wie ich es noch nie gesehen habe – so, als rege sich in Sariah ein Beschützerinstinkt. »Also, Leute«, sagt sie. »Ich sage das wirklich nicht gern, aber vielleicht müssen wir diesmal vorzeitig abbrechen. Wir könnten zu Hause anrufen.«

George scheint das lustig zu finden. »Mit unserem imaginären Telefon?«

Sie schaut wieder zum Fenster. »Ich hatte gehofft, dass dir eingefallen ist, wo du es hingelegt hast.«

Hazel nickt. »Ich hab mich jedenfalls nicht hier angemeldet, um *eingelegten Tintenfisch* zu essen oder was das für Zeug ist. Ich kann meinen Freund anrufen. Der kommt sofort und holt mich hier raus.«

»Ich glaube nicht, dass Nikodemos uns unser Geld zurückgibt«, wirft Joe ein.

George schüttelt den Kopf. Er zieht eine Zigarette aus seinem Päckchen, zündet sie an und nimmt mit nachdenklicher Miene einen tiefen Zug. »Ihr seid echt ein Haufen Drama-Queens.«

Hazel grinst spöttisch. »Ach ja? Dann iss *du* doch den glitschigen Tintenfisch.«

Er schnippt die Asche in die Spüle. »Ich meine doch nur, wir brauchen unseren Leuten zu Hause nicht unnötig einen Schrecken einzujagen. Für zwei Wochen reicht's doch bestimmt noch, oder?«

Joe geht zur Vorratskammer und klappt sämtliche Türen auf. »Was ist überhaupt in den Gläsern hier?« Er nimmt eins heraus und versucht, das Etikett zu deuten. »Sieht aus wie gefüllte Weinblätter«, murmelt er schließlich. »Hier sind Fischdosen, Bohnen, Anchovis.« Bedächtig zählt er alle Gläser und Dosen. »Nach meinen Berechnungen haben wir hier noch Essen für fünf Tage.«

»Erwartest du ernsthaft, dass ich mich von Anchovis und eingelegtem Oktopus ernähre?«, sagt Hazel.

»Besser als nichts.«

Nun nimmt George sich den Schrank vor. »Fünf Tage, ja? Für wie viele Leute?«

Joe senkt den Blick. »Na ja, vier von uns haben das Haus gemietet, also …«

Sehr langsam dreht George sich um und schaut mich an. Für einen Moment bin ich nicht sicher, ob er vorschlagen wird, mich zu essen, oder ob er mich mit durchzufüttern gedenkt.

»Und was ist mit unserem Gast?«

Irritiertes Schweigen. Erleichtert und schuldbewusst zugleich, sage ich schließlich leise: »Ich bin hier einfach so eingedrungen. Das war ja nicht vorgesehen. Und es ist euch gegenüber nicht fair.«

Hazel kommt an den Tisch geschlurft und murmelt etwas Zustimmendes, doch George hebt eine Hand. »Da draußen gibt's so viel Essbares. Hier muss niemand hungern. Ich sorge dafür, dass wir genug zu essen haben, okay?«

»George …«, hebt Joe an, doch George unterbricht ihn. »Es wird uns gut gehen. Warum macht ihr euch solche Sorgen? Hier ist es wie im Paradies. Wir könnten ewig hier bleiben.«

Sariah und ich wechseln einen Blick.

»Ich habe euch mein Wort gegeben, dass ich für uns alle Nahrung beschaffen werde, *okay*?«

»Okay«, sagen wir im Chor.

George grinst und klatscht in die Hände. »Gut. Also dann, Schluss mit dem Gemecker; jetzt wird wieder geschrieben.«

Seit Joe gestern Abend den Wasserkrug zerschlagen hat, treibt mich etwas um. Ein paar von den Scherben sind auf der Schwimmweste gelandet, die ich anhatte, als sie mich gefunden haben; sie lag vor dem Fenster auf dem Boden. Mir fiel wieder ein, wie seltsam ich es gefunden hatte, dass ich diese Weste getragen haben sollte. Und ich dachte an das Boot, von dem sie behaupten, dass ich damit gekommen sei, und das ich vor ein paar Tagen entdeckt habe. War ich mit jemandem zusammen unterwegs? Ist er oder sie über Bord gegangen und ertrunken? Seit gestern Abend denke ich darüber nach, ob sich das Boot wohl wieder flottmachen lässt. Die Segel, die roten, um die Masten gewickelten Segel – ich habe gar nicht nachgesehen, ob sie zerrissen sind oder noch zu gebrauchen.

Gnadenlos heizt die Sonne alles auf. Ich mache den Fehler, rauszugehen, ohne etwas gegessen oder getrunken zu haben, und nach zwanzig Minuten beginne ich ans Umkehren zu denken, aber als ich zu den Klippen gelange, kommt Wind auf, und ein kurzer Schauer geht auf Berge und Täler nieder und bringt auch mir Kühlung für Gesicht und Beine. Ich pausiere einen Moment und gehe dann weiter in Richtung Knochenstrand.

In trägem Rhythmus kommt das Meer, leckt am Boot und

zieht sich wieder zurück, und jedes Mal schrapen die Masten über den felsigen Untergrund. Die Segel haben sich gelockert und sind durchnässt. Risse sind nicht zu sehen, aber die Witterung hat dem Material zugesetzt, und die Taue sind zerschlissen.

Ich streife die Schuhe ab und klettere über die Bordwand, um das Innere des Bootes genauer in Augenschein zu nehmen. Es ist definitiv kein Ruderboot – aus irgendeinem Winkel meiner Erinnerung taucht das Wort »Dingi« auf. Ein Segelboot, vielleicht drei, dreieinhalb Meter lang. Ich öffne die Schapps und Seitenfächer. Vielleicht stoße ich auf etwas, das mir verrät, ob jemand bei mir war? Was ich finde, sind Päckchen mit etwas Essbarem. Ohne die Beschriftung zu lesen oder das Verfallsdatum zu prüfen, reiße ich die Folie auf, und erst als ich mir etwas von dem staubigen grauweißen Zeug in den Mund gestopft habe, begreife ich, dass das Haferflocken sind, die Basis für Porridge. Ich kaue und schlucke – und schiebe mir die anderen drei Päckchen für später unter das T-Shirt.

Es gibt eine Flasche Wasser, die ich sofort leere, sonst aber wenig. Eine Schachtel Streichhölzer, mehrere rote Röhren – Signalraketen, wie sich herausstellt –, etwas Schmierpapier. Auf einem der Zettel steht eine Adresse, und irgendetwas daran lässt mich innehalten:

Αγιον Τιτον Titov 1, 71202
χανιά (Chania)

Es ist eine zerknitterte Rechnung, das erkenne ich an den Linien und Ziffern ganz unten, nur *was* gekauft worden ist, verrät die geheimnisvolle Sprache mir nicht. Ein Datum kann ich nicht erkennen, doch insgesamt lässt sich aus dem Zettel schließen, dass das Boot aus Chania stammt.

Vielleicht ist an Georges Theorie ja etwas dran. Vielleicht war ich betrunken und bin am Hafen in das Boot gefallen, das dann aufs offene Meer hinausgetrieben ist? Es findet sich keinerlei Hinweis darauf, dass jemand bei mir war, und aus der Tatsache, dass keine größeren Vorräte an Bord sind, lässt sich schließen, dass ich nicht vorhatte, auf einen längeren Törn zu gehen.

Andererseits – als George mich fand, hatte ich eine Schwimmweste an. Wäre ich wirklich so betrunken gewesen, hätte ich die wohl kaum angezogen. Außerdem ist die Rechnung zwar zerknittert, aber nicht alt. Gehört sie mir? Habe ich das Boot geliehen? Wo wollte ich hin und warum?

Wie durch Nebel sehe ich mich die Ruderpinne halten und das Boot steuern. Ich sitze in meiner Schwimmweste am Heck und schaue nach vorn, wo sich perlmuttgrauer Himmel und grünliche Wellen aufeinander zukrümmen und wo die Insel liegt. Komméno. Und ich erinnere mich an das Gefühl, genau dahin zu wollen, es kaum erwarten zu können. Plötzlich weiß ich auch, dass auf dem Boot niemand sonst war. Kein Kind.

Die Erinnerung bestärkt mich – wenn ich segeln kann, wenn ich dieses Abenteuer allein bestanden habe, dann gelingt mir vielleicht auch die Reparatur.

Als der Wind aufbrist und die Wellen höher werden, versuche ich, das Boot auf die andere Seite zu kippen, um an das beschädigte Heck heranzukommen. Das ist Schwerstarbeit, und während ich mich noch abmühe, reißt eine besonders große Welle mich von den Füßen und zieht mich mit. Es dauert, bis ich, nach Luft schnappend und die Knöchel in Tang verheddert, wieder auftauche.

Als ich endlich sicher stehe, kann ich den Schaden begutachten, denn das Boot hat sich tatsächlich bewegt. Auf den ersten Blick scheint es aussichtslos, aber vielleicht lässt sich das demolierte Heck doch mit ein paar Brettern und Planen wiederherrichten. Ich entrolle die Segel vollständig und untersuche die Leinen. Zum Glück zeigt sich, dass sie weitgehend intakt sind. Bleibt natürlich das Problem mit Kielschwert und Steuerruder. Die müssen repariert werden, und selbst wenn ich das schaffe, muss ich das Boot noch flottkriegen. Nicht einmal der Sturm letzte Nacht hat es aufs offene Wasser hinausgetragen.

Ich klettere wieder nach oben, zum Küstenpfad, mit dem Plan, in der Scheune hinter dem Haus nach brauchbaren Holzteilen zu suchen, doch als ich oben ankomme, fällt mein Blick auf das Hotel. Heftiger Regen hat eingesetzt, und nach dem stundenlangen Hantieren mit dem Boot bin ich hungrig. Meine Sachen sind noch feucht von dem unfreiwilligen Tauchgang, und ich schlottere am ganzen Leib. Aber ich baue mir spontan einen Regenschutz aus Palmwedeln und steuere das Hotel an. Das Trommeln des Regens auf meinem Schirm hat etwas seltsam Beruhigendes. Ich hoffe einfach, dass es im Hotel noch ein Bett gibt, in das ich mich schlafen legen kann.

Es ist ein weiß getünchter viergeschossiger Bau; die Fensterläden sind von der Sonne ausgebleicht, die Brüstungen der Balkone rostzerfressen, Schilder und Werbetafeln zu großen Teilen vom Wind oder von Vandalen weggefetzt. Auf einem kopfüber hängenden Schild steht: *Minos-Palast.* Laut Sariah hat das Hotel erst letztes Jahr geschlossen, was ich erstaunlich finde – es sieht aus, als stünde es seit Jahrzehnten leer. Vielleicht weil es so einsam liegt, so geisterhaft – wie das Überbleibsel einer Apokalypse.

Der Regen hat den Boden in ein glitschiges Gemisch aus Lehm, Sand und Matsch verwandelt, mit dem meine Schuhe sich nach und nach füllen. Ich schleudere sie weg, hocke mich unter eine Plastikmarkise und reibe mir kräftig Arme und Oberschenkel, um mich zu wärmen. Rund um den Eingang liegen mehrere Haufen frischen Dungs – von Wildziegen wahrscheinlich –, und mir wird etwas flau bei der Vorstellung, da hineinzugehen. Die Sonne steht tief. Der Eingang erscheint mir wie das Maul einer dunklen Höhle. Ich schließe die Augen, atme ein paarmal tief durch und trete ein.

Meine nackten Füße treffen auf kalten, staubigen Schiefer. Zu meiner Rechten liegt, durch eine Schwingtür abgetrennt, die Hotelbar, und der Schreibtisch links war vermutlich die Rezeption. Ich krame in der Bar herum – die großen Fenster bieten nicht nur einen schönen Blick aufs Meer, sondern lassen auch so viel Licht herein, dass ich mir Stühle und Tische ansehen kann. Leider ist nichts dabei, was ich für die Bootsreparatur verwenden könnte. Vorsichtig gehe ich die Treppe hinauf, um mir ein Zimmer zu suchen.

Hier oben ist es dunkler, meine Augen brauchen eine Weile, um sich daran zu gewöhnen. Vor mir liegt ein langer Gang. Ich versuche, nicht daran zu denken, was sich hinter den vielen Türen verbergen könnte, auch wenn ein plötzliches Rascheln irgendwo rechts auf Ratten schließen lässt, die schnell das Weite suchen. Der Teppich riecht nach Abwasser und ist feucht.

Ich drehe den Knauf der ersten Tür, an die eine goldene 1 genagelt ist. Da steht ein nacktes Bettgestell; Matratze und Bettzeug fehlen. Violette Vorhänge wehen gegen das kaputte Fenster, es riecht modrig feucht und gammelig. Mit wenigen großen Schritten durchmesse ich den Raum und inspiziere das Mobiliar. Alles aus Metall, bis auf die schweren Kommoden. Ich ziehe eine Schublade heraus, wobei eine ganze Kolonie von Spinnen über die Seitenwände krabbelt und sich auf dem Boden verteilt. Mir entfährt ein wildes Kreischen, und ich renne, die Schublade immer noch am Griff gepackt, in den Flur.

Es dauert eine Weile, bis ich mich beruhigt habe, aber schließlich schaffe ich es, die Schublade an die Wand zu lehnen und die Tür gegenüber zu öffnen. Das Zimmer ist komplett verwüstet: das Bett auf die Seite gekippt, die Matratze aufgeschlitzt, der Kleiderschrank mit offenen Türen vornübergeneigt. Es sieht aus, als könnte er jeden Moment umfallen. Das Bild ist so unheimlich, dass ich sofort kehrtmache und die Tür leise hinter mir schließe.

Ich greife mir die Schublade und will weitergehen, da höre ich auf den Schieferplatten in der Lobby Schritte.

Langsame, laut widerhallende Schritte.

Dann Stille.

Das Herz schlägt mir bis zum Hals. Ich wage kaum zu atmen. Ich spähe zwischen den Geländerstäben hindurch nach unten, sehe aber niemanden. Ein raues Stöhnen. Ich erstarre. Halte die Luft an. Wer auch immer da unten ist, er kommt jetzt herauf. Die erste Stufe, dann die nächste.

George, ich weiß es. George ist mir gefolgt.

Hastig schaue ich mich nach einem Versteck oder einem Fluchtweg um. Das Fenster direkt vor mir ist kaputt, aber ein kurzer Scan der Bilder, die ich mir eingeprägt habe, ergibt, dass hier kein Balkon ist – hier müsste ich mich direkt runterfallen lassen. Die Treppe führt noch weiter nach oben, über zwei weitere Stockwerke bis hinauf zur Dachterrasse. Langsam kommen die Schritte näher. Ich könnte die Schublade nach ihm werfen, aber wenn es tatsächlich George ist, hat er mit Sicherheit sein Gewehr dabei.

Wieder ein Geräusch aus der Lobby.

Ich stürze los, weiter hinauf. Die Schritte auf der Treppe werden energischer, poltern immer schneller auf mich zu. Im obersten Stockwerk angelangt und völlig außer Atem, muss ich feststellen, dass die Treppe doch nicht bis aufs Dach hinaufgeht. Panisch schaue ich mich nach einem Ausgang um, doch vor mir liegt nur ein weiterer langer, düsterer Gang mit vielen Türen links und rechts.

Als ich ihn entlangstürme, flüchten Ratten in die angrenzenden Zimmer. George ist jetzt im zweiten Stock; seine Schritte hallen von den gefliesten Wänden wider. Ich renne bis ans Ende des Gangs, wo hinter einer Glastür eine Treppe weiter nach oben führt, aber die Tür lässt sich nicht öffnen.

Ich rüttele daran, trete, stemme mich dagegen, bis sie schließlich doch nachgibt und ich ins Taumeln gerate und mit aller Wucht auf die Knie falle. Ich beiße die Zähne zusammen, ziehe mich am Geländer hoch und stürme weiter nach oben, aufs Dach.

Es regnet immer noch heftig, und hier oben gibt es nichts, das Schutz böte. Vorsichtig gehe ich bis an den Rand des Dachs und werfe einen Blick in die Tiefe – wo vielleicht vier, fünf Meter unter mir ein Balkon hervorsteht. Ich müsste mich an der Dachrinne festhalten und dann gerade nach unten fallen lassen. Langsam setze ich mich, schwinge die Beine über die Kante, wische mir Regentropfen von der Stirn und schaue noch einmal nach unten. Der Balkon ist gefliest, das heißt, bei dem Regen wird der Boden glitschig sein. Ich muss sehr vorsichtig sein.

Ich drehe mich um und lasse mich langsam abwärtsgleiten, wobei ich mich an die Kante des Dachs klammere. Und dann steht er plötzlich vor mir, kaum mehr als einen Meter entfernt.

Ein dunkler struppiger Ziegenbock. Unter schweren Lidern hervor starren mich orange-gelbe Augen an. Merkwürdige horizontale Pupillen. Am erstaunlichsten sind die Hörner, unglaublich lang und spitz, nach hinten oben gebogen und stark zerfurcht. Groß ist er, mehr Hirsch als Ziege. Ein Steinbock. Lange starrt er mich an, taxiert mich – gibt ein zufriedenes Schnauben von sich, macht kehrt und trollt sich mit lautem Hufeklappern.

Es ist stockfinster, aber aus purer Not gehe ich trotzdem zum Haus zurück. Dabei zittere ich so sehr vor Erschöpfung – ich bin ausgetrocknet und friere furchtbar –, dass ich kaum vorwärtskomme. Endlich an der Hintertür angelangt, sacke ich auf die Knie, unfähig, mich noch zu rühren.

Rasch wird die Tür geöffnet. Sariah erscheint auf der Schwelle und hilft mir hoch. Sie führt mich zum Tisch, wo ich mich setzen kann. Es ist ein ähnliches Gefühl wie an dem Abend, als sie mich am Strand unten gerettet haben.

»Alles in Ordnung, Liebes?«, sagt sie. »Was ist passiert? Bist du verletzt?«

Ich schaffe es, um Wasser zu bitten, und sie geht schnell zur Spüle und füllt ein Glas für mich. Während ich trinke, tauchen wie aus dem Nichts Hazel und Joe auf. Sie tuscheln miteinander und kommen nicht näher.

»Ich habe ein Biest gesehen.«

»Du hast ein *Gespenst* gesehen?«, fragt Sariah leise.

Es strengt mich extrem an, den Kopf zu schütteln. »Ein *Biest*, einen Ziegenbock.«

»Du musst aus den nassen Sachen raus.«

Ich ziehe mich aus und wickele mich in eine Decke. Dann gehe ich nach oben auf den Dachboden, lasse mich auf das muffig riechende Bett sinken, rolle mich ein und falle sofort in einen tiefen Schlaf.

Gegen acht, die Sonne steht bereits hoch am Himmel, stehe ich auf. Das Haus wirkt seltsam verlassen; die anderen müssen sich schon zum Schreiben über die Insel verteilt haben. Auch Sariah ist weg, was ich bedaure, denn ich hätte ihr gern das Boot gezeigt und von meiner Idee erzählt.

Beklommen gehe ich zurück zum Hotel. Die strahlende Sonne lässt düstere Ecken viel weniger düster wirken und das ganze Gebäude weniger unheimlich. Trotzdem halte ich mich nicht länger als nötig auf. Ich hole die Schublade aus dem Gang, und dann stoße ich im Erdgeschoss auf einen Abstell- und Geräteraum. Das Glück beschert mir einen Werkzeugkasten, in dem ein alter Hammer und ein paar Nägel liegen. Ich ziehe Schublade und Werkzeugkasten bis hinunter zum Boot. Eine Säge habe ich nicht, aber es gelingt mir, die Schublade in ihre Einzelteile zu zerlegen und eins der Bretter über das Loch am Heck zu nageln. Dann nehme ich mir das Kielschwert vor.

Den ganzen Tag über, während ich versuche, das Kielschwert zu reparieren, befrage ich mich selbst, weil ich hoffe, so zu meinen Erinnerungen vorzudringen. Ich stelle mir vor, dass ich ihnen näherkomme, indem ich mich frage, was ich weiß. Zum Beispiel habe ich, als ich mir die Schublade geholt habe, ein paar griechische Wörter erkannt. Außen an der Hoteltür hing ein Schild, auf dem *Kleisto* stand. Ich weiß, dass das *geschlossen* bedeutet. Nichts Weltbewegendes, aber als ich kurz innehalte und mich frage, *woher* ich das weiß, wird mir bewusst, dass ich einige weitere griechische Phrasen kenne: *Ti kanis?* Wie geht's? *Me lene Eloïse.* Ich heiße Eloïse. *Tha ithela na nikiaso mia varka.* Ich möchte ein Boot mieten.

Wenn man bedenkt, dass ich auf der Ägäis gesegelt bin, scheint es ziemlich naheliegend, dass ich zumindest Grundkenntnisse in Griechisch habe. Aber ich frage weiter, immer in der Hoffnung, dass mir plötzlich noch mehr einfällt. Und es fällt mir tatsächlich mehr ein, nur ist es kein Griechisch. Ich finde eine noch originalverpackte Taucherbrille mit Schnorchel, und als ich versuche, das Etikett zu entziffern, entdecke ich ein paar französische Wörter, die ich ohne Weiteres verstehe. *Ne convient pas à un enfant de moins de 36 mois* – nicht für Kinder unter drei Jahren geeignet. Ich schaue mich um und versuche, alles, was ich sehe – alles, was mir einfällt –, auf Französisch zu benennen. *Il y a la mer. Il y a la plage. Quand vais-je quitter cette île? Qui suis-je? Pourquoi je ne me souviens de rien? Pourquoi suis-je ici?*

Fasziniert von dieser Entdeckung, diesem beim archäologischen Graben in meiner Erinnerung geborgenen Schatz, spreche ich weite Teile des Tages auf Französisch vor mich hin. Und ich schimpfe vor mich hin. Wahrscheinlich höre ich mich an wie eine Irre. Es tut gut, alles, was mich quält, rauszulassen – und das auf Französisch –, aber es bewirkt nicht, dass weitere Erinnerungssplitter auftauchen.

Fast bin ich fertig. Es war kompliziert, und ich bin sehr gespannt, ob alles funktioniert. Ich habe das Schubladenteil mit zwanzig langen, strategisch platzierten Nägeln fixiert. Besser wären Schrauben gewesen, aber diese Option hatte ich nicht. Trotzdem – die Bordwand am Heck ist jetzt so hoch, dass dort kein Wasser ins Boot schwappen wird, und das Kielschwert habe ich mit einem weiteren Schubladenteil stabilisiert. Jetzt muss ich nur noch das Steuerruder in Ordnung bringen und das Boot anheben, um es zu Wasser lassen zu können. Dafür wird es mehr als meine schwachen Kräfte brauchen. Das Boot ist nicht groß – jedenfalls ist es kein Kreuzfahrtschiff –, aber trotzdem zu schwer, als dass ich es allein vom Fleck bewegen könnte. Eine Weile sitze ich nur da und brüte darüber, wie ich das hinkriegen könnte. Da mir keine Flut zu Hilfe kommt, muss ich warten, bis ein Kreuzfahrtschiff größere Wellen herbeischickt. Oder bis stärkerer Wind aufkommt. Am schnellsten würde es natürlich gehen, wenn ich die anderen um Hilfe bäte.

Ich bleibe sitzen, bis die Nacht die Sonne ausknipst. Da es nicht sehr kalt ist, überlege ich, ob ich hier am Strand schlafen soll, aber ich habe Hunger und brauche unbedingt ein Glas Wasser. Und – auch wenn es mir zuwider ist, mir das einzugestehen – ich bin einsam. Im Kern ist mein Plan, das Boot zu Wasser zu lassen und die Segel zu setzen, gut – aber was dann? Mit ein paar griechischen Floskeln im Kopf auf Kreta landen und hoffen, dass jemand mich findet? Der Gedanke, dass ich mich vielleicht gar nicht erinnern *will*, ängstigt mich. Ich brauche Gesellschaft.

Langsam gehe ich über steinige Böschungen und zwischen hohen Gräsern hindurch und gebe mir Mühe, nicht bei jedem kleinen Geräusch zu Tode zu erschrecken. Die Nacht verwandelt die Insel; es ist wieder die Zeit, da Vögel und kleine Tiere ihre seltsamen Schreie ausstoßen oder leise heulen. Irgendwann tauchen endlich die Lichter des Hauses auf, und ich werde wie von selbst schneller.

Aber als ich den kleinen Abhang zur Hintertür halb hinauf bin, lässt ein Schuss mich erstarren. Laut und mit langem Echo. Die Tiere verstummen. Vom Dach des Hauses erhebt sich ein Schwarm Vögel. Und dann ertönt ein Schrei, der mir das Blut in den Adern gefrieren lässt.

Sariah.

George hat sie erschossen.

Ohne eine Sekunde zu überlegen, renne ich los.

ROTE WOLLE

14. NOVEMBER 1988

Stockwell, South London

Sie rannte, wie sie noch nie im Leben gerannt war. Normalerweise trödelte sie auf dem Heimweg gern, aber diesmal legte sie einen Sprint hin und murmelte die ganze Zeit: *Mama! Mama!* Wie ein Gebet. *Bitte lass sie noch nicht da sein! Bitte lass sie erst nach mir ankommen!*

Das Problem war, dass Mrs Kellog *alles* mitkriegte. Bislang hatte Eloïse auch mit einem blauen Auge oder Schrammen in die Schule kommen können, und niemand hatte je nachgefragt. Vielen Kindern sah man an, dass sie zu Hause Prügel bezogen. Mrs Kellog ließ das nicht durchgehen. Sie hatte Eloïse nach dem blauen Auge gefragt. Ohne zu wissen, dass das alle sagten, die nicht zugeben wollten, dass sie verhauen worden waren, hatte Eloïse erklärt, sie sei gegen einen Schrank gelaufen. Wenn sie in der Schule fehlte, was häufig vorkam, wollte Mrs Kellog am nächsten Tag wissen, warum. Eloïse fand das schwierig – sie musste sich immer neue Antworten einfallen lassen. Und heute hatte Mrs Kellog sie nun aufgefordert, nach dem Unterricht noch dazubleiben.

Selbst schuld, dass sie sich darauf eingelassen hatte. Sie hätte beim Klingeln einfach davonlaufen können, und wenn sie ihr nicht gerade hinterhergerannt wäre, hätte Mrs Kellog gar nichts machen können. Aber Eloïse war geblieben, und Mrs Kellog hatte, als die anderen weg waren, die Tür zugemacht und sie aufgefordert – nein, gebeten –, sich einen Stuhl zu holen und sich zu ihr an den Lehrertisch zu setzen. Eloïse hatte keine sichtbaren Schrammen – die Brandstelle von der Zigarette war unter dem langen T-Shirt-Ärmel verborgen –, und auch sonst gab es keine Schwierigkeiten. Sie war eine gute Schülerin, die Beste in der Klasse, darauf achtete sie. Den Zusammenhang zwischen schlechten Noten und Hausbesuchen von Sozialarbeiterinnen hatte sie früh durchschaut.

»Worum geht es denn?«, hatte sie Mrs Kellog gefragt, nachdem sie den angebotenen Schokokeks verschlungen hatte.

Mrs Kellog war klein und rund und hatte ihre Brille an einer Kette um den Hals hängen. Sie schaute einen auf eine Art an, dass man das Gefühl bekam, aus Glas zu sein. Irgendwie erinnerte sie Eloïse an eine sehr kluge Eule. Sie hatte sogar federiges Haar, schulterlang und in verschiedenen Grau-, Mausbraun- und Weißtönen. Der Blick ihrer grünen Augen war durchdringend und ihr Gesicht irgendwie flach.

Mrs Kellog hielt Eloïse die Keksdose noch einmal hin und sagte: »Ich hätte so gern beim Elternabend letzte Woche deinen Eltern erzählt, wie gut du in der Schule bist. Ich wollte ihnen dazu gratulieren, dass sie ein so kluges Mädchen aufgezogen haben. Und vor allem wollte ich ihnen mitteilen, dass der Schulpreis für die beste selbst geschriebene Geschichte an dich geht.«

Eloïse staunte. »An mich?«

Mrs Kellog lächelte – so wissend, wie es eben ihre Art war – und nickte. »Aber sie sind nicht zum Elternabend gekommen. Inzwischen habe ich die anderen Lehrer gefragt, und es scheint, als hätte niemand je deine Mutter oder deinen Vater gesehen.« Sie beugte sich vor, und Eloïse zuckte zusammen, denn normalerweise kamen Erwachsene ihr nur so nahe, wenn sie ihr wehtun wollten.

Eine lange Pause entstand, und nur allmählich begriff Eloïse, dass eine Frage im Raum stand.

»Meine Mama …«, setzte sie an. »Meine Mama ist sehr oft krank.«

»Und was ist mit deinem Vater?«

»Mama lebt mit ihrem Freund zusammen«, sagte sie – und machte sich dann erst klar, dass sie genau überlegen musste, was sie preisgab und was nicht. »Manchmal, meine ich. Sie leben nicht die ganze Zeit zusammen. Er musste letztes Jahr ins Gefängnis, deshalb hat sie gerade einen anderen Freund.«

Das schien Mrs Kellog zu überraschen, auch wenn sie versuchte, es sich nicht anmerken zu lassen. Sie bot Eloïse einen dritten Keks an, und dann stellte sie die nächste Frage.

»Manchmal sehe ich an deinen Armen Wunden. Schneidest du dich, verletzt du dich selbst?«

An dem Punkt gingen Eloïse zwei Dinge auf. Erstens, dass es für das, was sie tat, eine Bezeichnung gab und dass sie, wenn es dafür eine Bezeichnung gab, wohl nicht der einzige Mensch auf der Welt war, der sich eine Rasierklinge in die Haut presste, weil er so etwas von dem Druck, der in ihm brannte, loswurde. Zweitens, dass sie aus diesem Klassenzimmer rausmusste. Sofort.

Sie stand auf.

»Eloïse …«

»Entschuldigung«, sagte Eloïse und wandte sich zum Gehen.

Mrs Kellog erhob sich ebenfalls und kam ihr hinterher. Kurz bevor sie an der Tür war, blieb Eloïse stehen. Plötzlich wünschte sie sich nichts sehnlicher, als Mrs Kellog alles zu erzählen, sogar die Sachen, für die sie keine Bezeichnung hatte.

»Eloïse«, rief Mrs Kellog. Peter hätte gesagt: *Sie sorgt sich wirklich um dich.* Aber Peter war tot wie alle anderen. Jedes Mal, wenn sie sich weigerte zu tun, was Orhan wollte, nahm er ihr etwas weg. Irgendwie wusste er immer, welches Spielzeug sie gerade am liebsten hatte.

»Ich mache mir ernsthaft Sorgen um dein Wohlergehen, Eloïse. Ich möchte, dass du heute mit zu mir kommst. Dann können wir besprechen, welche Schritte unternommen werden müssen. Bist du einverstanden?«

Eloïse schüttelte den Kopf und wollte Nein sagen, aber es kam nur ein Schluchzer heraus.

Mrs Kellog nahm ihr Gesicht in beide Hände, und soweit sie zurückdenken konnte, war das war die seltsamste und zärtlichste Geste, die Eloïse je von einem Menschen erfahren hatte. Plötzlich nahm sie sich selbst wie von außen wahr, so, als schaue sie aus einer gewissen Distanz auf das verängstigte, dürre Geschöpf, zu dem sie geworden war, auf die abgetretenen Schuhe und die Kleider, die Löcher hatten, auf das Haar, das so verfilzt war, dass niemand in der Klasse neben ihr sitzen wollte. Wäre sie etwas älter gewesen, hätte sie gewusst, dass es gar nicht in erster Linie die Wunden und blauen Flecken waren, die Mrs Kellog beunruhigten, sondern die Nadel-Einstiche an ihrem Hals, von denen Orhan glaubte, sie würden von ihrem Haar verdeckt. Nur dass sie sich das Haar eines Abends kurz geschnitten hatte, sodass die Einstiche jetzt deutlich zu sehen waren.

Mrs Kellog hatte Eloïse tief in die zu alten Augen geschaut. »Ich habe den Sozialdienst verständigt«, hatte sie geflüstert. »Du brauchst nicht mehr nach Hause zu gehen. Während wir hier reden, ist schon jemand unterwegs zu euch in die Wohnung.«

Da hatte Eloïse auf dem Absatz kehrtgemacht und war losgerannt. Hatte ihre Sohlen extra auf dem Linoleumboden im Flur quietschen lassen, um die Rufe von Mrs Kellog zu übertönen. Sie war die Schulhaustreppe hinunter- und an den anderen Kindern an der Bushaltestelle vorbeigelaufen, vor hupenden Autos schräg über die Straße und mitten durch die Schlange vor dem Postamt hindurch. Und jetzt steuerte sie auf das Hochhaus zu, in dem sie wohnten, und stürmte die Treppe hinauf in den vierten Stock.

Ihre Mutter war oben. Sie hing über der Toilette und übergab sich. Das war doch nicht schlecht: Immerhin war sie wach, und es sah nicht so aus, als sei irgendjemand anders in der Wohnung gewesen.

»Ist alles in Ordnung?«, fragte sie, während ihre Mutter immer noch würgte, ging in die Küche und holte ihr ein Glas Wasser. Und dann klingelte es.

Durch den Spalt in den Gardinen sah sie sie, beide in beigem Trenchcoat und schwarzen Pumps, mit Klemmbrett und steinerner Miene. Solche erkannte sie auf einen Kilometer Entfernung. Sozialarbeiterinnen. Die hatten alle nur eins im Sinn: sie und ihre Mutter auseinanderzureißen. Sie in eine andere Familie zu stecken.

Einige kostbare Sekunden hatte sie, um das Chaos im Wohnzimmer halbwegs zu richten und sich im Flurspiegel zu vergewissern, ob sie so weit okay aussah, dann riss sie die Tür auf und setzte ein strahlendes Lächeln auf.

Die mit der Brille redete als Erste. »Eloïse, ja? Ist deine Mama zu Hause?«

Eloïse lächelte noch breiter, wobei sie eine Reihe gelber Zähne entblößte. »Sie hat zu tun.«

»Oh. Dürfen wir reinkommen?«

»Dauert das lange?«

Die Frauen warfen einander einen Blick zu. »Das hängt davon ab.«

Sie hielt die Tür auf, und die beiden traten ein.

»Kann ich Ihnen eine Tasse Tee anbieten?«, fragte Eloïse, hoffend, dass Höflichkeit und gutes Benehmen alles wettmachten; dass sie auf ihrem Formular das Häkchen an der richtigen Stelle setzten und verschwanden.

Aber während sie in der Küche hantierte, angeschlagene Tassen und pappige Kekse auf einem Kupfertablett arrangierte, werteten die beiden ihr altkluges Auftreten, ihre dünnen Gliedmaßen und die blauen Flecken, die zu sehen waren, als typische Merkmale eines vernachlässigten Kindes; mit so etwas hatten sie andauernd zu tun.

Eloïse staunte, als ein paar Minuten später ihre Mutter auftauchte. Sie trug Jeans und ein schwarzes T-Shirt – mit BH darunter –, und das blonde Haar war gekämmt und zurückgebunden. Mit dem Hauch rosa Lippenstift kam sogar etwas Farbe in ihr bleiches Gesicht. Judy war sehr hübsch, und gerade hatte sie sich so weit im Griff, dass sie den Trenchcoat-Frauen die Hand schütteln und unauffällig erscheinen konnte. Es war seit Wochen das erste Mal, dass sie überhaupt wach und ansprechbar war. Eloïse beäugte ihre Mutter und bedankte sich – bei wem auch immer – dafür, dass ihr Gebet erhört worden war.

Die Frauen erklärten, sie wollten »nach Eloïse sehen«, sie hätten von den Sozialarbeiterinnen in Brixton, wo sie vorher gewohnt habe, einen Hinweis erhalten und wollten sie kennenlernen. Judy nickte und lächelte und erklärte ihrerseits, wie es in der Vergangenheit zu den Interventionen des Sozialdienstes gekommen sei. Sie sei mit Orhan aus der Schweiz weg- und nach London gezogen, aber es sei nicht gut gegangen mit ihnen beiden. Er sei in einen bewaffneten Überfall verstrickt gewesen, und in der Folge sei der Sozialdienst ins Spiel gekommen. Natürlich sei sie nicht mehr mit ihm zusammen. Neue Wohnung, neuer Anfang. Dazu strahlte sie die beiden an und spielte geschickt ihr Deutsch-Schweizer Erbe aus: ihre große, sportliche Erscheinung und ihren Akzent, der exotisch war und zugleich nach Bildung klang. Eloïse beobachtete die Frauen, die sich Notizen machten und zusehends lockerer wurden. Schließlich wandten sie sich an sie.

»Und wie findest du Stockwell, Eloïse?«

»Schön«, sagte sie mechanisch. Und nach einer kurzen Pause: »Obwohl – ich würde vielleicht gern die Schule wechseln. Geht das?«

»Da sehe ich kein Problem«, sagte die Frau mit der Brille. »Allerdings werden wir einen Grund angeben müssen.«

»Ich werde gemobbt.«

Ihre Mutter schaute sie so glaubhaft besorgt an, dass Eloïse sich fragte, was mit ihr vorgegangen war. Und dann streckte Judy noch die Arme aus und zog sie an sich. Überwältigt von dieser mütterlichen Zuwendung, nach der sie sich so lange so sehr gesehnt hatte, brach Eloïse in Tränen aus und begann furchtbar zu schluchzen. Das nahmen die Trenchcoat-Frauen als Beweis dafür, dass sie, was das Mobbing anging, die Wahrheit gesagt hatte.

»Sch, sch, ist ja gut«, murmelte Judy, deren Geruchswolke aus Marihuana, Erbrochenem und billigem Parfum Eloïse vollständig umhüllte, und wechselte plötzlich ins Deutsche. »*Erzähl Mama, wer dir wehgetan hat.*«

31. MÄRZ 2015

Potter's Lane, Twickenham

Lochlan: Auf dem Konsoltisch im Spielzimmer steht ein Polaroid, das Eloïse vor einiger Zeit hat rahmen lassen. Bis die Polizisten hier waren und alles mitgenommen haben, war der Konsoltisch mit Krempel zugemüllt. Die Dinge, die darunter begraben waren, sind nun freigelegt wie archäologische Trophäen: einer von Eloïses alten Segelpokalen, Tonabdrücke von Max' Babyfuß und -hand, ein paar gerahmte Familienfotos und eben dieses Polaroid. Im Unterschied zu den anderen Bildern ist es etwas zerknittert; außerdem ist es unscharf, ein Schnappschuss: Ich stehe, Eloïse huckepack tragend, mitten auf den Champs-Élysées.

Wir befinden uns buchstäblich mitten auf der Straße, hinter uns der Triumphbogen, links und rechts Autos. Ich habe eine Sonnenbrille auf, eine Badehose an und ein breites Grinsen im Gesicht. El steckt in einem trägerlosen weißen Badeanzug und hat Flip-Flops an den Füßen; sie streckt ein Bein nach vorn und sieht aus, als würde sie gleich runterfallen, aber sie lacht.

Wenn ich das Bild anschaue, höre ich sie wieder lachen; ein Echo, das meinen Puls beschleunigt.

Da kannten wir uns noch nicht lange. Wir waren mit Freunden von Eloïse in ihrem klapprigen Ford Fiesta für ein paar Wochen nach Frankreich gefahren, im Kofferraum ein Sechsmannzelt und mehrere Kästen Budweiser. Damals gab es keinen Druck. Keinen Montagmorgen, keine Deadlines, Loft-Konversationen, Müllsammelaktionen und Entscheidungen bezüglich der Kinderbetreuung.

Ich habe viel über unsere früheren Reiseziele nachgedacht. Besonders über Chania. Nicht weit von da haben wir geheiratet. Immer wieder kommt mir das in den Sinn. Nicht die Hochzeit an sich, aber die Insel, Komméno. Eloïse hat dort anders ausgesehen, sie kam mir dort anders vor.

Mein Blick wandert vom Konsoltisch zu Gerda, die mit grimmiger Miene und hochgezogenen Schultern auf der anderen Seite des Zimmers im Schaukelstuhl sitzt. Sie räuspert sich und wartet, bis Magnus ebenfalls Platz genommen hat, denn sie hat mir etwas mitzuteilen. Magnus setzt sich auf die Holztruhe, neben der Teile von Max' Spiel-Dorf aufgebaut sind; er zieht die Hosenbeine hoch, um nichts umzuwerfen, und lächelt mir entschuldigend zu.

»Worum geht's?«, frage ich lustlos.

»Um die Kinder, Lochlan«, sagt Gerda streng. »Wir wollen sie mit nach Ledbury nehmen. Magnus und ich haben uns das gut überlegt. Wir sind der Meinung, dass sie unter den gegebenen Umständen bei uns mehr Stabilität und Schutz haben.«

»Entschuldigung – Stabilität? Schutz?«

Sie schaut zu Magnus, der weiterhin eine freundliche Miene macht und einen Punkt auf dem Teppich fixiert. »Na ja, das Chaos hier ist zu viel für sie. Ihre Mutter ist nicht da. Die Polizei kommt und durchwühlt das Haus – das muss für die beiden doch schwierig sein.«

»Das ist ein einziges Mal vorgekommen«, erwidere ich erbost. »Ich kann mir nicht vorstellen, dass es eine weitere Durchsuchung geben wird.«

»Max ist jedenfalls ziemlich durch den Wind. Ich glaube einfach, es ist nicht ideal für die unschuldigen Kleinen, das alles so hautnah mitzukriegen.«

»Dass es ideal ist, glaube ich auch nicht«, sage ich. Auf diese Weise bestraft sie mich für Harriet, das weiß ich.

Als könne sie Gedanken lesen, fügt sie hinzu: »Und das hat nichts mit dieser Harriet zu tun. Auch wenn ich glaube, dass ihr, wenn Eloïse zurückkommt, ernsthaft miteinander reden müsst.«

»Gerda …«, wirft Magnus ein, und sie senkt die Stimme.

»Das ist das Letzte, was irgendjemand von uns in dieser Situation gebrauchen konnte.«

»Ich wollte das auch nicht«, sage ich.

»Und genau deshalb, finde ich, solltest du uns Max und Cressida mitgeben.« Gerda lässt nicht locker. »Ich meine, was ist denn mit deiner Arbeit, Lochlan? Du musst doch bestimmt bald wieder in die Firma? Wie willst du dich dann noch um die Kinder kümmern?«

»Keine Ahnung.«

Ein kurzes zufriedenes Lächeln. »Na also. Siehst du? Die Kinder haben in Ledbury eigene Zimmer. Es ist ihr zweites Zuhause! Ich kann Max dort an der Montessori anmelden, er wird sicher gleich anfangen können. Er hat sogar schon Freunde dort. Nette, wohlerzogene Jungen.«

Mein Magen krampft sich zusammen. »Für wie lange?«

»Wie bitte?«

»Für wie lange wollt ihr sie mitnehmen? Wann bringt ihr sie mir zurück?«

»Na ja, so lange, wie es nötig ist, denke ich.«

Darauf erwidere ich erst einmal nichts. Mein Blick wandert wieder zu dem Polaroid. Vielleicht ist genauso viel Egoismus im Spiel wie Liebe, wenn ich will, dass meine Kinder hierbleiben, bei mir. Was würde Eloïse denn wollen? Was würde sie tun?

»Gut«, sage ich schließlich, und Gerda klatscht in die Hände und springt auf, bereit, das Kommando zu übernehmen.

Schon plappert sie etwas von Sachen für Cressida, die sie einpacken will, und dass sie so bald wie möglich fahren müssen, um nicht in die Rushhour zu geraten. Sie drängt Magnus, endlich in Gang zu kommen, doch er schüttelt den Kopf und verschränkt die Arme.

»Magnus, was ist los?«

Er weicht ihrem Blick aus. »Ich bleibe hier. Du fährst.«

»Was?« Gerda ist entsetzt.

Jetzt hebt er den Blick, schaut sie an und sagt sanft: »Du nimmst die Kinder, ich werde hier gebraucht.« Dann schaut er mich an und lächelt. »Moralische Unterstützung und so weiter.«

Angesichts dieses Seitenwechsels verschlägt es Gerda die

Sprache. Sie versucht, Haltung zu bewahren, aber ihre Augen bleiben weit aufgerissen. Ins Deutsche wechselnd, raunt sie Magnus etwas zu, doch er schüttelt den Kopf.

»Mein Rezept kann ich mir auch hier abholen«, sagt er ruhig. »Ich rufe die Ärztin an und kläre sie über unsere Pläne auf.«

Gerda protestiert noch ein bisschen und versucht zu lachen, so, als meine er das alles nicht ernst, doch irgendwann hebt er die Hände und bringt sie mit einer sehr entschiedenen deutschen Ansage zum Schweigen. Sie läuft rot an, verlässt das Zimmer und stampft die Treppe hinauf.

Magnus dreht sich zu mir um und lächelt. Dann hievt er sich hoch, streckt sich und sagt: »Zeit für einen anständigen Drink, was?«

31. MÄRZ 2015

Komméno, Griechenland

Eloïse: Ich laufe hinauf zum Haus. Rufe wieder und wieder Sariahs Namen. Der Schuss hallt immer noch vom Himmel wider, das Echo des Schreis hat sich in mir festgesetzt. Vier dunkle Spritzer sind im Mondlicht auf den Stufen zu sehen. Blut.

Ich trete ein. Da steht George, neben sich das Gewehr mit dem Lauf nach unten, auf dem Tisch liegt ein blutiges Etwas. Hazel wedelt mit beiden Händen, sie ist kurz vorm Durchdrehen. Als ich näher komme, erkenne ich, dass das Ding auf dem Tisch ein Hase ist, platt auf dem Rücken, die langen Ohren zur Seite geknickt, die Beine abgespreizt wie umgekehrte Flügel.

Sariah kommt dazu, schaut sich kurz um und sagt ungläubig: »Du hast jetzt nicht einen *Hasen* geschossen.«

George hebt das Gewehr auf seine Schulter. Sein Gesicht schimmert vor Schweiß – und vor Stolz; der nackte Bauch hängt ihm über den Gürtel. Sein Nabel ist eine eiförmige Vertiefung in weicher, von Dehnungsstreifen durchzogener Haut.

»Was ich gemacht habe, liebe Sariah, ist, euch was zum Abendbrot zu besorgen. Wer hat Hunger?«

Hazel starrt ihn entsetzt an. Dann den Kadaver. Eine Pfote ist weiß.

»Du meinst nicht ernsthaft, dass wir das essen sollen?«

»Hast du eine bessere Idee?«

»Aber das ist ein süßer kleiner Hase!«

»Das ist ein süßer kleiner Hase mit einer Kugel im Kopf. Und wenn du ihn nicht isst, bist du bald eine süße kleine Leiche.«

Sie verzieht das Gesicht. »Mein Freund hatte früher so einen. Wir haben ihn Billy genannt. Er war Billy der Hase.«

George wühlt in einer Schublade, und es dauert einen Augenblick, bis ich begreife, dass er ein scharfes Messer sucht. Und er findet eins.

Joe sagt: »Du solltest es sterilisieren.«

»Was?«

»Das Messer. Achte darauf, dass es steril ist.«

»Unsinn.« George lacht. Dann dreht er sich um und geht mit dem Messer auf den Hasen los.

Hazel hält sich eine Hand vor den Mund und würgt. Ich kann auch nicht hinschauen.

»Ihr Pfeifen!«, brüllt George. »Ihr erbärmlichen Weicheier! Habt ihr noch nie einen Weihnachtstruthahn gegessen? Oder Lammkoteletts? Was meint ihr, wo die herkommen? Was? Der Bursche hier ist wenigstens nicht mit Hormonen vollgepumpt worden. Freier Auslauf, immer fröhlich.«

»Nein, nein«, sagt Joe und hält Georges Hand fest. Ich atme schon auf, doch dann fügt er hinzu: »Du musst ihn erst häuten. Wenn du hier einen Schnitt setzt, dann kannst du die Haut abziehen wie einen Handschuh. Danach trennst du den Kopf ab.«

»Das guck ich mir nicht an«, sagt Hazel und stapft nach draußen. Sariah verschränkt die Arme und schaut mit trauriger Miene einen Augenblick zu, dann wendet sie sich ab und folgt Hazel. Ich höre mir noch an, wie Joe George bei der Entnahme der Leber anleitet, dann reicht es mir auch.

Sariah sitzt breitbeinig auf der Holzbank bei der Wäscheleine; sanft fährt der Wind in ihren langen Rock. Es ist dunkel, aber das Rauchwölkchen, das um die Ecke gezogen kommt, verrät, dass Hazel dort steht, im Windschatten. Es ist ein milder Abend. Sariah beugt sich vor, stützt die Ellbogen auf die Knie und schaut hinauf zum Mond, der voll und rund am Himmel steht und einen silbrigen Streifen aufs Meer wirft. Ich setze mich neben sie, sehe mich kurz um und hoffe einfach, dass Hazel nicht mithört.

»Wo warst du den ganzen Tag?«, fragt Sariah leichthin.

Mir wird bewusst, dass ich ihr überhaupt noch nicht von dem

Boot erzählt habe. »Ich glaube, ich kann uns hier wegbringen«, sage ich.

Überrascht sieht sie mich an. »Was?«

»Das Boot.« Ich lehne mich zu ihr hinüber. »Das Segelboot, mit dem ich gekommen bin. Ich glaube, ich habe es repariert.«

»Aber du selbst hast es doch kaputt gefahren.«

»Ich weiß. Es war ein Versuch mit der Reparatur und …« Ich hole tief Luft. »Es wäre schön, wenn wir beide zusammen nach Kreta segeln könnten. Am besten heute noch.«

Sie schaut sich nach allen Seiten um, und dann flüstert sie: »Das ist keine gute Idee, Liebes.«

»Warum nicht?«

»Na ja, dein letzter Segeltörn ist nicht gerade gut ausgegangen …«

Die alte Befürchtung, sie könnte mir gegenüber nicht ehrlich sein, meldet sich zurück, doch ich verscheuche sie.

»Sariah! Das Telefon ist verschwunden, wir haben doch gar keine andere Möglichkeit! Wir beide könnten losfahren und Hilfe für die anderen holen.«

Ein tiefer Seufzer. »Ich weiß nicht …«

»Warum nicht?«

Plötzlich starrt sie mich mit einem völlig veränderten Gesichtsausdruck an; ihre Miene scheint zu sagen: Jetzt weht hier ein anderer Wind.

»Es gibt etwas, das du wissen musst.«

»Etwas, das ich wissen muss?« Ich versuche, ruhig zu klingen.

»Über mich.«

Der Abend in der Scheune fällt mir ein. Sariah auf dem Boden, George mit dem Gewehr über ihr. Mein Verdacht, dass sie das Ganze inszeniert hat. Aber dieser Verdacht fußt auf nichts. Sariah hat sich mir gegenüber freundschaftlich verhalten; sie hat sich auch dann noch um mich gekümmert, als die anderen längst das Interesse an mir verloren hatten. Ich darf nicht zulassen, dass mein Argwohn diese Freundschaft kaputt macht.

»Was muss ich denn über dich wissen?«

Sie öffnet den Mund, um zu antworten, aber genau in dem Moment ruft Joe von drinnen: »Wir sind fertig mit dem Zerlegen! Ihr könnt wieder reinkommen!«

»Ihr Weicheier.«

Das lenkt Sariah ab, und sie steht auf, um tatsächlich wieder ins Haus zu gehen.

»Bitte!«, sage ich und fasse ihre Hand, doch sie entzieht sie mir mit einem Ruck.

»Sariah!«

Sie rührt sich nicht, schaut mich nicht an. Ich bedränge sie.

»Was wolltest du mir sagen?«

Jetzt dreht sie sich zu mir um. Ärgerlich ist ihr Ausdruck nicht, eher mitleidig.

»Deine einzige Möglichkeit, von der Insel wegzukommen, ist, dich zu erinnern.«

»Das versuche ich doch«, rufe ich und verhaspele mich vor Aufregung, denn für mich klang das wie eine Warnung.

Doch ehe ich noch etwas hinzufügen kann, entfernt sie sich und geht ins Haus.

Joe und George braten den Hasen. Hazel verzieht das Gesicht und stampft unwillig auf.

»Das esse ich nicht. Ich nicht. Ihr könnt mich nicht dazu zwingen.«

George holt eine Tischdecke aus einer der Schubladen, schüttelt sie aus und breitet sie über den Tisch. Dann stellt er sich hinter den Stuhl an der Stirnseite und grinst mich an. »Komm du doch und setz dich hierher!«

Joe, Hazel und Sariah drehen sich zu mir um, alle gleichzeitig; nervös versuche ich, ihre Mienen zu deuten.

»*Mach* schon«, faucht Hazel, und ich zucke zusammen.

Langsam gehe ich zum Tisch und setze mich.

»Na also«, sagt George. Dann geht er zum Herd, wo er eine Keule aus der Pfanne gabelt und auf einen Teller fallen lässt. Diesen Teller stellt er vor mich hin.

»Soll ich dir noch eine Soße bringen?« Und während ich den Kopf schüttele, ruft er zu Joe hinüber: »Was passt zum Hasen?«

»Wiesen, Schmetterlinge, Bambi …«, murmelt Hazel.

»Wir haben überhaupt keine Soße mehr«, sagt Joe und reibt sich das Kinn. »Ich finde, zu Hasenbraten gehört ein guter Rotwein, aber der Fusel ist komplett alle.«

Hazel blickt auf. »Wir haben keinen Alkohol mehr?«

Joe hält ein Plastikröhrchen hoch. »Aber Pfeffer.«

Hazel beginnt zu schluchzen. Sariah legt ihr tröstend eine Hand auf die Schulter.

George lässt seine Finger knacken. Dann nimmt er den Pfefferstreuer von der Arbeitsplatte und würzt das Fleisch. »So«, sagt er zufrieden.

Erst fordert er Hazel auf, sich zu setzen, dann Sariah, und beide tun, was er sagt. Gemeinsam geben Joe und er die Fleischteile auf Teller und setzen sich ebenfalls zu Tisch. Die Stimmung ist düster.

»Wollen wir ein Tischgebet sprechen?«, fragt George.

Hazel schnieft und tupft sich die Augen. Sie zieht den Kopf zwischen die Schultern, ihr Gesicht verschwindet fast hinter den roten Locken. Sariah murmelt: »Ja, das sollten wir«, und Joe scheint nicht zu wissen, was er mit seinen Händen machen soll, so, als kenne er sich mit Beten nicht aus.

George legt die Hände zusammen. »Vater unser, der du bist im Himmel …« Nach einer kurzen Pause fragt er Joe: »Wie geht's noch mal weiter?«

»Das ist kein Tischgebet.«

»Sprich du doch eins«, sagt Sariah.

Joe räuspert sich und faltet die Hände. »Okay. Äh. Lieber Gott, wir danken dir für dieses Mahl, das du uns hungrigen Schriftstellern geschenkt hast. Gib, dass es gut schmeckt und uns nicht vergiftet. Und wo wir schon dabei sind: Ich bitte dich, steh mir mit meinem neuen Gedicht bei, denn ich tue mich schwer damit und bin mit der Form nicht zufrieden …«

Hazel gibt ihm einen Klaps auf den Arm. »Joe!«

»Okay, Entschuldigung. Amen.«

Hazel weigert sich weiterhin zu essen, und auch ich kann mich nicht dazu durchringen, obwohl ich Hunger habe. Sariah stochert auf ihrem Teller herum; offensichtlich versucht sie, sich selbst davon zu überzeugen, dass man das essen kann.

»Es ist keine Sünde, Hasen zu essen, wisst ihr?«, verkündet George.

»Koste doch«, sagt Joe, zu mir gewandt, »es schmeckt wirklich gut.«

Sariah schneidet ein Fitzelchen Fleisch ab und schiebt es sich in den Mund. Ihre Miene sagt: Ist okay. Davon ermutigt, tue ich es ihr nach. Hazel hebt den Kopf und wirft mir einen angewiderten Blick zu. Es ist eindeutig Wild, ein sehr intensiver eigener Geschmack, aber ich habe solchen Hunger, dass ich das ganze Tier aufessen könnte.

»Iss was, Hazel, verdammt noch mal«, sagt George und schiebt einen Teller noch näher an sie heran. »Du musst bei Kräften bleiben. Dein Hirn braucht Nahrung und so.«

Sie stößt den Teller zurück und bedeckt ihr Gesicht mit den Händen. Dann schluchzt sie wieder.

Joe nimmt den Pfefferstreuer und schüttelt ihn über ihrem Teller. »Damit schmeckt es *wirklich*«, sagt er sanft.

»Nun sei doch nicht so ein Baby«, sagt George, und sofort fährt Hazel auf.

»Wag es nicht, mich Baby zu nennen«, faucht sie. »Ich habe für diesen Aufenthalt bezahlt – obwohl ich pleite bin.«

»Ebenso«, sagt Joe traurig.

»Und jetzt heißt es, wir haben nichts mehr zu trinken!«, kreischt Hazel. »Ich will nach Hause!«

Georges Miene verfinstert sich. Er rührt sich nicht und bleibt bedrohlich still, während seine üble Laune sich wie Nebel im Raum auftürmt.

»Es sind doch nur noch ein paar Wochen, Liebes«, sagt Sariah.

»Ist mir egal!«, schreit Hazel. »Ein paar Wochen können eine

Ewigkeit sein, wenn wir Hasen schießen müssen, um zu überleben!«

»Wärst du so nett, mir was einzuschenken?«, sagt Sariah zu Joe, hebt ihr Glas und nickt in Richtung des Wasserkrugs.

»Mir auch«, sagt George.

»Ich fülle ihn rasch neu.« Joe steht auf, geht mit dem Krug zur Spüle, dreht den Hahn auf, wartet – und nichts geschieht. Nur das Quietschen des alten Hahns ist zu hören und danach ein lautes Gurgeln. »Hm. Das ist heute schon mal passiert«, sagt Joe. »Müsste eigentlich gleich wieder gehen.«

»*Was* ist heute schon mal passiert?«, fragt Sariah.

Schweigen.

»Joe?«

Ein Scheppern und Knirschen hallt durch den Raum, als würden alte Rohre gegeneinandergerieben. Der Wasserhahn hustet und spuckt ein paar Spritzer aus.

»Oh nein«, sagt Joe.

»Was?«, fragt George.

»Nun komm schon!«, ruft Joe aus und schlägt mit der Faust auf die Arbeitsplatte.

Hazel blickt auf. »Das Wasser«, sagt sie leise.

»Heute Morgen ist es irgendwann wieder gelaufen.«

»Da ist nichts mehr, stimmt's? Alles aufgebraucht.«

»Was heißt ›aufgebraucht‹?«, frage ich.

»Das Wasser kommt aus einer Zisterne«, erklärt Sariah. »Dort wird Regenwasser gesammelt und gefiltert.«

George schiebt seinen Stuhl zurück und sagt: »Das *kann* gar nicht sein. In letzter Zeit hat es so viel geregnet. Da ist nur irgendwas verstopft. Überlasst das mir.« Damit springt er auf, verschwindet durch die Hintertür und lässt sie krachend zufallen.

Ich schiebe meinen Teller weg; unmöglich, noch einen Bissen herunterzubekommen. Joe schlägt auf den Wasserhahn ein und brüllt irgendwas, während Sariah immer wieder sagt, er solle damit aufhören.

»Was machen wir bloß?«, ruft Hazel mit schriller Stimme. »Kein Wasser, nichts zu essen, kein Wein …«

»Jetzt wird es wirklich schwierig«, murmelt Sariah, und ich nicke.

»Wir *müssen* einen Weg finden, Nikodemos oder sonst jemanden auf der Hauptinsel zu kontaktieren«, sagt Joe. Es scheint, als habe er sich beruhigt, doch als er an den Tisch zurückkehrt, sehe ich, dass er totenbleich ist und sein Auge unaufhörlich zuckt.

Hazel schluchzt.

Gefühlt sind es Stunden, die wir einfach nur dasitzen und unseren Gedanken nachhängen. Ich würde Sariah gern fragen, was sie gemeint hat, als sie sagte, ich könne nur von der Insel weg, wenn ich mich erinnere, aber das will ich nicht, solange Hazel und Joe in der Nähe sind. Andererseits will ich sie nicht hier zurücklassen. Also muss ich warten, bis George das Wasser wieder zum Laufen gebracht hat.

Endlich rumort es an der Hintertür: lautes Fluchen und Poltern.

»Da ist er«, ruft Sariah und springt auf, um ihm die Tür zu öffnen. »Er hat die Zisterne repariert«, fügt sie, an Hazel gewandt, hinzu, »du wirst sehen.«

Noch bevor sie dort ist, fliegt die Tür auf und knallt gegen die Wand. George steht vornübergebeugt auf der obersten Stufe, flucht vor sich hin und fährt sich über die Brauen.

»Will mir hier vielleicht mal jemand helfen?«

Wir starren ihn alle an.

»Helfen bei was?« Sariah rührt sich nicht vom Fleck, während er sein Gewehr innen gegen die Wand lehnt. »Hattest du das Gewehr mit bei der Zisterne?«

»Man weiß nie … was … einem da draußen … über den Weg läuft«, brummt George und bückt sich, um etwas in den Raum zu schieben.

Von Neugier getrieben, springen wir auf.

»George, was hast du …? O nein!« Sariah stößt einen Schrei aus, schlägt die Hand vor den Mund und taumelt rücklings von der Tür weg.

Hazel, Panik im Blick, schreit: »Was ist los?«

Mit dem Rücken zu uns zerrt George etwas Schweres über die Schwelle. Als er den Lichtkreis der Lampe erreicht, erkenne ich, was es ist: ein gehörntes Tier.

Mit einem Schlag wird es still. Sariah presst eine beringte Hand gegen die Brust, um sich zu beruhigen, und flüstert vor sich hin. Hazel scheint fasziniert, ihre Panik durch Neugier ersetzt. Joe hilft George, seine Beute weiter in den Raum zu ziehen.

Lange, geschwungene Hörner, zerfurcht wie die, die ich auf dem Hoteldach gesehen habe. Goldfarbene Augen, starrer, leerer Blick. Dichtes dunkles Fell, um das Einschussloch am Hals herum blutig. Die Hufe reglos. Sicher bin ich nicht, aber ich finde, das Tier sieht genauso aus wie das, dem ich begegnet bin.

»Erstaunlich groß, der Bursche«, sagt George stolz.

»Also hast du, als du gesagt hast, du gehst die Zisterne reparieren, eigentlich gemeint, du gehst eine Ziege schießen«, sagt Joe.

»Steinbock«, brummt George. »Die Zisterne ist hinüber.« Wieder fährt er sich mit dem Handrücken über die Brauen. »Da ist ein Riss drin, so breit wie mein Arm. Ratten. Morgen früh, wenn es hell ist, geh ich noch mal hin. Vielleicht kann ich doch was machen – aber selbst wenn, wir müssen sämtliches Wasser abkochen. »Schließlich wollen wir uns nicht die Beulenpest holen, oder?«

Hazel atmet hektisch, gleich wird sie hyperventilieren. Sariah legt einen Arm um sie und redet beruhigend auf sie ein.

George kniet sich hin und zieht an den Hörnern. »Wunderschön, oder? Ist mir auf dem Weg zur Zisterne entgegengekommen. Ich schätze, für die Hörner würde ich auf dem Markt einiges kriegen.«

»Du bist ja verrückt, George!«, schreit Hazel.

»Es reicht jetzt«, sagt Sariah entschieden. Sie klingt kein bisschen ängstlich. »Sag mir, wo das Satellitentelefon ist, George.«

Er grinst sie dümmlich an.

»Bitte! Ohne Wasser können wir hier nicht bleiben. Wir müssen *irgendwen* anrufen und bitten, uns von dieser Insel wegzuholen.«

Als sei er plötzlich zur Vernunft gekommen, richtet George sich auf, zieht das Telefon aus der Hosentasche und gibt es Sariah. »Da.«

Verblüfft greift sie danach und starrt es an, als bezweifle sie, dass es wirklich echt ist. Nach einem verwirrten Blick zu George zieht sie die Antenne lang, beginnt zu wählen, schaut das Telefon noch einmal an, versucht es erneut.

»Der Akku ist leer«, sagt sie schließlich.

»Was ist leer?«, fragt Joe abwesend.

»Wie können wir ihn aufladen?«, fragt Sariah.

»Nein, er *ist* aufgeladen«, erwidert George. »Hab's heute Morgen gefunden. Es ist tot. Futsch. Funktioniert nicht.«

»Lass mal sehen«, sagt Joe und nimmt Sariah das Telefon aus der Hand. Dann schaut er George an. »Das Display leuchtet. Warum funktioniert es nicht?« Er drückt wahllos darauf herum, dann hebt er entnervt den Blick zur Decke. »Kein Signal.«

»Genau.« George grinst. »Dachtest du etwa, ich hätte es draußen noch nicht probiert?«

Hazel stößt ein lautes Wimmern aus und stützt den Kopf in die Hände. »Das musste ja so kommen! Ich hab's gewusst!«

George zieht die Ziege noch weiter, in die Mitte der Küche. Ächzend dreht er sie einmal komplett um, sodass die Augen sichtbar werden. Da sackt Hazel zusammen. Joe ist schnell bei ihr, kann gerade noch verhindern, dass ihr Kopf auf den Steinboden knallt. Dann kniet er sich neben sie und dreht sie auf die Seite.

Und in dem Augenblick – als Joe Hazel einen Klaps auf die Wange gibt und ihren Namen ruft, als George plötzlich ein Maßband in der Hand hat und anfängt, die Hörner der Ziege zu vermessen – kommt mir eine Erinnerung. So lebhaft, so schräg und überraschend, dass ich laut nach Luft schnappe.

»Sag nicht, dass du jetzt auch noch umkippst«, murmelt Joe.

»Geht's dir nicht gut?«, fragt Sariah.

Mein Mund steht offen, aber es kommt nichts heraus. Ich hänge einer klaren, höchst lebendigen Erinnerung nach: an einen Mann an einem Straßenrand. In der Mitte der Straße steht ein Auto, Fahrer- und Beifahrertür sind offen. Es riecht nach Benzin. Der Mann kommt auf mich zu, grinst und spricht mich an: »Eloïse.«

Mein Gefühl sagt mir, dass das ungefähr vier Jahre her ist, keinesfalls mehr als fünf. Ich erinnere mich, dass er gesagt hat, ich solle irgendetwas tun, und an meinen Widerwillen dagegen, als ich einsah, dass er recht hatte.

Der Mann, an den ich mich erinnere, ist George.

1. APRIL 2015

Potter's Lane, Twickenham

Lochlan: Es ist spät. Gerda hat die Kinder mitgenommen. Ich war damit einverstanden, wirklich – bis zu dem Augenblick, als ich sie in ihren Sitzen angeschnallt hatte und die Tür zumachen musste. Max hatte offenbar nicht mitgekriegt, dass ich zu Hause bleibe; er hatte lange hin und her überlegt, welche Spielsachen er mitnehmen sollte, und sich über seinen kleinen Grüffelo-Rollkoffer aufgeregt. Und dann, als ich die Haustür aufmachte, drehte er sich um und sah mich an.

»Kommst du nicht mit, Papa?«

Entschlossen, die Sache möglichst unbeschwert und locker über die Bühne zu bringen, wuschelte ich ihm durchs Haar. »Nein, mein Kleiner, Papa muss hierbleiben.«

Er runzelte die Stirn. »Du musst hierbleiben? Aber Cressida kommt doch mit. Und Oma.«

»Ich weiß, Maxie, aber Papa muss arbeiten.« Noch während ich ihn aussprach, wurde mir bewusst, wie oft ich diesen Satz sage – und wie mühelos er mir über die Lippen kommt.

Max rangelte sich aus seinem Rucksack und zog den Mantel aus.

»Nein, Maxie! Was machst du denn? Komm, behalt das an. Du musst los.«

Ich hockte mich hin, um ihm wieder in den Mantel zu helfen, doch er sträubte sich. Lange. Blieb stehen, nahm mein Gesicht zwischen beide Hände und sah mich forschend an.

»Ist das ein Aprilscherz?«

Ich brauchte einen Moment, bis ich mich erinnerte, welcher Tag heute ist. »Nein, Maxie …«

»… Mrs Evans hat nämlich gesagt, heute ist der erste April, und da muss man Leute reinlegen …«

»Nein, nein. Tut mir leid, Maxie, das ist kein Scherz.«

Er verzog das Gesicht. »Wo ist Mami? Warum kommst du nicht mit? Ich will aber, dass du mitkommst!«

Dann warf er sich gegen mich und schlang die Arme um meinen Hals. Gerda stand in der Einfahrt und wartete. Ich vermied es, zu ihr hinzuschauen; in dem Moment hasste ich sie dafür, dass sie uns in diese Lage gebracht hatte. Vage erinnerte ich mich daran, entschieden zu haben, dass es zum Wohl meiner Kinder war, wenn sie mit nach Ledbury fuhren. *Warum* noch mal? *Wieso* sollte das gut für sie sein? Eine Stimme in meinem Kopf sagte: *Eloïse würde es so wollen. Sie würde wollen, dass die beiden von alldem hier nichts mitbekommen.* Also versuchte ich, mich zusammenzureißen.

Als sich das Ganze hinzog, kam Gerda zurück in den Flur und stellte die Babyschale auf den Boden. Cressida schlief, das kleine Gesicht in das T-Shirt von Eloïse gedrückt, das ich ihr zur Erinnerung hineingelegt hatte.

»Du musst jetzt los, Maxie«, sagte ich und zog behutsam an seinen Armen, doch er brüllte und schrie und wiederholte in einem fort, er wolle hierbleiben, bei mir.

»Es ist doch nicht für lange«, erwiderte ich, obwohl ich bis jetzt noch keinen Schimmer habe, welcher Zeitraum eigentlich vorgesehen ist. Eine Woche? Ein Monat?

»Die Fahrt zu Omas Haus dauert nur ein paar Stunden. Wir sehen uns bald wieder, versprochen.«

»Papa! Papa! Ich will nicht! Nein, Papa! Bitte!«

Ich kann mich nicht genau daran erinnern, wie er schließlich im Auto gelandet ist. Wahrscheinlich war ich so durch den Wind, dass ich gar nicht mitbekommen habe, wie Gerda ihn sich einfach geschnappt und – in der anderen Hand die Babyschale – zum Auto geschleift hat.

Irgendwann war Magnus dazugekommen und hatte mir eine Hand auf die Schulter gelegt, und das war es, was mir half, mich zu beruhigen, Mut zu fassen und die Tränen wegzuwischen. Wenn ich jetzt so darüber nachdenke, glaube ich, dass ich, wäre

Magnus mitgefahren, die Kinder nicht hätte mitschicken dürfen. Dass er hierbleibt, zeigt mir, auf welche Seite er sich schlägt. Hätte er sich Gerda angeschlossen, hätte sie wohl ihren hochnäsigen Anwalt darauf angesetzt, die Vormundschaft zu beantragen.

Ich sitze, umgeben von Eloïses Sachen, in unserem Schrankzimmer. Da ist zum Beispiel das rote Seidenkleid, das sie sich am Ende unserer Hochzeitsreise in Sydney gekauft hat. Sie sah fantastisch aus in diesem Kleid. Oder die schwarze Lederweste, die sie im Großen Basar in Istanbul erstanden und dann nie getragen hat, weil sie zu dem Schluss gekommen war, dass das nicht »sie« sei. An den Sachen hängen so viele Erinnerungen. Ich drücke mein Gesicht in ihr Jeanshemd, inhaliere sie und werde zurückkatapultiert in unseren Schweiz-Urlaub in dem Sommer, in dem Max entstanden ist. Wenn wir uns an diesen Urlaub erinnern, dann immer daran, wie müde sie ständig war und dass ihr schon bei dem Geruch von Wein so merkwürdig schlecht wurde. Jetzt aber kommt mir der Unfall in den Sinn.

Wir fuhren über den Grimselpass und zweigten hier und da ab in das Labyrinth gewundener Seitenstraßen, vorbei an türkisblauen Seen und Bergen, deren Gipfel weiß waren von Schnee. Es war dunkel, eine alles umschließende, herrliche Dunkelheit, durchbrochen allein vom Mondlicht. Ich fuhr in dem Gefühl, sehr aufmerksam zu sein – bremste deutlich vor jeder Haarnadelkurve, hatte das Licht voll aufgeblendet, blickte konzentriert auf die Straße.

Als ich es sah, war es schon zu spät. Ein furchtbarer, dumpfer Stoß gegen die Motorhaube, Bremsenquietschen. Einen quälenden Augenblick lang dachte ich, wir hätten einen Menschen angefahren.

Hastig lenkte ich den Wagen rechts ran. Ohne ein Wort zu wechseln, liefen wir beide die paar Schritte zurück zu der dunklen Gestalt am Straßenrand, von der im Mondlicht Dampf aufstieg – der Atem.

»Was ist das?«, fragte ich erleichtert, als ich die Hufe erkannte.

Eloïse ließ sich auf alle viere nieder und näherte sich dem Kopf. »Eine Bergziege, nehme ich an.«

Ich holte mein Schlüsselbund hervor, an dem sich eine kleine Taschenlampe befand. Der Kreis weißen Lichts zeigte stattliche goldfarbene Hörner, die sich über den Kopf der Ziege nach hinten wölbten – bestimmt einen, anderthalb Meter lang –, und das Blut, das unaufhörlich aus einer Wunde an der Flanke des Tiers sickerte. Ein ganzes Gemisch aus Gerüchen stieg auf, salzig, tierisch, erdig, dazu der Geruch von Erbrochenem und die metallische Note von Blut. Das Tier zuckte und stöhnte, sicherlich litt es unter starken Schmerzen.

Eloïse blickte erwartungsvoll zu mir auf. »Was machen wir jetzt?«

»Wie's aussieht, *können* wir nichts machen.«

El fuhr mit einer Hand eins der Hörner entlang, während sie die andere ausstreckte, um den Kopf des Ziegenbocks zu halten. Unglücklich schaute sie mich an. »Wir können ihn doch nicht so leiden lassen.«

Ein Ruck ging durch den Körper des Tiers, so, als wolle es auf die Beine kommen. Ich war auf dem Sprung.

»Nicht so nah ran!«, sagte ich. »Bitte, geh ein Stück beiseite, El.«

Sie wusste, dass ich sie vor den Hörnern schützen wollte, blieb aber, wo sie war.

»Er hat solche Schmerzen«, sagte sie leise und legte dem Bock, der den Versuch, sich zu erheben, schnell aufgab, eine Hand auf die Flanke. Seine Schreie bekamen einen eigenen Rhythmus, fast klangen sie menschlich, und dabei ging sein Atem immer langsamer.

»Hilf ihm, Lochlan!«

»Das kann ich nicht. Hier ist doch meilenweit keine Tierklinik.«

Ich hatte nicht kapiert, dass sie eine Art Gnadenstoß meinte.

»Mein Gott noch mal«, fuhr sie mich an. »Du sollst ihn von

diesem Elend erlösen!« Und dann: »Ist das ein Stein, da hinter dir?«

Ich drehte mich um und leuchtete den Boden ab. Da lag tatsächlich ein größerer Gesteinsbrocken. Dann richtete ich den Lichtstrahl wieder auf das Tier. »Willst du, dass ich es mache?«

Ihr Schweigen war Antwort genug. Ich hatte das Gefühl, es sei meine Aufgabe als Mann, das Tier zu töten, doch im letzten Augenblick glitt mir der Stein aus den Händen, landete auf dem Kopf des Ziegenbocks und verletzte ihn – tötete ihn aber nicht.

»Lochlan!«

Wieder versuchte der Ziegenbock, auf die Beine zu kommen, stieß die Hufe gegen den Boden und warf den Kopf hin und her, wobei die Hörner Eloïse gefährlich nahe kamen. Da hob sie den Stein auf und schleuderte ihn mit aller Kraft auf den Schädel des Bocks. Sekunden später rührte er sich nicht mehr.

Über das tote Tier gebeugt, standen wir da und sahen zu, wie Dampf und Staub sich legten und alles still wurde. Eloïse schlug die Hände vor den Mund. Ich zog sie an mich und nahm sie in die Arme.

»Ich habe noch nie etwas getötet«, schluchzte sie.

Ich wusste, dass das nicht stimmte – sie hatte im Laufe der Jahre so einige Wespen und Kakerlaken erwischt und damals in Thailand eine Schlange erschlagen –, aber mir war klar, dass das hier etwas anderes war. Eine Weile blieben wir noch so stehen, dann wurde uns kalt, und wir setzten uns wieder ins Auto und fuhren weiter durch die Nacht.

Ich versuche, mich zu erinnern, was dann geschah, und mir fällt ein, dass es ihr nach diesem Vorfall einige Zeit überhaupt nicht gut ging. Kurz nach unserer Rückkehr nach London erfuhren wir, dass sie schwanger war, und sie freute sich wie wahnsinnig, aber in den ersten Wochen bin ich öfter nachts aufgewacht, weil sie so schrie. Wenn ich sie dann weckte und sagte, es sei alles in Ordnung, sie träume nur schlecht, beruhigte sie sich halbwegs, aber ich hatte sie nie zuvor so außer sich erlebt. Einmal bin ich sogar wütend geworden.

»Es war eine *Ziege*, El. Ein Tier, kein Mensch. Komm endlich darüber hinweg, ja?«

Zitternd und schweißnass saß sie aufrecht im Bett und schüttelte den Kopf.

»Es war meine Mutter«, keuchte sie. »Ich habe geträumt, dass wir meine Mutter überfahren haben.«

Und so ging es weiter.

Alle paar Wochen schrie sie nachts im Traum, und statt etwas von Bergziegen oder Steinen zu murmeln, sprach sie von Kolibris und davon, dass ihre Mutter nicht aufwachte. Wenn wir dann beide wach lagen, fragte ich nach, und jedes Mal sagte sie, sie wolle nicht darüber reden. Inzwischen glaube ich, dass die Bergziege und ihre Mutter in ihrem Denken auf irgendeine Weise miteinander verbunden waren. Ich weiß nur nicht, wie.

Vor dem Unfall hatte sie nie Albträume. War das Töten der Ziege eine Art Auslöser? Aber selbst wenn – das hat sie wohl kaum dazu gebracht, wegzugehen und unsere Kinder zurückzulassen. Es sei denn, jemand hätte sie irgendwie anders dazu überredet; ihr etwas Besseres in Aussicht gestellt als das Leben mit unserer Familie.

Die unzähligen Sackgassen in meiner Grübelei nerven mich. Ich stehe auf und suche in Eloïses Wäscheschublade herum. Nichts ist hier ordentlich gefaltet, alles wahllos hineingestopft. Das ist nicht wichtig, nur ein Detail, aber es kommt mir doch seltsam vor – sie war immer so genau, so superordentlich. Alles sonst war gefaltet.

Als Erstes ziehe ich ein rosa Baumwollbündel mit zahlreichen Bändern hervor, das aussieht wie ein Miniaturfallschirm. Erst dem weißen Schildchen entnehme ich, dass es sich um einen Still-BH handelt. Sofort stecke ich die Nase hinein und schnuppere noch einen Rest süßlichen Milchgeruch. Mir fällt wieder ein, dass Eloïse sich dieses Teil kurz nach Max' Geburt gekauft hat. Das Stillen war schwierig. Ich weiß noch, dass ich einmal mitten in der Nacht losgefahren bin, um irgendwo eine Milchpumpe aufzutreiben. Sie hatte so viel Milch, dass es sich, wie sie sagte, anfühlte, als würden ihre Brüste jeden Moment explodieren. Milchüberproduktion, sagte die Hebamme und legte mehr oder weniger deutlich nahe, dass El lieber aufhören sollte zu stillen. Aber sie hat vier Monate lang immer abgepumpt und Max die Milch mit einem Fläschchen gegeben.

Ich räume die Schublade komplett leer, werfe einfach alles auf den Boden. Ganz hinten liegen Zettel. Es erschreckt mich, dass ich die nicht längst entdeckt habe. Nicht einmal die Polizisten haben sie gefunden. Sie haben das ganze Haus durchforstet, Kartons voller Papierkram weggetragen, selbst die Einkaufslisten, die mit Magneten am Kühlschrank festgemacht waren – aber das hier haben auch sie nicht gesehen. Ich falte die Zettel auseinander und stelle erleichtert fest, dass es sich um Quittungen von Sainsbury und Tesco handelt. Etwas zum Anziehen für Cressida. Ein Paar Clarks-Schuhe. Und dann ist da noch ein Notizbuch.

Natürlich schlage ich es auf. A5, eine Stickerei auf dem Einband, eine dieser angesagten Marken. Gutes liniertes Papier. Eloïse hat ihren vollen Namen draufgeschrieben: *Eloïse Beatrice Shelley*. In der Annahme, dass die Notizen – Eloïses Handschrift – mit ihrer Hilfsorganisation zu tun haben, blättere ich es einmal flüchtig durch, doch dann fällt mir ein, was Niamh von der Schreibgruppe erzählt hat. Die Schreibgruppe! Diesem Hinweis bin ich überhaupt nicht nachgegangen. Ich fange von vorn an, blättere langsam weiter und entdecke eine Reihe von Fragen, mit schwarzer Tinte geschrieben und jede einzeln mehrfach umkringelt.

Kann jemand, der durch die Hölle gegangen ist, geheilt werden?
Kann man nach Missbrauch je normal werden?

Es sieht aus wie Eloïses Schrift. Ich bin zu neunundneunzig Prozent sicher, dass es ihre Schrift ist. Aber – Missbrauch? Welcher Missbrauch?

Achtsamer jetzt, blättere ich das Heft Seite für Seite durch. Etliche sind in einer Schrift vollgekritzelt, die ich nicht kenne.

Eilig hingeschrieben, krakelig, jeder Quadratzentimeter Papier gefüllt, selbst die Ecken, an den Rändern umlaufend zusätzliche Zeilen.

Es war ihre Schuld sogar Peter sagte das es war ihre Schuld sie hätte nett sein müssen und sie hätte es jederzeit beenden können NEIN!

Nach den bis zum Rand gefüllten Seiten mit dieser Schrift ändert sich das Schriftbild. Es folgt eine komplett andere Handschrift, auch in schwarzer Tinte, aber klarer, mit größeren Schwüngen und runden Vokalen; insgesamt viel weiblicher. Ein Titel steht da: *Sorgenmann*. Das könnte eine Kurzgeschichte sein, die ich aber nicht lese, weil ich zunächst herauszufinden hoffe, warum andere Leute etwas in Eloïses Notizbuch geschrieben haben. Vielleicht hatte sie es verloren, und als sie es wiederbekam, hatte sich schon jemand anders darin verewigt? Hat es etwas mit der Schreibgruppe zu tun? Warum sollten die anderen wirres Zeug in Els Heft schreiben? Das ergibt doch alles überhaupt keinen Sinn.

Weiter hinten kommen noch mehr Seiten mit der krakeligen Schrift, darunter eine mit einem Gedicht, das ich entziffern kann:

Vereinigung
Ich hörte das Eis wachsen.
Ich hörte den Wolfsschrei der See.
Ich hörte den Morgen langsam nahen.
Ich hörte die Nacht in den Bäumen untergehen.
Ich hörte die Umkehr, den Knick.
Ich hörte Dunkelheit und Licht von Ausgleich flüstern.
Ich hörte, was die Stille bekannte.

Signiert ist es mit »Joe«. *Joe?* Wer ist Joe?

Mein Herz rast. Ich setze mich wieder auf den Boden, zwischen Els Sachen, und halte mir das Heft direkt vor die Nase. Will mich hier jemand verschaukeln? Vielleicht bin ich müde. Ich brauche eine zweite Meinung. Es sind immer wechselnde Handschriften, dazwischen seltsame Zeichnungen, wie von Kinderhand, Szenen, die ich nicht verstehe. Ein Mann mit einem Kind an der Hand; ein Kind, eingerollt wie ein Fötus, umgeben von dunklen Gebilden wie Wolken. Oben auf der Seite taucht wieder Els Handschrift auf, die vertraute klare Linienführung, vorbildlich sauber.

Zweimal am Tag eine Viertelstunde Meditieren. Ist in Ordnung, aber unruhig bin ich trotzdem, und an den Flashbacks ändert es auch nichts. Genau genommen glaube ich sogar, dass es sie verstärkt. Vor Verzweiflung versucht zu rauchen. Funktioniert leider nicht, muss nur husten davon. Die Betreuerin redet viel von Objektivität; dass ich versuchen soll, mich mir selbst als eine andere vorzustellen oder dass der Missbrauch jemand anders widerfährt. Wie es mir damit geht, will sie wissen. Ich habe erklärt, dass ich mich sowieso viel zu oft wie jemand anders fühle und dass genau das das Problem ist. Die Erinnerung an den Missbrauch tut mehr weh als das Erleben damals. Ich würde gern davor weglaufen.

Kein Datum. Was für Flashbacks? *Erinnerung an den Missbrauch?*

Die nächste Seite ist ebenso wie die danach folgenden mit schwarzen Linien komplett durchgestrichen, dabei ist so fest aufgedrückt worden, dass man es noch einige Seiten weiter hinten sieht. Als hätte jemand das Heft in die Finger gekriegt und versucht, nachträglich eine Art Zensur zu üben. Trotzdem kann ich einzelne Wörter erkennen: *meine Schuld … Orhan … Peter sagt weglaufen … halt AUFHÖREN!*

Nichts davon ergibt für mich Sinn.

Ich nehme das Heft mit nach unten in die Küche, wo Magnus am Tresen sitzt und mit leerem Blick aus dem Fenster starrt. An den Anblick habe ich mich schon gewöhnt; er scheint ständig in Gedanken versunken. Als er mich sieht, fährt er zusammen, räuspert sich und gibt sich sichtlich Mühe, in die Gegenwart zurückzukehren.

»Lochlan ... da bist du ja. Ich ... Was hast du gemacht? Wie spät haben wir es?«

Ich setze mich auf den Barhocker neben ihm und lege das Heft auf den Tresen.

»Das habe ich in Eloïses Kleiderschrank gefunden.«

»Was ist das? Ein Tagebuch?«

»So in der Art.«

Er nimmt es zur Hand und hält es ein Stück von sich weg, während er darin blättert – er hat die Lesebrille nicht hier. »Ich kann's nicht sehen. Was steht drin?«

Ich erzähle ihm, dass es sich um Notizen handelt, die offenbar von Eloïse stammen und in denen es um Dinge geht, von denen ich keine Ahnung habe.

»Ich dachte, die Polizisten hätten alles von Eloïse mitgenommen«, sagt er.

»Das müssen sie übersehen haben.« Es dauert einen Moment, bis ich die richtigen Worte gefunden habe. »Hat Eloïse mal geraucht?«

»Geraucht?« Er schüttelt den Kopf. »Nicht dass ich wüsste. Nicht dass irgendwas von dem, was ich weiß, noch von Bedeutung wäre.«

Wie ich nach den anderen Dingen fragen soll, ist mir noch nicht ganz klar. Nach Missbrauch. Mir gegenüber hat Eloïse nie etwas in dieser Richtung gesagt. Ich versuche, mir einzureden, dass sie vielleicht über jemand anders geschrieben hat, aber ein zweiter Blick auf die Seite bestätigt es unzweifelhaft, schwarz auf weiß:

mich mir selbst als eine andere vorzustellen oder dass der Missbrauch jemand anders widerfährt.

»Ich muss dich etwas fragen, Magnus«, sage ich. »Ist Eloïse jemals … missbraucht worden?«

Er schweigt so lange, dass ich anfange, nach einem anderen Wort für »Missbrauch« zu suchen, aber mir fällt keins ein.

»Ich weiß es nicht«, sagt er schließlich, den Blick unverändert nach draußen gerichtet. »Ihre Mutter ist als sehr junge Frau von uns weggegangen … Eloïse war noch so klein, so alt wie Max jetzt … Wir haben nie genauer erfahren, was in den Jahren dazwischen geschehen ist – also nachdem ihre Mutter sie nach London mitgenommen hatte und bis zu dem Zeitpunkt, als sie zu uns kam und bei uns blieb. Außer natürlich, dass unsere Tochter …«

Seine Lippen beben, so, als sei er den Tränen nahe, und mir wird mit einem Schlag klar, dass auch Judy damals einfach verschwunden ist. Gerda und Magnus mussten erleben, dass ihre Tochter, ihr einziges Kind, sich davonmachte und nie wieder ein Wort mit ihnen sprach. Was hier gerade passiert, muss für die beiden doppelt schlimm sein.

Ich lege Magnus eine Hand auf die Schulter. Er zuckt nicht zusammen, sondern atmet tief durch und legt, dankbar für die Geste, seine Hand auf meine.

»Unsere Tochter ist gestorben«, fährt er mit zittriger Stimme fort. »Wir hatten die ganzen Jahre keinen direkten Kontakt zu ihr. Bis heute frage ich mich, was ich getan habe, dass sie das Gefühl hatte, mit ihren eigenen Eltern nicht reden zu können. Mutter oder Vater zu sein ist so schwer. Du weißt schon, du denkst, wenn es nicht für ein ›sehr gut‹ reicht, kriegst du immer noch ein ›befriedigend‹, aber manchmal klappt das einfach nicht. Stattdessen heißt es: ›nicht bestanden‹.« Er lacht bitter. »Aber egal. Du hast gefragt, ob Eloïse missbraucht worden ist.«

Lange denkt er nach, kaut auf der Unterlippe, durchforstet seine Erinnerung.

»Zwischen Gerda und ihr«, sagt er schließlich, »gab es damals ein Gespräch. Als wir in London ankamen, war Eloïse in der Obhut einer Sozialarbeiterin. Sie war zwölf, verstehst du, und stand nach dem Tod ihrer Mutter unter Schock. Worauf wir nicht vorbereitet waren – in keiner Weise –, war, dass sie in einer dermaßen verwahrlosten Wohnung hausten. Und zu unserem Schrecken hat Eloïse Gerda gewisse Dinge vermittelt; wir erhielten den Eindruck, dass sie Dinge durchlebt hatte, von denen ich von ganzem Herzen wünsche, dass sie sie *nicht* durchmachen musste. Aber über all das haben wir nie wieder gesprochen.« Er sieht mich wachsam an. »Meinst du, ihr Verschwinden hat etwas damit zu tun?«

Ich sage, dass ich keine Ahnung habe. Es wäre nicht logisch, wenn es etwas damit zu tun hätte, denn der gesunde Menschenverstand sagt mir, dass sie, hätte sie etwas auf dem Herzen gehabt, darüber gesprochen hätte. Dann jedoch, als ich das Heft noch einmal durchblättere, fällt mein Blick auf ein Wort, das in einer großen, kindlichen Handschrift in eine Ecke gekritzelt ist.

CHANIA.

24. APRIL 1990

Harlesden, London

Sie hatte solchen Hunger, dass sie Angst hatte, ohnmächtig zu werden. So ein leerer Magen machte furchtbares Bauchkneifen. Sie war schon oft mit diesem Gefühl schlafen gegangen, aber diesmal war es noch viel schlimmer. Wochen waren vergangen, seit sie das letzte Mal etwas Richtiges zu essen im Haus gehabt hatten. Die Schränke waren leer. Ein paar Streichhölzer, leere Wodkaflaschen, Mäusekötel. Zur Schule ging sie nicht mehr. Diesmal klopfte niemand an die Tür und drohte damit, ihre Mutter ins Gefängnis zu stecken. Die neue Wohnung lag in einem wirklich üblen Viertel. Sie hatte sogar die Vermutung, dass das gar nicht mehr London war. Keiner verlor hier ein freundliches Wort, hier spielte kein Kind draußen. Regelmäßig standen Polizeifahrzeuge am Kantstein. An den Ecken lungerten Gruppen von Leuten herum, oft hörte man laute, ängstliche Stimmen. Es kam auch kein Freund mehr zu ihrer Mutter, nur ein Mann besuchte sie ungefähr einmal die Woche. Eloïse wusste, wer er war. Nicht der Freund von ihrer Mutter, auch wenn er ab und zu über Nacht blieb. Er war derjenige, der die kleinen Päckchen mit dem Zeug brachte, das verbrannt und ihrer Mutter in den Arm gespritzt wurde.

Sie stand am Fenster und sah hinaus auf die Straße. Sie konnte doch einfach rausgehen und jemanden um etwas zu essen bitten, oder? Und wenn es nur eine Scheibe Brot war. Bei dem Gedanken lief ihr das Wasser im Mund zusammen. Nein, das ging nicht. Da draußen war es zu gefährlich.

Ein Schlag gegen die Tür. Ihr Herz machte einen Satz. Sie rannte nach unten, zur Tür.

Den Mann kannte sie nicht. Er war stämmig, hatte ein Spinnen-Tattoo am Hals und im Gesicht lauter Pickel, obwohl er für Akne doch viel zu alt war.

»Big Gee will sein Geld«, sagte er.

»Was?«

»Geld. Jetzt.« Er streckte ihr eine Handfläche hin.

Ein paar Meter weiter sah sie ein Auto stehen; der Motor lief. Vorn drin saßen zwei Männer und schauten zu ihnen herüber.

»Ich hab kein Geld.«

Er grinste, als hätte sie etwas Lustiges gesagt. Dann, als von ihr nichts mehr kam, machte er auf dem Absatz kehrt und ging zu dem Auto hinüber. Sie sah zu, wie er sich in das offene Fenster beugte und mit den anderen Männern sprach, sich dann wieder umdrehte und zu ihr zurückkam.

Sie nahm all ihren Mut zusammen, weil sie ihn fragen wollte, ob er etwas zu essen hätte, doch er packte sie einfach und zerrte sie vom Haus weg. Sie schrie und trat um sich, aber er hob sie einfach hoch und trug sie zu dem Auto. Auf der anderen Straßenseite blieb eine Frau stehen und starrte herüber. Der Mann machte den Kofferraum auf, ließ Eloïse hineinfallen und schloss die Haube.

Sie fuhren vielleicht eine halbe Stunde, dann hielten sie und zerrten sie aus dem Kofferraum. Sie hatte solche Angst, dass sie weder sprechen noch schreien konnte; sie bekam noch nicht einmal richtig mit, wo sie sie hinbrachten. Hände hielten sie an den Armen gepackt und schleppten sie in ein Haus. Das Letzte, was sie sah, waren mehrere Männer und Frauen in einem Wohnzimmer und über ihnen eine schön geformte Wolke.

»Raus mit dir.«

Über ihr war das Gesicht eines Mannes. Er starrte sie an. Sie war so müde. Ihre Beine fühlten sich an, als seien sie mit Beton gefüllt. Eine Hand packte sie am Arm und riss sie auf die Beine. Kalter nächtlicher Wind traf auf ihre nackten Schienbeine.

»Schön Wasser trinken, ja?«, sagte der Mann.

Sie nickte und winkte ihm, und er lachte in sich hinein, während er zurück zu dem Auto ging, sich ans Steuer setzte und davonfuhr.

Ihre Haustür. Sie erkannte die Messingzahl und das kaputte Glaspaneel. Irgendwie fühlte sie ihren Körper nicht richtig, so, als befinde sie sich außerhalb davon. Sie hatte rote Druckstellen an den Armen, und an ihrem einen Bein lief Blut herunter.

Drinnen war es still. Ganz langsam ging sie die Treppe hinauf, um nach ihrer Mutter zu sehen. Ihre Mutter saß auf der Bettkante, gähnte und rieb sich die Augen. Blickte zu ihr auf und lächelte matt.

»Wo warst du denn?«, fragte sie.

»Nirgends.«

Judy nickte. »Haben wir was zu essen da?«

Sie schüttelte den Kopf.

»Ich glaube, unten irgendwo habe ich noch ein bisschen Geld. Ich gehe gleich los, Milch holen und Haferflocken.«

Eloïse wollte etwas sagen, merkte aber, dass sie nicht konnte. Sie kam sich vor wie ein Puppenspieler, der Mühe hatte, die Fäden, an denen ihre Glieder hingen, zu beherrschen. Umständlich machte sie kehrt und ging ins Bad, wo sie den Hahn weit aufdrehte, bis das Wasser heiß genug war, um die vergangene Nacht von ihrer Haut wegzubrühen. Erst dann stieg sie in die Wanne.

2. APRIL 2015

Potter's Lane, Twickenham

Lochlan: Kurz nach acht klingelt mein Telefon. Ich liege noch im Bett und muss mich erst einmal orientieren. Um fünf war ich noch wach, aber dann muss ich weggesackt sein. Ich taste nach dem Telefon. Vielleicht ist das einer von Magnus' Kontaktleuten. Wir haben Els Schweizer Pass bis jetzt nicht gefunden; irgendwann ist dieses Detail zwischen Baby-Monitoren und Ex-Freundinnen untergegangen. Magnus und ich haben die halbe Nacht damit zugebracht, eine weitere Liste von Leuten zusammenzustellen, die wir ansprechen wollen. Alles vor dem Hintergrund, dass in Els Notizbuch das Wort »CHANIA« auftaucht. Chania ist eine Stadt im Norden von Kreta. Wir haben auf einer Insel geheiratet, die Els Großeltern gehört und nicht weit von Kreta entfernt ist. Ziemlich abwegig, ja. Die Insel ist unbewohnt.

Das Display zeigt »Ramona«. Meine Sekretärin. Fast hatte ich vergessen, dass ich einen Job habe.

»Lochlan?«

Es tut so gut, diese Stimme zu hören. »Ramona! Wie geht's dir? Wie läuft's im Büro? Bin ich schon gefeuert?«

»Noch nicht, aber … hör zu, ich finde es selbst blöd, dich jetzt anzurufen, wo das alles … aber …«

»Was ist los?«

Sie fängt an zu erklären, dass die Firma gestern Abend – mitten in einem Merger-&-Acquisition-Deal zwischen einer in London ansässigen, im FTSE-350-Index gelisteten Firma und einer in Tokio – Opfer eines Cyber-Angriffs geworden ist. Erst nach und nach erfasse ich den Ernst der Lage – während wir hier reden, werden wahrscheinlich die persönlichen Daten von anderthalb Millionen Kunden weltweit gehandelt. Kontonummern, Renten, Treuhandfonds – alles betroffen. Und da wissen wir noch nicht, wie viel Geld aus dem Merger-&-Acquisition-Deal abgeschöpft worden ist.

»Dean Wyatt will in einer halben Stunde eine Presseerklärung rausgeben«, sagt Ramona. »Aber vorher sollen alle, die den Zugang haben, sich ins zentrale System einloggen – sagt die Sicherheitsfirma. Kannst du das irgendwie einrichten?«

»Lockie, alter Junge!«, ruft jemand, kaum dass ich aus dem Aufzug trete. Ein paar Meter weiter den Gang runter steht Paddy Smyth, schick in einem neuen schiefergrauen Anzug, und schaut zu mir herüber – leicht irritiert, was mich unangenehm daran erinnert, dass ich wahrscheinlich aussehe, als wäre ich gerade aus einem Erdloch gekrochen. Im übertragenen Sinn bin ich das ja auch, und ein Blick auf eine der spiegelglatten Glas-Trennwände bestätigt es: Ich stecke in einem zerknitterten Polohemd mit hochgestelltem Kragen und Jeans mit Farbklecksen; seit zwei Wochen habe ich mich nicht rasiert, und mein Haar ist völlig zerwühlt. Die dunklen Ringe unter den Augen runden das Bild eines Irren sicher noch ab. Ich presche an Paddy vorbei, und er beeilt sich, mich einzuholen und neben mir herzulaufen.

»Was ist mit deiner Frau?«, fragt er. »Haben sie sie gefunden?«

Ich kann mich nicht dazu durchringen, Nein zu sagen.

»Und was hast du mit deinem Super-Mercedes angestellt, sag mal?«

»Betrunken den Pfosten an der Einfahrt gerammt.«

»Autsch. Das Ding hat dich doch bestimmt um fünfzig Riesen erleichtert, oder?«

Mit Eloïse hatte ich Krach wegen dieses Autos. Ich höre mich noch sagen: *Mein Gott, El, ich arbeite im Corporate-Finance-Geschäft! Da wird erwartet, dass ich ein großes Auto fahre!* Sie fand den Wagen zu teuer. Er war ein ständiger Stein des Anstoßes zwischen uns.

»Fährt aber noch ordentlich?«, fragt Paddy.

»Jedenfalls gut genug, um mich hierherzubringen.«

»Sag der Versicherung nicht, dass du betrunken warst. Es sei denn, sie haben dich pusten lassen. Haben sie dich pusten lassen?«

»Nein.«

»Na also! Lass ihn reparieren. So, wie der aussieht, kann er ja gar nicht fahrtauglich sein. Trotzdem gut, dass du hergekommen bist. Ich bringe dich zu den IT-Security-Leuten.« Da, wo es zu meinem Büro nach rechts gehen würde, will er links abbiegen.

»Ich dachte, ich muss mich erst mal einloggen.«

»Musst du. Aber hier werden auch sämtliche Passwörter zurückgesetzt und die gesamte Software aktualisiert. Augenscanner, diese Sachen. Den Konferenzraum solltest du sehen. Da hat die Cyber-Tech-Mannschaft all ihre neuen Spielzeuge ausgebreitet. Wie in *Star Trek*.« Plötzlich macht er noch einen Schritt auf mich zu. »Ich wollte dich auch was ganz anderes fragen.«

»Ja?«

Er schiebt die Hände in die Taschen und schüttelt kurz den Kopf, als habe er es sich anders überlegt.

»Was?«, frage ich.

Nun schaut er sich kurz um, vergewissert sich, dass niemand etwas mitbekommt.

»Hör zu. Ich weiß, du hast es zurzeit schwer – und deine Familie auch. Im Grunde sollte ich gar nicht davon anfangen.« Er beißt sich auf die Lippe. »Es ist nur … Dir ist schon klar, dass niemand hier Urlaub nimmt, oder? Jedenfalls nicht während der Hauptsaison. Und in der stecken wir gerade. Es stellt sich tatsächlich die Frage, ob wir dich ersetzen müssen – oder ob du daran denkst wiederzukommen. Verstehst du?«

Er lächelt verbindlich, und seine jugendlich blauen Augen strahlen. Das gleiche Lächeln hat er in Meetings mit Kunden drauf, die gerade krachen gehen; mit Firmen, die er zu übernehmen gedenkt; bei Begegnungen mit seinen Ex-Frauen. Ich schlucke einen ganzen Sturzbach an Verwünschungen sowie verzweifelten Bitten, mich nicht nach Hause zu schicken, herunter und sage nur: »Ja, okay.«

»Ich bin froh, dass du das verstehst. Auf dich ist eben Verlass, das hab ich immer gewusst.«

Zögernd folge ich ihm in den Konferenzraum. Die schwere Flügeltür öffnet sich nach innen, und da sitzen sie alle, die Chefs, um den glänzenden ovalen Tisch, die Jacketts über die Stuhllehnen gehängt, aufgeklappte Laptops vor sich, diverse Gerätschaften auf der blitzenden Tischplatte verteilt. Paddy weist auf einen Stuhl, und ich setze mich.

»Sind alle da?«, fragt der Typ an der Stirnseite des Tischs.

Leises Räderquietschen und Klirren von Porzellan kündigt zwei Catering-Damen mit ihren silbernen Wagen an. Sie steuern auf einen Tisch seitlich an der Wand zu. Ich lehne mich zu der Frau neben mir – Jane Silverman, Head of Transaction Services – hinüber und murmele: »Wie lange soll das Meeting dauern?«

»Ich hab was von drei Stunden gehört«, flüstert sie zurück, und ich schlucke.

»Okay, also. Mein Name ist Bryan Maxwell, ich komme von Fortress. Wir haben es mit einem schwerwiegenden Problem zu tun. Mein Team versucht gerade, an nachrichtendienstliche Informationen zu kommen, die helfen könnten zu klären, wer Ihre Daten gestohlen hat – und parallel dazu führe ich Sie durch einen Reset der Firmen-Firewall und sämtlicher Sicherheitspasswörter. Außerdem begleite ich Sie durch ein Training zur Abwehr künftiger Attacken; wir schauen uns an, was bei der Abwicklung von Merger-&-Acquisition-Deals zu beachten ist und so weiter. Wir schalten jetzt eine Verbindung zu Ihrer New Yorker Schwesterfirma, sodass die Kollegen dort direkt an dem Programm teilnehmen können. Haben Sie alles? Können wir beginnen?«

Ich bin zu abgelenkt, als dass ich ihm folgen könnte. Mehrmals lehnt Jane sich zu mir herüber und zeigt mir auf meinem Laptop etwas, das ich hätte tun müssen. Vor einem Monat wäre ich voll da gewesen, mit jeder Faser so alarmiert, wie Paddy aussieht. Ich hätte mir Notizen gemacht und genau wie die anderen hin und wieder einen Spruch abgelassen. Jetzt ist mir das alles egal. Ich bleibe einzig und allein deshalb hier sitzen, weil Paddy so vielleicht doch noch in Erwägung zieht, mich zu behalten.

Eine Stunde vergeht, zwei. Plötzlich sehe ich durch die Glaswand einen von zwei Uniformierten flankierten Mann den Gang entlangkommen. DS Canavan. Ich springe auf, Ramona ebenso. Mit weichen Knien gehe ich ihm entgegen. Sie müssen Eloïse gefunden haben, deshalb tauchen sie hier auf. DS Canavans Miene ist finster. Also haben sie eine Leiche gefunden.

»Was ist passiert?«, fragt Ramona, denn ich bringe keinen Ton heraus.

DS Canavan beachtet sie nicht. Er wendet sich direkt an mich. »Mr Shelley, ich muss Sie bitten mitzukommen.«

Es ist ein neuer Ton: angespannt, ungnädig.

»Haben Sie Eloïse gefunden?«, höre ich mich fragen, doch er weicht meinem Blick aus. Einer der Uniformierten macht einen Schritt auf mich zu und wiederholt die Aufforderung.

Neben mir taucht Paddy auf. Der Anblick von Polizisten in seinem Gebäude gefällt ihm überhaupt nicht.

»Was ist hier los?«

»Wir haben versucht, Mr Shelley telefonisch zu erreichen«, erklärt Canavan. »Wir müssen ihm ein paar Fragen stellen. Würden Sie bitte mitkommen?«

Paddy zückt sein Handy und fordert Security-Leute an.

»Ich fürchte, es handelt sich um eine polizeiliche Angelegenheit«, sagt Canavan.

Als Paddy ungehalten reagiert, meldet sich einer der Uniformierten zu Wort: »Ich muss Sie leider bitten, sich nicht in polizeiliches Handeln einzumischen, Sir.«

Aber es nahen schon zwei Sicherheitsleute. Canavan starrt mich düster an.

»Warum sagen Sie nicht, um was es geht?«, frage ich ungeduldig. »Schließlich reden wir von *meiner Frau!*«

Er antwortet nicht. Ich schaue zu Paddy, der meinen Blick mit befremdeter Miene erwidert.

»Begleiten Sie uns aufs Revier«, ordnet Canavan an. »Wir reden dort.«

2. APRIL 2015

Kriegskinder-Geschäftsstelle,
Tufnell Park, North London

Gerda: Gestern Nachmittag habe ich Magnus in London zurückgelassen und die Kinder mit nach Hause genommen. Während der Fahrt nach Ledbury war ich bester Laune, ich habe sogar in Cheltenham haltgemacht und den Kindern etwas zum Anziehen und Spielsachen gekauft; für Cressida ein wunderschönes Gitterbett, das sich zum Schreibtisch umfunktionieren lässt. Es soll morgen geliefert werden. Außerdem habe ich Mrs Sloan, unsere Haushälterin, gebeten, zur Begrüßung im Wohnzimmer ein paar Luftballons aufzuhängen und den Kühlschrank zu bestücken. Max war begeistert, als wir ankamen, und ich konnte zum ersten Mal seit Wochen abschalten und das grausame Rätsel um meine liebe Enkelin für kurze Zeit vergessen. Ich sah zu, wie er aus dem Auto sprang und ins Haus rannte, und erst als ich die Sitzschale und die unzähligen Taschen nach drinnen befördert hatte, dämmerte mir, wieso er gleich nach oben gestürmt war. Er dachte, da sei seine Mutter. Er glaubte, wir seien deshalb nach Ledbury gekommen. Als ich ihm sagte, dass das nicht der Fall ist, bekam er einen Riesenanfall und bestand darauf, wieder nach London gebracht zu werden, zu seinem Vater.

Irgendwann beruhigte er sich schließlich – nicht zuletzt dank Mrs Sloan, die ihn dazu überredete, sich mit ihr die Enten hinten im Garten anzuschauen –, aber ich war danach völlig fertig. Ich hatte das Gefühl, dass es ein Fehler gewesen war, Cressida und ihn mit hierherzunehmen. Dabei hatte ich es, als die Entscheidung fiel, absolut richtig gefunden. Vielleicht war es auch so, dass ich Lochlan eins auswischen wollte, schließlich hat er Eloïse betrogen. Er ist unmöglich mit ihr umgesprungen, und seine Entscheidung, die halbe Woche in Edinburgh zu arbeiten, gefällt mir überhaupt nicht. Es hat mich einiges gekostet, mich nicht dazu zu äußern. Was ich ihm gern mitteilen, was ich ihm am liebsten durch ein Megafon zurufen würde, ist Folgendes: Ist es denn ein Wunder, dass Eloïse gegangen ist? Wenn sie denn freiwillig gegangen ist. Sie hat das Leben einer Alleinerziehenden geführt. Sie hatte sich der Hilfsorganisation mit Haut und Haar verschrieben und musste sie dennoch aufgeben, um für die Familie da zu sein. Wer wäre da nicht gegangen? Wer kann es ihr vorwerfen?

Ein ganzer Stapel Post wartete auf mich. Viele mitfühlende Karten von Frauen aus dem Women's Institute, aus der Gemeinde und aus Magnus' Golfclub. Eine auch von Eloïses Mitarbeitern bei den *Kriegskindern*. Ich weiß nicht, wie ich darauf gekommen bin; vielleicht fing es damit an, dass mir bewusst wurde, dass ich seit der Gründung der Hilfsorganisation noch kein einziges Mal in den Räumlichkeiten in Tufnell Park war. Natürlich habe ich einige von Eloïses Fundraising Events besucht, aber ihren Arbeitsplatz habe ich nie gesehen. Das war ein Bereich ihres Lebens, für den wir alle uns, wie ich jetzt erst erkenne, immer zu wenig interessiert haben. Die Polizisten haben ihr ganzes Haus auf den Kopf gestellt, ihre Mails, Papiere und Kontoauszüge durchgesehen, aber sobald sie festgestellt hatten, dass Eloïse weder zu Hause noch an ihrem Arbeitsplatz von Morddrohungen heimgesucht worden ist, haben sie sich nicht mehr darum gekümmert.

Ich habe letzte Nacht nicht gut geschlafen, weil ich ständig grübeln musste. Die ganze Zeit habe ich versucht, es mir aus dem Kopf zu schlagen, aber es ließ mir einfach keine Ruhe. Heute Morgen beim Anziehen habe ich den Kindern erzählt, dass wir nach London fahren und in den Zoo gehen. Ich wusste, dass Max die Tiere dort liebt. Zum Glück hat er nicht schon wieder von seiner Mutter angefangen, und so haben wir einige Sachen zusammengepackt, sind nach London gefahren und waren ein paar Stunden bei den Tieren im Zoo. Magnus und Lochlan habe ich davon nichts erzählt, aber während wir im Zoo waren, habe ich im Büro der Hilfsorganisation angerufen und dem Mann am Telefon gesagt, wer ich bin.

»Ich bin Danny Holland«, sagte er. »Als Eloïse in Elternzeit ging, habe ich hier übernommen. Wir alle hier sind sehr schockiert.«

Mit einem dicken Kloß im Hals brachte ich ihn auf den neuesten Stand, so gut ich eben konnte: erzählte von dem *Crimewatch*-Aufruf und den Zeitungsberichten. Alles Persönliche habe ich weggelassen aus Sorge, ich könnte die Kontrolle verlieren und anfangen zu weinen; dabei hatte ich den Eindruck, dass er ein sehr angenehmer Mensch ist. Ich habe ihn gefragt, ob die Polizei auch in Eloïses Büro war, und er sagte: »Nein, bislang nicht.«

»Zu ihren Mails haben sie Zugang, glaube ich«, fügte er hinzu, »aber die Räume haben sie nicht durchsucht. Wir haben sichergestellt, dass weder Reinigungskräfte noch Mitarbeiter sich an Eloïses Akten zu schaffen machen. Wenn Sie vorbeikommen und einen Blick darauf werfen wollen – Sie sind jederzeit willkommen.«

Und so konnte ich Max, nachdem wir die Makis gefüttert, die Otter beobachtet und uns vor gewaltigen Spinnen geekelt hatten, zum Gehen bewegen und mich auf den Weg zu Eloïses Büro machen.

Ich fand den unscheinbaren Eingang – eine kleine Tür neben einem Restaurant in einem engen Hinterhof in Tufnell Park – und kurz darauf mich selbst in ihrem Zimmer wieder, während freundliche Mitarbeiter sich angeboten hatten, Max und Cressida zu unterhalten. Es ist alles so anders, als ich es mir vorgestellt hatte. Ich glaube, ich hatte mir etwas Ruhiges, leicht Improvisiertes ausgemalt, einen kleinen Laden, von Eloïse in edler Absicht gegründet, und stattdessen stand ich plötzlich in einer Art Raum-Zeit-Maschine, einer ausgeklügelten, sich über drei Etagen erstreckenden Drehscheibe, auf der es vor Aktivität nur so brummte. Viele der Mitarbeiter – achtzehn hier, weitere zehn sitzen in Gaza, Syrien, Afghanistan, im Irak und in Ruanda –

stellten sich mir vor, auch wenn ich mir die Namen natürlich nicht alle merken konnte. Besonders faszinierte mich der große Bildschirm im Empfangsbereich im Erdgeschoss, wo auf einer digitalen Karte alle Orte weltweit markiert sind, an denen die Organisation aktiv war oder ist. Max drückte auf ein paar Knöpfe, und sofort startete ein Film, in dem mehrere Mädchen und Jungen ihre Geschichte erzählten. Es war sehr beeindruckend.

Irgendwann kam ein junger Mann die Treppe herunter und gab mir die Hand. Er trug eine Baumwollhose und ein weißes Hemd, die Ärmel aufgekrempelt; seine Ausstrahlung war offen und ernst zugleich; die Sonnenbräune verriet, dass er kürzlich auf Reisen war. »Danny Holland«, sagte er, und ich erinnerte mich daran, dass er sich am Telefon als amtierender Geschäftsführer vorgestellt hatte.

Danny bot an, mich nach oben zu begleiten, in Eloïses Büro, während eine Frau mit Namen Shakina – ich glaube, das ist die Finanzchefin der Organisation – und der Mann am Empfang, Jade, sich der Kinder annahmen. Danny holte einen Schlüssel aus der Hosentasche und öffnete eine der vielen Türen.

»Wie gesagt, ich habe immer damit gerechnet, dass die Polizei kommt und hier alles durchsucht«, sagte er. »Aber es ist alles noch genau so, wie Eloïse es zurückgelassen hat.«

Ich roch sie sofort. Nicht dass ich den Geruch beschreiben könnte – es ist nicht der Duft eines Parfüms, auch wenn sie Poême von Lancôme sehr mochte, nein, es ist ein warmer Duft, den ich unwillkürlich mit ihr verbinde. Der Raum ist bescheiden: ein Schreibtisch, ein Computer, ein IKEA-Bürostuhl, ein paar Regale, ein Teppich und auf einem der Regale gerahmte Bilder von Lochlan und Max. Typisch El. Danny führte mich zu ihrem Aktenschrank.

»Ich weiß nicht, ob der etwas hergibt«, sagte er traurig. »Wir haben uns alle das Hirn zermartert, weil wir dachten, wir hätten etwas übersehen. Nur ein paar Wochen bevor das passiert ist, war sie hier, wissen Sie? Um uns das Baby zu präsentieren.«

»Cressida«, sagte ich, und er verschränkte die Arme und nickte. Ich merkte, dass er sich schon aufregte, wenn er nur an die Sache dachte.

»Es schien ihr gut zu gehen, sie kam uns glücklich vor. Und sie hat gesagt, dass sie etwa in einem Jahr wiederkommen wolle. Das hat uns natürlich sehr gefreut.«

Die Hände in den Hosentaschen, schaute er sich um. Ich ging zu dem Aktenschrank und zog die oberste Schublade auf. Lauter ordentlich gestapelte Papiere lagen darin, aber ich wusste ja gar nicht, wonach ich suchte. Vielleicht ging es mir nur um die Nähe zu etwas, das ihr so wichtig gewesen war. Es belastete mich immer mehr, dass ich so wenig Anteil genommen hatte an dem, was sie tat. Ich gebe das nicht gern zu, aber ich habe wohl nie daran geglaubt, dass die Hilfsorganisation wirklich durchstarten würde; vielmehr hatte ich das vage Gefühl, dass sie, wenn ich sie zu sehr ermutigte, umso härter landen würde. Aber ich hätte ihr natürlich Mut machen sollen!

Danny förderte einen Karton voller Briefumschläge zutage und stellte ihn auf den Schreibtisch. »Das ist ihre Post. Eigentlich wollte sie einmal die Woche reinkommen, aber …« Er biss sich auf die Lippe.

Ich nickte und krempelte in dem Bestreben, bei der Sache zu bleiben und nicht zu emotional zu werden, die Ärmel hoch. »Danke Ihnen«, sagte ich. »Dann lege ich mal los.«

Es fand sich jede Menge Werbung; außerdem Briefe von Organisationen, die eine Partnerschaft mit ihrer anstrebten. Diesen Stapel gab ich an Danny weiter für den Fall, dass er ihn durchsehen und das eine oder andere prüfen wollte.

In einem Briefumschlag, der in Uganda frankiert worden war, steckte ein ganzes Bündel zerknitterter Zettel. Unter anderem war da ein Foto von einem Mädchen, das eine Pflanze hochhielt und in die Kamera lächelte. Das schwarze Haar war in viele kleine Zöpfchen geflochten und zu zwei festen Schnecken aufgesteckt; ihr Lächeln war hinreißend. Sie hieß Phiona und war gerade dreizehn geworden. Sie schrieb ausdrücklich an Eloïse, bedankte sich für ihr Geburtstagsgeschenk und erzählte, wie es ihr seit ihrer Rettung ergangen war. Offenbar war sie von ihren Eltern für ein paar Kühe als Ehefrau an einen älteren Mann verkauft und von diesem regelmäßig geschlagen worden. Ich vergewisserte mich noch einmal: Doch, sie war dreizehn.

Ich legte den Brief weg. Ich hatte nicht die geringste Ahnung von dem, was Eloïse hier macht. Kein einziges Mal hat sie Magnus oder mich um finanzielle Unterstützung für diese Kinder gebeten. Mir ist so, als hätte Magnus hin und wieder etwas überwiesen, aber wir hätten viel mehr tun können. Warum habe ich sie nie nach ihrer Arbeit gefragt? Warum habe ich ihr nicht zugehört?

Ganz unten in dem Haufen fand ich einen Brief, der alles andere in den Hintergrund treten ließ. Er trug den Stempel des Krankenhauses South London and Maudsley. Vorsichtig öffnete ich ihn. Eine kurze Mitteilung, datiert vom 10. März dieses Jahres, dass Eloïse ihre letzten beiden Termine bei Dr. Goff versäumt habe und bitte im Sekretariat anrufen solle, um neue zu vereinbaren.

Ich las den Brief ein paarmal und versuchte, mich zu erinnern, ob Eloïse mir gegenüber je einen Termin im Krankenhaus erwähnt hatte. Warum hätte sie den weiten Weg nach Südlondon auf sich nehmen sollen, wo doch das West-Middlesex-Universitätsklinikum viel näher ist?

Ich rief Danny noch einmal herein und fragte, ob ich Els Computer benutzen dürfe. Er schaltete ihn ein und öffnete das Internet für mich, doch da ich mit dem Googeln von Sachen immer noch etwas unbeholfen bin, bat ich ihn höflich und möglichst beiläufig, mir Namen und Telefonnummer der in dem Brief genannten Ärztin herauszusuchen: Dr. Tara Goff im Krankenhaus South London and Maudsley.

»Ich hab sie«, sagte er kurz darauf, und ich starrte blinzelnd auf den Bildschirm.

»Sind Sie sicher, dass sie das ist?«

Ich verglich die Angaben in dem Brief mit denen auf dem Bildschirm. Es stimmte alles überein.

»Hier steht, sie ist klinische Psychologin«, sagte Danny.

»Klinische Psychologin?«

»Ja, spezialisiert auf postnatale psychische Probleme, bipolare Störungen und schwere Persönlichkeitsstörungen.« Er hob den Blick. »Was hat das mit Eloïse zu tun?«

Ohne Danny um Erlaubnis zu fragen, griff ich nach dem Telefon und wählte die Nummer, die auf dem Bildschirm angezeigt wurde.

»Hallo? Ja, guten Tag. Ich würde gern mit Frau Dr. Goff sprechen.«

31. MÄRZ 2015

Komméno, Griechenland

Den ganzen Tag war ich am Knochenstrand und habe versucht, das Boot aufs Wasser zu kriegen; jetzt habe ich überall Schrammen und blaue Flecken. Die beiden großen Steine, die verhindert haben, dass es von höheren Wellen nach draußen getragen wird, konnte ich wegwälzen, aber dabei hat sich das Boot gedreht, und einer der Masten hat mich mit voller Wucht am Knöchel getroffen. Es tat so weh, dass ich dachte, der Fuß sei gebrochen. Inzwischen bin ich ziemlich sicher, dass das nicht der Fall ist, aber ich humpele immer noch.

Es war, als habe die Sonne es heute eilig mit dem Untergehen. Eben stand sie noch wie eine Münze hoch am Himmel, und dann lag sie schon als Balken geschmolzenen Kupfers vor dem Horizont. Wieder scheint die Zeit mal zu schleichen, mal Sprünge zu machen.

Am liebsten wäre ich sofort ins Boot gestiegen und davongesegelt in Richtung Kreta, aber meine Schwimmweste liegt noch im Haus – und außerdem will ich versuchen, Sariah zu überreden, dass sie mitkommt. Nachdem ich das Boot endlich in Position gebracht hatte, habe ich mich bis auf den Slip ausgezogen, mich auf dem trockenen Sand ausgestreckt und in die Sterne hinaufgeblickt. Zu etwas anderem wäre ich nicht mehr imstande gewesen.

Rasch fiel ich in eine Art Halbschlaf voller wirrer Gedankenverästelungen und Bilder. Mit aller Kraft versuchte ich, die Erinnerung an den am Straßenrand hockenden George heraufzubeschwören. Es war dunkel, wir waren im Freien. Die Nachtluft war kühl. Wir hatten ein Tier angefahren. George sagte: »Du musst es töten«, und das tat ich.

Aber die Szene ergibt keinen Sinn. Ich habe George ja erst

kennengelernt, als ich mit dem kaputten Boot hier gestrandet bin. Das sagen sie jedenfalls.

Als ich versuchte, meiner Erinnerung mehr abzuringen, kam mir wieder der Mann in den Sinn, von dem ich vor ein paar Tagen geträumt habe. Der, den ich am Eingang der Höhle gesehen habe; der mir, als ich das Labyrinth betreten wollte, das rote Wollknäuel gab.

Wer war dieser Mann? Wie hieß er?

Wieder hatte ich die Öffnung der Höhle vor Augen. Sie sah aus wie ein Loch.

Lochlan. Das war sein Name.

Ich driftete in den Schlaf hinüber, und meine Träume müssen eine Mischung aus Hirngespinst und Erinnerung gewesen sein, jedenfalls waren sie intensiv und schienen direkt aus den Tiefen meiner Seele zu kommen. Ich träumte, dass ich wieder in dem Labyrinth war, die Hand fest um mein rotes Wollknäuel geschlossen. Merkwürdige Stalagmitenkorridore führten in eine heruntergekommene Wohnung, in der leere Wodkaflaschen herumlagen und in der Küche volle Mülltüten sich zu einem Berg auftürmten. Der Geruch von saurer Milch und vergammelten Lebensmitteln stieg mir in die Nase.

Als ich mich in dem zerbrochenen Spiegel im Badezimmer sah, war ich ein Kind, vielleicht sieben oder acht Jahre alt. Ich hielt einen Teddy im Arm und drückte ihn an mich. *Peter*. Mein Haar war hellblond, dünn, schulterlang, meine Haut blass und glatt; auf einer Wange hatte ich einen großen blauen Fleck. Meine Lippen waren aufgesprungen, mein Blick gehetzt.

Geschrei ertönte. Eine Männerstimme rief aus einem der anderen Zimmer: *Eloïse! Eloïse, wo bist du?*

Ich erstarrte. Mir war klar, dass ich weglaufen und mich verstecken musste, aber ich stand im Bad, und das Fenster war zu. Ich kletterte in die Wanne und versuchte, mich hinter den Duschvorhang zu ducken, aber da langte schon eine Hand herein und packte mich bei den Haaren. Ich keuchte vor Schmerz, als er mich aus der Wanne und in den Flur zerrte.

Irgendwie konnte ich mich schließlich befreien und in ein anderes Zimmer flüchten, von wo aus ich in das Labyrinth zurückfand.

Und dort hörte ich eine leise Kleinkinderstimme.

»Mami? Mami, bist du da?«

Auf Zehenspitzen schlich ich durch einen weiteren Korridor in die Richtung, aus der die Stimme kam. Mein Herz raste.

Ein kleiner Junge. Er klang, als habe er Angst. Es war furchtbar dunkel und der Boden unter meinen Füßen nass und glitschig. Das Ende des roten Fadens glitt durch meine Hände. Als er aufgebraucht war, hatte ich das Herzstück des Labyrinths erreicht.

Es war ein kleiner Raum mit einem einzelnen steinernen Sitz. Durch einen Schlitz in dem Fels darüber fiel Licht auf den, der sich hier aufhielt.

Ich schätzte den Jungen auf drei oder vier Jahre; sein leicht gewelltes blondes Haar war etwa kinnlang. Kugelrunde blaue Augen, ein ganz und gar unschuldiger Gesichtsausdruck. Er kniete auf dem Boden und ließ zwei Spielzeugzüge über den Steinsitz fahren, als gebe es dort Schienen. Bald blickte er auf und sagte: »Hallo Mami.«

Schnell kniete ich mich neben ihn. Ich kannte sein Gesicht. Wusste seinen Namen. »Hallo, Maxie«, sagte ich. »Geht's dir gut?«

Er wandte sich wieder seinen Zügen zu, plötzlich schien er traurig. »Mir geht's gut. Wann kommst du nach Hause?«

»Ich versuche es die ganze Zeit, Maxie«, sagte ich. »Ehrlich.«

Er ließ die Züge stehen und dachte nach. »Hast du uns verlassen, weil es dir nicht so gut ging?«

»Ich weiß es nicht.«

»Du musst machen, dass es dir wieder besser geht«, sagte er sehr ernst. »Du brauchst Milch und einen Schokokeks. Wenn es mir nicht gut geht, gibst du mir Milch und manchmal einen Schokokeks.«

Obwohl ich Tränen in den Augen hatte, musste ich lachen. »Ich will dir nicht wehtun, Max.«

Seine Miene hellte sich auf, und seine blauen Augen fixierten mich. »Das ist ja dumm, Mami. Warum denkst du denn, dass du mir wehtun könntest?«

Ich versuchte, es so zu erklären, dass es für ihn verständlich war.

»Ich glaube, das hat mir mal jemand gesagt. Ich glaube, jemand hat gesagt, dass ich nie eine gute Mutter sein werde, und daher dachte ich, dass ich nicht gut genug für dich bin.«

Er streckte die Hand aus und berührte mich am Arm. »Du hast dich um mich gekümmert. Du hast dich um uns alle gekümmert. Jetzt komm endlich nach Hause. Bitte.«

Ich wischte mir die Tränen von den Wangen. »Das mache ich, Süßer. Ich muss mich nur erinnern, wo zu Hause ist.«

2. APRIL 2015

Smyth-&-Wyatt-Gebäude,
Victoria Embankment, London

Lochlan: Als ich aus dem Smyth-&-Wyatt-Gebäude geführt werde, stehen alle wichtigen Figuren der Firma an den Fenstern des Konferenzraums und schauen zu. Das bodentiefe Fenster am Ende des Ganges geht zum Parkplatz hinaus, wo mein demolierter Mercedes steht: Der rechte Frontscheinwerfer ist eingedrückt, die Stoßstange hängt gefährlich schief herunter wie die geschwollene Unterlippe eines Boxers, und die Motorhaube ist zerbeult. Aller Wahrscheinlichkeit nach sehe ich gerade sowohl mein Auto als auch meinen Arbeitsplatz zum letzten Mal.

Im Polizeiwagen teilt Canavan mir mit, dass er mich wegen des Verdachts auf Falschaussage im Rahmen einer Zeugenvernehmung verhaftet. Ich frage, was zum Henker das zu bedeuten hat – denkt er, ich habe gelogen, als ich gesagt habe, dass Eloïse verschwunden ist? –, doch er geht nicht darauf ein.

»Sie haben das Recht, die Aussage zu verweigern, aber es könnte sich nachteilig auf Ihre Verteidigung auswirken, wenn Sie vor Gericht etwas vorbringen, das Sie bei der Vernehmung nicht ausgesagt haben. Alles, was Sie sagen, kann gegen Sie verwendet werden.«

Mir fehlen die Worte.

Weiterhin wird mir mitgeteilt, dass mir keine Handschellen angelegt werden sollen, und dann herrscht während der gesamten Fahrt zur Wache brütendes, düsteres Schweigen. Canavan, ein weiterer Detective, an den ich mich nur vage erinnere, und ich. Im Zentrum des Schweigens entsteht eine neue Angst, die vielleicht noch schlimmer ist als die, die Eloïses Verschwinden in mir auslöst. Wenn sie mich einsperren, was wird dann aus unseren Kindern? Werde ich sie jemals wiedersehen?

Auf der Wache liefert Canavan mich bei einem Sergeant in Uniform ab, der mich in die Untersuchungshaft eincheckt. Dazu gehört, dass ich durchsucht werde, meine persönlichen Dinge abgeben muss und benommen vor einem Schreibtisch herumstehe, während der Officer alle Angaben zu meiner Festnahme in den Computer eingibt. Er fragt, ob ich einen Rechtsbeistand hinzuziehen wolle und wer über meine Verhaftung in Kenntnis gesetzt werden solle. Ich bin so vor den Kopf geschlagen, dass ich ihn bitte, Magnus anzurufen und nicht meinen Bruder. Zu spät. Keine Ahnung, wie Magnus darauf reagieren wird.

Ein paar Minuten später bittet mich ein weiterer Officer, ihm in einen Verhörraum zu folgen, in dem an einem Tisch Canavan sitzt, neben sich an der Wand einen Digitalrekorder. Ich habe das Gefühl dahinzutreiben, so als sei ich gar nicht ganz da. Ich starre Canavan an, versuche, seinen Ausdruck zu deuten, in seinem wissenden Blick die Zukunft zu lesen: Sie werden mich des Mordes an Eloïse anklagen. Ich werde meinen Sohn und meine Tochter nie wiedersehen.

»DS Cox und ich werden Sie noch einmal zu Ihrer Verbindung zu Harriet Ayres befragen«, sagt Canavan knapp.

Im selben Moment ist mir klar, dass er alles über Harriet weiß. Das hätte ich vorhersehen müssen. Ich hätte nicht lügen dürfen. Wie konnte ich nur so dumm sein?

»Insbesondere interessiert uns, in welcher Absicht Sie sich Harriet Ayres im Pub *Dog and Duck* genähert haben, nachdem sie im Zusammenhang mit dem Angriff auf Ihr häusliches Überwachungssystem gegen Kaution freigelassen worden war.«

In der hinteren linken Ecke des Raumes ist eine Kamera installiert. Hightech-Baby-Monitore, Überwachungskameras, die tausend Augen der sozialen Medien – aber meine Frau hat niemand gesehen. Und das Einzige, von dem ich wünschte, niemand hätte etwas davon mitgekriegt, liegt plötzlich offen zutage.

»Es tut mir leid«, stottere ich. »Ich dachte … ich musste selbst herausfinden, ob Harriet etwas damit zu tun hat.«

Der Uniformierte schreibt mit. Als ich meine Aussage auf

dem Papier erscheinen sehe, fällt mir Eloïses Notizbuch ein. *Warum tauchen darin verschiedene Handschriften auf? Es ist ein sehr persönlicher Gegenstand. Da hätte sie doch niemand anders hineinschreiben lassen, oder? Wenn sie derart private Dinge nicht mit ihrem Mann besprochen hat, hätte sie sich doch wohl kaum mit jemand anders darüber ausgetauscht, oder?*

»Mr Shelley?«

»Ja?«

»Ich glaube, Sie waren gerade abwesend. Meine Frage lautete: Hatten Sie eine Affäre mit der Beschuldigten oder nicht?«

Klug wäre es zu sagen: *Kein Kommentar.*

»Ich hatte eine.«

»Würden Sie uns freundlicherweise darüber aufklären, warum Sie, als ich Sie das erste Mal nach Ihrem Verhältnis zu Miss Ayres gefragt habe, gelogen haben?«

Sag: Kein Kommentar.

»Ich hatte Angst. Ich hatte Angst, dass es herauskommt. Und vor den Konsequenzen für die Zukunft meiner Familie.«

Hatte El Angst? Hat sie mir deshalb nichts über ihre Vergangenheit erzählt?

»Ich fürchte, für Falschaussagen haben wir wenig Verständnis, Mr Shelley, und dass Zeugen, die auf Kaution frei sind, von involvierten Personen belästigt werden, können wir schon gar nicht dulden.«

Ich nicke verlegen. »Verstehe.«

Er seufzt ausgiebig. »Wir werden jetzt also eine neue Befragung vornehmen, in der Sie detaillierte Aussagen über Ihr Verhältnis zu Miss Ayres machen und zu dem Abend Auskunft geben, an dem sie auf Kaution frei war und Sie sich ihr genähert haben.«

Er lässt mir Zeit, das zu verarbeiten. Schließlich nicke ich erneut und setze meine gesamte Körpersprache ein, um es herauszuschreien: wie leid mir das alles tut, dass ich ein Idiot bin und dass er mich bitte, bitte nicht einsperren soll.

Sie würde alles tun, um unsere Kinder zu schützen. Alles. Selbst wenn das hieße, sie allein zu lassen.

Canavan lehnt sich zurück.

»Im Anschluss – vorausgesetzt, alles verläuft ordnungsgemäß – werde ich Sie gründlich belehren, um sicherzustellen, dass wir Sie nicht doch noch auf die Anklagebank setzen müssen. Verstanden?«

»Voll und ganz. Danke.«

Er quetscht mich über mein Verhältnis zu Harriet aus, und obwohl die Überwachungskamera in der Ecke ein Loch in meinen Schädel zu brennen beginnt, halte ich nichts zurück. Ich erzähle von der Flirterei in der Firma, von meinem wachsenden Frust zu Hause und dass ich mich in Harriets Gesellschaft immer wohler gefühlt habe. Und erst als ich von dem Abend berichte, an dem sie zu mir kam – als ich wieder vor mir sehe, wie sie vor der Tür stand –, begreife ich, wie sehr sie mich an Eloïse erinnert. Nicht daran, wie sie jetzt ist, aber auch jenseits der physischen Übereinstimmungen gibt es eine Ähnlichkeit. Eine Ähnlichkeit in dem, was meine Beziehung zu Harriet ausgemacht hat, darin, wie frei und stark die Energie zwischen uns fließen konnte – das ist keine Entschuldigung, ich weiß, aber wenn ich jetzt an diese Affäre zurückdenke, neige ich zu der Ansicht, dass nicht Harriet es war, die mich angezogen hat. Ich kannte sie ja kaum. Was mich anzog, war die Vertrautheit, die Selbstverständlichkeit, die ich in ihrer Nähe empfand – der Widerhall einer Beziehung, die mir verloren gegangen war.

Nichts von alldem erwähne ich Canavan gegenüber. Je mehr meine Angst vor dem Eingesperrt-Werden sich in ein Akzeptieren verwandelt, desto deutlicher wird mir, dass er mich gar nicht mit Verdächtigungen überzieht. Dabei verstehe ich durchaus, dass er von meinen früheren Halbwahrheiten über Harriet nicht erbaut ist. Plötzlich geht mir auf, dass mein Bruder – der immer wieder einmal mit dem Gesetz im Clinch war – härtere Konsequenzen zu befürchten haben könnte als ich, der ich gezwungenermaßen wieder mit der Wahrheit auf gutem Fuß stehe.

»Wie – oder besser gesagt: mit wessen Hilfe – haben Sie herausgefunden, wo Harriet sich aufhielt?«, fragt Canavan.

»Mein Bruder hat mir geholfen.« Es auszusprechen, tut weh.

»Name?«

Ich schlage die Hände vor die Augen. »Wesley Shelley.«

»Adresse?«

Ich gebe sie an, und jede Silbe versetzt mir einen Stich. Ich verpfeife gerade meinen kleinen Bruder. Wes. Wie kann ich das je wiedergutmachen? DS Canavan schreibt alles auf. Ich versuche, mir einzureden, dass die Tatsache, dass er mir gesagt hat, wo Harriet ist, meinen Bruder nicht gleich ins Gefängnis bringen wird, aber andererseits – von der Gesetzeslage verstehe ich so viel wie von untergegangenen Stammesvölkern.

Ich berichte von der Auseinandersetzung mit Harriet, rufe mir in Erinnerung, was sie gesagt hat, was ich gesagt habe, wie es mir anschließend ging. Je länger ich mir selbst zuhöre, desto klarer wird mir, wie dumm es war, ihr auf diese Weise nachzustellen; und wie egoistisch. Was dachte ich denn, was ich erreichen würde? Für praktisch nichts habe ich unendlich viel aufs Spiel gesetzt.

Als ich so gut wie sicher bin, dass Canavan seine Entscheidung, mich mit einer Verwarnung davonkommen zu lassen, revidieren und mich stattdessen wegen eines schweren Vergehens anklagen wird, klopft es energisch an der Tür.

»Herein«, knurrt Canavan.

Ich drehe mich um und sehe DS Welsh an der Tür stehen.

»Tut mir leid, dass ich störe, Chef, aber Gerda Bachmann ist am Telefon«, sagt sie. »Sie möchte Sie sprechen. Es scheint dringend zu sein.«

1. APRIL 2015

Komméno, Griechenland

Die Sonne steht tief am Himmel. Ich bin ausgedörrt, und mir ist schwindlig vor Hunger. Meine Anziehsachen, die ich auf den Felsen ausgebreitet hatte, sind getrocknet; starr und steif liegen sie da. Das Boot neben mir ächzt, und Wind fährt unter die Segel. Ich rolle mich hinüber und zwinge mich, die Segel um die Masten zu wickeln, damit sie nicht reißen. Das kostet mich enorme Anstrengung, so, als hätte ich es nicht mit Stoffbahnen zu tun, sondern mit Marmorplatten. Als ich in die Kleidung schlüpfe, rutschen mir die Jeans über die Hüften.

Weit draußen mache ich einen willkommenen Besucher aus, ein weißes Rechteck: ein Kreuzfahrtschiff. Es liegt ungefähr auf halber Strecke zwischen der Insel und Kreta – anscheinend vor Anker, vielleicht für eine Stunde, vielleicht auch für die Nacht. Ich stehe auf und starre unablässig hinüber, versuche abzuschätzen, wie lange es dauern würde, dorthin zu segeln.

Unmöglich zu sagen, welche Strömungen da draußen herrschen oder wie ich in meinem geschwächten Zustand mit dem Segeln zurechtkäme. Spontan lange ich in eins der Schapps, um eine Leuchtrakete herauszuholen, und dabei finde ich eine weitere Rettungsweste, offensichtlich ungetragen, noch ordentlich gefaltet in der Verpackung. Vor meinem inneren Auge erscheint Sariahs Gesicht. Wenn sie denn möchte, kann ich sie mitnehmen. Ich lege die Weste beiseite und fummele an dem Stöpsel, bis die Rakete schließlich mit einem lauten Knall in den Himmel schießt und zu rot leuchtendem Staub zerplatzt.

Was machst du da?, frage ich mich laut. Wegen einer Rakete wird der Kapitän des Kreuzfahrtschiffs wohl kaum den Kurs ändern und die Insel ansteuern. Ohnehin ist der Steg nur für kleine, wendige Speedboote geeignet, und bei den vielen Felsen rund um die Insel wäre es für ein großes Schiff zu riskant, näher heranzukommen. Meine einzige Chance wäre, hinüberzusegeln, bevor sie den Anker lichten und wegfahren.

Der Anstieg zum Haus ist unvorstellbar hart, und dazu fängt es auch noch an zu regnen; dicke Tropfen, die auf dem Boden zerplatzen. Ich halte inne und lege den Kopf in den Nacken, um ein paar in den Mund zu bekommen; erst dann setze ich meinen Weg fort. Mehrmals rutsche ich auf dem feuchten Grund aus und falle, und als ich endlich oben ankomme, bin ich von Kopf bis Fuß mit Schlamm besudelt. Wieder bleibe ich einen Moment stehen und lege keuchend den Kopf in den Nacken, um ein wenig zu trinken.

Es ist verrückt, aber als ich die Hügelkuppe erreiche, stelle ich fest, dass das Bauernhaus nicht da ist. Stattdessen steht vielleicht hundert Meter weiter eine Klinker-Doppelhaushälfte inmitten eines gepflegten Gartens mit Rosenbüschen und gelber Hecke. Ich erstarre, wische mir die Regentropfen aus dem Gesicht und blinzele zu dem Haus hinüber.

Es ist meins. Ich weiß, dass es meins ist. *Mein* Haus. Das weiße Auto in der Einfahrt gehört mir.

Heftig – zornig geradezu – hämmert der Regen auf den Boden. Ich kann mir nicht erklären, warum ich sehe, was ich sehe.

Im nächsten Augenblick verschwindet das Haus, und das alte Bauernhaus taucht wieder auf. Der Junge, von dem ich geträumt habe, fällt mir ein. Max. Mein Sohn.

Ich *weiß*, dass er mein Sohn ist. Alle meine Empfindungen für ihn regen sich und zirkulieren in meinem Körper. Ich erinnere mich daran, wie es war, ihn in mir zu tragen. Ihn zu gebären. Ihn zum ersten Mal im Arm zu halten. An den Drang, ihn zu beschützen. Daran, wie es war, mit ihm aus dem Krankenhaus zu kommen und buchstäblich überall Gefahren zu wittern, die auf ihn lauerten. Ungeahnte Gefahren, Dinge, vor denen ich ihn rein physisch gar nicht beschützen *konnte*.

Ganze Bäche von Regenwasser stürzen den Abhang hinunter,

umspülen meine Füße mit Schlamm und kleineren Steinen. Ich gehe auf alle viere und klammere mich an Baumwurzeln und Büsche, um mich weiter nach oben zu hieven. Meine nackten Füße sind von Schnitten und Kratzern überzogen, aber als ich vor dem Haus stehe, vergeht der Schmerz. Ich vibriere vor Adrenalin; meine Sinne sind hellwach – auf der Hut vor George. Aus dem Schornstein steigt kein Rauch auf. Ein gutes Zeichen. Trotzdem bleibe ich einen Moment an der Tür zur Küche stehen und lausche. Triefnass und vor Kälte zitternd, nehme ich schließlich all meinen Mut zusammen, öffne die Tür und trete ein.

Es ist dunkel in der Küche. Niemand da, nirgends liegt ein Notizbuch. Ich sehe die Rettungsweste auf dem Tresen und schnappe sie mir, klemme sie mir unter den Arm und laufe nach oben, ins Bad.

Dort schließe ich mich ein. Dann ziehe ich die nassen Sachen aus und drehe den Wasserhahn auf, um mir den Schlamm abzuwaschen.

Kein Wasser.

Also greife ich mir ein Handtuch und rubbele mich ab: Gesicht, Schienbeine, Haare. Von der Anstrengung wird mir warm, aber ich bekomme den Dreck nicht weg. Noch einmal drehe ich den Hahn auf, drehe und drehe – vergebens. Unvermittelt lässt ein heftiger Donner das Haus erbeben. Hinter dem kleinen Badezimmerfenster türmen sich schwarzgraue Wolken.

Ein Sturm zieht herauf.

2. APRIL 2015

Polizeiwache Twickenham

Lochlan: Wir haben an einem Dienstag geheiratet. Wir sind nach Kreta geflogen und haben einen Mann dafür bezahlt, uns per Boot zu Magnus' Insel zu bringen, wo wir mit Ägäis-Panorama getraut wurden. Nur ein paar Leute waren dabei: Els beste Freundin Lucia und Vincent, ihr Partner, als Trauzeugen, mein Bruder Hamish als mein Trauzeuge und der Geistliche.

El hatte ein gelbes Kleid an und einen Kranz aus Gänseblümchen im Haar, ich ging in Hose und weißem Hemd. Wir waren beide barfuß. Alles schlicht – und so schön. Nach der Trauung sind wir in das Hotel beim Anleger gegangen und haben gut gegessen. Wir sind noch ein paar Tage auf der Insel geblieben und dann nach England zurückgekehrt, wo wir das Ganze wiederholten – in klammheimlicher Freude darüber, dass wir die eigentliche Zeremonie bereits durchgeführt hatten, und zwar nach unseren eigenen Vorstellungen.

Ich weiß, jetzt, da ich in dieser Lage bin, sagt sich das leicht: Ich wünschte, ich hätte vieles anders gemacht. Ich wünschte, ich wäre ein besserer Ehemann gewesen. Ein besserer Vater. Ich wünschte, ich hätte viel öfter Nein zu meinem Boss und Ja zu meiner Familie gesagt.

Wie entschieden die Liebe wird, sobald sie bedroht ist!

Ich hatte damit gerechnet, dass Canavan mich nach der Vernehmung wegschließen lässt, aber als Welsh von Gerdas Anruf berichtete, hat er sofort aufgehorcht, und ich habe vorsichtshalber nicht nachgefragt, worum es geht.

Zwei Stunden warte ich schon, als eine Frau die Wache betritt und energisch auf den Officer am Empfang zugeht. Sie ist schlank, Mitte dreißig. Dunkelblaue Fly-London-Sandalen, die zu der grauen Hose und der weißen Bluse nicht so recht passen.

Kein Mantel. Dunkle Strähnen haben sich aus der Haarspange gelöst. Als sei sie in großer Eile hergekommen.

»Ich bin Tara Goff«, höre ich sie sagen. »Ich möchte zu Detective Sergeant Canavan.«

Gleich darauf kommt Gerda zur Tür herein. Ich stehe auf und sage ihren Namen, worauf sie sich erstaunt zu mir umdreht.

»Wer hat es dir gesagt?«, fragt sie, und ich habe keine Ahnung, wovon sie redet. »Das mit den Briefen«, fügt sie hinzu, als könne das irgendwas erklären, doch nun taucht schon DS Welsh auf und gibt erst Gerda und dann der anderen Frau die Hand.

»Wenn Sie mir bitte folgen wollen.«

Auf dem Weg durch den Korridor flüstert Gerda mir etwas zu, aber ich verstehe kein Wort. Canavan und Welsh stecken die Köpfe zusammen und drehen sich gelegentlich zu mir um. Wir gehen in einen anderen Verhörraum als vorhin, einen zur Rechten, und setzen uns an einen Tisch. Erleichtert registriere ich, dass Canavan nicht in der Runde Platz nimmt.

»Darf ich vorstellen? Das ist Dr. Tara Goff«, sagt Welsh und zeigt auf die Fremde. »Dr. Goff, das sind Eloïses Mann, Lochlan, und ihre Großmutter, Gerda.«

»Hallo, guten Tag«, sagt sie und schüttelt uns die Hand. Dann fügt sie ernst hinzu: »Ihnen beiden mein Mitgefühl in dieser schweren Situation.«

In kurzen Sätzen berichtet Gerda, dass sie in Eloïses Londoner Büro war und dort Briefe gefunden hat, die auf eine Verbindung zwischen El und Dr. Goff hinweisen; dass sie Dr. Goff angerufen und diese sich einverstanden erklärt habe, sofort herzukommen und mit uns zu sprechen. Ich kapiere noch immer nicht, was das alles zu bedeuten hat.

Welsh schenkt aus dem Krug, den ein Uniformierter hereingebracht hat, vier Gläser Wasser ein. Ich bin wie erstarrt, analysiere jede Bewegung, jede Geste, versuche, das Schweigen zu deuten. Nichts an dieser Zusammenkunft lässt darauf schließen, dass Eloïse gefunden worden ist. Aber dass Dr. Goff hier ist, legt nahe, dass es ein Problem gibt. Mir wird schlecht.

»Sind Sie damit einverstanden, dass ich dieses Gespräch aufzeichne?«, fragt Welsh.

Dr. Goff nickt und trinkt ihr Wasser. Gerda und ich wechseln einen beunruhigten Blick. Welsh dreht sich zu dem Gerät an der Wand und drückt einen Knopf.

»Also«, sagt sie und setzt sich in ihrem Stuhl zurecht. »Zunächst einmal vielen Dank, Dr. Goff, dass Sie hergekommen sind …«

»Tara«, wirft Dr. Goff ein. »Ich lasse mich von allen Patientinnen mit dem Vornamen ansprechen.«

Welsh lächelt. »Tara. Würden Sie uns zunächst bitte sagen, wo Sie arbeiten, was genau Sie tun und so weiter?«

Tara nickt und stellt das leere Glas ab. »Ich arbeite in leitender Position in der Abteilung für Klinische Psychologie im SLaM, dem staatlichen Krankenhaus South London and Maudsley. Darüber hinaus bin ich stellvertretende Direktorin des Britischen Research Network zu Persönlichkeitsstörungen sowie Mitglied der International Society for the Study of Trauma and Dissociation.«

Eine lange Pause entsteht, während derer ich zu begreifen versuche, was all das mit meiner Frau zu tun hat. Tara schaut Gerda und Welsh an, die ihr gegenübersitzen.

»Ich muss darauf hinweisen, dass ich die ärztliche Schweigepflicht normalerweise nur breche, wenn Sie die Einwilligung meiner Patientin vorlegen können und wenn es dem Schutz der Patientin (oder anderer) dient. Das soll bitte ins Protokoll.«

Welsh zögert. »Wir archivieren die Aufzeichnung.«

Das scheint Tara zu genügen. »Gut. Denn ich musste mich sehr eilig mit meinen Kollegen abstimmen, ob ich überhaupt etwas über die Patientin preisgeben kann, wenn sie nicht dabei ist.« Ich hänge noch bei dem Wort *Patientin* fest, als sie mit gesenkter Stimme fortfährt: »Unter den gegebenen Umständen – dass Eloïse vermisst wird und dass Kleinkinder betroffen sind – sieht es etwas … anders aus. Daher möchte ich Lochlan bitten, offiziell an Eloïses Stelle eine Einverständniserklärung abzugeben, denn er ist als ihr nächster Angehöriger aufgeführt.«

Alle schauen mich an.

»Ich … ich bin einverstanden«, sage ich, und die anderen scheinen aufzuatmen.

Welsh bestätigt, dass das aufgezeichnet worden ist. Mit einem Blick zu Gerda hinüber sagt sie: »Laut Mrs Bachmann war Eloïse wegen psychischer Probleme bei Ihnen zur Beratung.«

Tara nickt, ich verstehe immer weniger. Ein Blick zu Gerda verrät mir, dass es ihr nicht anders geht.

»Unsere Krankenakte besagt, dass Eloïse 2005 von ihrem Hausarzt an unsere Klinik überwiesen worden ist, also vor zehn Jahren«, sagt Tara, »und dass sie damals ungefähr ein halbes Jahr lang hin und wieder zur Beratung bei uns war. Mir liegen keine Aufzeichnungen bezüglich einer Diagnose vor, aber ich weiß, dass ihr eine beträchtliche Dosis Flupentixol verschrieben worden ist. Das ist ein Antipsychotikum.«

»El ist ein Antipsychotikum verschrieben worden?«, entfährt es mir.

»Vor zehn Jahren?«, ruft Gerda fast gleichzeitig.

Behutsam fährt Tara fort: »Sie hat das Medikament wegen der Nebenwirkungen abgesetzt – und ehrlich gesagt, glaube ich, dass es ihr Angst gemacht hat, als psychotisch eingestuft zu werden.«

Ich bitte Tara, das zu wiederholen, und als sie der Bitte nachgekommen ist und ich immer noch nicht begreife, was es zu bedeuten hat, erklärt sie sehr sanft: »Vor ungefähr vier Jahren ist Ihre Frau erneut an meine Abteilung überwiesen worden, Mr Shelley. Nach der Geburt ihres ersten Kindes.«

»Max«, sage ich und grabe in meinem Gedächtnis nach etwas, das auf diese Überweisung hindeuten könnte. El ist zu irgendeiner Beratung gegangen, so viel wusste ich. In meiner Vorstellung war sie bei einer netten Hebamme und nicht bei einer klinischen Psychologin. Von einem Antipsychotikum war nie die Rede.

»Den Aufzeichnungen zufolge ging es ihr gut«, fährt Tara fort. »Sie ist nur ein paar Wochen lang zu den Sitzungen gekommen, dann war das nicht mehr nötig.« Kurze Erleichterung. »Aber im August vergangenen Jahres hat sie sich erneut bei uns gemeldet und ist an mich verwiesen worden.«

»Letztes Jahr im August war El schwanger«, sage ich.

»Ja, und ich glaube, das war der Grund, weshalb sie sich bei uns gemeldet hat«, erwidert Tara. »Sie wollte die Medikamente nicht wieder nehmen. Aber sie hatte wiederholt beängstigende Flashbacks. Und die Vorstellung, ein zweites Kind zu bekommen, hat sie geängstigt.«

»Das stimmt nicht«, sagt Gerda, wenn auch weniger entschieden als sonst. »Eloïse hat sich sehr gefreut, als feststand, dass sie wieder in froher Erwartung ist.«

»Können Sie uns von Ihren Sitzungen mit Eloïse erzählen?«, mischt Welsh sich ein.

Tara rutscht auf ihrem Stuhl herum – so, als müsse sie sich die Sitzungen erst ins Gedächtnis rufen. Vielleicht überlegt sie auch nur, welche Informationen die entscheidenden sind.

»Wir haben viel über die frühere Behandlung gesprochen. Es fiel ihr schwer, über ihre Kindheit zu reden, deshalb habe ich ihr vorgeschlagen, sich der kleinen Schreibgruppe anzuschließen, die einer unserer Kliniker initiiert hat. Er forscht auf dem Gebiet der Poesietherapie.«

Die Schreibgruppe! Ich stammele etwas von Niamh, dass sie eine Schreibgruppe erwähnt hat, aber als Tara nachfragt, was genau Niamh gesagt hat, fällt mir nur noch ein, dass sie El irgendwie verändert fand.

»Das ist genau der zu erwartende Effekt«, sagt sie.

»Können Sie uns mehr über diese Schreibgruppe erzählen?«, fragt Welsh.

»Wir hatten eine kleine Gruppe von Patienten, vier oder fünf Leute, die den Vorschlag, Erinnerungen mittels des kreativen Schreibens zu Erzählungen zu verarbeiten, interessant fanden«, erklärt Tara. »Und wir haben festgestellt, dass diese Methode den Patienten hilft, zu ihrer Identität zurückzufinden …«

»Und hat sich das auf Mrs Shelley negativ ausgewirkt?«

Tara überlegt einen Moment. »Ich habe keinen negativen Effekt festgestellt. Irgendwann hat sie mir von den Stimmen erzählt, die sie im Laufe der Jahre immer wieder gehört hat.«

»Stimmen?«, hake ich nach und merke selbst, dass ich klinge wie kurz vor einem Schlaganfall. Es ist mir egal. Die reden hier über eine andere Frau – nicht über die Frau, die ich geheiratet habe.

»Sie hat mir erzählt, was sie nach der Geburt von Max so geängstigt hat: dass sie diese Stimmen hört, die ihr sagen, sie sei eine schlechte Mutter und werde ihm Schaden zufügen. Sie stelle eine Gefahr für ihn dar.«

Ich glaube das einfach nicht. Sie hat Stimmen gehört? Der BabyCam-Film fällt mir ein, in dem man El mit der Luft reden sieht. War es das? Hat sie irgendwelche Sachen gesehen?

»Wissen Sie, warum Eloïse Stimmen gehört hat?«, fragt Gerda leise.

Tara zögert. »Ich denke, daran hat der Missbrauch einen entscheidenden Anteil.«

Welsh schaut zu mir, und ich will schon sagen, dass ich nichts von Missbrauch weiß, doch dann klingt mir wieder in den Ohren, was Magnus erzählt hat.

»Ich habe das nicht gewusst«, sage ich schließlich und wundere mich selbst darüber, wie sehr es mich verletzt, dass El mir nie etwas davon erzählt hat. »Ich habe erst durch ihren Großvater davon erfahren.«

»Wie ich es verstanden habe, ist Eloïse mit vier Jahren von ihrer Mutter nach London mitgenommen worden«, sagt Tara.

»Das ist richtig«, antwortet Gerda matt. »Judy war selbst noch ein Kind, als Eloïse auf die Welt kam. Wir haben nie herausgefunden, wer der Vater ist.« Sie stößt einen tiefen Seufzer aus und senkt den Blick. »Wir haben daran gedacht, das Baby zur Adoption freizugeben, aber Judy wollte das nicht. Daher haben wir sie wieder zu uns nach Genf geholt. Sie haben beide bei uns gewohnt, sie und Eloïse. Trotz der Umstände fanden Magnus und ich es schön, wieder ein Baby im Haus zu haben. Die Erinnerung ist noch so frisch – als wäre es gestern gewesen. Und trotzdem ist alles anders.«

»Wie ist es dazu gekommen, dass alles anders ist?«, fragt Welsh sanft.

Gerda scheint der Freundlichkeit nicht ganz zu trauen. Sie antwortet, doch es hört sich an, als hätten ihre Worte Dornen. »Irgendwann hatte Judy einen Freund, einen älteren Mann. Der hat sie dazu überredet, die Schweiz zu verlassen.«

»Orhan«, sagt Tara, und Gerda nickt unwillig.

Welsh schaut Tara an. »Hat damit der Missbrauch angefangen?«

Tara nickt.

»Erzählen Sie uns bitte, was geschehen ist.«

Tara holt tief Luft. »Solange sie bei Judy gelebt hat, war Eloïse fortgesetztem und systematischem sexuellem Missbrauch ausgeliefert. Ihre Mutter war drogenabhängig, und es gab niemanden, an den Eloïse sich hätte wenden können; niemanden, der sie beschützt oder ihr zur Seite gestanden hätte. Immer wieder ist sie davon abgehalten worden, zur Schule zu gehen. Judy ist mit ihr kreuz und quer durch England gezogen, vermutlich, um sich dem Zugriff des Sozialdienstes zu entziehen. Sie hatte ständig wechselnde Partner, von denen viele mit Eloïse das Gleiche gemacht haben wie vor ihnen Orhan.«

Gerda beginnt zu weinen; sie wird von heftigen Schluchzern geschüttelt. Mir kommt es so vor, als stießen wir in eine Welt vor, von der ich bisher gar nicht wusste, dass sie überhaupt existiert. Und ich wappne mich dafür, weiter zuzuhören; diese schockierenden Informationen zu verarbeiten. *Fortgesetzter und systematischer sexueller Missbrauch …* Unzählige Fragen hallen durch meinen Kopf. Warum hat sie mir nichts davon erzählt?

»Wir müssen versuchen zu verstehen«, sagt Tara, »dass ein so kleines Kind, dem solche schrecklichen Dinge widerfahren, schlicht noch nicht in der Lage ist, die damit verbundenen Emotionen zu erkennen und zu benennen. Es geschieht extrem häufig, dass der Verstand auf jahrelangen Missbrauch reagiert, indem er diese Zeit ausblendet. Selbst als Erwachsene brauchen Betroffene mitunter noch lange, bis sie Strategien zur Verarbeitung des Geschehens entwickeln und versuchen können, ein normales Leben zu führen.«

»Aber wir *haben* ein normales Leben geführt«, sage ich, wobei meine Überzeugung schwindet, kaum dass ich es ausgesprochen habe. »Zumindest dachte ich das.«

Tara reagiert prompt. »Ein Trauma kann sehr lange schlummern. Eloïse ist einige Zeit zurechtgekommen; ziemlich erfolgreich sogar. Wie gesagt, sie hat mich erst aufgesucht, als sie schwanger war, und ich glaube, es hing damit zusammen, dass die erste Geburt bei ihr eine Art Auslöser war; dass danach einiges in ihrer Erinnerung wieder hochgekommen ist.«

Welsh kramt ein Taschentuch hervor und gibt es Gerda, die sich die Augen trocken tupft. Mir gibt sie auch eins, doch ich bin zu geschockt, um zu weinen. Es ist, als lösten die Grenzen des Realen sich auf, als verlöre sich der Grund des Vertrauten unter meinen Füßen.

»Sie war genauso alt wie unser Sohn Max«, sage ich, und Gerda schluchzt erneut auf. »So klein. Sie war ein kleines Kind.« Als Magnus mir davon erzählt hat, habe ich es gar nicht wirklich aufgenommen. Mehr oder weniger hat mein Verstand die Möglichkeit, dass jemandem, den ich liebe, so etwas zugestoßen sein könnte, ausgeblendet. Aber mit jedem weiteren Wort von Dr. Goff vervollständigt sich für mein Gefühl ein Bild – nur dass das keine Erleichterung bringt und auch keine Lösung. Ich stehe am Abgrund einer schrecklichen Wahrheit.

Gerda wirkt völlig gebrochen. Welsh, das ist offensichtlich, will Antworten, Prognosen, irgendetwas, das zu einer Lösung des Falls führt. »Glauben Sie, dass zwischen Eloïses psychischen Problemen und ihrem Verschwinden ein Zusammenhang besteht?«, fragt sie.

Tara nickt. »Das ist sehr wahrscheinlich, würde ich sagen.«

Mein Magen rebelliert.

»Was meinen Sie: Wo könnte sie sein?«

»Ich fürchte, ich habe keine Ahnung«, antwortet Tara.

»Sie denken, sie hat sich umgebracht, oder?«, fragt Gerda tonlos. »Das ist es, was Sie eigentlich sagen wollen.«

Diesmal starrt Tara auf ihre im Schoß gefalteten Hände und sucht nach den passenden Worten, und mir wird elend. Als das Schweigen zu lange dauert, setzt Welsh nach.

»Sie haben erwähnt, dass Sie andere Fälle kennen, in denen Frauen ähnliche psychische Probleme hatten und verschwunden sind.« Und nach einer langen Pause fügt sie mit gesenkter Stimme hinzu: »Ist es in diesen Fällen häufiger zum Selbstmord gekommen?«

Tara hebt den Blick und schaut mich an.

»Ja.«

1. APRIL 2015

Komméno, Griechenland

Ich stehe im Bad und wringe meine Sachen aus, als ich plötzlich George lachen höre; rhythmisch dröhnt seine Stimme zu mir herein. Ich erstarre. Meine Hand schließt sich um den Türknauf für den Fall, dass das Schloss versagt. Ich bin nackt. Meine Sachen sind zu nass, als dass ich sie schon wieder anziehen könnte, und Handtücher sind keine mehr da.

Ich lege das Ohr an die Holztür und lausche. Ich höre nur die Stimme von George, aber mit irgendjemandem muss er ja reden. Ich versuche, seinen Ton zu deuten – spricht er mit Hazel? Als er wieder anfängt zu lachen, verlasse ich das Bad, schleiche mich auf den Dachboden und schließe, so leise ich kann, die Tür hinter mir. Er redet immer noch. Gut. Erleichtert sehe ich auf dem Stuhl neben dem Bett eine Trainingshose von Hazel und einen schwarzen Pulli liegen. Hastig ziehe ich die Sachen an.

»Hallo Eloïse«, sagt eine Stimme hinter mir.

Mit einem Aufschrei fahre ich herum. In der offenen Tür steht George, ein Grinsen auf dem Gesicht.

»George«, bringe ich heraus. »Ich … mir war so kalt. Da bin ich raufgekommen, um mir was zum Anziehen zu holen. Weiter will ich nichts. Ich kann wieder gehen …«

Ein Blitz lässt den ganzen Raum erglühen, nur Georges Augen bleiben dunkel, schwarze Löcher in seinem Gesicht. Seine klobige Gestalt blockiert die Tür. Heftiger Donner rüttelt am Dach. Wie hat er es so schnell hier heraufgeschafft? Wo sind die anderen?

»Langsam frage ich mich, was mit dir los ist, Eloïse.«

Ich hebe die Hände. »Bitte, George …«

Er verschränkt die Arme und lehnt sich gegen die Wand. »Jedes Mal, wenn du hier bist, läuft etwas schief.« Er spricht leise, sein Ton ist nervenzerfetzend freundlich. »Nikodemos, die Zisterne, das Satellitentelefon …« Ein weiterer Blitz unterbricht ihn. »Und jetzt dieser Sturm. Es stimmt nicht, was Joe sagt. Du bist nicht Eloïse.«

Immer noch die Hände erhoben, setze ich zu einer Erwiderung an. »Es ist nicht mein Wunsch, hier zu sein, George. Ich kann gehen …«

»Wo willst du denn hin?«, gibt er zurück.

Seine Gestalt füllt die Türöffnung vollständig aus; keine Chance, an ihm vorbeizuschlüpfen. Ich sitze in der Falle.

»Weißt du inzwischen, wo du wohnst? Erinnerst du dich daran, wer du bist?«

»Nein, aber …«

»Dann bleibst du hier – hier, wo ich dich sehe. Du bleibst für immer bei mir.«

Damit macht er einen Schritt zurück und knallt die Tür zu. Ein Schlüssel dreht sich im Schloss. Ich ziehe und drehe am Knauf, doch die Tür gibt nicht nach.

»George! Lass mich raus!«

Nur das Grollen des Donners über mir ist zu hören. Und der Regen, der gegen die Dachluke trommelt.

Es muss ungefähr drei Uhr nachmittags sein. Gestern Abend hat George mich hier eingeschlossen, und ich habe keine Ahnung, wann er mich wieder rauszulassen gedenkt. Seit gestern Morgen habe ich weder etwas gegessen noch etwas getrunken.

Mein Magen schmerzt nicht mehr, aber mir ist schwindelig. Meine Lippen sind aufgesprungen, die Finger geschwollen. Ich kauere am Boden und schaffe es nicht, mich aufzurichten. Den ganzen Tag schon scheint die Sonne, hier drinnen ist es unerträglich heiß. Ich habe gegen die Tür gehämmert in der Hoffnung, dass Sariah es hört, aber schon nach zehn Minuten wurde mir übel. Durch die Dachluke habe ich gesehen, dass das Kreuzfahrtschiff weg ist.

Vielleicht liegt es daran, dass ich so regungslos dahocke, vielleicht kommt es daher, dass ich sterbe, jedenfalls beginnt meine Erinnerung zu erwachen. Anders kann ich es nicht beschreiben – mühelos kann ich mir plötzlich große Teile meiner Vergangenheit ins Gedächtnis rufen.

Mein Kleiner. Max. Ich weiß wieder, dass ich zu seinem vierten Geburtstag ein Eisenbahnfest geplant habe. Ich habe eine Torte bestellt, die aussehen sollte wie *Thomas, die kleine Lokomotive*. Er ist das wunderbarste Kind, das ich mir jemals hätte erträumen können.

Mit einem Mal vermisse ich ihn so schmerzlich, dass es sich anfühlt, als kehre mein Innerstes sich nach außen. Zu wissen, dass er irgendwo anders ist, an einem Ort, an den ich mich nicht erinnern kann, ist die reinste Tortur. Ich sehe sein Zimmer vor mir. Mit der Gestaltung habe ich mir so viel Mühe gegeben. An der Wand gegenüber vom Bett das offene Regal, in dem die Bücher mit der Titelseite nach vorn stehen, sodass er sich leicht eins aussuchen kann. Seine *Thomas-die-kleine-Lokomotive*-Bettwäsche und das Bord mit den *Peppa-Wutz*-Figuren. Sein Dino-Poster. Ist er noch so klein? Ist er am Leben?

Mein schöner Junge. Wie sehr ich mir wünsche, dich in meine Arme zu schließen.

Immer mehr Erinnerungen wirbeln mir durch den Kopf, sie kommen unaufgefordert, chaotisch. Ich erinnere mich, einen Säugling im Arm gehalten zu haben, ein kleines Mädchen, und es zerreißt mir fast das Herz, als mir der Name einfällt.

Cressida.

Ich erinnere mich an die ersten Versuche, sie zu stillen, an den stechenden Schmerz, wenn sie begann zu saugen. Ich erinnere mich an ihr weiches, flaumiges Haar in meiner Armbeuge. Sie sah lustig aus, nicht wirklich hübsch: Grießkörner wie winzige Pickelchen; die Wimpern noch nicht gewachsen; die leuchtend rosa Haut an Handgelenken und Knöcheln von weißen Schuppen bedeckt. Ich habe sie so leidenschaftlich geliebt.

Und trotzdem hast du sie verlassen.

Ich erinnere mich, dass ich sie in eine Sitzschale gelegt habe, unter die Dusche gegangen – und dann wieder herausgekommen bin, weil ich Angst hatte, sie könnte aus der Schale fallen. Das fand ich selbst albern – sie war angeschnallt, sie konnte gar nicht herausfallen –, aber die Sorge, dass ihr etwas zustoßen könnte, verfolgte mich wie ein Wolf. Unnachgiebig. Tag und Nacht.

Du könntest ihr etwas tun, ohne es zu merken.

Sie haben gesagt, sie nimmt nicht zu – du hast nicht genug Milch für sie.

Du bist auf vielerlei Weise eine größere Gefahr für sie als irgendwas sonst.

Du könntest dich in der Nacht auf sie rollen.

Du könntest vergessen, die Decke rund um die Matratze festzustopfen, sodass sie sie sich übers Gesicht ziehen kann.

Du könntest übersehen, dass sie Zugluft abkriegt. Sie könnte an Unterkühlung sterben.

Langsam, aber unablässig fügen Wellen von Erinnerungen die Einzelteile meines Ichs neu zusammen. Ich sehe mein Haus vor mir, erinnere mich an meine Arbeit, an Lochlan, an meine Freundinnen. Ich erinnere mich an die Stimmen, die ich gehört habe, die anderen. Ich erinnere mich an die Angst, ich könnte Max und dem Baby Schaden zufügen.

Du hast sie verlassen.

Was sagt das über dich?

2. APRIL 2015

Potter's Lane, Twickenham

Magnus: Die Kleine schreit. Endloses, quälendes Geschrei. Ich beschließe, ihr ein Fläschchen zu machen, aber in diesen Dingen bin ich kein Held. Die Anleitung auf dem Milchpulverkarton ist lächerlich klein gedruckt. Wer soll das lesen? Mikroskopisch!

Ich greife in die Schachtel und ertaste ein kleines Plastikteil, das aussieht wie ein Puppenlöffel und das ich wohl benutzen soll, um Pulver in die Flasche zu befördern. Erst nachdem ich das Ganze geschüttelt habe, fällt mir ein, dass ich das Pulver vielleicht hätte abmessen sollen. Die Milch kommt mir so dick vor. Ich gebe sie Cressida trotzdem. Das Geschrei hat meinen Blutdruck in unmessbare Höhen getrieben.

Und natürlich klingelt genau jetzt das Handy in meiner Tasche. Wie jemand das Tag für Tag durchhält, ist mir ein Rätsel. »Ja, doch«, sage ich zum Telefon, lege das Baby aufs Sofa und platziere die Flasche auf einem Kissen, sodass ich den Anruf annehmen kann. Die Flasche beginnt wegzurollen, und ich strecke die Hand aus, um sie zurückzurollen, doch die Kleine schafft es, sie mit beiden Fäustchen zu packen und sich also selbst zu füttern. »Gut gemacht!«, sage ich.

»Hallo?«

»Hallo? Magnus?«

»Ja?«

»Hier ist Nikodemos Mantzaris. Aus Chania. Mein Sohn hat mir einen Zettel hingelegt, dass ich Sie anrufen soll.«

»Ach, hallo Nikodemos!« Der Anruf bringt mich so aus dem Konzept, dass ich es tatsächlich hinkriege, den Milchpulverkarton umzustoßen und alles auf dem Boden zu verstreuen. Ich fluche laut, und Nikodemos wiederholt ständig: »Hallo?«

»Entschuldigung«, sage ich und fange an, in gebrochenem

Griechisch etwas von Milchpulver und meiner Urenkelin zu faseln, bis mir dämmert, dass er ohnehin kein Wort verstehen wird. Also wechsle ich ins Englische und komme sofort zur Sache.

»Vielen Dank, dass Sie zurückrufen, Nikodemos. Es geht um meine Enkelin, Eloïse. Erinnern Sie sich an sie?«

»Ja?«

»Sie ist verschwunden.«

Plötzlich bleibt mir die Stimme weg, wie ein Kloß sitzt mir die Trauer im Hals, und ich stampfe auf, um den Kloß zu lösen. Das ist der falsche Zeitpunkt für stummen Kummer.

»Verschwunden?«

»Ja. Ja! Sie erinnern sich doch bestimmt an sie.«

»Natürlich. Wie alt ist sie inzwischen?«

»Mitte dreißig – verheiratet, hat zwei wunderbare Kinder. Aber wir sind in großer Sorge, denn offenbar hat sie …« Wieder kommen mir die Tränen, und meine Stimme wird fistelig. Ich kneife die Augen zusammen und singe die Worte wie den Alpsegen. Das lenkt mich von der Gefühlswoge ab.

»Glauben Sie, dass sie in Chania ist?«, fragt Nikodemos.

Und da kommt mir eine Idee. »Waren Sie in letzter Zeit mal auf der Insel?«

»Auf welcher Insel?«

»Komméno.«

»Komméno? Nein. Es ist so schade, dass das Hotel zugemacht hat. Keine Fähre, keine Touristen! Die Fähr-Unternehmen werden alle von Halunken geführt …«

»Aber, Nikodemos … könnten Sie sich vielleicht für mich umhören? Und Ihr Sohn auch? Wir machen uns wirklich große Sorgen um unsere Enkelin.«

»Wenn Sie meinen, dass das eine Hilfe ist, könnte ich mal rüberfahren.«

»Ja, das wäre gut, sehr gut!«

»… eine Fähre nach Komméno gibt es nicht. Wenn sie dort hinwollte, hätte sie ein Boot mieten müssen. Verstehen Sie?«

»Ja.«

Er sagt, er werde sich umhören und sich wieder melden, wenn er etwas herausfindet, aber besonders überzeugend klingt er nicht. Meine verflixte Kehle wird wieder eng, und ich stampfe noch einmal auf, doch diesmal fängt nur das Baby an zu weinen. Besser das Baby als ich. Nachdem ich mich bei Nikodemos bedankt habe, legt er auf. Ich rechne nicht damit, noch einmal von ihm zu hören.

Vorsichtig nehme ich die Kleine hoch und klopfe ihr auf den Rücken. Gefühlt ist es ungefähr fünf Minuten her, dass ich das mit Eloïse gemacht habe.

Alle Welt habe ich angerufen und nach ihr gefragt, selbst Leute, die ihr nie begegnet sind. Unsere Freunde in der Schweiz haben mehrmals sowohl im Genfer Haus als auch im Chalet beim Sidelhorn nachgesehen, ob sie dort vielleicht aufgetaucht ist. Insgeheim habe ich gehofft, dass sie da sein würde, deshalb war ich doppelt traurig zu hören, dass niemand sie angetroffen hat.

»Du wirst tapfer sein müssen, meine Süße«, sage ich, und Cressida antwortet mit einem herzhaften Bäuerchen. »Du bist noch so klein, du verstehst das alles noch nicht. Deine Mutter vermisst dich bestimmt ganz fürchterlich.«

Wieder klingelt mein Telefon. Ich gehe ran in der Annahme, dass es Gerda ist. Aber zu meiner Überraschung höre ich noch einmal die Stimme von Nikodemos.

»Mein Sohn hat seine Freunde am Hafen angerufen.«

»Aha?«

»Sie haben Ihre Enkelin nicht gesehen.«

Ich seufze ausgiebig. »Trotzdem vielen Dank.«

»Aber in einem der Bücher steht ein Name.«

»Bücher?«

»Ja, wo die vermieteten Boote eingetragen werden. Offenbar hat der Freund von meinem Sohn einer Eloïse Bachmann ein Boot geliehen. Ist das Ihre Enkelin?«

2. APRIL 2015

Komméno, Griechenland

Das Muttersein hat mich in viele unterschiedliche Persönlichkeiten zerrissen. Das begreife ich jetzt. Ich musste meine Identität wiederherstellen. Ich musste wieder ich werden. Nachdem ich wir geworden war.

Neun Monate lang hat mein Körper einen zweiten Herzschlag in sich geborgen. Und dann noch einmal. Als Max zur Welt kam, hat mein Geist sich in mehrere Facetten der Sorge aufgespalten: Atmet er? Hat er Hunger? Ist er zu warm? Ich habe ihn über alle Maßen geliebt. Was ich je an starken Gefühlen erlebt hatte, wurde von dieser neuen, stürmischen Wallung überlagert. Wo ich auch hinging, er war bei mir, und selbst als er geboren war, gab es nichts mehr, das ich allein gemacht hätte. »Ich« war »wir«. »Ich« konnte ich gar nicht mehr sagen. Ich konnte es nicht einmal denken.

Ich habe so viele Gefühle unterdrückt. Eine Mutter sollte weder Hass noch Zorn in sich tragen; ich hatte Angst, dass diese Regungen ihm schaden könnten. Ich hatte Angst, dass *ich* ihm schaden, dass ich eine Gefahr für ihn sein könnte, wie meine Mutter eine Gefahr für mich gewesen war.

In schattenhaften Bildern sehe ich es vor mir. Wie ich mich im Bad vor Orhan verstecke, den Teddy zum Trost fest an mich gedrückt. Der hässliche Ausdruck auf seinem Gesicht macht mir Angst. Im Stillen habe ich ihn das Monstergesicht genannt, und manchmal habe ich ihn mir mit langen Hörnern am Kopf vorgestellt. Er ist so riesig. Wie ein Koloss ragt er über mir auf.

Er packt mich bei den Haaren und zerrt mich aus der Wanne, raus aus dem Bad, den Flur entlang. Mama steht in der offenen Zimmertür, ihr Haar ist stumpf, zerzaust, ungewaschen, die Augen groß und leer. In ihrem Mundwinkel hängt ein roter

Klecks, und ich weiß, das ist Blut und kein Lippenstift. *Mama,* schreie ich, *Mama! Hilf mir!* Aber ich sehe schon, dass sie wieder high ist. Ausdruckslos schaut sie zu, wie er mich in den Bauch boxt, mich in mein Zimmer schleift und die Tür hinter sich zuknallt.

Eine andere Erinnerung zeigt meine Mutter, wie sie, nur in Unterwäsche, am Fenster saß. Kein Mann in der Nähe. Mama war so dünn, aber auch wunderschön, obwohl sie ständig blaue Flecken und Schrammen hatte. Sie hielt einen Kolibri in der Hand.

Was ist das, Mama?

Ein Kolibri, Süße.

Aber wo sind seine Flügel?

Psst. Du weckst ihn noch auf. Er braucht ein bisschen Blut, siehst du?

Au, Mama!

Das ist ein ganz besonderer kleiner Kolibri. Er hat einen Schnabel aus Silber und weiße Flügel, die liegen eng an seinem Körper. Wir stecken seinen Schnabel einfach in meinen Arm.

Tut das nicht weh?

Sie legte den Kopf in den Nacken und schloss die Augen. Gebannt schaute ich zu. Ich wusste, das war ihre Glückseligkeit. Langsam schlug sie die Augen wieder auf und lächelte mich verschwommen an.

Nein. Es tut nicht weh. Das Leben tut weh. Das hier ist Nektar für mich.

Und dann, am nächsten Morgen, fand ich sie. Ich war schon in der Schule gewesen – und wieder nach Hause geschickt worden. Diesmal, weil ich ein blaues Auge hatte. Die Lehrerin hatte mir einen Zettel mitgegeben, auf dem stand, dass sie meine Mutter sprechen wolle.

Ich lief in die Küche, warf meinen Ranzen in die Ecke und sah mich um. Der Raum war winzig und völlig zugemüllt. Mit acht hatte ich angefangen, mich um den Haushalt zu kümmern, aber meine Mutter und ihr Freund hatten die unselige Gabe, jede neue Wohnung, in die wir gesteckt wurden, binnen Kurzem in eine Abfallhalde zu verwandeln.

Mama?

Es kam keine Antwort. Ich warf einen Blick ins Wohnzimmer. In die Schlafzimmer, ins Bad. Sie ging so gut wie nie aus dem Haus. Also schaute ich noch einmal in ihr Zimmer und fand sie vor dem Fenster auf dem Fußboden liegend.

Mama!

Zuerst dachte ich, sie sei einfach aus dem Bett gefallen. Es war nichts Ungewöhnliches, dass sie noch schlief, wenn ich aus der Schule kam. Sie sagte immer, die Uhr ihres Körpers gehe falsch: Sie sei nachts gern wach und schlafe am liebsten den ganzen Tag. Ich wollte ihr wieder ins Bett helfen, aber sie war so schlaff.

Wach auf, Mama, bitte!

Sie reagierte nicht. In der Schule hatten wir Erste Hilfe gelernt. Ich schob ihre Lider zurück und sah, dass die Augen nach oben hinten verdreht waren. Sie schien nicht zu atmen. Ihr Gesicht war ganz weiß, wie aus Marmor, wie das einer Heiligen, die Wangen eingefallen. Ich tastete nach dem Herzschlag, fand aber nichts. Ich versuchte es mit Mund-zu-Mund-Beatmung – nicht das erste Mal. Viele Male schon hatte ich sie aus den Tiefen der Bewusstlosigkeit zurückgeholt; das ermutigte mich jetzt. Aber dieses Mal war es anders. Sie war zu weit weg. Weg.

Ich gab ihr eine Ohrfeige, dann legte ich die Hände übereinander auf ihren Brustkorb und drückte fest zu, um ihr Herz wieder in Gang zu bringen. Schließlich streckte ich mich neben ihr auf dem Boden aus, griff ihre schlaffen grauen Arme, legte sie um mich und küsste die roten punktförmigen Wunden, als könnte ich sie dadurch zum Verschwinden bringen. Ich schmiegte mich an sie und weinte. Wie sehr sie mich auch vernachlässigt hatte, wie schrecklich die Dinge, vor denen sie mich nicht bewahrt hatte, auch gewesen waren – manchmal hatte ich sie zärtlich erlebt. Ich erinnerte mich an Gelegenheiten, da sie mein Haar gebürstet und immer wieder gesagt hatte, wie hübsch ich sei. Schon als kleines Mädchen hatte ich das Gefühl, dass etwas in ihr zerbrochen war und dass es meinetwegen zerbrochen war. Dass ich sie heilen musste, sie wieder zusammensetzen. Sie war meine Mutter.

Vielleicht, wenn ich jetzt auch einschlafe, wachen wir beide zusammen wieder auf.

Als ich zu mir kam, war es dunkel. Sie fühlte sich kalt an. Ihre Hände waren starr wie die einer Puppe, ihr Ausdruck verändert, völlig leer, sie kam darin nicht mehr vor. Sie war nicht mehr meine Mutter. Ihre Arme und Beine waren zu Stein geworden. Von unten kam ein Geräusch, und ich zuckte zusammen, voller Angst, dass das Orhan sein könnte. Immer wieder platzte er in unser Leben herein und verschwand daraus, war im Gefängnis und wieder draußen, flog endgültig raus und landete schneller wieder in ihrem Bett, als ich denken konnte. Egal, welchen Freund Mama gerade hatte, sie machte Schluss mit ihm, und plötzlich war Orhan wieder da, als sei er nur kurz bei der Arbeit gewesen. Er hatte immer noch Schlüssel. Das da unten konnte sehr wohl er sein. Er würde mir die Schuld an Mamas Tod geben. Er würde mich umbringen dafür. Oder Schlimmeres. Und es gab Schlimmeres, als zu sterben, das wusste ich. Vieles, das schlimmer war. Manchmal habe ich mir gesagt, dass das Mädchen, das Eloïse hieß, mit vier Jahren gestorben war. Damals, als er das erste Mal die Tür zugemacht hatte.

Ich stand auf und ging auf die Jagd nach dem Telefon. In keiner anderen Wohnung hatten wir einen Festnetzanschluss gehabt, aber hier hatte Mama darauf bestanden, dass wir einen bekamen. In ihrer Nachttischschublade, an die zu gehen sie mir strikt verboten hatte, bewahrte sie ein schwarzes Buch mit Telefonnummern auf. Hastig zog ich es hervor und blätterte es durch, Seite um Seite mit Namen und Nummern von ihren Freunden und Dealern. Irgendwo in der Mitte stand: »Mama und Papa«. Darunter eine lange Nummer, irgendwo im Ausland. Ein paar Jahre zuvor hatte sie mir von meinen Großeltern erzählt, nur ein einziges Mal. Gerda und Magnus Bachmann. So hießen sie.

Sobald ich das Telefon gefunden hatte, wählte ich diese Nummer. Und konnte es kaum fassen, dass sich gleich jemand meldete. Ein Mann. Ich erklärte ihm, wer ich sei, und sofort änderte sich sein Ton – so, als habe er Angst oder sei sehr aufgeregt.

Wir kommen sofort, sagte Magnus. *Bleib, wo du bist.*

»Eloïse? Eloïse? Bist du da drin?«

Ein lauter Knall weckt mich.

»Eloïse!«

Das ist Sariah. Mein Mund ist so trocken, dass ich kaum eine Antwort zustande bringe.

»Ich bin hier!«, rufe ich, aber es ist kaum mehr als ein Krächzen. Der Türknauf wackelt und bewegt sich, während sie ihn von draußen dreht und rüttelt. Gerade als ich mich endlich aufrappele, birst die Tür, und Sariah schlägt der Länge nach hin und bleibt auf der Seite liegen.

Ich schaffe es auf alle viere und krieche zu ihr hinüber, doch ich bin viel zu schwach, ich kann nichts für sie tun. Langsam dreht sie sich um und erhebt sich auf die Knie. Als ich das sehe, kommt mir eine weitere Erinnerung: ich selbst auf den Knien, wie ich mich über meine Tochter beuge. Meine Kleine.

»Ich erinnere mich an sie«, sage ich. »Meine Tochter heißt Cressida.«

Aber Sariah hat es eilig.

»George ist zum Jagen rausgegangen«, sagt sie und steht auf. »Wir müssen weg, bevor er zurückkehrt. Wir müssen zusehen, dass du auf dieses Boot kommst und von der Insel verschwindest. Jetzt.«

2. APRIL 2015

Polizeiwache Twickenham

Lochlan: Ich werde aus der Untersuchungshaft entlassen. Welsh gibt mir mein Handy, die Brieftasche und die Schlüssel zurück – Canavan nickt und bedenkt mich mit einem Blick, der sagt: Ich habe Sie gewarnt; seien Sie auf der Hut! Dass ich freigelassen werde, bringt mir keine Erleichterung. Wie auch? Ich habe den Vorhang vor einer Welt weggezogen, von deren Vorhandensein ich nichts wusste; einer Welt, in der meine Frau an einer schweren seelischen Krankheit litt und ich zu sehr mit anderen Dingen beschäftigt war, um es auch nur mitzubekommen. Im Stillen schreie und schreie ich in einem fort.

Gerda und ich stehen einander gegenüber. Vor dem Hintergrund dessen, was wir erfahren haben, löst die Spannung zwischen uns sich in nichts auf. Es ist sehr wahrscheinlich, dass Eloïse Selbstmord begangen hat. Das ist das Einzige, was zählt. Dennoch, irgendetwas in mir sträubt sich gegen Dr. Goffs Mutmaßung; gegen die Vorstellung, dass meine zuverlässige, zupackende, schöne Frau die Kinder zu Hause alleingelassen haben könnte, um an einem unbekannten Ort Selbstmord zu begehen. Dass sie wegen einer Psychose in Behandlung war und mir nichts davon gesagt hat, ist noch nicht wirklich bei mir angekommen. In diesem Moment zerreißt es mich fast vor Sehnsucht nach ihr. Ich könnte auf die Knie fallen und vor Verzweiflung laut heulen.

An Gerda ist nichts Strenges, Ungnädiges mehr. Ihre Miene ist düster; Tränen laufen ihr über das Gesicht. Ich sehe ihr an, dass sie mit Dr. Goffs Annahme hadert; es ist, als könnte ich hören, was sie denkt: *Eine britische Psychologin. Was wissen die schon? Den Schweizer Psychologen können sie jedenfalls nicht das Wasser reichen. Selbstverständlich hat meine Enkelin sich* nicht *das Leben genommen.*

Ausnahmsweise hoffe ich, Gerda hat recht.

»Ich bin mit dem Taxi hergekommen«, sagt sie und hantiert mit ihrem Telefon. »Ich wähle einfach dieselbe Nummer und bestelle einen Wagen, der uns zu euch nach Hause bringt.« Und dann gibt sie die Adresse der Polizeiwache durch.

»Wo sind Max und Cressida?«, frage ich mühsam. Ich kann es kaum erwarten, die beiden wiederzusehen. *Wie soll ich es Max erklären? Wie soll ich es jemals fertigbringen, meinem Sohn zu sagen, dass seine Mutter tot ist?*

»Bei Magnus.« Gerdas Stimme holt mich in die Realität zurück. »Oh, ich sehe gerade, dass er mich angerufen hat.« Nun wählt sie Magnus' Nummer und wartet. »Er geht nicht ran. Macht nichts, wir sehen ihn ja gleich.«

»Papa, Papa, da bist du ja wieder!«

Kaum dass ich zur Tür hereinkomme, stürmt Max mir entgegen. Ich schnappe ihn mir und hebe ihn hoch. Er redet sofort drauflos, erzählt von den Sachen, die Omi ihm gekauft hat, und fragt mich, ob ich schon weiß, dass eine neue Dinosaurierart entdeckt worden ist, eine, die gern Tyrannosaurus Rex gefrühstückt hat, und ob ich Überraschungseier mitgebracht habe. Ich nicke und versuche, normal zu wirken, aber ich bringe kein Wort heraus. *Was, wenn ihr Leichnam nie gefunden wird?*

Cressida liegt im Spielzimmer bäuchlings auf der Decke, über sich das Spieltrapez. Sie hat einen frischen Strampler an, auf dem fett *I love Mummy* steht, und versucht, sich auf den Händen abzustützen und die Ärmchen durchzudrücken. Als ich hereinkomme, dreht sie den Kopf in meine Richtung und grinst.

Cressida wird ihre Mutter nicht kennen.

Gerda ruft durchs ganze Haus nach Magnus. Schließlich kommt er, sichtlich aufgeregt, die Treppe herunter, wobei er hektisch einen Pullover überzieht.

»Wir haben etwas«, sagt er.

»Was, Liebster?«, antwortet sie, und wir folgen ihm ins Spielzimmer.

»Hast du deinen Reisepass bei dir?«

Irritiert fragt Gerda zurück: »Meinen *Reise*pass?«

»Meiner ist oben«, sage ich. »Warum?«

Er erzählt, dass ihn ein Mann angerufen hat, aus einer griechischen Stadt, deren Namen ich kenne. Am siebzehnten März hat Eloïse bei der Firma dieses Mannes ein Segelboot gemietet.

Als Magnus von dem Mann erzählt, der nach Komméno gesegelt ist – zu der Insel, die Magnus gehört, der Insel, auf der wir geheiratet haben –, um nach Eloïse zu suchen, lasse ich mich in einen Sessel fallen. Das Boot, das sie gemietet hat, ist da; es liegt kaputt auf einem Strand an der Westküste der Insel. Von Eloïse keine Spur. Der Mann nimmt an, dass sie ertrunken ist.

»Aber das *kann* nicht sie sein«, sagt Gerda und schaut mich an. »Du hast doch gesagt, sie hat alle Papiere hiergelassen. Sie hätte die Reise gar nicht machen können.«

In meiner Brust sticht es; ein Schmerz, der stärker und stärker wird und bald das ganze Zimmer auszufüllen scheint. Komméno. *Es ist wahrscheinlich, dass Ihre Frau Selbstmord begangen hat.*

»Den Schweizer Pass habe ich nie gefunden«, höre ich mich sagen.

Die Knie geben unter Gerda nach. Sie sackt zusammen, aber bevor sie lang hinschlägt, kann ich sie gerade noch auffangen. Sie schluchzt und zittert am ganzen Leib, so haltlos, dass ich schon einen Herzinfarkt fürchte. Magnus kniet nieder, nimmt ihre beiden Hände und zieht sie an sich. Furchtbare Trauer liegt auf seinem Gesicht.

»Schhh«, sagt er und wiegt sie, und sie klammert sich an ihn.

Max kommt zu mir, sagt aber nichts. Es erschreckt ihn, dass wir alle weinen.

»Ich … ich bin nicht so alt geworden, um eine Tochter *und* eine Enkelin zu verlieren«, sagt Magnus nach einer Weile mit rauer Stimme. »Die Insel mag ja verlassen sein, aber es besteht immer noch eine Chance, dass Eloïse wohlauf ist. Ich habe dafür gesorgt, dass die Vorratsschränke im Haus gefüllt sind. Ich habe alles vorbereitet, damit es vermietet werden kann, weißt du nicht mehr? Es sind jede Menge Konserven da und Wasser, und die Solarpaneele müssten eigentlich Strom liefern. Sie kann sehr wohl noch am Leben sein. Und wir können sie ein zweites Mal nach Hause holen.«

Jetzt erst wird mir bewusst, dass Magnus von dem, was Dr. Goff uns erzählt hat, nichts weiß. Er ahnt nicht, was Eloïse vor ihm verborgen hat – vor mir, vor uns allen.

Gerda wischt sich die Tränen fort und richtet sich auf, um ihm in die Augen sehen zu können. »Meinst du?«, flüstert sie.

Magnus erhebt sich, geht in den Flur und nimmt seinen Mantel von der Garderobe. »Los. Wir sollten keine Zeit verschwenden. Ich habe einen Privatflug nach Chania organisiert; gegen Mitternacht können wir dort sein. Nikodemos holt uns am Flughafen ab und bringt uns mit seinem Boot zur Insel.«

2. APRIL 2015

Komméno, Griechenland

Komm, sagt Sariah, und ich folge ihr schwankend die Treppe hinunter. Auf halbem Weg bleibe ich stehen und halte mich am Geländer fest. Alles dreht sich. Die Wände kommen näher und entfernen sich wieder, als atmeten sie. Sariah dreht sich um.

Alles in Ordnung?, fragt sie. Stimmt was nicht?

Entschuldige … einen Augenblick nur.

Ich tue, was ich kann, um zu verhindern, dass die Beine unter mir wegknicken. Schließlich nicke ich, um zu signalisieren, dass ich weitergehen kann, und wir setzen den Weg nach unten fort.

Von den anderen keine Spur, weder in der Küche noch in dem Raum nach vorn raus. Auch kommt mir das Haus verändert vor. Am Tisch steht nur ein Stuhl. Auf dem Boden liegt ein Teppich aus Staub und welken Grasbüscheln, so, als sei hier kürzlich eine Herde Vieh durchgekommen.

Wo sind Joe und Hazel?, frage ich.

Ein Geräusch von draußen lässt Sariah herumfahren. Sie packt mich beim Handgelenk und zieht mich in Richtung Hintertür.

Komm, wir müssen uns beeilen!

Die Nacht kriecht schon heran, und es regnet in Strömen. Sariah geht voran durch nasses hohes Gras und zieht mich hinter sich her wie ein Kind. Zurückschnellende Zweige klatschen mir gegen die Beine und hinterlassen schmerzende Striemen.

Ich schaffe vielleicht vier-, fünfhundert Meter, dann falle ich auf die Knie.

Es tut mir leid, Sariah. Mir fehlt die Kraft.

Hinter uns ein Schrei. Ich drehe mich um und sehe eine Gestalt auf der Anhöhe. George mit seinem Gewehr.

Sariah!, brüllt er; sein Gesicht ist eine hässliche Fratze. Ich reiß dir die Beine aus und ramme sie dir in den Hals. Bring sie her!

Meine Arme und Beine sind schwer. Regen prasselt mir ins Gesicht; köstliches, kaltes Nass. Ich sinke zurück auf den matschigen Grund. Sariah greift meine Hände und zieht mich in eine sitzende Haltung.

Du musst aufstehen, Eloïse! Du musst! Steh auf, bitte!

Es kostet mich unendliche Anstrengung, auch nur die Augen zu öffnen.

Solltest du je meine Kinder finden, sag ihnen, dass ich sie liebe.

Sie schiebt mir einen Arm unter die Schultern und schüttelt mich.

Eloïse!

Ich versuche aufzustehen. Sie stützt mich, legt mir eine Hand in den Rücken, hilft mir auf.

Wir müssen hier weg. Er kommt.

Ich höre Georges stampfende Schritte hinter uns, und ich weiß, dass er das Gewehr hat. Es ist immer noch so weit bis zum Boot. Das Meer ist aufgewühlt; heftiger Seegang. Wind fegt uns ins Gesicht. Wir entkommen ihm nicht, keine Chance.

Geh du, sage ich. Du schaffst es.

Ich kann nicht. Ich kann nicht weg. Nicht ohne dich.

Ich nicke. Doch, du kannst. Das geht.

Nein, ich kann nicht. Ich bin du, Eloïse, verstehst du das nicht? *Ich bin du.*

Das rüttelt mich wach.

Ich straffe mich und schlage die Augen auf. Sie wankt und bebt wie eine Spiegelung in einer Pfütze.

Wir sind alle du. Alle – Joe, George, ich. Sogar Hazel. Wir sind du, Liebes.

Ihre Worte scheppern in meinen Ohren. Ich zwinge mich, sie konzentriert anzusehen, doch sie verblasst, taucht wieder auf, verblasst erneut – wie eine Nebelschwade.

Was sagst du da?

Jetzt ist sie wieder deutlich zu sehen, sie packt mich bei den Armen, kommt nahe an mich heran.

Ich weiß, es klingt verrückt. Aber du musst dir anhören, was ich sage. Ja?

Ich nicke.

Ich höre zu.

Wir sind du, Eloïse. Wir sind die Bestandteile von dir, die wahrzunehmen du nicht ausgehalten hast. Nachdem du Max und Cressida zur Welt gebracht hattest, warst du der Meinung, du müsstest zu hundert Prozent gut sein, perfekt, frei von jeder unschönen Regung oder Gemeinheit.

Im Spiegel ihrer dunklen Augen sehe ich mich selbst. Zorn steigt in mir hoch, und ich breche in Tränen aus.

Warum sagst du das?

Sie schüttelt nur den Kopf.

Du hattest solche Angst davor, dass deine dunklen Seiten den Kindern Schaden zufügen könnten, dass du dieses Dunkle weggeschoben und dich geweigert hast, es anzunehmen, aber es war trotzdem da; es hat dich verfolgt. Du hattest Angst, im Umgang mit den Kindern zu versagen, und diese Angst war so umfassend, dass sie schließlich alles bestimmt hat.

George hat uns fast eingeholt. Ich höre ihn die nassen Gräser teilen, vielleicht noch dreißig Meter entfernt. Er schnauft unter der Last seiner eigenen Masse.

Und was ist mit George?

George ist der Teil von dir, der dir geholfen hat zu überleben. Du hast Angst vor ihm, weil er so rücksichtslos ist. Aber du brauchst ihn. Ohne ihn hättest du es niemals geschafft. Es war nötig, dass du an einen Punkt gekommen bist, an dem du die Insel um jeden Preis verlassen wolltest. Bevor du die Büchse öffnen konntest, musstest du verstehen, was drin ist.

Und das Telefon? Das Satellitentelefon? Ich habe doch mit Nikodemos gesprochen, das weiß ich genau.

Es gab kein Telefon, Eloïse. Nur du warst hier. Und hast darum gerungen, mit dem, was Orhan und die anderen dir angetan haben, fertigzuwerden.

Auf der Kuppe des Hügels direkt hinter uns ist George aufgetaucht; breitbeinig steht er da, mit nacktem Oberkörper. Seine Hände umklammern das Gewehr; er fixiert mich.

Wir schaffen es bis zum Boot, sagt Sariah. Wir schaffen es. Aber du musst akzeptieren, dass er du ist. Erst dann lässt er uns gehen.

Die Ziege am Straßenrand fällt mir ein.

Mir fällt ein, wie ich einem Freund von meiner Mutter, der mich anfassen wollte, eine Gabel in die Hand gerammt habe.

Mir fällt ein, dass ich den Leichnam meiner Mutter in dieser kalten, widerlichen Wohnung habe liegen lassen; dass ich, noch in ihre toten Arme geschmiegt, beschlossen habe, all das, mein ganzes bisheriges Ich, hinter mir zu lassen.

Jetzt steht George unterhalb von uns, am Grund der Schlucht, so nahe, dass er ohne Weiteres einen Satz auf mich zumachen und mich packen könnte. Ich sehe die Regennässe auf seiner Stirn, als er das Gewehr hebt und ausholt, als wollte er mir den Kolben ins Gesicht rammen.

Ich habe dir gesagt, dass du bleiben sollst, knurrt er.

Auf allen vieren mühe ich mich die matschige Böschung hinauf, zu dem Grat, der über die Felsen zum Boot führt. Sariah ist vor mir. Keuchend dreht sie sich um und versucht, mich mitzuziehen, aber ich weiß, dass ich mich ihm stellen muss. Es geht nicht anders.

Langsam wende ich mich zu ihm um, richte mich auf und beobachte, wie er näher kommt.

Er hebt das Gewehr.

Und genau da tauchen Joe und Hazel auf und packen ihn von hinten. Ein Schrei ertönt, als Hazel zu Boden gestoßen wird. Ich stürze vorwärts, und im selben Moment kann Joe ihm das Gewehr entwinden. Schwer atmend streicht er sich das Haar aus der Stirn und richtet nun seinerseits das Gewehr auf George.

Genug jetzt, George!, ruft er. Genug, oder ich schieße!

2. APRIL 2015

Potter's Lane, Twickenham

Lochlan: Komméno ist verwaist. Totale Wildnis. Als Eloïse und ich dort geheiratet haben, war die Insel ein verborgenes Paradies in voller Blüte – mit einem neuen Hotel, Geschäften und regelmäßig verkehrenden Fähren von und nach Kreta. An der Westküste wurden Villen gebaut, und Magnus restaurierte das Bauernhaus, das seit Jahrhunderten an der höchsten Stelle der Insel thront. Dort haben Eloïse und ich unsere erste Nacht als Mann und Frau verbracht.

Im Zuge der Rezession ist die Wirtschaft auf der Insel den Bach runtergegangen. Als Erstes haben die Geschäfte dichtgemacht, dann das Hotel und die Bauunternehmer, und als die Geschäfte weg waren, haben auch die Fährunternehmen ihre Routen nach Komméno gestrichen. Im Haus gibt es vielleicht noch Trinkwasser und Strom von den Solarpaneelen. Magnus sagt, es sei zum Vermieten vorbereitet gewesen, mit Dosen und Konserven in der Kammer, Bettzeug und Handtüchern im Schlafzimmer, Holz für den Kamin. Aber es gibt keine Bootslinien mehr; kein Mensch hält sich auf der Insel auf. Eloïse ist seit über zwei Wochen verschwunden. Selbst wenn sie nicht zur Insel gefahren ist, um sich umzubringen, ist es mehr als wahrscheinlich, dass sie ertrunken ist. Ich taumele zwischen Hoffnung und der schrecklichen Gewissheit, dass sie tot ist.

Bitte sei da, El. Ich komme.

Als ich meine Brieftasche und eine kleine Reisetasche aus dem Schrank hole, kommt Max herein.

»Wo willst du hin, Papa?«

Ich knie mich hin und nehme seine kleinen Hände in meine. Seine schönen, unschuldigen Augen sehen mich forschend an. Ich habe Mühe, überhaupt ein Wort herauszubringen.

»Ich … ich … muss kurz verreisen, Maxie.«

»Fährst du Mami holen?«

Und ich werde dich nie verlassen.

Ich überlege genau, was ich sage. Ich muss Hoffnung haben. Um seinetwillen.

»Es könnte sein, dass wir rausgefunden haben, wo Mami hingefahren ist. Wir wissen es nicht genau, aber …«

»Kann ich mitkommen?«

Ich lasse den Kopf hängen. Damit hätte ich rechnen müssen. »Nein, auf gar keinen Fall. Es ist besser, wenn du hier …«

»Ich will mit! Ich will mit! Ich will zu Mami!«

Er bricht in Tränen aus, und ich ziehe ihn an mich und halte ihn fest. Alles, was ich will, ist ihn beschützen. Es erscheint mir so ungerecht, dass ihm das widerfährt. Tränen laufen mir über die Wangen und tropfen auf sein T-Shirt. *Wie soll ich ihm je sagen, dass seine Mutter tot ist?*

Max hält still. Er sträubt sich nicht, sagt nichts, er lässt sich einfach nur halten.

Sobald ich ihn loslasse, fängt er an zu betteln.

»*Bitte*, Papa, kann ich mitkommen? Ich bin auch ganz lieb, ich verspreche es!«

Ich wische mir mit einer Hand die Tränen weg und strecke die andere aus, um ihm über die Wange zu streicheln. Unmöglich, Nein zu sagen; ich kann es nicht.

»Gut, Maxie. Wenn du dir ein paar Wechselsachen zusammensuchst, darfst du mitkommen.«

Noch zetert eine Stimme in meinem Kopf, dass das purer Leichtsinn ist und ich niemals hätte nachgeben dürfen, da rennt Max schon los und kommt gleich darauf mit zwei, drei Unterhosen zurück. Den *Thomas-die-kleine-Lokomotive*-Rucksack schleift er hinter sich her.

»Ich hab saubere Unterhosen. Hast du auch saubere Unterhosen, Papa?«

Ich stopfe seine Sachen in die Reisetasche. Er verschwindet noch einmal in sein Zimmer.

»Komm, Max. Wir müssen los.«

Gleich darauf steht er mit besorgter Miene wieder vor mir. »Ich will Rosie mitnehmen für Mami.«

»Blumen können wir im Flugzeug nicht mitnehmen, Maxie.«

Er wird zornig. »Nein! Rosie! Mami mag Rosie … Ich will sie mitnehmen, damit sie auch ganz bestimmt mit nach Hause kommt!«

Mein normaler Impuls wäre, ihn bei der Hand zu nehmen und mitzuziehen, egal, was er mir gerade erklärt, doch ich widerstehe dem Drang. Stattdessen knie ich mich vor ihn hin, und als er sieht, dass ich ruhig bleibe, beruhigt auch er sich und spricht weiter.

»Rosie die *Lokomotive*, Papa. Ich finde Thomas am besten, und Mami mag Rosie am liebsten.«

»Und du meinst, wenn wir ihr Rosie mitbringen, will Mami bestimmt mit uns nach Hause kommen?«

Er nickt und wischt sich mit dem Handrücken die Nase. Zusammen gehen wir in sein Zimmer und durchsuchen die Spielzeugkiste, bis er schließlich eine kleine rosa Lokomotive mit Mädchengesicht hervorholt. Seine Miene hellt sich auf.

»Hier ist sie! Ich hab sie, Papa!«

»Gut gemacht.«

Er strahlt mich an. »Komm, jetzt holen wir Mami!«

2. APRIL 2015

Zwei Seemeilen vor Komméno

An dem Tag, an dem ich gegangen bin, habe ich draußen etwas gehört.

Etwas Wildes, das nach mir rief.

Etwas Dunkles, das mich anlockte. Als sei die Vergangenheit wieder heraufgezogen und strecke ihre Klauen nach mir aus.

Wie könnte eine, die so kaputt ist wie du, eine gute Mutter sein?, sagte es.

Ich weiß nicht, ob es die Frage war oder die Antwort, die mich in tausend Stücke riss.

Ohne Schlüssel bin ich gegangen, ohne Handy, ohne Kredit- oder Bankkarte. Ich war mir nur halb dessen bewusst, was ich tat; ein Zustand wie nachts, wenn man aufwacht und noch halb im Traum gefangen ist. Zu dem Zeitpunkt war ich schon eine Abstraktion und kein Mensch mehr. Keine Ehefrau, keine Mutter. Ich wollte nicht, dass die Kinder an mich gebunden sind; dass etwas mit meinem Namen und meinem Gesicht um sie ist. Es hätte sie befleckt.

In der Schublade des Tischchens im Flur lagen mein Schweizer Pass und das Kuvert mit dem Geld, das Magnus mir bei unserer letzten Begegnung gegeben hatte. Sechshundert Pfund. Für das Baby, hatte er gesagt. Ich nahm das Geld und ging; achtete darauf, dass ich die Tür leise schloss, um die Kleinen, Max und Cressida, nicht zu wecken. Sie schliefen beide. So wunderschön. Die reinsten Engel. Für mich stand völlig außer Frage, dass sie ohne mich besser dran waren.

Draußen war es still. Das Klicken, mit dem die Tür zufiel, schloss mich von allem aus: von meinem Leben mit Lochlan. Unseren Kindern. Der Angst, die es mir machte, ihre Mutter zu sein; der Angst, solche kostbaren, schönen Knospen zu beschädigen. Sie waren zart wie Blütenblätter, und ich fühlte mich nicht imstande, sie vor dem zu beschützen, wozu ich womöglich fähig war. Meine Mutter hatte es gesagt: *Eines Tages wirst du genauso sein wie ich.*

Ich habe ihr fraglos geglaubt, wie Kinder es tun. An all dem Schlechten, dem Gemeinen, das uns beiden widerfuhr, war ich schuld. Ich.

Ich ging die Straße hinunter. Ganz einfach.

Es war, als fiele die Welt von mir ab. Ich stieß zur Oberfläche empor. Mitten im Park hielt ich inne. Plötzlich war mir heiß; ich zog mir den Schal vom Hals. Ich nahm ein Taxi zum Flughafen und stieg in ein Flugzeug nach Griechenland. Ich wusste genau, wo ich hinwollte; ich war schon so oft dort gewesen, dass es mich automatisch hinzog. Dahin, wo alles angefangen hat. Ich wollte an den Ort, an dem Lochlan und ich unser Eheleben begonnen haben. Ich wollte die Uhr zurückdrehen.

Wie hätte ich ihm von den Dingen, die mich ängstigten, erzählen sollen? Ein paarmal, wenn ich mich gerade stark fühlte, hatte ich versucht, mit ihm darüber zu reden, aber er war nicht bei der Sache gewesen, und ich hatte gespürt, dass in mir eine Ödnis herrschte, die er nie begreifen, zu der er nie einen Zugang finden würde. Hassen würde er mich dafür, nicht lieben.

Im Flugzeug saß ich neben einem älteren Mann, der mich fragte, wo ich hinwolle. Ich habe es ihm erzählt, wusste aber schon nicht mehr, warum ich dorthin wollte. Lochlans Name geisterte mir durch den Kopf und zerfiel zu einem Haufen bedeutungsloser Laute.

Als wir landeten, konnte ich mich nicht mehr daran erinnern, wo ich hergekommen war. Ich habe ein Boot gemietet, um zur Insel zu fahren. Für mich stand fest, dass ich dort in Sicherheit sein und mich wieder als Ganzes empfinden würde. Früher hatte ich mich dort so empfunden. Mich gefühlt wie die beste Version meiner selbst.

Doch ein Sturm kam auf. Riesige Wellen stürzten ins Boot. Ich verlor Mantel, Ringe und Ohrringe. Wie, weiß ich selbst nicht, aber ich habe es bis ins Haus geschafft, wo die anderen waren.

Nur dass sie nicht da waren. Ich allein war da.

Sariah und Hazel haben mich zum Boot gezerrt und geschleppt, während Joe mit dem Gewehr George vor sich hertrieb. Wir sind die steile Felswand zum Strand hinuntergeklettert; haben uns, wenn die Füße keinen Halt fanden, weil unter ihnen etwas wegbrach, an Grasbüscheln festgeklammert. Die Vögel waren kurz vorm Durchdrehen; sie kreisten um uns herum und stießen schrille Schreie aus, um uns von ihren Nestern fernzuhalten.

Das Meer donnerte gegen die Felsen unter uns und streckte schaumig weiße Fänge nach dem Boot aus.

Hoch mit den Segeln, rief Sariah vom Ufer aus, und ich gehorchte. Hazel, Joe und George standen da und winkten, während ich die Segel hisste.

Als ich noch einmal zurückschaute, waren sie alle weg.

Jenseits der Wellen, die gegen die Bordwand krachen, ist Komméno nur noch ein Schatten. Der Wind schleudert das Boot hin und her. Ich wechsle ständig die Seite und nutze mein Gewicht ebenso wie die Sterne, um auf Kurs zu bleiben. Wenn doch nur Sariah bei mir wäre – es wäre so viel einfacher.

Von ferne dringt ein Geräusch zu mir, das dunkle Dröhnen eines Speedboot-Motors. Mit letzter Kraft klettere ich den Mast hinauf, schaue nach Norden – und entdecke es: ein weit entferntes Licht. Hastig hole ich das Fernglas aus dem Schapp und stelle es scharf. Da, ein Speedboot, das über die Wellen brettert. Am Steuer ein Mann mit weißem Haar. Hinter ihm noch mehr Gestalten. Ein Mann mit einem Kind auf dem Arm, einem kleinen Jungen. Und ein weiterer älterer Mann, größer als der andere. Sie zeigen herüber und rufen etwas, und ich beginne ebenfalls zu rufen. Doch dann stürzt eine Welle ins Boot und reißt mir das Fernglas aus den Händen. Das Boot krängt, die Masten kippen ins Wasser.

Als ich die Wasseroberfläche berühre und eintauche, scheint alles sich zu verlangsamen. Tosend steigen um mich herum Blasen auf, dann nichts mehr. Ich schlage die Augen auf. Blaues Licht, Stille.

Ich sinke.

Mein Sohn, wie er geboren wird.

Wie erleichtert ich war, als er aus mir herausglitt; als sie ihn mir in den Arm legten. Er war glatt und schmierig wie ein Aal. Die Nabelschnur noch dran. Nie hätte ich gedacht, dass das Band zwischen uns so dick ist und so blau. Am liebsten wär's mir gewesen, sie hätten es nicht durchgeschnitten. Ich wollte nicht, dass wir getrennt werden.

Ich hielt ihn und betrachtete das kleine Gesicht, das mit Blut verschmiert war und nach der langen Zeit im Geburtskanal noch ganz zerknautscht. Wunderschöne Arme, kleine Fäuste, vor der Brust geballt. Ein Wunder, dass er zu mir gehörte.

Es ist verlockend, unter Wasser zu bleiben. Hier empfinde ich weder Schmerz noch Panik, und der Kälte ausgesetzt zu sein gefällt mir. So spüre ich deutlicher, wer ich bin; weiß, dass die anderen nie wirklich existiert haben. Sie waren ich. Ich war die Starke. Ich war diejenige, die die Kraft hatte zu überleben.

Mein Körper schreit nach Luft, aber ich unternehme nichts, um an die Oberfläche zu kommen. Das Licht über mir verändert sich. Schattenhafte Gestalten beugen sich über mich. Verschwommene Laute dringen an mein Ohr.

Eloïse! Mami!

Ich treibe aufwärts.

Eine Hand greift in mein Haar, dann packt sie mich an der Schulter, und etwas zieht mich, reißt mich mit aller Kraft nach oben, in die kalte Luft, wo ich keuchend einatme. Und während sie mich mühsam in das Speedboot hieven und so viele Hände mithelfen, kehre ich noch an eine ganz andere Oberfläche zurück; verbinden die Zellen und Atome meines Körpers sich mit dem neuen Element meines Selbst.

Ich erkenne meinen Großvater, aschfahl und unter Schock,

und Lochlan, der neben mir kniet. »Ich fasse es nicht! Du bist es wirklich!«, sagt er. Er hat mich mit etwas aus dem Wasser gezogen, das aussieht wie ein Knäuel roter Wolle, doch es ist ein langes rotes Seil, das mit einem Karabinerhaken oben an meiner Rettungsweste befestigt ist. Jetzt schmiegt er sich an mich, und ich schlinge die Arme – *meine* Arme – um ihn. Meine Haut erkennt die Berührung, wird durch sie Zentimeter um Zentimeter wieder zum Leben erweckt.

Max kommt dazu und drängt sich an uns. Seine Ärmchen ragen aus einer dicken roten Rettungsweste heraus.

»Mami! Du bist ja ganz nass! Ich hab dir Rosie mitgebracht, guck! Stimmt's, du magst Rosie! Das hab ich gewusst, deshalb hab ich sie dir mitgebracht. Ich hab dir ja gesagt, dass Mami hier ist, Papa. Ich hab's dir gesagt. Kommst du jetzt nach Hause? Cressida hat nämlich Sehnsucht nach dir. Du riechst komisch. Bist du es wirklich, Mami?«

Ich strecke die Hand aus, lege sie an seine Wange und bin endlich imstande, etwas zu sagen.

»Ja, Maxie. Ich bin's.«

LICHT, DAS HEREINSTRÖMT UND WIEDER HINAUS

3. APRIL 2015

Potter's Lane, Twickenham

Ich bin wach. Ich schlafe. Ich weiß nicht, was von beidem. Irgendwas dazwischen. Der Dunst wird zu einem zarten Gewebe. Einem Vorhang, den der Wind bläht. Langsam nimmt der Raum um mich herum vertraute Züge an: Das ist mein Vorhang, sanft bewegt er sich vor meinem Schlafzimmerfenster.

Im Bett wimmelt es von Armen und Beinen, zerknitterte Deckenzipfel sind über Gesichter und Finger gebreitet. Neben mir liegt die Kleine auf dem Rücken, die Arme angewinkelt links und rechts vom Kopf. Ihre gespitzten Lippen bilden eine winzige, rosige Rose, die Lider flattern. Sie träumt. Was für schöne Wimpern. Auf ihrer anderen Seite sehe ich einen Hinterkopf. Das ist Lochlan. Mein Mann. Seine Schulter ein Berg, sein Schnarchen ein leises Raspeln. An meinen Füßen ist noch jemand. Langsam richte ich mich auf und schaue nach. Blonde Locken, eine Decke fest im Arm. Max.

Ein Rascheln, als Lochlan sich umdreht. Er sieht mich an. Sein dunkles Haar ist zerzaust, er ist unrasiert. Unter seinen Augen liegen dunkle Schatten. Er hat abgenommen, sieht um Jahre älter aus. Er streckt eine Hand aus, um mich zu berühren, und aus irgendeinem Grund zucke ich zusammen. Er zieht die Hand zurück.

»Wie fühlst du dich?«

»Okay«, sage ich, aber meine Stimme ist dünn und scheint ihn nicht zu überzeugen.

Er fährt sich mit beiden Händen übers Gesicht und gähnt. Das Display seines Handys auf dem Nachttisch leuchtet. Es zeigt 05.53.

»Kann ich dir irgendwas bringen?«, fragt er. »Hast du Hunger? Durst?«

Ich steige aus dem Bett und gehe in den Flur. Lochlan setzt sich auf und ruft mir besorgt etwas hinterher, doch ich sage ihm, er solle weiterschlafen. Immer mehr Erinnerungen kehren zu mir zurück; es ist ein ähnliches Gefühl wie das Kribbeln, wenn einem ein Arm oder ein Bein eingeschlafen war. Ein wahrer Ansturm von Vertrautheit. Unser Schlafzimmer. Mein Schrank, meine Kleider. Mein Mann. Unsere Kinder.

Ich gehe den Flur entlang und die Treppe hinunter und schaue mir die Fotos an, die an der Wand hängen. Ich erinnere mich, wie wir dafür beim Fotografen posiert haben. Ich weiß, dass ich es war, die sie unbedingt rahmen lassen wollte. Und als ich unten im Flur stehe, fällt mir der Augenblick ein, in dem ich den Entschluss gefasst habe, zu gehen und die Haustür hinter mir zu schließen. Max und Cressida haben oben geschlafen. Wie konnte ich sie verlassen? Es hätte sonst was passieren können. Sie hätten sterben können.

»Eloïse?«

Lochlan. Er steht im Flur, seine Füße sind dunkle Flecken in dem Streifen Licht unterhalb der Tür. Ich sitze in dem Schrank unter der Treppe, hinter den Mänteln, die nach altem Regen riechen. Am liebsten würde ich mich in mir selbst verkriechen.

Im Flugzeug, auf dem Weg zurück nach London, war es anders. Ich hatte Max dicht bei mir, und als er sich in den Schlaf gequasselt hatte, konnte ich ihm die weichen Locken aus der Stirn streichen und ihm auf jede glatte Wange einen Kuss geben. Es war reine Glückseligkeit, ihn wieder im Arm zu halten. Ich war frei von den Ängsten, die mich von ihm weggetrieben hatten; was ich empfand, war tiefe, unbeirrbare Liebe. Nach der Landung haben wir ein Taxi in die Potter's Lane genommen; alles andere draußen war verdeckt vom Schwarz der Nacht.

Ein leichtes Tapsen vor der Schranktür.

»Eloïse, Liebste? Bist du da drin?«

Ich versuche, meinen Atem zu kontrollieren, aber ich muss immer wieder gierig nach Luft schnappen. Mein Herz klopft wie wild, und mir ist, als würde ich sterben – das Einzige, was hilft, ist, die Augen zuzukneifen und die Hände zu Fäusten zu ballen.

Die Tür geht auf. Ich lasse die Augen geschlossen und konzentriere mich aufs Atmen. Gleichmäßig, gleichmäßig … Er geht auf alle viere, das spüre ich, denn die Mäntel vor und über mir bewegen sich. Im nächsten Augenblick sitzt er neben mir, in der gleichen Haltung wie ich: die Knie dicht an die Brust gezogen. Er sagt nichts. Er soll nichts sagen. Die Angst muss vergehen. Manchmal tut sie das. Die Bilder müssen aus meinem Kopf verschwinden. Wenn ich die Augen zukneife, lösen sie sich vielleicht auf.

Nach einer Stunde bin ich in der Lage, mich aus dem Schrank herauszuschälen. Lochlan bleibt bei mir. Goldenes Licht fließt durch unseren Flur. Sonnenaufgang. Wir wohnen in einem schönen Haus. Oben sind kleine, schnelle Schritte zu hören – und die Stimme von Max, der ängstlich nach mir ruft. Lochlan bleibt vor mir stehen und schaut mich an. Zärtlich. So hat er mich lange nicht angesehen. Sein Blick scheint tausendmal mehr zu sagen, als Worte es je könnten.

Langsam hebt er die Arme, legt sie um mich und zieht mich an sich. Und ich spüre, dass er weint.

3. MAI 2015

Maudsley Hospital, London, Frauenwohneinheit

Langsam nimmt der Raum Konturen an. Mir gegenüber sitzt eine Frau mit freundlichem Gesicht. Sie trägt eine Brille. Ein Stück hinter ihr sehe ich eine Tür mit drei Fenstern. Zwischen uns ein Kaffeetisch; darauf eine Vase mit großen gelben Tulpen, die an zum Gebet erhobene Hände erinnern.

»Hallo Eloïse«, sagt sie. »Sind Sie wieder da?«

»War ich woanders?«

»Eben waren Sie Joe. Ich glaube, Joe hat uns erzählt, wie er sich um Sie kümmert. Dass er weiß, wie Sie physisch am besten zu heilen sind.« Sie lächelt. »Wie fühlen Sie sich im Augenblick?«

»Ein bisschen benommen«, sage ich und lecke mir die Lippen. Sie sind furchtbar trocken, und mir ist schwindelig.

»Joe hat mir erzählt, wie er geholfen hat, Sie nach Ihrer Überfahrt zu der Insel wiederzubeleben. Offenbar ist er sehr einfallsreich.«

»Ja, das ist er.«

»Und Hazel. Ich glaube, ihr bin ich gestern begegnet. Sie ist lustig.«

»Ja?«

»Ja. Auch ein bisschen schrullig. Sie kommt mir noch sehr jung vor.« Eine lange Pause entsteht. »Aber George … Meinen Sie, er mag es nicht, wenn die anderen über ihn reden?«

Ich nicke langsam.

»Warum ist das so, was glauben Sie?«

»Ich weiß es nicht.«

»Unter anderem möchte ich Folgendes tun: Ich möchte alle Ihre Teilpersönlichkeiten dazu einladen, sich selbst vorzustellen. Und vielleicht gelingt es uns sogar, sie miteinander ins Gespräch zu bringen.«

»Ich glaube, George will vor allem Max beschützen.«

»Ja?«

»Ja. Ich glaube, er will wegen Max nicht, dass ich darüber spreche.«

»Er möchte nicht, dass Sie über das sprechen, was Ihnen in der Kindheit widerfahren ist?«

»Ja, ich glaube … Wenn ich nicht darüber spreche, ist es nicht passiert. Ich kann so tun, als sei es nie passiert. Niemand weiß etwas davon.«

»Okay. Also möchte George Max davor bewahren, dass er es erfährt.«

»Dass er erfährt, dass es wirklich passiert ist. Ich habe das Gefühl, dass es meine Schuld war. Bis zu einem gewissen Grad bin ich davon überzeugt, dass ich es mir selbst zuzuschreiben habe.«

»Sie glauben, Sie waren schuld an dem Missbrauch.«

»Das klingt komisch, ich weiß, aber so empfinde ich es. Vielleicht … wenn ich jemandem davon erzählt hätte oder ein besseres, ein braveres Kind gewesen wäre …«

»Eloïse?«

»Ja?«

»Sie waren ein paar Minuten weg. Und davor hatten wir, glaube ich, Sariah bei uns.«

»Woher wissen Sie das?«

»Sie geben sich anders, wenn Sariah auftaucht. Auch Ihre Stimme verändert sich. Sariah hat gesagt, dass es kein bisschen Ihre Schuld war. Sie hat uns von ein paar Sachen erzählt, die Ihnen zugestoßen sind, als Sie noch sehr klein waren. Sie möchte Sie heilen, Eloïse, wirklich. Sie möchte Ihnen vermitteln, dass Sie eine wunderbare Mutter sind.«

In meiner Kehle sitzt ein heißer Kloß.

»Ich liebe meine Kinder.«

»Und die Kinder lieben Sie …«

»Ich erinnere mich, wie ich an dem Tag bevor ich nach Komméno geflogen bin, Max betrachtet habe, als er schlief. Er war so wunderschön. Einfach perfekt. Und da ist mir bewusst geworden, dass ich ungefähr so alt gewesen sein muss wie er jetzt, als das mit dem Missbrauch anfing. Ich lag in meinem Bett, genau wie Max, und dann …«

Ich kann es nicht aussprechen. Kann nicht sagen, was mir passiert ist.

»Gut, schon gut«, sagt Tara. Sie hebt die Arme, kreuzt sie vor der Brust und legt die Hände auf die jeweils entgegengesetzte Schulter.

Ich tue es ihr nach, denn es gibt mir ein Gefühl von Sicherheit. Nach ein paar Minuten bin ich – mit geschlossenen Augen – in der Lage fortzufahren.

»Ich glaube, der Gedanke, dass ich ein Kind war, genau wie Max jetzt, so unschuldig und verletzlich – das war zu viel für mich.«

»Sie hatten keine Schuld. *Nichts* von alldem haben Sie zu verantworten.«

Der Kloß in meiner Kehle wächst und wird heiß und heißer. Ich kneife die Augen zusammen.

»Aber wie kann ich eine gute Mutter sein? Warum sollte ich ihnen nicht auf die eine oder andere Weise schaden? Ich meine, ich habe sie verlassen! Ich bin einfach weggegangen und habe sie sich selbst überlassen. Was, wenn ihnen etwas zugestoßen wäre?«

»Was Sie durchgemacht haben, wird *Fugue* genannt oder *Dissoziative Fugue*. In diesem Zustand fallen die normalerweise integrierten Funktionen des Bewusstseins und der Empfindung komplett auseinander. Ich glaube, *dass* Sie in diesen Zustand gekommen sind, war eine Folge des Traumas, das Sie erlitten und so lange unter Verschluss gehalten haben. Verstehen Sie das?«

»Ja.«

»Dafür sind Sie ebenso wenig verantwortlich, wie Sie es wären, wenn Sie die Treppe hinunterfallen und bewusstlos liegen bleiben würden.«

Sie spricht langsam und wählt ihre Worte mit Bedacht, so als sei jede Silbe ein gefährlich scharfes Objekt.

»Okay.«

»Denken Sie an das, was wir gestern besprochen haben. Ein Trauma hinterlässt einen Fußabdruck im Körper, insbesondere im Nervensystem. Sie waren noch so klein, dass Sie das, was Ihnen zugestoßen ist, nicht verarbeiten konnten. Sie haben es abgespalten, so als sei es nicht Ihnen passiert, sondern jemand anderem. Wahrscheinlich haben Sie über die Jahre immer wieder halluziniert und kurze Episoden von Amnesie durchlebt. Ein Gefühl, als habe die Uhr einen Sprung nach vorn getan.«

»Ich weiß, dass ich einmal bei der Arbeit auf über hundert E-Mails gestoßen bin, die ich beantwortet hatte, und ich konnte mich absolut nicht daran erinnern, diese Antworten geschrieben zu haben.«

»Mails für Ihre Hilfsorganisation?«

»Ja.«

»Es ist ziemlich wahrscheinlich, dass eine von Ihren Teilpersönlichkeiten die Pflichten übernehmen musste, die Ihnen als Chefin der Organisation zugefallen sind. Hatten Sie nicht gestern eine angeleitete Meditation, in der Sie sich selbst in verschiedenen Rollen sehen konnten? Wissen Sie noch, welche Ihrer Persönlichkeiten in Ihr Büro gegangen ist?«

Eine Pause entsteht.

»Sariah.«

»Sie dürfen nicht vergessen, dass Sariah ein Teil von Ihnen ist. *Sie* sind diejenige, die so stark und so freundlich ist. Wir werden daran arbeiten, sie wieder in Ihre Identität zu integrieren.«

»Sie hat immer gesagt, dass sie sich um mich kümmert. Auf der Insel.«

»Glauben Sie das?«

»Ja.«

»Auf diese Weise schützt Ihr Geist Sie. So hilft er Ihnen zu überleben.«

»Und wenn das noch mal passiert? Wenn ich wieder weglaufe

und sie allein zurücklasse? Was dann? Wie soll ich je meinen Frieden mit mir machen?«

Sie lächelt, was ich merkwürdig finde.

»Dafür gibt es ja mich«, sagt sie schließlich. »Wir werden das alles durchgehen und daran arbeiten. Das wird dauern, aber wir schaffen das. Als Erstes müssen wir George dazu kriegen, mit den anderen zu reden. Wollen wir ihn noch einmal fragen?«

25. JUNI 2015

Potter's Lane, Twickenham

Lochlan: »Welches Buch möchtest du heute?«

Max schaut zu seinem Regal, das ich so an der Wand befestigt habe, dass die Bücher mit der Titelseite nach vorn darin stehen können.

»Den *Grüffelo!*«

»Okay. Dann ab ins Bett mit dir.«

Er wühlt sich unter die Bettdecke. Cressida sitzt auf meinem Knie und verrenkt sich, um an irgendwas auf dem Boden heranzukommen. Ich sehe einen Teddy unter dem Bett hervorlugen, den hebe ich auf und gebe ihn ihr. Sofort fängt sie an, auf seinem Ohr herumzukauen.

»Lesen, Papa!«, ruft Max, und ich lese zum hundertsten Mal die Geschichte vom Grüffelo vor. Mir ist aufgefallen, dass Max die Bücher je nach Person aussucht. Bringt Gerda ihn ins Bett, will er *Die kleine Raupe Nimmersatt* hören, und für Magnus, der das auch manchmal übernimmt, scheint *Wir gehen auf Bärenjagd* reserviert zu sein. Die beiden haben ein paar Straßen weiter ein Haus gemietet, um in unserer Nähe zu sein, aber auch nicht zu nahe. Für Eloïse hat er *Weißt du eigentlich, wie lieb ich dich hab?* ausgewählt. Ich vermute, diese Verteilung hängt mit unseren unterschiedlichen Akzenten zusammen. Max ist begeistert, wenn ich den Grüffelo mit meinem Glasgow-Einschlag und dem rollenden R reden lasse. Er schüttet sich aus vor Lachen und versucht, mich nachzumachen: *Der Grrrrüffelo!*

Heute wird mir, während ich es vorlese, zum ersten Mal klar, worum es in dem Buch eigentlich geht: Eine Maus verteidigt sich gegen die bedrohlichen großen Tiere im Wald, indem sie ein schreckliches Ungeheuer erfindet, das angeblich zu ihr gehört.

Die anderen Tiere fürchten die Rache des Grüffelo und verschonen die Maus – bis diese schließlich einem Ungeheuer begegnet, das dem erfundenen aufs Haar gleicht. Plötzlich hat sie ihre größte Angst in Gestalt des Grüffelo greifbar vor sich. Und indem sie sich der Angst stellt und sie austrickst, wird sie zur wahren Heldin der Geschichte.

Ich bin noch nicht einmal halb durch, da schläft Max schon. Cressida windet sich auf meinem Schoß, strampelt unermüdlich und kaut das Teddyohr zu Brei. Ich höre Eloïse die Treppe heraufkommen und ins Schlafzimmer gehen. Ihre festen, gleichmäßigen Schritte sagen mir, dass sie einen guten Tag hat. Ich habe gelernt, sie auf diese Weise zu lesen; habe Antennen für die Signale entwickelt, die sie aussendet: durch ihre Bewegungen, ihre Rhythmen, ihre Art zu sprechen oder Fragen zu stellen – so, wie sie schon die ganze Zeit mich gelesen und die Teile ihrer selbst vor mir verborgen hat, von denen sie wusste, dass ich sie nicht verstehen würde.

In der Vergangenheit können so viele Ungeheuer lauern, die einfach nicht untergehen.

Eloïse hat ihre Angst versteckt, weiter nichts. Eine so simple Formulierung für etwas so Schwieriges. Jetzt stellt sie sich der Angst, jeden Tag aufs Neue. Und das macht sie in meinen Augen zur Heldin.

So habe ich sie nie gesehen.

Gestern ist sie aus der Klinik entlassen worden. Ich habe sie nach Hause geholt, und hier waren ein paar Leute, die sie lieben: Gerda, Magnus, ihre Freundinnen, Niamh, Lucia und Vinny, und natürlich Max und Cressida. Ich war nicht sicher, ob sie dem schon gewachsen sein würde, doch sie schien ganz die Alte, wollte Lucias Baby-Neuigkeiten hören und konnte sich gar nicht an Cressida sattsehen, deren neueste Lieblingsbeschäftigung es ist, lustige Grimassen zu schneiden. Und Max mischte gleich mit, er schielte fürchterlich und streckte die Zunge heraus. Ich glaube, es hat ihr geholfen zu sehen, dass niemand mit ihr fremdelt, nur weil sie in der Klinik war. Es war nicht leicht, sie zum Dortbleiben zu bewegen, doch Dr. Goff hat uns davon überzeugt, dass sie dort die größten Fortschritte machen würde.

Wir sind noch dabei, die Puzzleteile zusammenzusetzen. Bislang habe ich es so gesehen: Krank ist krank; man kriegt seine Diagnose und eine Prognose, man kriegt Medizin und fertig. Oh, wie naiv ich war. Oh, wie herrlich ahnungslos – ich hatte keinen Schimmer, welch entlegene Winkel unser Geist aufweist und was für Schatten dort lauern. Els Krankheit ist komplex. Sie ist schwer, und wir sind noch längst nicht am Ende der Reise. Genau genommen sind wir in mancher Hinsicht ganz am Anfang.

Vor zwei Wochen, kurz nachdem sich Eloïse in die Klinik einweisen ließ, haben Gerda, Magnus und ich uns noch einmal mit Dr. Goff – Tara – zusammengesetzt. Tara hatte sie nahezu täglich gesehen und wollte uns erklären, warum Eloïse verschwunden war und ob es womöglich noch einmal dazu kommen könnte. Niamh hat Max und Cressida gehütet, während wir zu Tara ins Maudsley Hospital fuhren.

Es klingt vielleicht verrückt, aber für uns war es, als habe die Suche nach El von vorn angefangen. Ein Teil von ihr war nicht zurückgekehrt. Ich habe mir diesen Teil als gefangen vorgestellt, als Geisel der Vergangenheit, so, als säße das kleine Mädchen, das sie einmal war, noch immer in der Falle. Eingesperrt. Niemand, der sie retten könnte. Das Einzige, was wir tun konnten, war, sie bestmöglich darin zu unterstützen, den Weg nach draußen selbst zu finden.

Für eine psychiatrische Klinik ist das Krankenhaus ganz hübsch. Keine Zwangsjacken, kein Elektroschockgerät. So weit, so gut. Tara war entgegenkommend und hilfsbereit. Sie führte uns in einen Raum, der für Familiengespräche vorgesehen ist – mit großen Fenstern zum Garten hin und einer Sitzgruppe, bestehend aus Tisch und Polsterstühlen. Da wusste ich, dass sie nicht gerade gute Nachrichten hatte.

»Jetzt, da ich die Möglichkeit habe, regelmäßig mit Eloïse zu sprechen«, sagte sie, »sehe ich, dass sie Symptome von Derealisation und Depersonalisation aufweist, wobei sie sich selbst zeitweise aus einer gewissen Distanz wahrnimmt. Außerdem zeigt sie eine extreme Vergesslichkeit, bis hin zur Amnesie, und erlebt Zeitsprünge. Beispielsweise berichtet sie, dass sie früher manchmal Antworten auf Mails erhalten hat, die geschrieben zu haben sie sich absolut nicht erinnern konnte, oder dass sie hin und wieder nachts aufgewacht ist und nicht mehr wusste, was sie seit dem Morgen gemacht hatte. Ich habe noch keine offizielle Diagnose gestellt, aber so viel kann ich sagen: Alle diese Symptome sind charakteristisch für eine dissoziative Identitätsstörung.«

»Sie meinen eine multiple Persönlichkeitsstörung?«, sagte Gerda.

Wir hatten, seit El wieder zu Hause war, alle viel gegoogelt und waren mit fremdartigen Fachbegriffen bombardiert worden. *Dissoziative Fugue. Dissoziation.* Wörter, die ich bis dahin nie gehört hatte.

»*Multiple Persönlichkeitsstörung* ist der alte Begriff für DIS, ja«, erwiderte Tara.

Leicht durcheinander, fragte Magnus dazwischen: »Entschuldigen Sie, aber was ist eine dissoziative Identitätsstörung?«

»Eine DIS liegt vor, wenn eine Persönlichkeit dissoziiert oder den Kontakt zu sich selbst verliert; in der Regel ist sie die Folge eines extremen Traumas und einer Bindungsstörung«, sagte Tara. »Wenngleich ich sagen muss, dass ich nicht gerade eine Anhängerin des Begriffs ›Störung‹ bin.«

Jetzt war ich verwirrt. »Warum?«

»Weil er impliziert, dass die betroffene Person ›entstört‹ oder ›in Ordnung gebracht‹ werden muss«, sagte sie, die Anführungszeichen in die Luft malend. »Ich betrachte Menschen als Individuen mit jeweils einzigartigen Erscheinungsformen seelischer Angegriffenheit.« Sie schien weiter ausholen zu wollen, brach dann aber ab. »Wie auch immer, darüber können wir uns bei anderer Gelegenheit unterhalten. Eloïse weist jedenfalls Symptome einer herkömmlicherweise so bezeichneten DIS auf. Es handelt sich um eine seelische Erkrankung, bei der die Patientin eine andere, separate Identität oder Persönlichkeit erschafft; oft auch zahlreiche Persönlichkeiten.«

»Tut mir leid«, warf Magnus ein, »aber ich verstehe das immer noch nicht. Was meinen Sie – genau?«

Tara erklärte, unser aller Persönlichkeiten hätten verschiedene Facetten, und manchen Menschen ergehe es eben so, dass ihre eine Persönlichkeit in mehrere zerfalle.

»Dass ein Mensch diese verschiedenen Persönlichkeiten entwickeln kann«, fuhr sie fort, »ist Teil der exzellenten Überlebensstrategie, die der menschliche Verstand aufzubieten hat. Genau aus diesem Grund widerstrebt mir der Begriff ›Störung‹. Vielmehr handelt es sich um ein psychologisches Phänomen.« Sie schüttelte den Kopf und fügte mit gesenkter Stimme hinzu: »Sie wissen, dass sie als sehr kleines Kind Missbrauch erlebt und während der prägenden Jahre kaum eine Bindung an ihre Mutter erfahren hat. Ein vier Jahre altes Kind verfügt nicht über die Kapazität, mit derart unvorstellbarem sexuellem Missbrauch fertigzuwerden.«

Gerda schlug eine Hand vor den Mund; ich hatte, als ich es ausgesprochen hörte, das Gefühl, als würde in meinen Eingeweiden ein Messer hin und her gedreht. Undenkbar. Vor meinem inneren Auge erschien das Gesicht meines Sohns. Die Vorstellung, dass ein so kleines Kind so etwas durchmacht … zerriss mir das Herz.

So einfühlsam sie konnte, fuhr Tara fort: »Es tut mir leid. Ich weiß, das zu verarbeiten ist sehr schwer …«

»Nein, bitte«, sagte Gerda und warf Magnus einen Blick zu. »Wir müssen es ja verstehen. Bitte sprechen Sie weiter.«

Tara holte tief Luft. »Wenn ein Kind von jemandem missbraucht wird, zu dem es Vertrauen hat, einem Angehörigen zum Beispiel, der in der Öffentlichkeit freundlich und liebevoll mit ihm umgeht und ihm im Verborgenen diese monströsen Dinge antut … *muss* der Verstand einen Mechanismus entwickeln, damit zurechtzukommen. Ein solcher Mechanismus ist die Fähigkeit, andere Identitäten zu erschaffen, die an die Stelle des Kindes treten; die die Zuständigkeit übernehmen und das Kind in die Lage versetzen, überhaupt weiterzumachen.«

»Wie können Sie von ›zurechtkommen‹ reden, wenn jemand eine ganze Galerie von Halluzinationen hervorbringt?«, rief Magnus und sah uns der Reihe nach an.

»Genau das hat Eloïse am Leben erhalten«, erwiderte Tara ernst. »Viele Menschen, die als Kind Missbrauch erfahren haben, werden drogenabhängig, erleiden Zusammenbrüche, können nicht als normale Erwachsene funktionieren. Eloïses Reaktion auf diese Erfahrung war eine andere. Genau das, was wir dissoziative Identitätsstörung nennen, hat ihr geholfen zu funktionieren. Das ist der Grund, aus dem viele meiner DIS-Patienten über Zeitsprünge klagen. Die kommen daher, dass vorübergehend jeweils andere Teilpersönlichkeiten im Vordergrund stehen und agieren. Diese anderen kochen, putzen, erledigen die alltäglichen Dinge, die für das einzelne Individuum zu viel geworden sind.«

Magnus' Miene blieb skeptisch, aber ich hatte über dieses Phänomen einiges im Internet gelesen und YouTube-Videos gesehen, in denen Leute von einer Persönlichkeit zu einer anderen wurden. Da war mir auch aufgegangen, dass ich genau das bei Eloïse schon ein paarmal mitbekommen hatte, nur hatte ich es immer anderen Ursachen zugeschrieben: den Hormonen, einem schlechten Tag, Schlafmangel. An der Oberfläche hatte sie immer völlig normal gewirkt.

»Diese Teilpersönlichkeiten sind so stark und so klar unterschieden, dass sie eigene Namen haben, eigene Vorlieben und Aversionen«, sagte Tara. »Sie können komplett unterschiedliche Ausdrucksformen und Eigenheiten haben, sogar unterschiedliche Herzrhythmen. Oft unterscheiden sich auch die Handschriften.«

Handschriften. Natürlich. Jetzt fiel es mir wieder ein. »Das Notizbuch«, sagte ich, und Gerda und Magnus starrten mich an, als hätten sie ganz vergessen, dass ich auch da war. »Kurz bevor wir Eloïse gefunden haben, bin ich auf ein Notizbuch von ihr gestoßen«, erklärte ich. »Es war seltsam – es gibt in dem Buch mehrere Gedichte und Geschichten in unterschiedlichen Handschriften, einige auch in Eloïses. Diese anderen Schriften habe ich vorher noch nie gesehen. Ich dachte, sie hätten mit der Schreibgruppe zu tun, von der Niamh gesprochen hat. Zeichnungen gibt es in dem Heft auch.«

Tara nickte, als sei das alles völlig klar. »Teilpersönlichkeiten«, sagte sie nur. »Haben Sie sich die Namen gemerkt?«

Ich überlegte. »Ich glaube, ich habe den Namen ›Joe‹ gelesen.«

»Ja, einen Joe hat Eloïse erwähnt«, erwiderte sie. »Er war derjenige, der sich in den Jahren, die sie bei ihrer Mutter war, um ihre physischen Verletzungen gekümmert hat. Anders ausgedrückt: Sie hat großes Geschick darin entwickelt, für sich zu sorgen. Sie hat Kräfte entfaltet, die ihr geholfen haben, mit dem, was ihr widerfuhr, umzugehen.«

An der Stelle legte Tara eine längere Pause ein, damit das Gesagte in unseren Köpfen ankommen konnte.

Gerda war die Erste, die wieder sprach: »Wenn wir gewusst hätten, was da los war, hätten wir Eloïse früher zu uns genommen. Damals war das alles noch anders. Großeltern haben in diesem Land nicht viele Rechte; schon gar nicht können sie verlangen, dass ein Enkelkind der Mutter weggenommen wird.«

»Eloïse hat weder Ihnen noch Magnus je etwas vorgeworfen, Mrs Bachmann«, sagte Tara behutsam. »Ich habe versucht, mit ihr das komplexe Gefüge von Emotionen zu entwirren, die sie ihrer Mutter entgegenbringt. Noch weiß ich nicht, ob uns das wirklich gelungen ist, aber wir haben es versucht.«

»Wir haben uns um eine gute Ausbildung für sie bemüht«, fuhr Gerda fort. »Wir wollten ausgleichen, was ihr zugestoßen war. Jeden Monat haben wir Judy Geld geschickt. Hätten wir geahnt, dass sie es für Drogen ausgibt …«

»Das hilft uns jetzt nicht weiter«, warf ich ein, weil ich den Eindruck hatte, dass Gerda das Gespräch auf Judy lenken wollte. Judy tat mir leid – nein, falsch, sie tat mir überhaupt nicht leid, denn sie hatte ihren Anteil an Els Elend –, aber ich wollte weiterkommen. »Was war der Auslöser für Eloïses Zustand?«, fragte ich. »Was hat sie nach Komméno getrieben?«

Tara schlug die Beine übereinander und legte die Fingerspitzen zusammen.

»In meinen Augen ist es kein Zufall, dass Max jetzt genau in dem Alter ist, in dem Eloïse war, als der Missbrauch begann. Das hat sie selbst in einer der Sitzungen gesagt. Sie hatte angefangen, in Max sich selbst zu sehen; zu begreifen, wie klein und unschuldig sie damals war … Ich denke, diese neue Perspektive stand völlig quer zu dem Gerüst, das sie für ihre Vergangenheit errichtet hatte. Zurzeit nehmen wir das, was ihr eingeredet worden ist, Stück für Stück auseinander; so bringen wir sie Schritt für Schritt wieder in Kontakt mit dem Kind, das sie einst war.«

»Was ist ihr denn eingeredet worden?«, fragte Gerda.

»Man hat sie dazu gebracht zu glauben, dass sie selbst an dem Missbrauch schuld ist. Dass sie ihn irgendwie provoziert hat. Dass es nicht dazu gekommen wäre, wenn sie ein braveres Kind gewesen wäre.«

Gerda fing an zu schluchzen. Magnus nahm sie in den Arm, und ich machte mich unauffällig davon; ich stand auf und ging zu der Kaffeemaschine in der Ecke, um uns allen eine Tasse zu holen. Es war ein Versuch, das Entsetzen, das mir beim Gedanken an die – immer noch nachwirkenden – Qualen meiner Frau unter die Haut gekrochen war, abzuschütteln.

Als ich an den Tisch zurückkehrte, fuhr Tara fort: »Sie müssen wissen, dass mir bei meiner Arbeit sehr viele solche Fälle begegnen. Kleine Kinder, die missbraucht und darüber hinaus oft vom Missbraucher kontrolliert werden, sodass sie es nicht wagen, einem anderen Erwachsenen davon zu erzählen oder sich zur Wehr zu setzen. Irgendwann sind sie gefügig, weil sie glauben, sie hätten verdient, was ihnen geschieht.« Sie räusperte sich. »Was Eloïses seelische Probleme und ihr Verschwinden betrifft, so halte ich es für sehr wahrscheinlich, dass sie ihre häusliche Umgebung verlassen hat, weil sie Angst hatte, ihren Kindern Schaden zuzufügen.«

»Aber das würde sie nie tun!«, rief Gerda. »Eloïse ist eine wundervolle Mutter!«

»Ja«, erwiderte Tara. »Aber meiner Meinung nach ist es ihr zunehmend schwergefallen, ihre Teilpersönlichkeiten zu kontrollieren. Nach der Geburt ihres zweiten Kindes war sie physisch und psychisch geschwächt, und dass Max vier wurde, war ein wichtiger Punkt – plötzlich erlebte sie ein Kind, das so alt war wie sie, als der Missbrauch begann. Von da an sind ihre anderen Persönlichkeiten immer öfter und immer stärker hervorgetreten – bis dahin, dass sie sie sowohl als Zustandsformen ihrer selbst erlebt als auch halluziniert hat.«

Hier wagte ich endlich, die Frage zu stellen, die mich quälte, seit Dr. Goff in unser Leben getreten war. Eine Frage, die ich meiner Frau wahrscheinlich nie werde stellen können.

»Warum hat Eloïse mir nichts erzählt?« Konkreter formulierte ich es nicht, denn ich wusste, dass Dr. Goff mich auch so verstand. *Warum hat sie mir nicht von ihrer Kindheit erzählt? Warum hat sie mir nicht von dem Missbrauch erzählt, von ihren Problemen? Warum ist sie weggegangen, statt mit mir zu sprechen?*

Dr. Goff sah mich an, dann hob sie den Blick und holte tief Luft, während sie sich ihre Antwort zurechtlegte. Uns beiden war klar, dass sie nur mutmaßen konnte – aber es würden zumindest die Mutmaßungen einer Fachfrau sein.

»Dinge, wie Ihre Frau sie durchgemacht hat, zu beschreiben, ist extrem schwer. Um ehrlich zu sein: Ich glaube, das Schweigen war – neben anderen Mechanismen – unabdingbar, damit sie überhaupt zurechtkam.« Ein kleines Lächeln erschien auf ihrem Gesicht. »Mit ihren Gefühlen für Sie hatte das nichts zu tun.«

Ich nickte, um ihren Versuch, die schwierigste Frage überhaupt zu beantworten, zu honorieren, aber das Gefühl, dass ich an Els Zurückhaltung meinen Anteil habe, ließ – und lässt – mich nicht los.

»Und wie geht's jetzt weiter?«, fragte Magnus. »Wo unsere Enkelin nun in der Psychiatrie ist?«

»Allgemein gesprochen wird Eloïses Behandlung drei Stufen durchlaufen«, antwortete Tara. »In der ersten geht es um Stabilisierung; hier wird der Patientin Sicherheit vermittelt, sodass sie in der Lage ist, Emotionen zu erkennen und zu benennen. In der zweiten Stufe steht das Trauma im Mittelpunkt. Die Patientin lernt, das Vergangene zu verarbeiten und darüber zu sprechen, wodurch ihre Überzeugungen und Selbstvorwürfe neu eingeordnet werden. In der dritten Stufe geht es darum, das, was auseinandergefallen war, wieder zu verbinden, damit die Persönlichkeit sich weiterentwickeln kann.« Sie hielt inne und schaute mich an, wohl um abzuschätzen, wie ich diese Information aufnahm. »Natürlich ist das ein heikler Prozess, und er verläuft weitaus weniger linear, als ich es jetzt dargestellt habe.«

Dieser heikle, nicht lineare Prozess beinhaltete einen zweiwöchigen Aufenthalt in der Klinik. Es hat eine Weile gedauert, bis Eloïse sich damit einverstanden erklärt hat, aber ich habe sie eindringlich darum gebeten. Es ist schwer in Worte zu fassen, wie verzweifelt man sein muss, wenn man seine Frau anfleht, sich in eine psychiatrische Klinik einweisen zu lassen. Meinem Vater habe ich gar nicht erst davon erzählt, denn im Geiste hörte ich schon, was er sagen würde. *Du bringst sie in die Klapse?* Aber inzwischen sehe ich es anders. Alles ist anders, und nichts wird wieder so sein wie zuvor. Wie auch?

An dem Tag, als ich Eloïse in die Klinik brachte, nahm Tara mich noch einmal beiseite.

»Ich muss Sie warnen«, sagte sie. Gerda und Magnus waren nicht dabei, und ich spürte, dass sie die Gelegenheit nutzen wollte, um Klartext zu reden. »So schnell wird es nicht gehen«, erklärte sie mit Blick auf den Klinikaufenthalt. *Schnell?*, dachte ich. Zwei Wochen sollte El wegbleiben. Nach allem, was passiert war, hatten wir mit Engelszungen reden und alle nur denkbaren Bestechungsmaßnahmen ergreifen müssen, um Max davon zu überzeugen, dass sie wiederkommen wird.

»Dass Eloïse bereit ist, vierzehn Tage hier bei uns zu bleiben, ist auf jeden Fall gut«, fügte Tara hinzu, »aber die wöchentlichen Sitzungen wird sie noch lange danach brauchen.«

»Wie lange?«

»Die Behandlung kann drei bis fünf Jahre dauern, vielleicht auch länger. Was ich sagen will: Es dauert, solange es dauert.«

Ich zuckte die Achseln. Es war ja nicht so, als nähme ich Eloïses Krankheit nicht ernst. »Okay.«

Sie wirkte noch nicht zufrieden, so, als habe sie das Gefühl, nicht zu mir durchzudringen. »Wovor ich Sie aber vor allem warnen möchte, sind die Auswirkungen, die die Krankheit auf die Familie hat.«

Da zuckte ich doch zusammen. Warum erzählte sie mir das? Etwas sanfter fuhr sie fort. Es gebe einen Weg nach vorn, sagte sie, aber er sei steinig. Sie habe Fälle erlebt, in denen eine Teilpersönlichkeit einer Patientin deren Partner nicht habe ausstehen können. In denen Teilpersönlichkeiten geflucht oder den Partner geschlagen hätten oder mit anderen ins Bett gegangen seien. Es sei durchaus möglich, dass Eloïse sich innerhalb relativ kurzer Zeit vollständig erhole. Vielleicht erleide sie aber auch Rückfälle oder entwickle unzählige andere psychische Krankheiten, was bedeuten könne, dass die Frau, die ich geheiratet habe, nie zurückkäme.

Ich sah sie nur an und sagte: »In Glasgow haben wir so eine Redensart.«

»Und die wäre?«

»Morgen könnten wir alle tot sein.«

»Tot?«

»Will sagen: Nicht darauf starren, was die Zukunft Schlimmes bringen könnte, sondern im Jetzt sein.«

Sie lächelte. »Nicht die schlechteste Art, die Dinge zu sehen. Trotzdem glaube ich, Sie sollten sich Beratung holen. Um vorbereitet zu sein.«

Unwillkürlich hob ich die Hände und zog ein Gesicht. »Beratung? Vielen Dank, aber ich glaube, ich schaffe das schon.«

Überzeugt schien sie nicht. »Ich will nur, dass Ihnen klar ist, was von Ihnen gefordert sein wird: Sehr viel Geduld. Sehr viel Zeit. Sehr viel Liebe.«

An diesem Tag bin ich vom Krankenhaus auf direktem Weg ins Büro gefahren und habe gekündigt. Dann habe ich den Wagen verkauft. Vielleicht fange ich demnächst an, mich nach einem neuen Job umzuschauen; vielleicht ziehe ich sogar was Eigenes auf. Vorerst ist es jedenfalls meine Aufgabe, mich um El zu kümmern. Ihre Krankheit ist die wahre Insel. Ich will nicht, dass sie noch einmal dort strandet.

Cressida ist, den Teddy fest an sich gepresst, in meinem Arm eingeschlafen. Ich beuge mich vor und drücke ihr einen Kuss auf den Kopf, dann lege ich sie in ihr Bettchen auf der anderen Seite des Zimmers. Max hat die Wand darüber zu Cressidas Galerie erklärt und dafür mit Hingabe zahlreiche Buntstiftzeichnungen auf A4-Blätter gezaubert. Das jüngste Werk zeigt El, Cressie, ihn selbst und mich als Strichmännchen unter einem Regenbogen. Mein Haar ist schwarz und borstig; Eloïse hat langes gelbes Haar und einen großen roten Lachmund. Max hält sie bei der Hand, und es sieht aus, als würde sie etwas über dem Boden schweben. Max ist der Einzige von uns vieren, der in seiner Strichmännchenbrust ein rotes Herz hat.

Unter dem Bild steht in lila Großbuchstaben: *FAMILIE.*

DREI JAHRE SPÄTER, 17. OKTOBER 2018

Cressida Shelley Refuge Centre for Victims of Gender Violence, Kampala, Uganda

Ich verrate Ihnen, was ich mir niemals hätte vorstellen können: meine Großmutter, wie sie sich von Kindern lauter kleine Zöpfe flechten lässt. Aber da sitzt sie, draußen, auf einem Stuhl, und Phiona und Blessed verrichten ihr Wunderwerk an ihr. Sie lachen und schnattern; hell klingen ihre Stimmen herüber, als sie meiner Großmutter erzählen, wie viel schöner sie aussehen wird, wenn sie erst mal fertig sind, dass ihr Haar wie Vanilleeis ist und ob sie rote oder blaue Perlen hineingeflochten haben möchte. Ich schaue ihnen zu und lächle, um ihr zu zeigen, wie stolz ich auf sie bin, weil sie sich bemüht, offener und freundlicher zu sein, aber vor allem bin ich gespannt, wie die Zöpfchen ihr stehen werden.

»Könnt ihr es so machen, dass ich wie Bo Derek aussehe?«, fragt sie.

Die Mädchen sind neun und dreizehn. Ich bezweifle, dass sie auch nur die leiseste Ahnung haben, wer Bo Derek ist, und außerdem sind sie viel zu beschäftigt, um ihr zuzuhören.

Heute sind es fünfunddreißig Grad, deshalb gehe ich wieder nach drinnen, um in der Küche zu helfen. Bald ist Mittagszeit. Wir bieten hier hundert Menschen täglich eine Mahlzeit an; manchmal sind es auch mehr. Es ist verrückt zu sehen, wie Essen Leute anzieht. Ich habe die Bauarbeiter gebeten, den Dunstabzug in der Küche so einzurichten, dass die Gerüche möglichst weit übers Land geblasen werden, und es scheint tatsächlich zu funktionieren – man riecht das Essen meilenweit. Und natürlich spricht sich so etwas schnell herum. Wir hatten Gäste hier, die aus dreißig Kilometer und weiter entfernten Städten kamen, und wer eine solche Reise auf sich nimmt, bleibt nicht nur für eine Mahlzeit. Deshalb legen wir die Veranstaltungen immer in die Zeit gleich nach dem Essen: Vorträge zum Thema Gleichberechtigung, zur Bedeutung von Bildung, über das Gründen eines eigenen Geschäfts, über Selbstverteidigung und Verhütung. Einige Mädchen, die aus anderen Dörfern zu uns gekommen sind, haben mir anvertraut, dass sie kurz vor einer Verheiratung stehen, und ich konnte ihnen Beistand besorgen. Langsam, Schritt für Schritt, verändern wir etwas.

»Wie sehe ich aus?«, ruft meine Großmutter herüber.

»Wie Bo Derek!«

Sie betastet ihren Kopf und bittet um einen Spiegel. Blessed und Phiona rennen los, um einen zu holen, und kehren schließlich kichernd zurück. Als sie das Ergebnis sieht, hellt Mamas Miene sich auf. Ich gehe hinüber und sehe es mir genauer an. Sie haben nur an den Seiten jeweils ein paar Reihen geflochten, das aber perfekt; die kleinen Finger haben die dünnen Strähnen zu hauchzarten Zöpfchen gebunden.

»Ich glaube, es gefällt mir«, sagt sie, selbst überrascht. »Wollt ihr den Rest nicht auch noch machen?«

Später, als ihre Wolke eiche-gefärbten Haars in helle, eng an der Kopfhaut anliegende Schnüre verwandelt ist, kommt sie in den Speiseraum und hilft mir, das Essen auszuteilen. Das macht sie nun schon seit zwei Wochen, und wir haben noch zwei Tage, bis es zurück nach London geht. Sie ist hier in ihrem Element; auch das hätte ich mir nie vorstellen können. Sie interessiert sich für die Frauen, so weit deren Lebensumstände auch von ihren eigenen entfernt sein mögen, und blüht sichtlich auf in einem Umfeld, in dem sie gebraucht wird. Außerdem, vermute ich, erfüllt es sie mit Stolz, dass sie das alles bezahlt hat. Jeden Ziegelstein, jede Fliese, jedes Gerät, jedes Pfund Kies – alles hat sie von ihrem Konto bestritten.

Natürlich sind mit dem Zentrum auch Risiken verbunden. Es gibt Leute, die auf Traditionen pochen und böse Geister beschwören. Sie behaupten, wir unterzögen die Mädchen einer Gehirnwäsche. Wir mussten Sicherheitsleute einstellen, aber selbst das birgt Gefahren. Die Wächter mögen Erfahrung haben und von daher für den Job geeignet sein, aber ich weiß nie mit Sicherheit, ob sie sich nicht doch bestechen lassen oder womöglich die Ansichten unserer Gegner teilen. Und mit Mädchen zu arbeiten, die unvorstellbaren Missbrauch und furchtbare Gewalt erlitten haben, verlangt besonders mir ein hohes Maß an Durchhaltevermögen ab – und viel Tagebuchschreiben, was mir hilft, bei mir zu bleiben und meine Mitte zu spüren. Mir ist bewusst, dass ich empfänglich bin für bestimmte Reize, die Sariah, Joe, Hazel und George wieder hervorlocken können; manchmal erscheinen sie mir sogar als Halluzinationen. Treten diese Halluzinationen auf, weiß ich, dass ich zu viel gearbeitet habe und Ruhe brauche. Ich habe sie schon lange nicht mehr gesehen, aber Lochlan sagt es mir immer, wenn ich die Person gewechselt habe und er einem von ihnen begegnet ist. Bislang mögen sie ihn alle. Trotzdem, meinte Dr. Goff, sei es gut, wenn ich ein Objekt hätte, das mir ein Gefühl von Sicherheit vermittelt. Ein Totem, das ich immer bei mir tragen solle, und sei es ein Kieselstein; etwas, das mich beruhigt und mir hilft, die Kontrolle zu behalten.

Im Moment bin ich erschöpft, denn gestern Abend habe ich lange mit einer neuen Bewohnerin gearbeitet, Patricia. Sie ist elf und kam mit ernsten Verletzungen hier an. Ich habe sie in die Stadt bringen lassen, ins Krankenhaus, aber der Anblick ihrer Wunden und ihre Verzweiflung verfolgen mich. Deutlich spüre ich den Schauer, der manchmal einem Personenwechsel vorausgeht; so, als dränge einer der anderen in mir sich nach vorn. Ich entschuldige mich in der Küche und gehe raus in den Garten. Hier bauen die Mädchen alles an, was wir für die Mahlzeiten verwenden. Eine große Palme spendet Schatten: Dort bleibe ich eine Weile sitzen, um zur Ruhe zu kommen.

Nach ein paar Minuten höre ich aus dem Gebüsch gegenüber Geräusche, lautes Zischeln und Rascheln. Ich hebe den Blick, rechne mit Blessed oder vielleicht meiner Großmutter, die nach mir sucht, doch da steht ein Mann. Die Sonne blendet, und er ist halb hinter Zweigen versteckt, aber ich weiß, dass es George ist. Leicht vornübergebeugt steht er da, lauert, beobachtet mich.

Ich schaue nicht mehr hin. Stattdessen hole ich mein Handy hervor und aktiviere Skype. Lochlan meldet sich sofort.

»Hallo, Liebes, ist alles okay?«

Ich zittere am ganzen Leib, schaffe es aber, mich aufs Atmen zu konzentrieren. »Ja, mir geht's gut. Ich wollte nur … deine Stimme hören.«

»Willst du Mami Hallo sagen, Cressie? Guck …«

Auf dem Display erscheint Cressida. Ihr dunkles Haar ist zu zwei kleinen Zöpfchen gebunden. »Hallo Mami! Ich hab dir im Kindergarten ein Bild gemalt.«

»Ja?«

Sie hält das Bild hoch, etwas zu nahe vor die Kamera. Noch kann ich mich nicht überwinden, dahin zu schauen, wo eben George erschienen ist.

Lochlans Hand hält das Bild so, dass ich es sehen kann.

»Sind das wir beide im Park? Du und ich?«, frage ich.

»Ja! Und da ist mein Pony.«

»Dein Pony?«

»Ja. Das ihr mir zum Geburtstag schenkt!«

Ich muss lachen. »Ach wirklich? Tun wir das?«

»Es soll Rainbow Star heißen. Rainbow Star Shelley.«

Nach einem kurzen Händegewurstel erscheint Lochlan auf dem Display. Seine Miene ist besorgt.

»Im Ernst, El, geht's dir wirklich gut? Soll ich dir bei irgendwas helfen?«

»George«, flüstere ich.

»Sprich mir nach, El: Ich bin in Sicherheit.«

»Ich bin in Sicherheit.«

»Ich finde meine Mitte.«

»Ich finde meine Mitte.«

»Ich bin stark.«

Ich hole tief Luft und atme langsam aus. Lochlans besorgtes Gesicht kommt noch näher an die Kamera heran.

»Ich weiß meinen Namen«, drängt er.

Ich zögere. »Ich weiß meinen Namen«, wiederhole ich schließlich.

»Ich bin Eloïse.«

Ich beiße mir auf die Lippe vor Angst, dass mir der falsche Name herausrutscht.

»Ich bin Eloïse.«

»El? Sieh mich an!«

Ich öffne die Augen.

»Ich bin da, ja? Ich bin da. Schau dich um. Siehst du George?«

Ich kann nicht. Was, wenn er immer noch da ist? Was, wenn er nie verschwinden wird?

Ich schließe die Augen wieder, und Lochlan erzählt mir von Max' Sportfest, das heute stattgefunden hat, und verspricht, mir das Video zu schicken, das er aufgenommen hat. Ich konzentriere mich auf seine Stimme, auf die Details unseres gemeinsamen Lebens, unser Zuhause. Ich schicke meine Finger auf die Suche nach dem Totem in meiner Tasche, der Miniatur-Lokomotive *Rosie*, Freundin von *Thomas, der kleinen Lokomotive*, und erinnere mich an mein Mantra.

Durch die Risse, die wir uns beim Taumeln durch die schroffen Gefilde des Lebens geholt haben, dringt Licht herein. Die Liebe aber lässt es wieder aus uns herausströmen. Es kommt und geht zur gleichen Zeit und löst die Schwellen auf. Die Schwellen zwischen früher und jetzt genauso wie die Schwellen zwischen uns.

Ein unsichtbarer Schlund gibt mich frei, die Grenzen zwischen Realität und Einbildung verfestigen sich. Es fühlt sich an wie Nach-Hause-Kommen; so, als kehrte ich in mich selbst zurück.

Endlich kann ich mich dazu durchringen, die Augen aufzuschlagen und zu den Büschen hinüberzuspähen. George ist weg.

»Ich liebe dich«, sage ich. »Wir hören uns später.«

Lochlan grinst, sichtlich erleichtert, dass ich wieder nach mir selbst klinge.

»Ich liebe dich auch.«

DANK

an Dr. Ian Jones, Dr. Helen Liebling, Carolyn Spring und besonders Dr. Tracy Thorne für Beratung und Unterstützung bei der Recherche zur dissoziativen Identitätsstörung und zur Wochenbettpsychose;

an Stuart Gibbon für Beratung bei allem, was die Polizei betrifft;

an meine Agentin Alice Lutyens von der Literaturagentur Curtis Brown für aufmerksames Hinschauen und Ermutigung;

an Kim Young bei HarperCollins (UK) und Wes Miller bei Grand Central Publishing (USA) für Scharfsinn und engagiertes Arbeiten am Text;

an Claire Malcolm und alle anderen bei New Writing North für die vergangenen neun Jahre Unterstützung;

an die Society of Author's für den K Blundell Trust Award, der 2015 meine Rechercheresie nach Kreta finanziert hat;

an Nuala Ellwood, Kathryn Maris, Leanne Pearce und C. L. Taylor für Freundschaft und Zuspruch;

an Jared Jess-Cooke für alles.

NACHWORT

Für seelische Gesundheit interessiere ich mich schon lange. Mit zwölf Jahren habe ich den ersten Selbstmordversuch meines Vaters mit angesehen. Ein Jahr später – kurz nach der Scheidung meiner Eltern – haben wir erfahren, dass er tatsächlich Selbstmord begangen hatte. Am ersten Weihnachtsfeiertag 1991 um 9.32 Uhr.

Damals waren psychische Erkrankungen noch nicht allgemein anerkannt. Ich habe jedenfalls nach dem Tod meines Vaters keinerlei Beratung bekommen, niemand hat mit mir über die Hintergründe gesprochen. »Suizid«, wurde verstohlen gemunkelt. Als ich älter wurde, fing ich an zu schreiben; es war eine Möglichkeit, beides zu verarbeiten, seinen Suizid und die häusliche Gewalt, die ihm vorausgegangen war. Als Kind war mein Vater regelmäßig schlimm verprügelt worden. Im Nachhinein ist mir klar, dass er darüber nie hinweggekommen ist. Er hat meine Mutter und mich misshandelt, wie er selbst misshandelt worden war. Je älter er wurde, desto deutlicher schlug seine Kindheit durch; offenbar wurde der Zwang, mittels Gewalt Macht zurückzuerobern, übermächtig. Es war ein Kreislauf, den er nicht zu durchbrechen vermochte. Er war gerade mal 35, als er starb; jünger, als ich heute bin.

Seit jener Zeit habe ich mich auf vielerlei Weise mit Fragen der seelischen Gesundheit beschäftigt. Als Akademikerin leite ich an der University of Glasgow ein von der British Academy finanziertes Projekt, in dem das Verhältnis zwischen kreativem Schreiben und seelischer Gesundheit erforscht wird. Ich habe zu diesem Thema auf Konferenzen gesprochen und arbeite an einem Buch darüber. Von 2008 bis 2010 war ich beauftragt, ein Gedicht zu schreiben, das in ein fünfhundert Meter langes, in den Fußboden des Roseberry-Park-Mental-Health-Komplexes in Middlesbrough eingearbeitetes Stahlband graviert werden sollte. Zu diesem Auftrag gehörte es, sowohl mit Leuten, die die

Angebote des Hauses nutzten, und ihren Therapeuten Workshops abzuhalten, als auch ausgiebig zu seelischen Erkrankungen, ihren Ursachen, Erscheinungsformen und Behandlungsmöglichkeiten zu forschen.

Abgesehen vom Selbstmord meines Vaters war für mich wohl die einschneidendste Erfahrung die, selbst Mutter zu werden. Ohne Vorwarnung kamen die Dämonen meiner Kindheit wieder an die Oberfläche.

Insbesondere erinnere ich mich an einen Morgen kurz nach der Geburt meines vierten Kindes, an dem ich mich im Spiegel nicht erkannte. Es war schräg. Damals habe ich nicht gewagt, jemandem davon zu erzählen, weil ich fürchtete, für verrückt gehalten zu werden – oder für untauglich als Mutter. Am Ende bekam ich ein Antibiotikum verordnet, weil ich seit Längerem mit einer Infektion zu kämpfen hatte, aber die Erfahrung des Dissoziierens ist mir immer im Gedächtnis geblieben; sie war der Keim für Eloïses Geschichte. Was, wenn ich mich *nicht* erholt hätte? Was, wenn es bei der beängstigenden Unfähigkeit, mein Gesicht zu erkennen, geblieben wäre? Was, wenn ich meine eigenen Kinder nicht wiedererkannt – oder sie vergessen hätte?

Es macht Mut, dass die Stigmatisierung psychisch Kranker auf dem Rückzug ist, aber es bleibt dennoch viel zu tun. Wir wissen längst nicht genug über den Zusammenhang von psychischen Erkrankungen und Mutterschaft, und die unterstützenden Angebote für junge Mütter sind in meinen Augen besorgniserregend dürftig. Ich engagiere mich dafür, dass Menschen, die in der Kindheit Misshandlung erfahren haben – physischer, sexueller oder auch emotionaler Art –, geholfen wird, wenn sie Eltern werden, denn das ist eine Phase im Leben, in der häufig Dämonen aus der Kindheit wieder hochkommen.

Natürlich kann ein Roman ein so großes soziales Thema nicht umfassend behandeln, aber vielleicht setzt dieser einen nützlichen Diskurs in Gang – oder veranlasst jemanden in Not, sich Hilfe zu holen.

C. J. Cooke